Sete anos de escuridão

You-jeong Jeong

Sete anos de escuridão

tradução
Paulo Geiger

todavia

Prólogo

Eu fui o executor de meu pai. A madrugada de 12 de setembro de 2004 foi a última vez que estive, de fato, ao lado de meu pai. Eu nada sabia na época — nem que ele tinha sido preso, nem que minha mãe tinha morrido, nem o que acontecera na véspera. Mas quando o sr. Ahn me tirou do estábulo no Rancho Seryong, eu tive certeza de que alguma coisa estava terrivelmente errada.

Dois carros de polícia bloqueavam a estrada que levava à fazenda. O piscar de suas luzes vermelhas e azuis feria os amieiros à beira da via. Insetos voavam dentro das luzes. O céu ainda estava escuro, a neblina era densa e o ar da madrugada, muito úmido. O sr. Ahn pôs seu celular em minha mão. "Guarde-o bem", ele sussurrou. Um policial nos fez entrar numa das viaturas.

À medida que o carro avançava, eu vislumbrava a devastação — a ponte avariada, as estradas debaixo d'água, as ruas destruídas, o emaranhado de carros de bombeiro e de polícia, ambulâncias, o helicóptero circulando no céu negro. O Vilarejo de Seryong, que tinha sido nosso lar durante as últimas duas semanas, fora completamente destruído. Eu estava com medo de perguntar o que havia acontecido. Não ousava olhar para o sr. Ahn. Tinha medo de ouvir algo terrível.

O carro nos levou até a delegacia de polícia em Sunchon. Os policiais nos separaram um do outro. Dois detetives me esperavam numa pequena sala.

"Conte-nos apenas o que aconteceu com você", instruiu um deles. "Não o que você ouviu ou o que imaginou. Entende?"

Eu sabia que não podia chorar. Tinha de lhes contar calmamente o que acontecera naquela noite. Só assim deixariam que eu e o sr. Ahn fôssemos embora. Então poderíamos encontrar meu pai e ver se mamãe estava em segurança.

Eles ouviram minha explicação.

"Deixe-me ver se entendi", disse o mesmo detetive. "Foram os seguranças que levaram você para o lago, não seu pai."

"Sim."

"Depois você ficou brincando de esconde-esconde com uma garota que estava morta havia duas semanas, até que esse homem, que você chama de sr. Ahn, veio buscá-lo."

"Não era esconde-esconde. Era vivo ou morto."

Os dois inspetores me fitaram, incrédulos. Pouco depois, um deles me levou ao saguão da delegacia; meu tio estava lá. Viera me buscar, para me levar à sua casa. Mas havia muitos repórteres na rua. O detetive segurou meu cotovelo enquanto me empurrava, atravessando a multidão. Flashes espocavam a toda volta. *Olhe para cima! Olhe para cá! Ei, garoto, você viu seu pai? Onde você estava na hora do incidente?*

Eu estava meio tonto. Pensei que ia vomitar. O detetive continuou a me conduzir apressadamente. Pensei ter ouvido o sr. Ahn me chamar. Livrei-me da mão do inspetor e olhei para trás, procurando o sr. Ahn naquele mar de rostos. Nesse instante, todas as câmeras dispararam; eu estava numa ilha cercada por um mar de luz.

Meu tio abriu a porta traseira de seu carro e eu me encolhi o mais que pude no assento. Abri o celular do sr. Ahn. Olhei a imagem que servia de papel de parede — um homem enorme e um menino, caminhando entre sempre-verdes, afastando-se da câmera. O homem levava a mochila do menino e o menino tinha a mão no bolso traseiro do homem. Éramos eu e meu pai, dez dias antes.

Fechei o celular e o segurei com firmeza. Pus a cabeça entre os joelhos e tentei conter as lágrimas.

O mundo referiu-se aos acontecimentos daquela noite como "a tragédia do lago Seryong". Meu pai foi chamado de assassino psicopata e eu fiquei conhecido como "seu filho". Naquela época, eu tinha onze anos.

O Vilarejo do Farol

Na véspera de Natal, uma van preta rangeu os pneus ao frear em frente à farmácia. O motorista entrou. Eu estava prestes a comer meu lámen. Eram três da tarde, mas eu estava fazendo minha pausa para o almoço. De má vontade, me levantei para atendê-lo. "Oi. Preciso de uma informação", disse o homem, tirando seus óculos Ray Ban.

Relutantemente, pousei os hashi na tigela. Anda logo, pensei. "Como se chega ao Vilarejo do Farol? Não achei placas mostrando o caminho." Ele fez um gesto na direção do entroncamento.

Olhei para sua grande e poderosa van. Seria uma Chevy? "Ei! Você me ouviu? Onde fica o Vilarejo do Farol?"

Eu não me deixaria intimidar por uma Chevy. E o tom rude de sua voz não me perturbou. "Você não tem um GPS?"

"Se estou perguntando, é porque o GPS não o achou", o homem respondeu em tom brusco. Estava claramente irritado.

"Se o GPS não sabe, como é que eu vou saber?", eu disse, irritado também.

O homem saiu bufando, voltou para a van e voou pelo entroncamento.

Retornei ao meu almoço. "Vilarejo do Farol" era o apelido de Sinsong-ri. Ele deveria ter dobrado à esquerda no entroncamento, em vez de seguir em frente. Eu sabia disso porque era lá que eu morava.

O vilarejo não estava no mapa; talvez fosse insignificante demais para que os cartógrafos o mencionassem. O sr. Ahn dizia que era o menor dos vilarejos na península de Hwawon. Meu patrão, o dono da farmácia, dizia que aquele era um lugar hediondo, enfadonho e inacessível. O presidente do clube juvenil do vilarejo dizia frequentemente que aquele era o último confim do mundo, um lugar onde era preciso andar uma enormidade para comprar algo tão simples como um par de chinelos. E é verdade: era preciso percorrer quinze quilômetros de região desabitada antes de avistar o vilarejo, no topo de um penhasco. O farol ficava na beira da falésia, num rochedo semelhante a um bico de pássaro, que se projetava sobre o mar. Rochas arredondadas erguiam-se da água, e uma longa e alta cordilheira abraçava o vilarejo por trás.

Logo após nos mudarmos para o vilarejo, subi a montanha com o sr. Ahn. Avistei o flanco oposto da cordilheira; um ermo estéril, sem árvores, vasto como o oceano. O governo tinha adquirido toda aquela terra para construir um complexo turístico, mas nada acontecera ainda. Ouvi dizer que tinha havido lá uma plantação de sorgo, com um pequeno vilarejo na extremidade mais distante. As crianças daquele vilarejo há muito desaparecido é que deram a Sinsong-ri o apelido que usamos até hoje.

Nosso vilarejo também estava próximo da extinção, restando apenas doze habitantes. Esse número incluía a mim e ao sr. Ahn; todos nos chamavam de "garotos" porque a idade média dos residentes era sessenta e nove anos. A maioria cultivava batata-doce — embora estivéssemos num lugarejo litorâneo, as pessoas eram velhas demais para pescar. Às vezes convenciam os "garotos" a molhar os pés no oceano e a apanhar alguma coisa que pudesse engrossar um ensopado ou servir de acompanhamento a uma bebida. Registros oficiais indicavam que o último bebê nasceu no vilarejo sessenta e um anos atrás — o presidente do clube juvenil. Ele era o dono do único barco a motor no vilarejo e nos alugava um dos quartos de sua hospedaria;

também alugava quartos a mergulhadores que vinham explorar as rochas submarinas. O sr. Ahn e eu também havíamos sido atraídos pelo penhasco submarino, então decidimos ficar por lá. Talvez o homem da Chevy também tenha vindo por causa do rochedo sob as águas, mas eu esperava que não.

Meu patrão chegou por volta das sete da noite e abriu o cofre, o que sinalizava o fim do meu turno. Sem demora, peguei furtivamente um pacote com fortificante chinês e um adesivo para aliviar a dor. Uma coisa horrível para fazer numa noite de Natal, mas eu tinha meus motivos.

Embora o sr. Ahn tivesse apenas trinta e nove anos, seus cabelos já estavam ficando ralos. Já tinha até cintilações de pelos brancos nas sobrancelhas. Nos campeonatos de triatlo que realizávamos todos os dias, seu desempenho era lamentável. Para começar, navegávamos até a ponta ocidental da ilha num barco alugado, e ali o ancorávamos. Em seguida, fazíamos a primeira prova, que era dar uma volta na ilha, a nado. A segunda prova era um mergulho no mar: tentávamos colher o máximo de moluscos, amêijoas e pepinos-do-mar que pudéssemos achar debaixo d'água, na base da falésia. A terceira prova era um jogo de basquete, um contra um; havia uma cesta pendurada num galho de árvore. O primeiro a fazer cinco pontos, vencia. A marca mais recente do sr. Ahn foi de nove erros em dez tentativas. Na semana passada, ele distendeu um músculo do pescoço ao tentar uma enterrada. Desde então, toda vez que põe os olhos em mim balbucia alguma coisa sobre como um canalha lhe dera um empurrão na cabeça quando tentava marcar.

"Estou saindo", disse a meu patrão. Lá fora, peguei minha bicicleta. Depois de dobrar no entroncamento, pedalei de pé, descendo a toda velocidade pela sinuosa estrada costeira. A lua ainda não surgira, mas não estava muito escuro; estrelas pontilhavam o céu noturno. O mar cintilava à luz das estrelas, as ondas estouravam contra o penhasco, uma ave marinha prateada cruzava silenciosamente a escuridão ao longo da praia, a neblina serpenteava entre as pedras à beira d'água, e as ilhas rochosas projetavam sombras escuras. Seria ótimo acrescentar um floreio literário tipo "uma suave brisa marinha", mas na realidade era o vento frio de dezembro que me fustigava o rosto, como lâminas afiadas. Chegando em casa, tive a impressão de que meu crânio estava em carne viva.

A Chevy preta estava parada junto à casa, perto da van roxa do sr. Ahn. Estacionei a bicicleta entre os dois veículos. Podia ouvir, no outro lado do muro, a voz do sr. Ahn. Soava como a voz de um robô, como se lesse um livro escolar, o tom que adotava quando era obrigado a dizer algo que não queria. "A ilha não só tem uma corrente forte e traiçoeira, como também contracorrentes submarinas. É como um labirinto. Esta é a época do ano com as maiores variações na maré. Está escuro, e vocês andaram bebendo..."

"Olhe aqui, camarada", alguém o interrompeu, "quem é você para nos dizer o que fazer?"

O sr. Ahn continuou na mesma toada. "E acho que, se vocês estão bêbados, deveriam ir para a cama, não para a água."

Eu abri o portão e entrei no quintal. Quatro sujeitos com roupas e equipamentos de mergulho estavam diante do sr. Ahn, em roupas de baixo e chinelos, e do presidente do clube juvenil, com suas costas encurvadas. Os olhos do sr. Ahn pareciam mais sonolentos do que de costume; com certeza fora tirado da cama.

"E eu acho que você é quem precisa ir para a cama. Você parece estar congelando aqui fora, só de pijama", respondeu um dos homens. Era o sujeito com o Ray Ban que eu vira na farmácia.

"Você alguma vez mergulhou à noite numa corrente marinha?", perguntou o sr. Ahn.

O do Ray Ban começou a rir, como se ele fosse o Ronaldo e o sr. Ahn tivesse perguntado se ele sabia cabecear uma bola. Seus amigos também riram ruidosamente. O sr. Ahn cruzou os braços e olhou para o chão. "Quem age com imprudência corteja a desgraça." "E quem mete o nariz onde não deve corteja um soco", disse o do Ray Ban ironicamente. Seus amigos caíram na gargalhada. Talvez estivessem apenas um pouco altos, não bêbados. O sr. Ahn esfregou o nariz com o polegar, olhando para o homem do Ray Ban. Parecia estar calculando quantas vezes seria socado se saísse na briga com aquele imbecil. Pelos meus cálculos, estávamos em desvantagem numérica.

"Meu rapaz, que tipo de linguagem é essa?", interveio o presidente do clube juvenil. "Ele não veio até aqui por brincadeira. Está tentando impedir que tenham um acidente. É o melhor mergulhador nesse vilarejo. Se ele diz que as condições não estão boas é porque as condições não estão boas. Vou alugar meu barco a vocês pelo tempo que quiserem amanhã de manhã, mas por hoje chega."

"Mas que merda", disse o do Ray Ban e cuspiu no chão, agressivamente. "Você não entende como funcionam os contratos? Quem paga é que manda." Apontou o dedo para o rosto já vermelho do presidente do clube juvenil. "Nós pagamos, coroa, e você recebeu. Então agora você nos arranja o barco. Estamos entendidos?"

Fechei o portão atrás de mim com uma batida.

O presidente do clube juvenil olhou para mim. "Ah, quando foi que o garoto chegou aqui?"

O sr. Ahn se virou também.

Os sujeitos da Chevy fizeram o mesmo, inspecionando-me. "Vejam só quem chegou", disse o do Ray Ban. "O sr. balconista da farmácia."

"Preciso falar com você", eu disse ao sr. Ahn.

O do Ray Ban pôs-se na minha frente. "Como você conseguiu achar o caminho de casa se não sabia onde ficava o Vilarejo do Farol?"

Eu sabia onde ficava o nosso quarto, o primeiro da casa — que tinha forma de L, como é tradicional na Coreia. A janela dava para a rua, e dela se vislumbravam o farol e o mar.

"Imagino que seu patrão não sabe que contratou um idiota que não tem a menor ideia de onde mora", continuou o do Ray Ban. "Seja como for, o que você tem a ver com o especialista em mergulhos? Vocês não parecem ser parentes. Ah, entendi. Vocês dormem juntinhos, não é?"

Seus camaradas riram.

Eu me afastei, ignorando-o.

"A decisão é sua", disse o sr. Ahn ao presidente do clube juvenil. "Eu disse o que tinha a dizer." Entramos juntos, e através da porta pude ouvir os assobios e as vaias.

Pouco depois o presidente do clube juvenil começou a gritar e ouvimos o motor da van sendo ligado. Então, iriam mesmo à praia. Mas em vez de irem logo embora, os caras passaram a gritar e a buzinar, a piscar os faróis da van, e ligaram o som no volume máximo.

Fechei as cortinas, enquanto eles continuavam a piscar os faróis e a buzinar. A música fazia a janela estremecer, sacudindo as vidraças.

O sr. Ahn sentou-se à escrivaninha. Eu tirei as meias. Finalmente, passados cinco minutos, eles foram embora.

"Que diabo foi isso?", perguntei.

"O que você acha? São idiotas."

"Por que ele alugou para esses imbecis?"

"Ele não pode escolher clientes. São os primeiros que aparecem este mês."

"Por que ele meteu você nessa confusão?", perguntei.

"Para ajudar. Eles se embebedaram e o atazanaram para que os deixasse pegar o barco." O sr. Ahn parou um instante para pensar. "Isto é, não havia nada mais que eu pudesse ter feito para que eles me ouvissem, havia?" Sacudi a cabeça enquanto pegava o remédio chinês e o estendia para ele.

"Pare de trazer essas coisas", disparou o sr. Ahn. "E se tiver efeitos colaterais?"

"Talvez seu cabelo cresça e fique espesso como a juba de um leão. Quem sabe?", eu disse. "Se você não quiser, fico com ele."

Ele o arrancou de minha mão. Fui me lavar.

Dizem que um gato pode sentir o trovão antes de ouvi-lo. Talvez o cérebro humano tenha uma aptidão sensorial semelhante: um relógio da ansiedade, que começa a tiquetaquear quando há uma tragédia à espreita. Eu estava deitado na cama, mas não conseguia adormecer. Percorria minhas lembranças, de volta àquele dia, sete anos atrás, em que fui separado do sr. Ahn.

Minha mãe foi cremada sem um funeral adequado, e eu fui confiado ao irmão mais moço de meu pai. No meu primeiro dia em minha nova escola, dei-me conta de que os garotos sabiam sobre mim e sobre o que tinha acontecido mais do que eu mesmo. Eu era o filho do louco homicida que matara uma menina de onze anos de idade, torcendo-lhe o pescoço, assassinara o pai dela com um martelo, matara a própria mulher e jogara o corpo no rio, e depois abrira as comportas da represa, afogando quatro policiais e quase metade dos moradores locais. Eu era o único que sobrevivera àquela noite terrível sem um arranhão sequer.

Minhas primas chegaram em casa aos prantos; também haviam sido achacadas pelos colegas. Meu tio teve de deixar seu emprego como fisioterapeuta num consultório médico. Nosso senhorio pediu que deixássemos o apartamento.

Refugiamo-nos num apartamento em Sanbon, e me deram um quarto de fundos com uma varanda. Minha tia estava aterrorizada, com medo de que as pessoas descobrissem que eu estava morando com eles. Minhas primas não queriam usar o mesmo banheiro que eu, e gritavam sempre que me viam pela casa.

Eu só saía do quarto quando o apartamento ficava vazio ou todos estavam dormindo. Se achava comida, eu comia. Se não, ficava com o estômago vazio. Só ia ao banheiro após ter segurado o dia inteiro, e então me lavava. Lavar-me passou a ser uma espécie de ritual, a maneira de eu confirmar que não era um monstro. Ainda tinha duas pernas, dois braços, um par de olhos, uma alma.

De volta a meu quarto, eu me encolhia junto à janela, alternando entre tirar um cochilo e sonhar acordado. Tinha saudades do sr. Ahn. Perguntava-me se ele alguma vez tentara me contatar. Eu não poderia saber; meu tio tinha arrebentado o celular na parede quando o achou, dizendo-me que, se eu quisesse ficar com eles, estava proibido de contatar qualquer pessoa que tivesse conhecido meu pai.

Três meses depois, ele me enviou para ficar com sua irmã mais velha. Depois de três meses lá, fui enviado para a outra irmã deles. Tudo era igual, aonde quer que eu fosse. A única diferença era que eu agora podia frequentar a escola, de forma intermitente. À medida que o tempo passava, os acontecimentos do lago Seryong iam se esvaindo na memória coletiva, e menos gente sabia quem eu era. Quando alguém me reconhecia, eu parava de ir à escola. A única pessoa gentil comigo era tia Yongju, irmã mais moça de minha mãe. Ela ficou comigo um mês a mais do que qualquer outro parente. Após ter permanecido lá durante quatro meses ela me enviou a seus irmãos, dizendo: "Eu sinto muito, Sowon". Lembro que seus olhos se encheram de lágrimas. Talvez ela me deixasse ficar mais tempo, se não fosse por seu marido, que me desprezava. Chegava bêbado em casa, me arrancava do quarto e batia em mim. Se a mulher tentava me ajudar, ele a empurrava e gritava: "Saiam daqui! Os dois! Você e este pedaço de merda!". Não consigo esquecer o que ele disse na véspera do dia em que fui mandado embora. "Você alguma vez olhou nos olhos desse babaca? Ele não chorou nem uma vez. Ele olha para você do mesmo modo quando você o xinga ou bate nele. Fica olhando para você, sem expressão. Isso me deixa louco. Não é o olhar de uma criança. É o olhar de alguém capaz de fazer algo terrível. Não posso mais ficar com ele aqui. Mande-o para seu irmão amanhã mesmo."

Três meses depois, numa nevosa manhã de janeiro, saí de meu quarto na casa de meu tio, e meu tio me deu duas notas de mil wons. "Você sabe como chegar à casa de seu outro tio em Sanbon, certo?"

Eu conhecia o endereço, por isso achei que podia dar um jeito de chegar lá sozinho. Assenti. Ele desculpou-se por não poder me levar. Estavam se mudando naquele dia, mas não me disseram para onde estavam indo. Coloquei a mochila no ombro, peguei minha mala, pus meu chapéu e saí do apartamento. O vento que me fustigava era cortante. As ruas estavam congeladas. Minhas mãos estavam frias e eu não sentia a ponta do nariz. Mas não olhei para trás. Não ia implorar a eles que me levassem junto. Para mim não fazia diferença em que lugar ia ficar. Pensei novamente no sr. Ahn.

Descobri mais tarde que minhas tias e meus tios tinham se apoderado de toda a minha herança e dividido entre eles, como ressarcimento por suas despesas em cuidar de uma criança. Levaram tudo, inclusive a conta poupança de minha mãe, o seguro de vida, o apartamento em Ilsan onde minha família nunca tinha morado. Mas isso não fora suficiente para comprar mais de três meses da paciência deles — em parcelas separadas.

Eu me perdi no percurso para Sanbon e levei cinco horas para chegar lá. Quando toquei a campainha, ouvi uma voz de mulher que eu não conhecia responder, perguntando: "Quem é?".

Perguntei por meu tio, mas ela respondeu que lá não morava ninguém com esse nome. Chequei o número, talvez estivesse na unidade errada. Saí para conferir o número do prédio. Não estava errado. Eles tinham se mudado. Corri para a cabine telefônica na entrada do condomínio, mas ele tinha mudado o número do celular também. Liguei para o irmão de minha mãe, mas não consegui entrar em contato com ele, nem pelo celular nem pelo fixo. Fiquei ali, imóvel, perplexo. Começava a entender o que havia acontecido, e era terrível. Antes que eu chegasse, o irmão de meu pai tinha se mudado, para evitar me receber. Mesmo assim, o irmão de minha mãe tinha me enviado a Sanbon. Liguei para todas as minhas tias, mas não consegui contatar nenhuma delas.

A neve rodopiava em torno da cabine. Meu casaco era muito fino e minhas calças, curtas demais — meus tornozelos estavam nus. Eu tinha crescido e meus tênis ficaram pequenos, por isso eu os usava com os calcanhares dobrados para baixo, como se fossem chinelos. Não havia comido nada o dia inteiro. Só me restava uma moeda de cem wons. Só não tinha tentado um número, o do celular do sr. Ahn. Sabia que não ia adiantar, pois meu tio tinha quebrado o aparelho, mas disquei, trêmulo e esperançoso. Talvez ele tivesse comprado um novo celular e ainda usasse o mesmo número...

O telefone tocou, depois uma voz lenta e clara disse: "Alô?".

Era o sr. Ahn. Eu nunca esqueci sua voz. Minha garganta se fechou e não consegui falar.

O sr. Ahn insistiu, sem desligar. "Alô? Alô? Quem é?"

"Sou eu", consegui dizer. "Seu colega de quarto."
Tive a impressão de que uma eternidade transcorreu enquanto eu esperava por sua van roxa em frente ao apartamento, mas na verdade só se passou uma hora. Ele estava morando em Ansan. O lugar era parecido com o quarto que tínhamos compartilhado; era como se eu tivesse voltado no tempo. A escrivaninha com seu laptop, o caderno de notas, as chaves e a carteira, o maço de cigarros mentolados, latas de cerveja vazias, adesivos de lembretes por toda parte. Ele também continuava o mesmo — o mesmo cabelo curto, meio grisalho, a insinuação de um sorriso no rosto, o hábito de tirar as meias e jogar para um lado quando entrava em seu quarto. A única coisa que tinha mudado era que agora trabalhava como ghost-writer.

O sr. Ahn não perguntou o que acontecera comigo. Minha aparência deve ter lhe dito tudo. Não perguntou o que eu tinha feito com seu celular. Em vez disso, disse que havia aguardado por todo aquele tempo, esperando que eu ligasse. Corri para o banheiro quando ele disse isso; não queria que visse meu rosto. Não queria que soubesse quão aliviado eu estava por ele não ter se casado e ainda viver sozinho. Não quis transparecer meu nervosismo; será que ele me deixaria ficar alguns dias, até descobrir onde estavam meus parentes e me enviar a eles?

Quando o inverno se transformou em primavera, o sr. Ahn completou os trâmites para se tornar meu guardião legal. Não sei como conseguiu isso, pois eu ainda tinha parentes, mas nunca perguntei. A única coisa que me interessava era que o sr. Ahn não me abandonaria.

Voltei à escola. Agora tudo o que fazia era estudar: desesperadamente. Era a única coisa que eu podia pensar em fazer. Meu juramento silencioso ao sr. Ahn era que me comportaria da melhor maneira possível; não queria lhe dar nenhum motivo para me mandar embora. E o sr. Ahn ficou feliz de ser meu tutor.

Após um semestre na nova escola, fiquei em primeiro lugar na minha turma, e em quinto no meu ano. Para comemorar o excelente resultado, o sr. Ahn me levou a uma churrascaria coreana, e fizemos um brinde: ele, com seu copo de cerveja; eu, com meu refrigerante. Exatamente nesse momento a televisão na parede pronunciou o nome de meu pai. Sua execução tinha sido marcada. O copo escorregou de minha mão. Talvez eu ainda tivesse alguma esperança de que ele não fosse realmente o culpado de todos aqueles crimes. Imaginava que tudo podia ser um mal-entendido; que eu poderia reencontrar meu pai quando o verdadeiro criminoso fosse capturado. Para manter essa esperança viva, eu evitava os noticiários da televisão, os jornais e a internet. Não perguntava sobre meu pai. Na verdade, na época eu não conhecia a história toda. Claro, tinha ouvido rumores sobre o número de pessoas mortas, como tinham morrido e qual fora a sentença de meu pai. Mas isso era tudo que eu sabia.

Na tarde seguinte recebi um envelope de papel pardo que acabou com os últimos resquícios de esperança. O endereço do remetente era uma caixa postal. Dentro havia um exemplar de uma revista semanal chamada *Revista de Domingo*. Havia sido publicada naquela manhã. Uma única foto ocupava toda a primeira página — um menino olhando direto para a câmera, a boca firmemente fechada. Eu. Eu com onze anos, no mar de luz do posto policial de Sunchon. Na página seguinte, começava um artigo especial de dez páginas: "A tragédia do lago Seryong". O artigo incluía uma cronologia do julgamento e um relato aprofundado sobre o incidente do lago Seryong e meu pai — sua infância, sua carreira de vinte anos como jogador de beisebol, sua vida posterior e uma detalhada análise psiquiátrica. Ao longo do texto, havia várias fotografias mostrando a reconstituição da cena do crime. No fim tinha uma foto de meu pai no tribunal depois de receber a confirmação de que seria executado. Ao contrário do que geralmente fazem os condenados, ele não tinha o rosto baixo, tampouco a cabeça curvada. Seus olhos inexpressivos olhando para a câmera fizeram-me lembrar meu próprio olhar na página frontal.

Quem teria me enviado isso? Levantei a cabeça e percebi a presença do sr. Ahn perto de mim. "Isso não é verdade, é?" Vi seu semblante se ensombrecer. "Não pode ser tudo verdade, pode?"

O sr. Ahn disse, após uma longa pausa. "A verdade não quer dizer nada."

"Então poderia ter sido um engano, certo?"

O sr. Ahn não respondeu. Nada disso era um engano, eu me dei conta. Era tudo verdade. Senti meus olhos se encherem de lágrimas. Os olhos do sr. Ahn também ficaram vermelhos.

A *Revista de Domingo* acabou com tudo. Na manhã de segunda-feira entrei na classe e vi um exemplar da revista em cada carteira. O burburinho silenciou imediatamente. Fui até minha carteira e pendurei a mochila no encosto. Peguei a revista de cima de minha mesa e fui até o fundo da sala para jogá-la no lixo. Voltei para minha carteira, me sentei e abri um livro. Trinta pares de olhos perfuravam minha nuca.

Alguém atrás de mim começou a ler o artigo em voz alta. "Executem-me."

As palavras em meu livro rodopiaram e se estilhaçaram.

"O assassino Choi Hyonsu recusou um advogado e tinha uma expressão calma mesmo no momento em que a sentença de execução foi confirmada."

Olhei para trás. Era Junsok, que sempre me obrigava a ir comprar pastéis para ele e me chamava de sua "pasteleira".

O idiota estava de pé com a revista na mão. "Em novembro de 2004, quando foi exigido que fizesse a reconstituição do crime, Choi Hyonsu calmamente mostrou como tinha quebrado o pescoço da garota e atirado a esposa no rio, escandalizando o público."

Fechei meu livro. Peguei a mochila e fui em direção à porta. Meu coração latejava e meus pés flutuavam. Os rostos me acompanhavam. Junsok continuou a ler. "O filho de Choi Hyonsu, que tinha onze anos na época, estava escondido em um velho estábulo no Rancho Seryong..."

Eu agora estava próximo dele. Lançou-me um olhar de desprezo, de escárnio e de nojo. Olhei para baixo por um momento. O garoto era muito maior do que eu. Se eu tentasse afrontá-lo e lhe dar uma lição, as coisas não acabariam bem para mim. Ninguém ficaria do meu lado. Eu só contava com a rapidez de meus reflexos. Por outro lado, havia uma chance: todas as crianças estavam absorvidas na leitura da notícia, e o próprio Junsok poderia descuidar-se por excesso de confiança. Não esperaria que a "pasteleira" revidasse. Continuei a caminhar. Ele voltou os olhos ao artigo e seguiu lendo: "O filho de Choi, que conseguiu escapar à tragédia..."

Eu me virei rapidamente, fazendo minha mochila pesada girar no ar. Ela o atingiu direto no rosto. Junsok gritou e caiu para trás, junto com sua cadeira. A nuca foi de encontro à carteira atrás dele. Não deixei a oportunidade escapar; dei um pulo e pressionei meu calcanhar em seu peito. Foi tudo que consegui fazer; alguém pegou uma cadeira e golpeou minha cabeça. Junsok estava se contorcendo no chão, mas tudo ficou embaçado e depois preto. Quando voltei a mim, estava debaixo de um monte de garotos.

Junsok foi levado para o hospital, e eu para a delegacia de polícia. Eu poderia ter sido liberado com uma advertência, mas o fato de ser quem sou piorou a situação. Choi Hyonsu tinha ressurgido nos noticiários, e eu era seu filho. A prole de um assassino feroz havia atacado o rebento de bons cidadãos coreanos, deixando-o de nariz rachado e costelas partidas. Os pais de Junsok se recusaram a retirar a queixa e a polícia não impediu que repórteres invadissem a delegacia. O sr. Ahn não conseguiu impedir minha transferência para um tribunal juvenil.

Quatro semanas mais tarde, veio minha sentença: dois anos em liberdade condicional. Tendo em vista os sentimentos vingativos do público, a pena até que foi leve. O sr. Ahn fez um acordo com a vítima, o que me permitiu escapar da prisão juvenil, mas isso o fez perder o dinheiro depositado como garantia do aluguel. Nossa nova residência foi um estúdio num porão.

Quando deixamos o tribunal, o sr. Ahn me deu um pedaço de tofu, comemoração tradicional de quem sai da prisão. "Não se preocupe", ele disse. "Está tudo terminado."

Estava enganado. Era apenas o começo. Nosso senhorio recebeu pelo correio um exemplar da *Revista de Domingo*, dessa vez com um artigo sobre a briga, e fomos despejados. Fui expulso da escola, o sr. Ahn teria de optar entre me transferir para outra escola ou me deixar sem nenhuma.

No fim, não consegui me formar no ensino primário. Depois de circular por doze escolas diferentes, abandonei o colégio e fiz uma prova que me permitiu passar direto ao colegial. Em todas as ocasiões, minha identidade foi revelada da mesma maneira: alguém enviava um exemplar da *Revista de Domingo* com a notícia sobre minha briga a todos os alunos da escola, à associação dos pais e aos nossos vizinhos.

Nós nos tornamos nômades, geralmente ficando em cidades portuárias. O sr. Ahn ensinou-me a mergulhar, e o mar me transmitia uma sensação de liberdade. No escuro, debaixo d'água, o mundo desaparecia, e nada poderia me alcançar. Estava protegido dos olhares curiosos das pessoas e de seus cochichos maliciosos.

A última escola que frequentei ficava em Sokcho. Um dia entrei na classe e encontrei um exemplar da *Revista de*

Domingo em minha carteira. Todos olhavam para mim em silêncio. Você nunca se acostuma com certas coisas — com ostracismo, provocações ostensivas e surras. Saí da sala, sentindo que meu corpo estava envolto numa chama azul e fria. Eu ardia enquanto atravessava o pátio e saía pelo portão. Fui diretamente à loja de conveniência, onde trabalhava meio período.

Meu patrão estava lá, e a loja estava cheia. Vislumbrei um exemplar da *Revista de Domingo* em cima do balcão. Pedi minhas contas, o salário do mês. Meu patrão me disse que esperasse ele terminar de atender um cliente. Esperei trinta minutos, que logo se tornaram uma hora. Havia muitos clientes naquele dia; meu patrão resmungou que eu estava atrapalhando. Enquanto esperava, eu ia do balcão à porta dos fundos, depois à porta do depósito, depois à porta da frente. Mas não me sentia humilhado. E meu rosto não estava vermelho.

Desde que tinha onze anos, desde o dia em que saí da delegacia de polícia, nunca mais me deixei perturbar. Depois de ter passado por um tribunal juvenil, nem sequer ficava com raiva. Não esperava nada de ninguém, o que significava que nunca entrava em pânico, acontecesse o que acontecesse. Sabia que esse não era um comportamento normal. O normal é ficar nervoso quando se é surpreendido, sentir raiva diante da humilhação, e retribuir amizade com amizade — era assim que os jovens da minha idade reagiam e, segundo o sr. Ahn, eu tinha de viver como eles. Eu discordava. Não tinha de viver "como eles"; tinha de viver, apenas. E para viver, não poderia entrar em pânico ou ficar zangado ou me sentir humilhado ou desabafar. Eu tinha de ser capaz de receber o que me deviam mesmo que tivesse de esperar durante horas. Foi a tenacidade que me fez continuar — que me impediu de me suicidar.

Quando finalmente recebi meu pagamento duas horas depois, percebi de repente que estava faminto. Dei uma volta pelos corredores, pegando um hambúrguer, bolinhos de arroz, um cachorro-quente, sanduíche, um almoço pronto... quanta comida pudesse me permitir comprar com o dinheiro do pagamento que acabara de receber. Empilhei tudo no balcão. Era comida bastante para alimentar um bando de sem-teto na estação ferroviária de Seul. Joguei o dinheiro para meu agora ex-patrão e fui para o píer.

Não havia ninguém por perto. Sentei-me e comecei a comer. Empanturrei-me de comida, contando o número de gaivotas que mergulhavam contra o fundo do sol poente, o número de barcos de pesca indo e voltando, o número de gatos de rua que não tinham nada para fazer, como eu. Finalmente, caiu a noite. Era tempo de voltar para a hospedaria Rose, na extremidade de um beco próximo, onde tínhamos alugado um quarto por um mês.

Naquele dia, fui honesto com o sr. Ahn pela primeira vez. Disse-lhe que ia abandonar a escola. Se fosse embora, seria apagado do mundo e esquecido.

O sr. Ahn balançou a cabeça.

"Desisto", eu disse.

"Você não pode desistir", ele retorquiu. "Na faculdade vai ser melhor."

Eu quase ri em voz alta. Faculdade? Estaria falando sério? Nada daquilo importava. Minha vida tinha acabado naquela noite no Vilarejo de Seryong. Fiquei marcado com os crimes de meu pai e o sr. Ahn tinha se tornado um nômade por minha causa. A *Revista de Domingo* me perseguia por toda a parte; nada iria mudar. Essa era minha vida e assim seria para sempre. Por que não conseguia entender? "Tudo que desejo é viver calmamente em algum lugar da costa."

O sr. Ahn balançou a cabeça, com teimosia nos olhos.

Eu olhei fixamente para ele.

O sr. Ahn cedeu um pouco. "Está bem, então um ano sem estudar. Você pode tomar uma decisão depois."

Eu também tive de recuar um passo. "Está bem."
Viajamos ao longo da costa, do leste para o sul e depois para o oeste. O sr. Ahn dirigia e consultava o mapa. Quando achávamos um quarto para alugar, desfazíamos as malas; quando não achávamos, dormíamos na van. Comíamos quando tínhamos vontade e mergulhávamos sempre que queríamos. Quando alguém demonstrava algum interesse por nós, íamos embora.
Chegamos ao Vilarejo do Farol no início de janeiro deste ano. Passamos quase o ano inteiro aqui sem que a *Revista de Domingo* arruinasse nossas vidas. Deveríamos ter feito isso desde o começo. Eu deveria ter abandonado a escola antes. Assim, não teríamos sido forçados a perambular na van roxa por todos esses anos, sem conseguirmos nos estabelecer em lugar algum.

Eu começava a ter esperança novamente. O sr. Ahn ia escrever, eu ia trabalhar na farmácia, e viveríamos aqui por muito tempo, talvez até a nossa velhice. Mas para isso acontecer, era preciso que o mundo exterior jamais se interessasse por este pequeno povoado. Por isso os caras bêbados da Chevy me incomodaram tanto.
O sr. Ahn estava se remexendo e se revirando na cama. Eu podia ouvir as ondas estourando no escuro. O relógio no quarto ao lado, do presidente do clube juvenil, tocou dez vezes. Eles ainda não tinham voltado. Fechei os olhos. Uma veia latejava no meio da minha testa, e o relógio da ansiedade dentro de minha cabeça tiquetaqueava cada vez mais alto.
Quem não compreende o mar tende a subestimar seu poder, e quem subestima o poder do mar provavelmente será atingido por ele.

***

O telefone tocou. Acordamos ao mesmo tempo, num sobressalto. O sr. Ahn atendeu.

"Aconteceu uma desgraça", o presidente do clube juvenil estava ofegante, dava para ouvir sua voz fora do receptor. "Uma catástrofe."

"Você ligou para o número de emergência e para a polícia? Onde você está? Estou a caminho."

Saí da cama e acendi a luz do teto.

"Houve um acidente", disse o sr. Ahn, enquanto tirava suas ceroulas e uma roupa de mergulho seca de nosso pequeno guarda-roupa. "Eles acharam três deles, mas não o sujeito com a câmera."

E por que você vai se meter nisso?, tive vontade de perguntar. Eu não queria que ele fizesse nada. E se algo lhe acontecesse, logo agora que estávamos estabelecidos?

"A unidade de emergência do município não tem mergulhadores. Terão de esperar que a polícia marítima venha de Mokpo. E então será tarde demais", disse o sr. Ahn, como se pudesse ler meus pensamentos.

Eu também peguei minhas ceroulas e uma roupa de mergulho seca. O sr. Ahn olhou para mim enigmaticamente enquanto fechava o zíper de sua roupa.

Fazia apenas um ano que eu aprendera a mergulhar em águas profundas. O sr. Ahn era um professor meticuloso e dava muita importância ao domínio das técnicas elementares. Nesse quesito, jamais me fez elogio algum. Acho que não me apreciava muito como companheiro de mergulho. Além disso, eu nunca participara de um resgate. Ainda assim, decerto era melhor me levar do que mergulhar sozinho; eu estava familiarizado com a parte submersa do penhasco. Olhei para ele como quem pede permissão, e percebi uma leve relutância. Depois, decidindo-se, mandou que eu buscasse meu equipamento. Peguei os tanques de oxigênio e as máscaras e entramos na van.

Fomos o mais rápido possível para o farol, e avistamos alguém subindo pelo penhasco e entrando correndo na Chevy. Era o cara do Ray Ban. O presidente do clube juvenil estava gritando lá de baixo: "Menino! Como vou ajudar seus amigos, se você está fugindo?".

O sr. Ahn e eu corremos trilha abaixo. O barco estava junto à costa e o presidente do clube juvenil o amarrava a um mourão. Dois homens estavam deitados no barco. Um deles, inconsciente; o outro, esperneando e gritando. Tinha sintomas de uma descompressão repentina e também parecia estar passando por um ataque de pânico. Não conseguimos fazer com que respondesse a nossas perguntas. Ele não conseguia andar.

O sr. Ahn pôs o sujeito inconsciente nas costas e subiu pelo penhasco. O presidente do clube juvenil ia atrás com o equipamento de mergulho deles. Fui deixado com o sujeito que tinha os sintomas de descompressão. Eu o carreguei nas costas, mas antes que conseguisse dar um passo ele recomeçou a se sacudir e se agitar e tentou me sufocar, apesar de eu ser seu único meio de transporte. Várias vezes quase caí no caminho trilha acima. Eu tinha vontade de jogá-lo do penhasco, ou ao menos lhe dar um chute no saco.

Ofegando sob o peso do equipamento, o presidente do clube juvenil contou o que acontecera. Os rapazes entraram no mar. O tempo de mergulho combinado com o representante do vilarejo era de meia hora. O prazo se encerrou e ninguém apareceu. Vinte minutos depois (ou seja, cinquenta minutos após o início do mergulho), o cara do Ray Ban veio à tona, perto do barco. O presidente do clube juvenil perguntou onde estavam os outros, mas o sujeito apenas gritou que eles tinham de voltar para o farol imediatamente. O presidente do clube juvenil deu-se conta de que eles tinham se separado dentro da água, e que ele teria de achar cada um deles e pescá-lo para fora.

O segundo sobrevivente foi achado no ponto mais ao norte da ilha, e o terceiro estava na zona rochosa, no sul. Ele desmaiou assim que subiu no barco. O fotógrafo não foi encontrado em parte alguma. O presidente do clube juvenil levou o barco para a praia. Não o fez para atender os pedidos do Ray Ban — que queria ele próprio conduzir o barco —, mas porque sua prioridade, agora, era levar o homem afogado a terra firme. Em seguida, chamou o sr. Ahn.

A equipe de emergência e a polícia ainda não tinham chegado. Aterrorizado e parecendo estar com raiva, o do Ray Ban ficou sozinho na Chevy, encolhido debaixo de um cobertor com o aquecimento ligado no máximo, olhando para nós. Deve ter usado toda sua coragem para não ligar o motor e fugir. Na minha opinião, merecia até ser condecorado.

Pus o cara com os sintomas de descompressão sentado na Chevy. O sr. Ahn pôs o homem inconsciente no banco traseiro e ajustou a máscara de oxigênio em seu rosto antes de se sentar ao lado do cara do Ray Ban. "O que aconteceu?"

"Eu não fiz nada de errado", disse ele num ímpeto.

O sr. Ahn o sacudiu pelos ombros. "O que aconteceu, e onde?"

O homem empurrou o sr. Ahn para afastá-lo. "Não me toque! Estou com dor de cabeça. Acho que vou vomitar. Posso estar morrendo."

O sr. Ahn o agarrou pelo pescoço e o obrigou a olhar para ele. "Responda."

"Vai se foder, me larga!" Ray Ban se contorcia. "Uma enorme coluna de água me atingiu na cabeça bem no meio do penhasco. Tentei grudar na parede de rocha, mas fui jogado para a superfície. Satisfeito?"

Fazia sentido. Nove metros abaixo da superfície da água, a oeste da ilha rochosa, havia um espinhaço, e abaixo dele, uma garganta que parecia um labirinto. Quem a percorre em direção ao sul acaba chegando a um local cercado por rochedos, cuja superfície é tão lisa quanto a parede de um arranha-céu. Era disso que Ray Ban estava falando. Aquele era o ponto mais profundo e era ali que surgiam as contracorrentes. Esse fluxo criava uma longa linha, visível a olho nu na superfície da água. A força que empurrava para baixo era forte, mas a contracorrente só tinha oitenta centímetros de largura, assim, se você se grudasse ao penhasco e se movimentasse de lado, poderia evitá-la. O sr. Ahn os tinha advertido quanto a isso; à noite não dá para ver a contracorrente e é mais difícil escapar dela, a menos que se conheça muito bem a topografia submarina. Deixar-se arrastar por uma dessas correntes era o mesmo que entrar num elevador para as profundezas do abismo. Embora o turbilhão se extinguisse quarenta metros acima do fundo do mar, ainda assim era possível arrebentar a cabeça em algum rochedo submarino.

Os quatro mergulhadores provavelmente haviam usado a flutuabilidade positiva para resistir à contracorrente, mas foram jogados para a superfície por não terem feito isso direito. Para uma descida lenta, você tem de acrescentar ar ao compensador de flutuabilidade, com uma mão na válvula de descarga, por precaução, para poder abri-la assim que escapar da contracorrente. Senão, você pode ser atirado como um foguete para a superfície. Ficou claro quão despreparados eles estavam: o Ray Ban nem sequer tinha uma buzina para avisar os amigos do perigo.

O sr. Ahn o largou. "Sente-se ereto até a ambulância chegar. Não faça nada de estúpido."

Ray Ban fungou, olhando para ele.

O presidente do clube juvenil ficou com eles na van, e o sr. Ahn conduziu o barco. Era altamente improvável que o fotógrafo estivesse vivo àquela altura. Fomos até o ponto mais ocidental. O mar estava calmo; o vento era brando, a água estava parada. Tínhamos de aproveitar essa calmaria antes que a maré começasse a refluir; pois aí as coisas ficariam mais difíceis.

O sr. Ahn ancorou o barco e pôs na água atrás dele a boia fluorescente de segurança, para nos ajudar na volta. Pressionei meu inflador de baixa pressão e reduzi minha flutuabilidade. Peguei um tanque de mergulho extra, verifiquei meu equipamento de respiração, puxei minhas barbatanas e conectei o cabo-guia entre nós. Pulamos na água na posição vertical. A água estava gélida. Tive a impressão de que uma camada de gelo se formava em minhas axilas. Enchi as bochechas de ar para equilibrar a pressão, sentindo um estalo nos ouvidos à medida que ia descendo, até parar na crista do penhasco, coberta de ouriços-do-mar. A escuridão dominava as profundezas; a visibilidade não chegava a dez metros. O sr. Ahn voltou seu polegar para baixo, sinalizando que descêssemos. Eu fiz o sinal de o.k.

Deslizamos pelo penhasco, verificando a velocidade com o medidor de profundidade e o relógio de mergulho. Quinze metros, vinte, vinte e cinco... aos trinta e dois metros, o sr. Ahn fez o sinal de parada. Mudei minha postura, de vertical para horizontal. Nadei para o sul ao longo da parede do penhasco, com espessa camada de coral-preto, procurando uma luz. Cerca de três minutos depois o sr. Ahn apontou para baixo. Rochas gigantescas se sobrepunham umas às outras, criando arcos, e através de um deles vi uma luz brilhando.

Atravessamos um arco e entramos num espaço parecido com o de uma caverna. O fotógrafo estava deitado no meio, como um cadáver. O sr. Ahn dobrou o indicador e o dedo médio e os encostou na palma da outra mão, dizendo-me com isso que me ajoelhasse junto ao corpo. Obedeci. A correia da câmera envolvia seu pulso, e os olhos estavam voltados para cima. O sr. Ahn cruzou dois dedos à frente de sua máscara, querendo dizer com isso que eu não olhasse nos olhos do cadáver, mas era um pouco tarde demais. Eu já tinha olhado. Comecei a ter dificuldade para respirar, num lapso de claustrofobia — a mesma coisa que havia acontecido tempos antes, quando fiquei preso aos olhos daquela garota.

Eu então não estava no mar, e sim no lago. Um mergulhador da equipe de emergência a tinha tirado da água. A garota tinha cabelos compridos, seus lábios mutilados estavam abertos como que num riso, e seus enormes olhos estavam me fitando. A náusea que senti tinha voltado agora. Tudo à minha volta começou a oscilar. Mais acima, um cardume de peixes noturnos pintou-se subitamente de vermelho, movendo-se devagar, como as estrelas que cruzavam pelo céu durante a noite em que eu passara com aquela garota. Em algum lugar do céu, ouvi uma voz que dizia: "Vivo. Morto".

O som da buzina me despertou da alucinação. Era o sr. Ahn. Comecei a respirar novamente. Fomos subindo devagar, cada um sustentando um braço do cadáver, carregando-o juntos. O sr. Ahn sinalizou-me que parasse a seis metros da superfície. Tínhamos estado submersos durante dezenove minutos. Fizemos uma pausa por segurança, devido à descompressão. Sete minutos depois, emergimos. Trocamos nosso equipamento de mergulho por snorkels. A luz do farol brilhava na superfície do oceano. Ouvi as sirenes, à distância.

* * *

Agora havia duas vítimas fatais — o sujeito que tinha desmaiado nunca mais recobrou a consciência. Os outros dois foram levados para o Centro Médico de Mokpo, que dispunha de uma câmara de descompressão. O sr. Ahn, o representante do vilarejo e eu fomos levados à delegacia. Os policiais disseram que queriam colher nosso depoimento, pois o sr. Ahn e eu havíamos trazido o corpo do fotógrafo, enquanto o presidente do clube era dono do barco.

Descobrimos que os caras eram de famílias importantes. Ray Ban era filho de um funcionário de alto escalão do governo; o rapaz com sintomas de descompressão era herdeiro do CEO de uma empresa importante; o que morrera na Chevy era filho de um general do Exército; e o fotógrafo, de um promotor de alto nível. O general e o promotor logo mostraram as garras. A perda da prole os deixou cegos e irracionais. Queriam encontrar bodes expiatórios, já que era impossível se vingar do verdadeiro responsável: o mar. Nós três fomos submetidos ao que acabou sendo um interrogatório. A polícia pediu detalhes sobre o acidente e sobre o resgate. Levantaram a possibilidade de que a culpa fosse nossa — talvez houvéssemos cometido algum erro, alguma negligência. Fizeram-nos contar a história várias vezes, interrogando-nos separadamente. Os dois sujeitos mortos foram colocados na mesa de autópsia numa velocidade recorde.

Já de madrugada, o sr. Ahn foi acusado de agressão por ter agarrado Ray Ban pelo pescoço. Aparentemente Ray Ban atribuíra as equimoses em todo o seu corpo àquela agressão. Ignoraram as explicações do sr. Ahn de que as equimoses tinham sido causadas por sangue coagulado quando a roupa de mergulho foi pressionada contra a pele.

O presidente do clube juvenil foi descrito com um velho desavergonhado, ofuscado pela ganância, alugando seu barco apesar de saber dos perigos. O policial ignorou o fato de ele ter tentado detê-los. Foi acusado de negligência voluntária, que resultou em perda de vida humana.

Levou menos de uma hora para eles descobrirem quem eu era. A história de minha vida — minha passagem pelo tribunal juvenil, a mudança de escola, vinte e uma vezes, os períodos sem estudar, indo de cidade em cidade durante sete anos, e morando numa hospedaria durante todo o ano passado — pareceu exalar feromônios; os detetives ficaram em minha cola como cães no cio.

Os resultados da autópsia chegaram por volta do meio-dia. O fotógrafo tinha morrido de um ataque cardíaco. O medo o tinha matado. O outro morrera de danos nos pulmões, causados pela pressão, que é o que acontece quando você cavalga um foguete de água em direção à superfície. Ambos estavam com um teor alcoólico no sangue de mais de 0,15 por cento. As acusações contra o sr. Ahn foram retiradas quando um especialista em medicina do mergulho concordou com sua explicação. O que estava com sintomas de descompressão, quando se recuperou um pouco, deu às autoridades um relato completo do incidente.

Segundo ele, tinham chegado à hospedaria próxima do farol por volta das quatro da tarde. Quase ao pôr do sol, o presidente do clube juvenil ofereceu-se para alugar o barco na manhã seguinte, e foi pago pelo quarto alugado e pelo barco. Os quatro começaram a beber e mudaram de ideia. Durante o dia, o mar é uma bicicleta, dissera Ray Ban; mas de noite é uma Harley Davidson. Depois que o sol se pôs, a vontade de montar na Harley Davidson começou a dominá-los. A audácia misturou-se à bebedeira, e acreditavam-se capazes de qualquer coisa. O sujeito reconheceu que tinham obrigado o presidente do clube juvenil a entrar no seu carro e a conduzir o barco.

Embora tivéssemos sido inocentados de qualquer malfeito, não permitiram que fôssemos embora. A investigação mudou de marcha, e começaram a perguntar ao sr. Ahn qual era sua ocupação, por que estava percorrendo o país com o filho de um assassino, qual era a fonte de seus rendimentos, e sobre nossa longa estada na hospedaria do presidente do clube juvenil. Parecia que os policiais estavam seguindo ordens daqueles pais importantes para apaziguá-los, buscando encontrar algo que os ajudasse a nos acusar de alguma coisa.

Finalmente deixaram que fôssemos embora às seis da tarde. Dez repórteres estavam esperando no saguão. *Quando você aprendeu a mergulhar? Por que saiu da escola?* A pergunta mais memorável foi: *O que você acha da pena de morte?* Eu me virei para olhar o jovem repórter que fez essa pergunta. Ele devia ter me perguntado se alguma vez me imaginava fazendo o papel do executor, porque então eu poderia lhe dizer que fazia isso mentalmente o tempo todo. Em geral era meu pai quem eu enforcava, mas às vezes passava a corda no pescoço de outras pessoas: o professor vesgo que tive uma vez, minhas primas gritalhonas, certos policiais que agiam como cachorros no cio. Eu lhe diria: se eu fosse você, tomaria cuidado.

O sr. Ahn deu uma batidinha em meu ombro: "Vamos embora".

Não falamos a caminho de casa. O sr. Ahn dirigia e o presidente do clube juvenil adormeceu.

Uma vez mais levei meu pai ao cadafalso. Lembro a primeira vez que o executei. Foi no verão, e eu estava estudando para meu exame de equivalência do colegial. Morávamos em Gunsan, e, numa ida à biblioteca, avistei um livro chamado *Teorias e práticas da pena de morte*. Desviei o olhar. Passei por ele várias vezes até finalmente pegá-lo. Li-o até o fim, sentado no chão junto à estante. Eu o pus de volta no lugar e fui direto para casa. Nada importava mais. Queria esquecer a imagem do cadafalso que tinha visto no livro. O dia estava quente, mais de trinta graus, mas eu me deitei e me cobri com um cobertor pesado. Uma rubra escuridão desabou sobre mim.

Eu estava diante de uma antiga construção de madeira com um caquizeiro junto à janela, o sol poente se alongando mais além do telhado, e a madeira escura da porta bloqueando meu caminho. Estendi a mão e a abri. Entrei. O recinto estava claro, apesar de não ter janelas nem uma fonte de luz. Na parte da frente do quarto, cujo piso tinha uma ligeira elevação, havia uma mesa, coberta por uma toalha escura. Uma cortina branca escondia os fundos do recinto. Ouvindo algo lá atrás, cruzei a peça e abri a cortina. Havia uma esteira no chão e nela se sentava um homem encapuzado. Uma corda grossa pendia sobre sua cabeça. Vi suor em seu pescoço. Seus ombros fortes estavam tremendo levemente. Ouvi um suspiro lamentoso vindo de dentro do capuz. Peguei a corda e a coloquei em seu pescoço. "Execute", ordenei. O assoalho se abriu com um estalo e o homem desapareceu.

Afastei o cobertor e me levantei. Olhei para fora. O sol alaranjado do entardecer pendia num céu cada vez mais escuro. Eu tinha executado meu pai.

"Está tudo acabado", disse o sr. Ahn. "Esqueça."

Pestanejei, afugentando as lembranças. Certo. Estávamos a caminho de casa. Assenti.

Naquela noite, eu me remexi e me revirei, embora não tivesse dormido por dois dias. Na manhã seguinte, pela primeira vez, eu chegaria mais cedo ao trabalho. Seria meu último dia. Meu patrão àquela altura estaria sabendo da minha verdadeira identidade, e eu pediria minhas contas. Peguei o jornal que fora deixado na porta da farmácia.

ACIDENTE SUBMARINO EM ILHA ROCHOSA EM SINSONG-RI. O MERGULHADOR QUE RESGATOU AS VÍTIMAS É FILHO DO ASSASSINO CHOI HYONSU.

Na noite de 24 de dezembro, quatro jovens coreanos — que estudavam nos Estados Unidos e estavam passando as férias de inverno no país natal — sofreram um acidente de mergulho nos arredores de uma ilha rochosa, perto da península de Hwawon, que resultou em dois mortos e dois feridos. O acidente ocorreu quando eles foram surpreendidos por uma contracorrente num penhasco submerso a oeste da ilha rochosa. Dois mergulhadores civis que residem num albergue próximo tentaram resgatá-los, mas uma vítima foi descoberta já morta, e outra morreu pouco depois. Os dois homens feridos foram transferidos para a Clínica Médica de Mokpo. O penhasco submerso, que fica na parte ocidental da ilha, é conhecido por suas contracorrentes, e até mergulhadores experientes evitam mergulhar ali à noite. Choi Sowon, de dezoito anos, um dos mergulhadores civis que participou dos esforços de resgate naquela noite, é filho de Choi Hyonsu, o perpetrador do incidente no lago Seryong, que atualmente aguarda execução. O jovem Choi percorreu o país sem domicílio fixo por vários anos, e desde o ano passado mora na hospedaria local. A polícia declarou que o acidente estava sob investigação e interrogou Ahn Seunghwan, 39 anos, que acompanhou Choi na tentativa de resgate.

Eu me sentei. Um suor frio pontilhava minha testa. Meu peito doía quando eu respirava. A manchete do jornal parecia uma faca se torcendo entre minhas costelas.

Abri a internet e pesquisei "filho de Choi Hyonsu". Cliquei no primeiro artigo. Já havia vários milhares de comentários sobre ele, mas não me dei ao trabalho de os ler. Ninguém iria elogiar o filho de um assassino só porque tinha praticado uma boa ação. Demorei um tempo para notar a lista de assuntos mais procurados, no alto da página. E o líder das pesquisas era "filho de Choi Hyonsu". Incrível. Sete anos tinham se passado, mas o interesse no filho de Choi Hyonsu não arrefecera nem um pouco.

Meu patrão chegou quando eu estava terminando de limpar a farmácia. Sentou-se à sua escrivaninha e abriu o jornal que eu tinha colocado lá. Esperei ele terminar de ler, depois anunciei: "Hoje vai ser meu último dia".

Ele cruzou as pernas e olhou para mim.

Não desviei o olhar. Eu não sou um criminoso.

"Você não precisa fazer isso", disse ele. "Estou certo de que todos vão esquecer isso tudo em alguns dias."

Foi uma atitude inesperada. "Obrigado por tudo, mas hoje é meu último dia." Eu estaria mentindo se dissesse que não estava sentindo nem um pingo de arrependimento, mas não quis ser o objeto de sua boa vontade. Sabia por experiência própria que não se pode contar com a bondade de ninguém; incontáveis demonstrações de boa vontade tinham durado apenas um dia. Seria melhor para nós dois se eu me demitisse. Ele me deu uma indenização, além do pagamento, e disse algo que eu nunca tinha ouvido antes: que eu seria bem-vindo se voltasse a qualquer momento, se precisasse de um emprego.

Terminei de arrumar tudo e saí às quatro horas. A van do sr. Ahn não estava estacionada junto à casa. Olhei pela janela, mas ele não estava em nosso quarto. Talvez tivesse ido à cooperativa de pesca. Mas, nesse caso, por que não deu uma passada na farmácia, que ficava ao lado? Sua mochila estava pendurada junto à porta, portanto deduzi que não fora fazer entrevistas para o novo livro. Estacionei minha bicicleta no pátio dos fundos.

"Quando você chegou?", perguntou o presidente do clube juvenil, aproximando-se, atrás de mim.

"Ah, você estava em casa? Estava tão silencioso que pensei que tinha saído."

"Eu estava em meu quarto." Mostrou uma caixa, dizendo que um entregador a trouxera, de moto, pouco tempo antes. Era um pouco maior que uma caixa de sapatos e não ostentava o nome ou o endereço do remetente, apenas o meu nome e o endereço da hospedaria.

"Onde está o sr. Ahn?"

"Não sei. Almoçamos juntos, e depois, quando acordei de minha sesta, ele não estava aqui."

Caminhei até o nosso quarto, mas parei junto à porta e me virei para olhar novamente o presidente do clube juvenil. Por que não nos mandava embora? Sua hospedaria, que em circunstâncias normais já quase não tinha clientes, talvez tivesse de fechar as portas por minha causa. Abri a caixa. O livro de anotações do sr. Ahn, o relógio-gravador que ele usava quando ia falar com suas fontes, um pendrive no formato de uma moeda que eu tinha comprado para ele com o primeiro contracheque de meu emprego na farmácia, um maço de cartas, um bloco de recortes preso num elástico. O que era tudo isso? No fundo da caixa havia uma grossa pilha de papéis. A primeira página estava em branco. Olhei para a página seguinte.

Prólogo
Lago Seryong, 27 de agosto de 2004

O que era isso?

A garota estava no ponto de ônibus em frente à escola. Apoiada em um poste, cutucava o meio-fio com a ponta do tênis. Olhava para baixo. Apenas sua testa branca, redonda, era visível, enquanto seus longos cabelos eram agitados pelo vento.

Um caminhão basculante passou por ela, fazendo-a desaparecer por um instante. Logo chegou uma van prateada. Por um momento, a van a escondeu. Uma voz alegre soou no ar úmido e pesado. "Não vou à aula de artes hoje. É meu aniversário e estou dando uma festa."

A van deu meia-volta e partiu. A garota atravessou a rua desoladamente, os ombros caídos, olhando para o chão. No outro lado da rua, Seunghwan olhava para ela, no início do caminho que levava à área de conveniência. A garota ergueu o rosto. O sol de agosto fez cintilar o grampo que prendia suas franjas num lado. Ela

olhou nervosamente para Seunghwan. Seunghwan quase a cumprimentou: Olá, moça. Feliz aniversário.
Ela caminhou rumo à entrada principal do Jardim Botânico de Seryong. Seunghwan acendeu um cigarro. Cinco minutos antes, na área de conveniência, ele tinha visto crianças que moravam nas habitações da companhia e que pareciam estar indo para uma festa de aniversário no McDonald's da região. Cada uma levava um presente. Certamente não era a festa dela.
Ele ouviu o som tradicional da percussão do Quarteto do Lago Seryong, anunciando o começo de um ritual em memória do vilarejo desaparecido. Todas as crianças das terras baixas estariam lá. Havia duas classes de pessoas no Vilarejo de Seryong: os nativos e os funcionários da companhia que administrava a represa. Os primeiros eram os habitantes originais do antigo Vilarejo de Seryong, submerso durante a construção da represa. Após o desaparecimento do vilarejo, os antigos moradores haviam se restabelecido em uma baixada, ao pé da represa. Por isso, eram conhecidos como "a gente da baixada". Os funcionários da represa viviam, com suas famílias, em um condomínio construído pela companhia ao sul do Jardim Botânico de Seryong, que, por sua vez, ficava a oeste da represa. Eram conhecidos, portanto, como "a gente do condomínio". No bosque ao norte do Jardim Botânico, havia três casas: 101, 102 e 103, referidas em conjunto como o Anexo. As 102 e 103 abrigavam empregados da companhia de segurança da represa. Seunghwan morava na 102. A garota aniversariante morava na 101, uma casa de dois pavimentos que parecia uma fortaleza. Seu pai era o dono do Jardim Botânico, e dera à filha o nome de Seryong, em homenagem ao lago.
Seunghwan nunca tinha visto as crianças da baixada brincando com as crianças do condomínio. A menina, Seryong, não se misturava a nenhum dos grupos. Tinha nascido no agora submerso Vilarejo de Seryong, mas morava no Anexo, e por isso não seria classificada nem como criança da baixada nem como criança

do condomínio. Provavelmente era por isso que estava sozinha em seu décimo primeiro aniversário.

Seunghwan olhou para o céu, o cigarro entre os lábios. *Nuvens cor de chumbo tomavam forma.* O sol começava a se esconder atrás das nuvens, e as cigarras pararam de cantar. Era uma tarde de sexta-feira quente, pegajosa e desagradável.

Fechei o manuscrito. O personagem que observava a menina se chamava Seunghwan, assim como o sr. Ahn, cujo nome completo era Ahn Seunghwan. Além disso, a prosa do sr. Ahn me era tão familiar quanto meu próprio rosto. Era fácil adivinhar o que vinha na página seguinte. A *Revista de Domingo* tinha entalhado aquela história em meus ossos. Eu não precisava ler aquilo novamente. Por que ele tinha escrito isso? Por que o estava enviando a mim? Eu não tinha reconhecido a caligrafia na caixa, mas quem mais poderia ter sido?

Pedalei até o farol e sentei-me à beira do penhasco. Fiquei olhando o mar. Sexta-feira, 27 de agosto de 2004. A menina ainda estava viva naquela tarde. Não consegui impedir minha mente de voltar àquele verão, sete anos atrás.

Nós nos mudamos para o lago Seryong no domingo, 29 de agosto. Meu pai tinha sido transferido para lá como chefe da segurança na represa Seryong. Só havia dois quartos na casa 102, e o sr. Ahn já estava morando lá. Meus pais ocuparam o quarto principal e eu virei colega de quarto do sr. Ahn.

O sr. Ahn mostrou-me o caminho que levava à área de conveniência no primeiro dia de nossa estada. Nosso propósito era encontrar meu pai, que tinha saído para comprar suprimentos. Duas horas depois, como não tinha voltado para casa, minha mãe nos pediu que fôssemos procurá-lo. O sr. Ahn e eu subimos pelo caminho estreito e chegamos à área de conveniência junto à estrada, onde antes tínhamos parado, quando nos dirigimos ao lago Seryong. Eu estava confuso. Nós tínhamos parado na área de conveniência, depois passado pelo trevo que leva ao Vilarejo Seryong, e em seguida caminhamos por outro trecho, antes de chegar ao lago. O sr. Ahn viu minha expressão de perplexidade e apontou para o caminho que tínhamos acabado de atravessar: "É um caminho mágico".

Quase acreditei nele. O caminho leva à área de conveniência em cinco minutos a pé, enquanto ir de carro levava mais de dez minutos. Não era a única coisa estranha a seu respeito. Aquela era uma simples área de conveniência à beira da estrada, mas também era a base da vida cotidiana para o povo de Seryong. As lanchonetes eram seus restaurantes, a loja de conveniência era sua mercearia, e as mesas encimadas de guarda-sóis, no belvedere, eram o bar do vilarejo.

O sr. Ahn me levou ao belvedere e lá encontramos meu pai com duas garrafas vazias de soju. Sentamo-nos a seu lado, olhando para o lago lá embaixo.

"Conte-me sobre essa mágica", eu disse ao sr. Ahn.

"Que mágica?", perguntou meu pai.

"A mágica do caminho."

Meu pai olhou para o sr. Ahn, que riu. "Sowon, você sabe o que é uma espiral, não sabe?"

Desenhei um redemoinho com o dedo.

"Isso mesmo. O lago Seryong foi criado quando construíram a represa. Antes, um rio passava ao pé da montanha, mas a represa inundou o vilarejo e os aldeões foram realocados nas terras baixas. Depois eles construíram uma rodovia ao longo da encosta circundando a montanha. Assim, se você imaginar o lago como primeiro andar e a área de conveniência como o segundo, a estrada é a escada em espiral que conecta os dois pavimentos, e o caminho é uma escada de mão. Por ela, você chega direto ao segundo andar."

Esquecendo que estávamos encarregados de levar meu pai para casa, ficamos por lá — eu com uma Coca-Cola, meu pai bebendo soju, e o sr. Ahn, cerveja. O sol se avermelhou, as sombras se alongaram. Um tênue vapor elevava-se do lago. O sr. Ahn apontou para um ponto distante onde a planície encontrava o céu. Ele disse que, naquela direção, além do horizonte, ficava a baía de Deugnyang. Ele nos recomendou abrir as janelas à noite, pois o vento soprava do sul e trazia o cheiro do mar. Mas o que me foi trazido a cada noite foi a voz dela: *Vivo. Morto...*

"Garotinho, o que está fazendo aqui? Está escuro." Era o presidente do clube juvenil.

"O sr. Ahn voltou?"

"Não, mas chegou mais uma coisa para você."

Era outra caixa. Dessa vez o remetente era "Seu amigo". Não reconheci a caligrafia. Não era a do sr. Ahn, tampouco se parecia com a letra do remetente do primeiro pacote.

Dentro da caixa havia um exemplar da *Revista de Domingo* e um tênis de basquete amarelado, da Nike. Só um, tamanho 38. Na parte de dentro da lingueta estava escrito, meio apagado, um nome.

Choi Sowon.

Tive um par de tênis da Nike apenas uma vez na vida. Eu havia ganhado um prêmio numa competição de matemática na escola, quando tinha onze anos, e meu pai me deu os tênis Nike de presente. Chegou a escrever meu nome neles. Mas eu os perdera no lago Seryong.

Fechei a caixa e tornei a me sentar. Quem enviou isso? O que queria comigo? Se alguém queria se vingar de meu pai, bastava esperar até o dia da execução.

Fui me deitar cedo, mas não conseguia dormir. Em minha cabeça, rodopiavam perguntas de todos os tipos. Onde estava o sr. Ahn? Por que estava fora assim tarde da noite? Por que não ligava? Quem tinha enviado a *Revista de Domingo*? Seria coincidência que as coisas do sr. Ahn e os tênis houvessem chegado no mesmo dia? O que estava acontecendo? Até então eu tinha suposto que a pessoa que estava enviando a *Revista de Domingo* a meus vizinhos e colegas de escola era um parente de uma das vítimas. Achava que mais ninguém iria me perseguir com tanta insistência. Mas o Nike era uma prova de que estava enganado. Uma pessoa estranha não poderia saber o que ele significava para mim.

Liguei para o sr. Ahn. O telefone dele estava desligado. Quis ligar para os pais dele em Seul, mas não tinha o endereço nem o número do telefone. Liguei o laptop do sr. Ahn e conectei o pendrive na entrada USB. Devia haver uma cópia digital do manuscrito, e eu precisava localizar o trecho que queria sem ter de ler o texto inteiro. O drive continha duas pastas: "Referência" e "Lago Seryong". Na pasta "Lago Seryong" havia dez arquivos Word. Abri o "Rascunho final". O primeiro capítulo era o mesmo do manuscrito impresso. A primeira sentença era a mesma também. Busquei "Nike".

Na última primavera, Sowon ganhou o prêmio de uma competição de matemática na escola. Hyonsu comprou para ele tênis de basquete Nike, usando seu cartão de crédito secreto.

Continuei clicando em "Localizar próximo". Foram surgindo mais algumas frases, todas tendo Hyonsu como sujeito. Até aparecer um nome diferente.

Yongje tirou os tênis de sua sacola. "Estes poderiam ser os de seu filho?"

Yongje. O rosto de um homem lampejou em minha mente. Digitei "Yongje".

Seunghwan ouviu Seryong gritar mais algumas vezes, assim como seu berro "Papai!"

E depois: *O nome que ele viu debaixo d'água estava também na porta da unidade 101. Oh Yongje.*

Meu cabelo ficou eriçado. Oh Yongje era o pai daquela garota. Talvez fosse ele quem estava me enviando a *Revista de Domingo*. Mas havia uma falha nesse raciocínio. Ele estava morto havia sete anos. Todo mundo sabia que ele tinha morrido pelas mãos de meu pai. Uma confusão nauseante revolveu minha barriga.

Olhei para o nome destacado em branco na tela. *Oh Yongje.*

Lago Seryong I

Seunghwan abriu a porta de vidro que levava da sala de estar à varanda. O vento soprava do sul, trazendo o ar salgado para o recinto escuro. A trilha em frente ao anexo estava coberta de neblina, e gotas de chuva começavam a se grudar no vidro das janelas. Tudo estava silencioso; não havia ninguém lá fora. Ele ouviu o som de uma caixinha de música. *Fly me to the moon/ and let me play among the stars...*

Seunghwan abriu o celular e ligou para Choi Hyonsu, mas o telefone dele ainda estava desligado.

Choi Hyonsu era o novo chefe de segurança da represa Seryong. A partir de segunda-feira seria o chefe de Seunghwan. Hyonsu estava planejando se mudar para lá no domingo; pretendia vir hoje, sexta-feira, dar uma olhada no lugar que sua família ia dividir com Seunghwan. Deveria ter chegado às oito horas, mas já eram nove. Não era possível que houvesse esquecido. Tinham planejado a visita naquele mesmo dia, na hora do almoço, e ele não tinha telefonado nem enviado mensagem de texto dizendo que se atrasaria.

Seunghwan fechou a porta e correu as cortinas. Não tinha como impedir que seu novo chefe chegasse atrasado, mas tampouco era obrigado a ficar sentado esperando. Não podia mais esperar. Não tinha tempo nem disposição. Havia mais o que fazer. Enviou uma mensagem de texto: *A senha para abrir a porta da frente é 214365.*

Seunghwan pegou seus tênis na entrada e foi para o quarto, nos fundos da casa, que dava para o bosque atrás do anexo. Guardou o celular na gaveta e começou a trocar de roupa. Seria tudo mais fácil se ele já chegasse com o equipamento básico — roupa de mergulho, compensador de flutuabilidade, cinto de lastro. Amarrou uma faca de mergulhador na canela. Seu celular tocou. Seunghwan teve um sobressalto. E se fosse o chefe, avisando que logo chegaria? Era só o que faltava. Ou talvez fosse seu pai. Seu pai costumava ligar àquela hora da noite, depois de um drinque. *Por quanto tempo você vai continuar tentando escrever um romance? Por que deixar um bom emprego? Com trinta e dois anos de idade você é apenas um segurança. Você vai se casar? Nós não nos matamos de trabalhar para lhe dar instrução e depois ver você desperdiçar a vida. Se você é realmente talentoso como esse tal de Chandler, de quem o seu irmão vive falando, então por que não sou tratado como pai de um escritor famoso?*

Seunghwan calçou os tênis e saiu pela janela, ignorando o celular. Pegou a mochila, na qual levava a câmera submarina e outros equipamentos, pendurou-a nas costas e olhou para trás, para a casa. Podia ver a sala de estar, atrás da porta de seu quarto. As luzes estavam acesas, e a TV, ligada. Seu celular começou a tocar outra vez. Fechou firmemente a janela, ligou sua lanterna frontal e se encaminhou para a unidade 101.

O limite norte do Jardim Botânico estava demarcado por um muro no perímetro, encimado por arame farpado. Ficava vinte metros além do pátio dos fundos da unidade 101. Havia um pequeno portão; não estava trancado, assim tudo que teve de fazer foi erguer o trinco. Havia até uma luz sobre o portão, de modo que pôde atravessá-lo facilmente e seguir em direção a seu destino.

O problema era que Seunghwan não conseguia se concentrar no caminho sem se distrair com os arredores. Menos de dez passos adiante, uma janela parcialmente aberta no 101 atraiu seu olhar. Era o quarto da menina. Ela se chamava Seryong. A tela interna e a cortina estavam abertas também. Havia uma espiral repelente de mosquitos no peitoril, fumegando. Seunghwan parou onde estava. Na parede, havia um retrato da garota. Os cabelos estavam presos em tranças, num coque, no alto da cabeça. Seus olhos escuros olhavam para a frente. Parecia uma jovem bailarina num quadro de Degas. A menina que ele tinha visto algumas horas antes, recostada no ponto de ônibus, cutucando o meio-fio com o pé, pairava naquela fotografia como uma sombra. Abaixo do retrato havia uma mesa e sobre ela três pequenas velas votivas dentro de copos; uma verde, duas vermelhas. Ao lado, sentavam-se animais de pelúcia usando chapéus de festa. Uma roda-gigante musical de brinquedo, com uma lâmpada representando a lua e a figura de uma menina voando para ela, girava diante dos animais convidados. Era a fonte da melodia que estivera pairando no ar enevoado da noite. Seryong estava dormindo na cama, o cabelo solto e o rosto parcialmente mergulhado nos lençóis.

Para Seunghwan, Seryong parecia irreal. Tinha o aspecto de uma miragem. Seunghwan ajeitou a mochila e virou-se, mas não conseguiu partir. Intrigava-o a cena que acabara de avistar. Decerto a menina fizera uma festinha de aniversário para si mesma, antes de se deitar; mas fora uma comemoração solitária. Se o pai dela tivesse passado pelo quarto, não teria permitido que ela deixasse as velas acesas e a janela aberta. A BMW branca deveria estar estacionada em frente à cabana, mas ele não se lembrava de tê-la visto. Em sua mente, chamas amarelas, flamejando na brisa, pulavam de um animal de pelúcia para outro, devorando-os num instante.

Seunghwan apagou da mente essa cena imaginária e afastou-se da janela. Seria mais sensato não ficar por ali. Ia cruzar o portão e se dirigir ao lago Seryong. Se alguém lhe perguntasse por que desejava ir ao lago, em meio à cerração noturna, ele responderia parafraseando um famoso provérbio: "Um gato tem de arranhar, um cão tem de morder, e eu tenho de escrever".

Seunghwan tinha se voluntariado para o destacamento de segurança da represa Seryong por causa das regalias. Ele receberia uma moradia nas montanhas junto a um lago. O salário não era ruim; menos do que se pagava na ferrovia, porém mais do que se fosse trabalhar na estrebaria de uma criação de cavalos de corrida. Como o contrato durava apenas um ano, ele não tinha de se entregar de corpo e alma, como se fosse uma formiga num formigueiro. Se tivesse sorte, talvez deparasse com uma dessas musas fugidias, o que poderia lhe valer a honra de ser um romancista campeão de vendas e ganhar algum dinheiro.

Logo na primeira vez em que Seunghwan foi até o belvedere na área de conveniência, deu-se conta de que tinha escolhido o emprego perfeito. Era o primeiro dia de junho, nem quente nem frio. O céu estava enevoado, e mal se via o círculo do sol no céu perolado. Era o clima perfeito para contemplar o lago lá embaixo. Pôde ver que o lago fora criado represando o rio que serpenteava descendo do monte Paryong para o norte, e ia costeando até desaguar no mar do Sul. Dois picos finos, retos, guarneciam cada lado do lago. O pico Seryong se erguia à margem direita, ao lado da área de conveniência. Do belvedere, podia-se avistar o outro pico, Soryong, na margem oposta do lago. Ao sopé do Seryong havia uma espessa floresta de amieiros, e, dentro dela, um estábulo para cabras abandonado. Abaixo da entrada daquele rancho havia um caminho, com vista para o lago, que levava à represa. As pessoas o chamavam de caminho interno. O lago tinha o formato de um busto de mulher — a parte em que a água entrava parecia seu longo pescoço, a doca situava-se junto ao peito redondo, e na curva do seio havia um sinalzinho, uma ilha chamada Hansoldeung. A torre de captação de água, situada sob o peito, e a represa sustentavam seu longo e voluptuoso corpo mais abaixo. Na crista da represa ficava uma ponte de manutenção. As comportas e o escritório da segurança ficavam no lado do pico Soryong, na outra extremidade da ponte. O tributário abaixo das comportas dividia os campos em dois, em seu fluxo em direção ao mar. O vilarejo Seryong abraçava o tributário. O escritório da manutenção e a usina estavam na encosta do pico Soryong e o Jardim Botânico de Seryong, na encosta em frente. Uma segunda ponte de manutenção ligava os dois lados do tributário, e uma terceira conectava os escritórios do governo e o distrito comercial.

A entrada dos fundos para o vasto Jardim Botânico, de propriedade particular, ficava perto da primeira ponte de manutenção, enquanto a entrada principal era pelo distrito comercial. A estrada que ligava o Jardim Botânico aos portões tinha um quilômetro de comprimento. O Jardim Botânico era cercado por um muro em todo o perímetro, encimado por arame farpado, e era protegido por uma grande quantidade de câmeras de segurança.

Durante os dois meses decorridos desde sua chegada, Seunghwan só tinha conseguido escrever umas poucas frases:

Seryong era uma menina com nome famoso. Na verdade, seu nome era o mais famoso da região, pois a fonte que irrigava toda aquela área também se chamava Seryong. E muitos outros pontos tinham o mesmo nome. Para onde quer que você andasse, escutaria falar em Seryong: Parque Seryong, Escola Seryong, Clínica Seryong, Delegacia Seryong, Jardim Botânico Seryong.

Fora até aí que ele tinha chegado em seu romance. Escrever um livro sobre a menina foi um surto de inspiração, mas ele não sabia o que ela ia fazer ou por que diabos ela fazia parte da história.

Seunghwan começou a ficar enfastiado. Seu trabalho era monótono e o clima estava esquentando. O lago acenava tentadoramente, mas ele não podia mergulhar. Não podia meter nem um dedo na água. Seu equipamento de mergulho ficara no armário. Havia pouco tempo descobrira que o lago Seryong era um reservatório de primeiro nível e que abastecia quatro cidades e dez condados nas redondezas. Uma cerca de arame farpado circundava o lago. Ninguém tinha permissão para escalar o pico Seryong. O Rancho Seryong, que tinha sido usado para criar cabras, fora fechado quando terminaram a represa, e o estábulo virou refúgio de animais selvagens; era ilegal construir ou derrubar qualquer edificação na zona protegida. A estrada que circundava o lago estava parcialmente fechada ao trânsito de veículos; o lago, em suma, era um enorme poço interditado.

Eis a pergunta que agora ocupava a mente de Seunghwan: havia alguma diferença entre aquele lago e uma fossa de estrume? Ambos têm algo em comum: você não pode mergulhar. Mas a fossa de estrume era mais simpática, porque não era preciso ficar cuidando dela. O lago, por outro lado, tinha de ser guardado dia e noite. Havia apenas seis seguranças, e quatro deles moravam na unidade 103. Seunghwan partilhava a unidade 102 com o predecessor de Choi Hyonsu. O ex-chefe de segurança era um discípulo de Cristo: na porta da frente, havia pregado um cartaz que dizia "Aqui vivem aqueles que creem em Jesus Cristo", e se entregava a um apaixonado proselitismo. Submetido a sermões constantes, Seunghwan estava sempre com olheiras profundas, pois, ainda por cima, andava sofrendo de insônia — resultado do bloqueio que impedia seu romance de avançar. Sempre que se deitava, sentia-se inquieto, pensando que deveria estar escrevendo. Mas, tão logo abria o laptop, era invadido por uma obscura vertigem. Isso o fez ficar com medo das noites. Nas noites sem dormir começou a vaguear pelos bosques atrás do anexo. Na densa e deserta floresta, podia ficar a noite inteira sem ser incomodado pelas rondas da guarda do Jardim Botânico. Tampouco havia câmeras de segurança no bosque. Ele às vezes deparava com seres noturnos, como o velho jardineiro que se embriagara e vagueava pela floresta às duas da manhã, ou Ernie, o gato de rua que se pendurava na janela do quarto de dormir de Seryong.

Na primeira vez em que Seunghwan encontrou Ernie, o gato não se assustou; olhou para Seunghwan com uma expressão de fastio felino antes de se virar e desaparecer pelo portão no muro circundante. Seguindo o gato, Seunghwan desceu a trilha até alcançar a estrada que circundava o lago. Viu Ernie passeando vagarosamente no nevoeiro. Ele o seguiu até chegar ao velho estábulo da fazenda Seryong. Uma parte do assoalho tinha afundado; lá dentro havia uma grande caixa de madeira envolta num cobertor cor-de-rosa. A julgar pelas tigelas cheias de água e de comida, era de imaginar que alguém fosse até lá com frequência. Provavelmente Seryong.

A partir daquela noite, Seunghwan expandira o raio de suas andanças para além do portão. Esgueirava-se pela janela de seu quarto, para que seu chefe não soubesse, e caminhava ao longo do muro circundante até chegar ao estábulo. Porém, sua caprichosa musa ainda se recusava a aparecer, e Seunghwan continuava bloqueado. Sua impaciência e suas vertigens aumentavam dia a dia. Até a manhã anterior, quando seu antigo chefe partira para assumir um novo cargo, no lago Chungju, Seunghwan ainda não encontrara um modo de escapar àquele bloqueio desesperador.

No escritório, Seunghwan conversou com Park, um dos guardas de serviço durante a semana; debateram como dividir o trabalho. Park começou a falar da cerimônia em memória do vilarejo desaparecido, que se comemorava todos os anos em 27 de agosto, dia em que o vilarejo Seryong fora submerso. Park explicou que o festival começava às três da tarde e terminava às sete da noite. Durante o ritual, realizado na estrada que circundava o lago, os aldeões depositavam oferendas nas águas, na direção da ilha de Hansoldeung. Era a principal cerimônia celebrada no vilarejo.

"Vale a pena dar uma espiada?", perguntou Seunghwan.

"Está interessado?", perguntou Park.

"Talvez. Estarei de folga depois de amanhã."

Por um momento, Park fitou o monitor das câmeras de segurança. "Este lago me dá arrepios."

Seunghwan lançou uma olhadela ao monitor. O nevoeiro começava a se dissipar, e a ilha flutuava, semelhante a um túmulo, no meio do lago. Dois pinheiros gêmeos enroscados erguiam-se isolados no meio daquela ilha, que tinha a forma de um domo. "O que quer dizer Hansoldeung, afinal? Cordilheira dos Pinheiros Gêmeos?"

"Como é que eu vou saber?", respondeu Park. "Só sei que o antigo vilarejo ficava lá."

"Mas por que o lago te dá arrepios?"

"Porque o Vilarejo de Seryong está inteirinho debaixo d'água, igual ao que era antes. Algumas casas ainda têm até as placas com os nomes dos moradores."

Seunghwan engoliu em seco. Os cabelos em sua nuca se eriçaram.

"Pelo menos é isso o que eles dizem. Faz sentido, acho. A represa foi terminada há uns dez anos, mas não demoliram o vilarejo. Apenas o inundaram. Era o segundo maior no distrito."

"Alguém confirmou essa teoria com os próprios olhos?"

"Acho que não. Mas, no outono passado, um canal de TV veio para checar. Ninguém sabe como escutaram o rumor. Seja como for, o vilarejo ficou em polvorosa. O pessoal da baixada arrebentou a van da TV e quase linchou o representante da companhia, que havia permitido a filmagem. Tivemos um trabalho dos infernos para salvá-lo."

"Uau. Parece uma reação exagerada."

"Eles acreditam que um deus-dragão protege o vilarejo inundado. Rezam para ele. Não querem que nenhum forasteiro venha bisbilhotar, pois para eles este é um lugar sagrado. Dizem que o deus vai acordar e provocar uma tragédia se alguém de fora se intrometer no vilarejo submerso. Também ri quando ouvi isso pela primeira vez. Depois percebi que têm um motivo para ficarem preocupados, porque vivem com um gigantesco tanque de água sobre suas cabeças."

"Mas agora acredita neles?"

"Seunghwan, você não o viu durante o pôr do sol, viu?", perguntou Park, referindo-se ao lago como se fosse humano. "Olhe para o monitor por um ou dois minutos após o pôr do sol. Quando a escuridão tomba sobre as águas, o nevoeiro começa a subir de Hansoldeung. Como fumaça saindo de chaminés escondidas sob a ilha. Uma vez, eu estava olhando a tela e ouvi uma voz de mulher dizer: 'Venha e coma seu jantar'". Park mantinha os olhos na tela. "Acha que estou louco, não acha?"

"Não, não é isso, mas..."

"Quando meu contrato acabar, vou embora para nunca mais voltar", murmurou Park.

Seunghwan foi para casa. Deitou-se, mas não conseguiu adormecer. Não estava cansado. Quase podia ver o vilarejo submerso à sua frente, a voz da mulher ressoando em suas orelhas. Como poderia descer até lá? Seus pensamentos beiravam o delírio; talvez não tivesse escolhido o lago, mas, em vez disso, o lago é que o chamara. O que o esperava lá no fundo talvez não fosse a musa, mas Atlântida. Para chegar ao antigo vilarejo ele teria de passar pelo ancoradouro. E para isso precisava de uma chave. Não poderia pular a cerca com todo o seu equipamento de mergulho.

Na manhã de sexta-feira Seunghwan saiu do trabalho após quarenta e oito horas de serviço. No bolso levava uma cópia da chave que dava acesso ao ancoradouro. Teria sido impossível roubar a chave original, porque era obrigado a entregá-la diretamente ao responsável pelo turno seguinte. O jeito foi escapulir até a área comercial durante seu próprio turno e fazer uma cópia. Para tanto, contudo, teve de deixar seu posto vago, sem ninguém para vigiar a barragem em sua ausência. Mas Seunghwan não permitiu que esse fato o incomodasse.

À tarde, ele subiu até o belvedere. Usou uma bússola para fazer estimativas com base nos ângulos e na visão panorâmica da represa e desenhar o interior do lago. Com a ajuda de um esquadro, desenhou Hansoldeung, o ancoradouro e a torre de captação de água. O vilarejo devia começar em algum ponto próximo ao ancoradouro, estendendo-se até além da torre, com a ilha atrás. Como tinha suspeitado, a ponte flutuante perto do ancoradouro era o lugar ideal para entrar na água. Ele andou até um caminhão de um vendedor ambulante, estacionado à beira da estrada, e comprou linha de pesca, tinta fluorescente, boias e lastros. Foi logo depois disso, ao voltar para casa, que avistou Seryong no ponto de ônibus.

Uma curiosidade desnecessária o tomou de assalto enquanto esperava a escuridão baixar. Quem Seryong teria convidado para sua festa de aniversário? Ele pintou os lastros com tinta fluorescente, esperou que secassem, depois os prendeu na linha de pesca, tomando cuidado para deixar espaços de cinquenta centímetros entre um e outro. Era um medidor de profundidade improvisado, que ele usaria para calcular o tempo de descompressão. Um medidor de profundidade eletrônico usando o nível do mar como referência seria inútil naquela altitude; a pressão absoluta era apenas cerca da metade da pressão ao nível do mar. A linha serviria também como guia; uma vez tendo achado o vilarejo submerso, ele a estenderia ao longo das ruas, permitindo que voltasse na noite seguinte.

Mesmo após Seunghwan terminar a preparação do medidor de profundidade, o novo chefe não apareceu. Seunghwan acalmou os nervos com duas latas de cerveja, mas depois deu-se conta de que aquilo era uma tolice. Então esperou até as nove, fazendo flexões, tentando eliminar o álcool de seu organismo. Aquela seria a grande noite; tinha de entrar no lago, sem que ninguém descobrisse, e procurar a Atlântida, pois agora estava sozinho em casa e de folga, ou seja, era o momento certo para fotografar o vilarejo submerso em seus mínimos detalhes. Após atravessar o portão da cerca, Seunghwan ligou sua lanterna frontal no máximo da intensidade, mas mesmo assim não conseguia enxergar muito bem. O estranho nevoeiro que emanava do lago era espesso demais. Era como uma tempestade de neve. Começou a chover. Seunghwan desligou a lanterna no fim da estrada, porque havia uma câmera de segurança instalada sobre a entrada nº 1. A escuridão o envolveu.

Com a mão deslizando na cerca, seguiu até alcançar o ancoradouro, cerca de dez minutos depois. Era o único ponto de entrada, uma porta de aço. Era tão alta quanto a cerca, com um espaço de uns trinta centímetros entre o solo inclinado e a borda inferior da porta. Uma grossa corrente estava enrolada na maçaneta, e presa com um cadeado. Seunghwan regulou a lâmpada na intensidade mínima para abrir o cadeado. Uma vez lá dentro, repôs a corrente e o cadeado, mas pelo lado de dentro, e se trancou, para que ninguém pudesse perturbá-lo.

A rampa de concreto que descia até a doca tinha cerca de vinte metros de comprimento, ladeada por um emaranhado de arbustos e plantas rastejantes. Na ponta da rampa começava a ponte flutuante; e ali estava atracada ao *Josong*, um barco usado pela empresa que cuidava da limpeza do lago. Seunghwan pôs sua mochila na cabine do *Josong*. Tirou a linha de pesca, amarrou-a ao píer e preparou-se para entrar na água. Pôs as nadadeiras e o dispositivo de respiração na boca. Eram nove e meia. Entrou na água num salto vertical. Ligou a lanterna no máximo e afundou, descendo cuidadosamente e desenrolando a linha de pesca. Passou pelo primeiro termoclino e localizou lá embaixo a linha amarela divisória no centro da estrada de mão dupla; muito tempo atrás, aquele lugar era chamado de pico Sangryong. A contracorrente era bem forte, mas a visibilidade não era muito ruim. Ele conseguiu ver que havia um longo vale abaixo da estrada. Seunghwan enrolou frouxamente a linha de pesca num tronco de árvore e continuou a descer.

Começou a ficar com dor de cabeça, tão fria estava a água. Seus pés estavam plantados no fundo de um vale. Tudo era escuridão e silêncio. Não havia cores. Apenas a estrada, refletindo o facho da lanterna, soltava uma cintilação prateada. Seunghwan conseguia ver lampejos do antigo vilarejo além do halo da lanterna. Experimentando uma mistura de medo e entusiasmo, começou a nadar ao longo da estrada, para a escuridão.

Foi saudado por uma inscrição que marcava a entrada do vilarejo. BEM-VINDO AO VILAREJO SERYONG. Perto dele, o vulto de um ponto de ônibus com abrigo, do qual o vidro se fora. Enrolou a linha de pesca em torno dele e de um poste de sinalização enferrujado. Continuou seguindo a estrada. Passou a linha em volta de um grande tronco de árvore. As plantas subaquáticas tinham crescido nas ruínas de um moinho de arroz; peixes nadavam pelas brechas de suas paredes. Um poste com fios telefônicos jazia na rua, e um arado enferrujado estava cravado na terra. Enrolou sua linha de pesca em volta de todos eles e continuou. Deparou com um muro de pedra em desintegração, tapumes dependurados, vigas de aço expostas, batentes de portas quebrados, telhas espalhadas, árvores caídas, um carrinho de criança com uma roda faltando, um poço coberto com uma tampa de aço. Seria essa a aparência do mundo, após o desaparecimento total da humanidade? Ele ficou fascinado.

Como um peixe, Seunghwan passou por estradas e pontes e muros de pedra, fragmentos de imaginação que ele armazenou, um por um, em sua câmera. Numa casa em que só haviam restado as paredes, ele imaginou ver um casal idoso jantando tranquilamente. Sentou-se no banco de um ponto de ônibus, ouvindo as conversas das pessoas que esperavam. Viu uma jovem mãe encontrar-se com o marido enquanto empurrava o carrinho do bebê pela rua. Ele poderia juntar todas aquelas histórias e escrever algo realmente incrível.

O tempo, debaixo d'água, é tão caprichoso quanto as correntes. Às vezes passa lento como um menino num triciclo, às vezes voa como uma gangue de motoqueiros. Num instante, já havia se passado uma hora. Seunghwan deu-se conta de que estava se sentindo entorpecido. Tudo se sacudia à sua frente, e não por causa da corrente. O vilarejo, de repente, estava pintado em cores vívidas. Sentiu-se eufórico; estava começando a vacilar sob o efeito da narcose de nitrogênio.

Só mais uma foto, disse a si mesmo, apontando a câmera para a placa com um nome, pendurada numa casa no ponto mais elevado do vilarejo. Apertou o disparador e o flash espocou. A placa desapareceu sob a luz repentina e, por um instante, viam-se apenas as letras em relevo: *Oh Yongje*.

Eram 22h45 e só lhe restavam cento e vinte bares de pressão. Seunghwan tinha de voltar à superfície. Começou a expelir ar do compensador de flutuabilidade e a subir. Não teria tempo para voltar pelo mesmo trajeto, por isso decidiu emergir diretamente acima da última casa. Olhou para baixo enquanto ascendia, a nove metros por minuto. Tudo se tornava cinzento de novo. Ele continuava pensando na placa e no nome daquela última casa.

Lembrou o que tinha acontecido em seu primeiro fim de semana no lago Seryong. Seu chefe tinha ido visitar a família em Seul, e Seunghwan ficou sozinho em casa. Por volta da meia-noite, já quase adormecia, quando ouviu um grito lancinante. Abriu os olhos, mas tudo estava em silêncio novamente. Tornou a fechar os olhos, pensando que tinha sonhado. Foi quando ouviu alguém soluçar baixinho lá fora. Seunghwan pegou a lanterna e abriu a janela. Na sombra de dois galhos entrelaçados de um cipreste estava uma menina em suas roupas de baixo, os braços cruzados no peito. Quando a luz da lanterna a alcançou, ela se agachou toda encolhida e choramingou: "Não olhe, não olhe!".

O primeiro impulso de Seunghwan foi fazer o que ela pedia. Não sabia o que estava acontecendo, mas achava que seria melhor não se envolver. A menina desmaiou. Pelo visto, havia se deparado com um assaltante no bosque; o nariz estava inchado, havia som de catarro na garganta toda vez que respirava. O corpo estava coberto de talhos e sangrava. Seunghwan pulou pela janela, envolveu-a num cobertor e correu até a porta, o mais rápido que pôde, com a menina nos braços. Lembrava-se de ter visto uma clínica no distrito comercial. Descobrir de quem era filha e quem tinha feito isso a ela era uma preocupação secundária.

Felizmente o médico, um jovem com cabelo raspado, ainda estava lá, embora fosse uma noite de sábado. Ele fez uma radiografia e disse que o nariz da garota estava quebrado. "O que aconteceu?", perguntou.

"Não sei", disse Seunghwan, "ela desmaiou bem em frente da minha janela."

Logo um policial chegou à clínica. Sabia quem ela era — Seryong, a filha de onze anos do dono do Jardim Botânico. Tinha o número do pai dela. Puxou o celular e telefonou. Pouco tempo depois, um homem com uniforme da Marinha e sapatos muito bem polidos apareceu na clínica.

"Estava na rua?", observou o policial.

"Eu estava indo para casa quando recebi sua ligação", disse o homem, não se dando ao trabalho de olhar para a filha. Estava de pé, bloqueando a porta, olhando para Seunghwan. Suas pupilas negras estavam tão dilatadas que mal se via o branco dos olhos. "E quem é você?"

Seunghwan limpou a garganta. "Eu moro na unidade 102."

"Desde quando? Nunca o vi antes."

Seunghwan começava a se sentir sufocado. Divisara algo desagradável nos olhos do homem — algo parecido com um desafio. "Eu me mudei faz poucos dias", disse lentamente, para se acalmar. "Não sabia que era sua filha."

"E como é que *você* trouxe minha filha aqui?"

"Primeiro me responda você", replicou Seunghwan. "Por que sua filha desmaiou na frente da minha janela?"

O pai da menina voltou-se para o médico. "Há sinais de violência?"

O doutor repetiu o que tinha dito antes a Seunghwan: "O nariz dela está quebrado, e há lesões que sugerem que bateram nela com alguma coisa...".

"Isso é tudo o que você vê? O que estou vendo é minha filha deitada num leito de hospital, nua, e uma homem que a trouxe até aqui, no meio da noite."

Seunghwan olhou para o homem, aturdido. Essa era uma descrição que não lhe tinha ocorrido.

O médico fechou o dossiê com um estalo. Parecia incomodado.

O policial estava olhando para Seryong, que agora estava acordada, lançando olhares de soslaio ao pai. "O que este homem fez a você?", perguntou o pai, apontando para Seunghwan. "Ele machucou você? Tocou em você?"

Seunghwan prendeu a respiração.

"Não", sussurrou Seryong.

"Como você se feriu?", perguntou o policial.

O olhar de Seryong percorreu o policial e o médico. Pousaram em Seunghwan antes de voltar para o policial. Parecia estar evitando o pai. Seus grandes olhos felinos brilhavam, úmidos, mas não eram lágrimas. Seunghwan percebeu que era medo.

"Você disse que seu nome é Ahn Seunghwan?", perguntou o policial. "Por favor, saia por um momento."

Seunghwan não podia fazer isso; pois sua vida agora dependia das palavras que saíssem da pequena boca daquela menina.

"O senhor também, diretor Oh."

Mas o diretor Oh não se mexeu, o olhar fixo na filha.

"Vocês dois, por favor, agora", insistiu o policial.

Oh e Seunghwan olharam um para o outro antes de se dirigirem à porta.

"Não vão muito longe, será apenas um minuto", disse o oficial.

Oh sentou-se numa cadeira no outro lado da porta. Apoiou-se no braço da cadeira, virou-se para Seunghwan e o fitou, com o rosto empinado. As pupilas negras dilatadas e os grandes ombros retesados lembravam um animal selvagem prestes a dar o bote. Seunghwan sentou-se do outro lado da sala, esforçando-se para parecer calmo. Mas não conseguiu: sua cabeça se esvaziou de todo pensamento racional e encheu-se de fúria, humilhação e angústia. Era difícil respirar. Estava desesperado por um cigarro, mas não podia sair dali; sabe-se lá o que essas pessoas poderiam concluir em sua ausência. Era impossível escutar o que se dizia na sala de exame. Vinte minutos arrastaram-se. Quando o policial abriu a porta e saiu, Seunghwan estava a ponto de desmaiar.

"Ela disse que estava brincando de vivo ou morto com um gato que encontrou no bosque e acabou batendo numa árvore", relatou o policial, de pé no meio do corredor. "Tentou chegar em casa, mas como estava escuro, foi parar na casa errada. O nariz sangrando a fez ficar tonta, e ela desmaiou. Ela quis que eu lhe dissesse, diretor Oh, que está agradecida a seu vizinho de porta por tê-la trazido aqui, e que ele nunca bateu ou tocou nela."

Seunghwan levantou-se, sua garganta ardendo de raiva. "Você está dizendo que essa menininha estava brincando de vivo ou morto com um gato? No meio da noite? Em roupas de baixo? Está falando sério?"

"O gato, qual era mesmo seu nome?", o policial perguntou a si mesmo. "Sim, ela disse que é a brincadeira favorita desse gato."

"E as marcas de cortes em todo o seu corpo? E o ombro sangrando?", perguntou Seunghwan.

"O gato a arranhou, ela disse. Parece que a brincadeira ficou meio violenta. E o médico disse que não pode determinar se houve abuso sexual. O raio X mostrou que o nariz está realmente quebrado."

Dessa vez Oh pôs-se de pé. "Você está dizendo que temos de ir a um ginecologista para determinar se aconteceu alguma coisa?"

"Se eu fosse você, a levaria primeiro a um otorrino para ver o que se pode fazer com o nariz quebrado. Depois podemos abrir um inquérito."

Oh entrou na sala de exames e saiu com a filha envolta num cobertor. Não disse nada. Antes de saírem olhou para Seunghwan, e seus olhos eram dois punhais.

O policial segurou o cotovelo de Seunghwan. "E você pode vir comigo até a delegacia."

Seunghwan se desvencilhou. Desconhecia as leis, mas sabia ao menos de uma coisa: trazer uma menina ferida a uma clínica não era motivo para ser levado a uma delegacia de polícia. Especialmente quando a menina o tinha inocentado.

"Vamos lá", disse o policial, saindo da clínica. "Foi você quem relatou o fato, por isso precisa pelo menos apresentar uma declaração oficial."

Na delegacia, Seunghwan registrou por escrito os eventos daquela noite, suprimindo o ímpeto de jogar a caneta longe. Seus dedos ficaram com cãibra, de tanto esforço. Sua cabeça rodopiava. Por que a garota mentiu quanto ao que acontecera com ela? Por que o pai dela tinha tentado deixar patente que fora ele, Seunghwan, quem a atacara? Por que o policial estava tão desinteressado em encontrar o culpado? Seunghwan chegou a uma conclusão: aqueles três agiam segundo regras tácitas, que Seunghwan e o médico ignoravam. Era evidente que o policial, o diretor e a menina sabiam quem era o agressor. E que Oh não estava a caminho de casa quando recebeu a ligação.

Seunghwan reconstruiu o acontecimento mentalmente. Sob algum pretexto, o pai de Seryong a espancara e a deixara nua. Ela fugiu, mas não pôde fazer nada; estava assustada demais para entrar fundo na floresta, e não poderia ir para a estrada principal porque não estava vestida. Então ela se escondeu sob os galhos de uma árvore, em frente à janela dele. O pai dela saiu a procurá-la, mas, nesse momento, um vizinho se intrometeu na história. O pai viu Seunghwan entrando em casa, com a menina nos braços, e saindo novamente, rumo à clínica. Pouco depois recebeu uma ligação da polícia. O policial sabia que a menina era espancada regularmente e que o vizinho inocente estava numa situação complicada, mas ainda assim agiu como se nada soubesse.

Uma coisa era clara para Seunghwan: ele estava sendo usado para ocultar os espancamentos. Mas algo aí não fazia sentido. Na Coreia, pais raramente são presos por baterem nos filhos. A reação do pai tinha sido desnecessária e, ainda por cima, podia prejudicar sua reputação. Agindo daquela forma, ele corria o risco de arruinar sua própria farsa: poderia ser acusado de levantar uma falsa acusação contra um homem inocente.

Mais tarde, seu colega, Park, contou-lhe que Oh estava em processo de divórcio litigioso. Era dentista de profissão e proprietário de um prédio em Sunchon onde funcionavam onze clínicas privadas, inclusive a dele. Era filho único de um grande e influente proprietário de terras na região, e também era dono dos campos que constituíam a subsistência do vilarejo. Seunghwan entendeu que Oh estava lhe fazendo uma advertência: Fique fora de minha vida pessoal.

No fim de agosto, a polícia ainda não iniciara inquérito algum. Seunghwan ouviu Seryong gritar mais algumas vezes, inclusive seu berro: "Papai!".

O nome que viu debaixo d'água era o mesmo que estava na porta da unidade 101. *Oh Yongje*.

O celular de Hyonsu tocou. Ele deu uma olhada. Era Eunju de novo. Já era sua quinta ligação em uma hora, e ela também tinha enviado mensagem de texto.
Atenda!
Está a caminho, ou já chegou em casa?
Ainda está em algum bar, não é? Bebendo com os amigos outra vez?

Hyonsu *estava* bebendo. Com seus amigos. Mas estava num soju bar em Gwangju, não em Seul; tinha feito uma parada em seu caminho para a represa Seryong. Por isso não atendeu. Se lhe dissesse onde estava e o que estava fazendo, ela ficaria furiosa. Voltou a se concentrar no jogo que passava na TV. Os Tigers e os Lions se enfrentavam no Estádio de Beisebol Daegu. Os Tigers estavam sendo massacrados. A câmera mostrou o receptor com as mãos nos quadris; seu time tinha sofrido três *runs*.

Hyonsu entendia a situação do jogador, pois já estivera em seu lugar. E não fazia muito tempo. Na verdade, durante a maior parte de sua carreira, havia jogado num time da segunda divisão dos Fighters de Hanshin, que já não existia. Seu jogo final, em agosto de 1998, tinha sido contra os Bears, no Estádio de Beisebol Jamsil, em Seul.

O celular tocou novamente, mas dessa vez não era sua mulher. Era Kim Hyongtae, que tinha entrado na companhia no mesmo ano em que ele entrara. "Onde diabos está você?", Hyongtae perguntou com voz irritada. "Sua mulher ligou. Eu lhe disse que não estávamos juntos, mas ela continuou insistindo que eu lhe passasse o telefone. Disse que você deveria estar hoje na represa Seryong. Você não foi?"

"Estou indo."

"Por que não diz isso à sua mulher, então? Você, mais do que ninguém, deveria conhecer o temperamento dela."

Hyonsu perguntou-se quão famoso seria o temperamento de Eunju. Manteve o telefone grudado na orelha; Hyongtae já tinha desligado, mas ele precisava de uma desculpa para ir embora. Seus dois camaradas ergueram o olhar, ele apontou para o telefone e começou a se encaminhar para a saída.

"Desculpe, você é Choi Hyonsu? Você joga beisebol?", perguntou um homem sentado a uma mesa junto à porta.

Hyonsu olhou para trás, espantado por alguém reconhecê-lo.

"Eu estava na quadragésima quinta turma no Ginásio de Daeil", disse o homem, levantando-se.

Hyonsu enfiou o celular no bolso da camisa e apertou a mão do homem. Assinou um pedaço de papel que o homem lhe estendeu; o fã lhe pedira um autógrafo, dizendo que era para seu filho, e o convidara a beber algo. Hyonsu recusou o convite, esvaziando dum trago o copo de soju que tinha na mão. Queria ir embora. Não queria responder a uma porção de perguntas de um ex-colega do qual nem sequer se lembrava.

Abria a porta do carro, quando o celular notificou uma nova mensagem de texto. *Onde você está bebendo?* Era uma das perguntas favoritas de Eunju. A outra era: *Por quê?* Hyonsu jamais respondia a essas perguntas. Perguntar a um alcoólatra onde e por que ele bebe é a mesma coisa que ir a um cemitério e perguntar "Por que vocês todos morreram?". Todos os bares do mundo estavam sempre abertos e havia tantas razões para tomar um drinque quanto havia bares. Mas hoje ele tinha uma razão especial. Seu arremessador, desde os tempos do colegial, tinha aberto um bar.

Kim Ganghyon parara de jogar três anos depois de Hyonsu. A certa altura foi arremessador dos Fighters, cujas jogadas lhe valeram o apelido de Submarino Nuclear, mas o fizeram terminar a carreira após dois anos de operações e fisioterapia. Seu cotovelo não teria se deteriorado tão rapidamente se ele não tivesse sido tão sobrecarregado. Quando o time mudou de dono, ele finalmente se aposentou. Ninguém contrataria um submarino arrebentado. Depois disso tentou a sorte em vários negócios, mas seus fracassos eram tão velozes quanto seus arremessos. Aquele soju bar, perto de uma faculdade em Gwangju, era a quinta tentativa de uma retomada. Hyonsu tivera a intenção de dar uma passada lá, mas essa visita não fora planejada. Tinha pensado em fazer isso depois de se mudar para o lago Seryong. Foi Eunju quem lhe deu a ideia. Naquela manhã, quando se aprontava para o trabalho, ela perguntou: "Hoje é seu último dia de trabalho aqui, certo? Vai sair mais cedo?".

"Sim, por quê?", respondeu Hyonsu.

"Pode dar uma olhada em nosso novo endereço? Tenho que ir à escola hoje."

"Por quê?"

Eunju pareceu ficar exasperada. "Porque precisamos ter uma ideia do tamanho da casa, para saber o que levar. Não podemos levar tudo conosco para depois jogar fora."

"Não há motivo para jogar nada fora", protestou Hyonsu.
"Tem o mesmo tamanho que este lugar."
"Você não está entendendo. Uma casa num bosque é sempre menor do que dizem que é, não importa o que digam. E a disposição dos cômodos pode ser diferente da que temos aqui no apartamento. E só há dois quartos de dormir."
Mas a represa Seryong não ficava perto de Seul; seriam mais de cinco horas de carro. O raciocínio dela não fazia o menor sentido para Hyonsu. Enquanto calçava os sapatos, ele perguntou: "Então tudo que preciso fazer é ir lá e verificar?".
"Não só isso. Você não disse que um jovem já está morando lá? Você tem de falar com ele, está bem? Descubra qual será o nosso quarto e como vamos partilhar banheiro e cozinha, esse tipo de coisa. Temos de deixar tudo claro desde o início, para que não haja problemas."
"Então você quer que eu converse com ele e resolva se vamos dividir a máquina de lavar e como vamos rachar a conta da água, esse tipo de coisa?"
"Talvez você consiga convencê-lo a se mudar para a casa ao lado. Inclusive deve ser incômodo para ele morar com a família de seu chefe."
Hyonsu olhou para Eunju. Como ela era atrevida! Seria uma característica inata ou uma perícia deliberadamente desenvolvida? Ele não tinha argumentos ou aptidão para forçar seu novo colega de trabalho a ir morar na casa ao lado. E na verdade não lhe importava em nada que ele fizesse isso ou não.
De todo modo, ele ligou para seu novo colega e disse que estava indo para lá. Pensou que poderia também passar pelo bar de Ganghyon, já que estava indo na direção de Gwangju. Chegou lá por volta das seis horas. Tinha planejado lhe dar uma planta de presente pela inauguração do bar e depois ir embora, mas encontrou três colegas de escola. Nenhum deles ainda jogava; simplesmente usufruíam de seu tempo livre.

Pediram alguma comida, e depois uns drinques. Conversaram sobre a época, no campo de treinamento, em que tinham jurado que seriam os melhores, sonhado com o estrelato em meio ao rançoso odor do suor, como o bem-apanhado Ganghyon costumava ter uma legião de fãs entre as meninas do ginásio, e o que acontecera com o primeiro amor de Hyonsu, e como ele conseguira três *home runs* na semifinal do campeonato nacional do colegial. Uma garrafa logo já eram duas, e depois oito. Hyonsu bebeu pelo menos metade do consumo da mesa.

O celular de Hyonsu começou a tocar novamente quando chegou ao pedágio que dá acesso à autoestrada. Eunju. Ela ia continuar ligando até que ele atendesse. Hyonsu desligou o telefone. A autoestrada estava engarrafada, talvez porque era noite de sexta-feira. Mas quando passou pelo pedágio, notou um grupo de veículos da polícia. Sua nuca começou a formigar. Se fosse uma blitz ele estaria em apuros: sua licença tinha sido revogada noventa e três dias antes por dirigir embriagado.

Naquele dia, acontecera a mesma coisa. Estivera bebendo com amigos num soju bar, assistindo a um jogo na TV, e Eunju telefonara para Hyongtae. Começava a se sentir meio alto quando Hyongtae lhe passou o telefone, sorrindo com desdém. Hyonsu sentiu o rosto arder. Eunju ficava furiosa quando o flagrava bebendo. Naquela mesa, Hyonsu era o único homem cuja esposa telefonava de hora em hora. Então, em algum momento indefinido, começara a ignorar as ligações. Mas não podia se recusar a atender o celular que Hyongtae lhe estendia. "Sim?", disse ao telefone.

"Onde você está? O que está fazendo? Está bebendo novamente?"

"Estou jantando. Não estou bebendo."

"Então por que não atendeu?"

"Eu não ouvi. Mas você não pode ficar telefonando para os meus amigos."

"Então atenda o telefone!"

Hyonsu percebeu que eles estavam a ponto de entrar numa discussão circular. Rapidamente recuou. "O que está havendo?"

"Sowon está doente. Está vomitando e com febre. Agora há pouco, pediu que eu o ajudasse a se vestir. Disse que você tinha prometido levá-lo para esquiar."

O coração de Hyonsu entrou em queda livre. "Leve-o para o hospital."

"Acabei de chamar uma ambulância."

Hyonsu saiu correndo do bar. Ao volante, se esqueceu completamente de que estava bêbado, até que um policial o fez parar, perto do hospital. Ele suplicou que o liberasse, explicando que seu filho estava doente.

"Claro, claro", foi a resposta.

Não poderia se recusar a fazer a prova do bafômetro. O aparelho soltou um bipe agudo. Não havia dúvidas: ele estava encharcado de álcool. O policial ordenou-lhe que levasse o carro para o acostamento. Hyonsu conseguiu conter o impulso de arrancar a toda velocidade. A van da polícia estacionada no acostamento mediu o nível do álcool no sangue em 0,09. Ele foi levado para uma delegacia. Invocar a doença do filho não funcionou lá tampouco. Estava escrevendo seu depoimento quando Eunju ligou novamente.

"Onde você está?"

Sua voz soou estridente e fragmentada.

"Estou indo. Quase chegando. O que o médico disse?", sussurrou Hyonsu.

"Ele acha que é encefalomeningite. Precisamos ir para um hospital que tenha um tomógrafo computadorizado e uma unidade pediátrica."

"Então vá!", gritou Hyonsu.

"Não precisa gritar! Acha que sou idiota? Claro que estou indo! Estamos num táxi a caminho do Hospital Donga, e eu liguei para lhe dizer para me encontrar lá!"
Ao se dar conta da situação, o policial ficou mais generoso e agilizou o processo. Hyonsu entrou num táxi tendo na mão uma licença de motorista provisória, válida para dois dias.
Sowon estava deitado numa cama na extremidade mais afastada da emergência. Eunju estava segurando sua mão. Sowon foi o primeiro a avistar Hyonsu. "Pai."
"Então você não estava bebendo, hã?", dardejou Eunju.
"O que está acontecendo?", perguntou Hyonsu, seu olhar encontrando o de Sowon. Quis chegar mais perto dele, mas não pôde; o espaço entre as camas era estreito demais para um homem de um metro e noventa de altura e cento e dez quilos. Seu tamanho de gigante era inútil fora do campo do beisebol.
"Por que se atrasou tanto?", perguntou Eunju.
"O que está acontecendo?", Hyonsu tornou a perguntar.
"Estávamos esperando você. Eles dizem que têm de fazer uma punção lombar."
"Uma punção lombar? O que é isso?"
"É nas costas..." Eunju olhou para Sowon e se deteve. "Eles me disseram que não é perigoso, mas precisam que eu assine uma autorização. Não querem assumir a responsabilidade se algo acontecer. E como posso tomar essa decisão sozinha?"
Hyonsu quis gritar: "Como assim, não pode assinar sozinha? Você sempre faz tudo o que quer!", mas se conteve. Sabia o que ia acontecer se começasse a gritar, dado o seu tamanho e o álcool em seu hálito. "Onde está o médico?"
Eunju apontou para o posto de enfermagem no meio da emergência. Hyonsu foi falar com o médico, sufocando a raiva. O pediatra disse que, por enquanto, estavam conseguindo controlar os sintomas com esteroides, mas era preciso fazer uma punção lombar. Ele ia enfiar uma agulha comprida na

espinha de Sowon para retirar algum fluido cefalorraquidiano, aliviando a pressão no cérebro. Usariam o fluido para fazer um teste e determinar se a meningite era bacteriana ou viral.

"Qual é a diferença?", perguntou Hyonsu.

"A meningite viral é mais fácil de tratar, ele ficará bem", disse o médico.

"E a bacteriana?"

"Pode haver algumas sequelas. Desde perda de audição até o desenvolvimento de epilepsia..."

Tudo ficou escuro ante os olhos de Hyonsu. Suas pernas tremeram e ele não conseguiu ler o texto da autorização. Pousou a caneta várias vezes até conseguir escrever seu próprio nome.

Levaram Sowon na maca. Hyonsu entrou com eles, e Eunju ficou do lado de fora. Um atendente tirou a camisa de Sowon e o fez se curvar, deitado de lado. O médico desinfetou o local sobre a espinha e o isolou pondo em volta gaze esterilizada. Sowon começou a se retorcer. O atendente tentou imobilizá-lo, mas isso não foi suficiente para aquietar a criança assustada. Sowon vira de relance a longa e fina agulha, e quando o médico desinfetou suas costas, ele se deu conta de que seria perfurado por aquele objeto terrível. Sowon olhou para Hyonsu, num silencioso e desesperado pedido de socorro. Porém, o médico também lançara um súbito olhar a Hyonsu: "Faça-o ficar quieto! Se ele se mexer durante a intervenção, será um desastre".

Hyonsu se agachou junto à cama, espremendo-se entre a maca e a parede, suando, a respiração ofegante, aterrorizado. "Sowon", disse delicadamente, "você se lembra do que eu faço sempre que fico assustado?"

Sowon parou de se contorcer.

"Lembra?"

Sowon franziu os lábios, como se fosse assobiar.

"Sim, isso mesmo. Então é isso que vamos fazer. Eu vou assobiar alto, e você assobia junto, dentro de sua cabeça. Quando terminarmos, essa coisa assustadora também vai ter acabado. Não é verdade, doutor?"

"É verdade", disse o médico, preparando o anestésico local.

"O que vamos assobiar?"

Sowon estendeu os dedos indicador e médio, sem falar. Hyonsu recordou o início de *A ponte sobre o rio Kwai*, filme de que o menino gostava: aquela cena em que os soldados ingleses capturados entram marchando no campo de prisioneiros, enquanto assobiam a "Marcha do coronel Bogey". Sowon não entendia realmente o filme, mas o rebobinava e assistia a cena repetidas vezes, tanto que a fita VHS ficou fina e esticada como um macarrão.

Hyonsu pôs dois dedos de cada mão na borda da maca, verticalmente, como se fossem dois soldadinhos, e assobiou uma única e longa nota. Era uma senha, conhecida apenas pelo pai e pelo filho, sinalizando o início da marcha. Então Hyonsu começou a assobiar a marcha, enquanto as duas mãos avançavam, tropeçavam e sacudiam-se ao ritmo da melodia. Um débil sorriso apareceu no rosto de Sowon.

"Agora, mais uma volta no campo de treinamento", instigou o médico. E quando a melodia terminou, ele pediu bis.

Hyonsu teve vontade de lhe dar um soco. Como é que ainda não tinha terminado?

Sowon adormeceu assim que acabou o procedimento. O médico explicou que devia estar se sentindo mais confortável, pois a pressão no cérebro tinha diminuído. Hyonsu continuou agachado ao lado dele, tremendo. E se algo acontecesse a Sowon? E se ele não pudesse mais ouvir, ou caminhar, ou andar de bicicleta, ou subir no trepa-trepa, ou se tivesse convulsões... Foi uma noite terrível, a mais aterrorizante de seus trinta e seis anos de vida. Quando ergueu a cabeça, o olhar negro de Eunju o atingiu como uma onda de água fria em que se mesclavam aversão e ressentimento e medo e lágrimas. Ele não sabia o que dizer para consolá-la.

Chegaram os resultados do teste — era uma infecção viral, mas Sowon acabou ficando hospitalizado por quase um mês, pois foi difícil regular a pressão em seu cérebro. Tiveram de fazer duas punções lombares adicionais. Todo tipo de drogas foi bombeado para dentro de seu pequeno corpo.

Hyonsu passou dias transitando entre o hospital, a casa e o trabalho. Trazia comida para sua mulher e seu filho, fazia compras, e ficava durante a noite com Sowon. Sua carteira de motorista continuava suspensa, mas ele deixou o assunto de lado por um tempo. Não tivera oportunidade de contar a Eunju. Seu nervosismo por estar ao volante sem ter a licença começou a se dissipar gradualmente, e quando Sowon ficou bem o bastante para ir para casa, ele praticamente tinha esquecido o assunto.

Tudo voltou ao normal. Eunju voltou a trabalhar na cafeteria da escola, Hyonsu voltou a beber e assistir aos jogos de beisebol, e esqueceu ou descartou coisas que tinha de fazer, continuando a pegar o volante depois disso. E continuou a ignorar as ligações de Eunju, só se dando conta de que dirigia embriagado quando se deparava com uma blitz. E era isso, aparentemente, o que estava acontecendo agora.

Hyonsu meteu a cabeça pela janela para ver o que ocorria na estrada à sua frente. Dois carros tinham saído da fila. Logo os outros veículos começaram a se mover. Ele ficou aliviado. Não era uma blitz, mas um acidente. Uma colisão envolvendo dois carros e um caminhão. Após interditar a pista, os policiais estavam trabalhando no local do acidente. Com um aceno, mandaram que seguisse em frente. Ele dirigiu com prudência enquanto passava pela polícia, mas, assim que alcançou a autoestrada, o velocímetro pulou para a velocidade média de um bêbado: cento e vinte quilômetros por hora. O motor gemia, e a lataria do carro estremecia, mas Hyonsu não sentia coisa alguma, apenas cansaço e tristeza. Pensava no novo apartamento que tinham acabado de comprar, ou melhor, que Eunju tinha comprado.

Dez dias antes, Eunju anunciou que queria comprar um apartamento. Hyonsu olhou fixamente para a esposa, como se ela estivesse louca. Pois só a loucura explicaria esse súbito desejo de comprar um apartamento de cento e dez metros quadrados em Ilsan. Eunju explicou que era barato considerando o mercado; o proprietário estava indo à falência e queria vendê-lo às pressas. Era uma boa localização, perto de uma boa escola, com vizinhança bonita e agradável.

Hyonsu acabou concordando. Se Eunju dizia que o apartamento era bom, então devia mesmo ser bom. Ainda assim, ele achava o preço alto demais. Por mais cálculos que fizesse, não entendia o raciocínio da esposa. Mesmo que resgatassem a caução do apartamento em que moravam e raspassem todas as economias, ainda faltariam trinta milhões de wons. Não iam conseguir obter um empréstimo tão grande. O que fariam quanto aos impostos, e como pagariam os juros enormes? Como iam sobreviver? Melhor seria comer três refeições por dia num apartamento alugado do que chupar os dedos, famintos, num imóvel próprio.

"É por isso que sua vida é do jeito que é", insistiu Eunju. Os cálculos dela eram diferentes. Primeiro, ela pôs diante dele cinco cadernetas de poupança.

"O que é isso tudo?"

"O que acha que é?"

Era dinheiro, muito dinheiro, o suficiente para cobrir os trinta milhões de wons e os impostos. Eunju começou com a cantilena que ele sempre ouvia quando se embriagava. "Você pensa que eu fico poupando e economizando por simples egoísmo? Acha que gosto de me matar trabalhando? Se você fosse um bom chefe de família, já teríamos comprado um apartamento."

"E quanto aos juros que teremos de pagar?"

"Podemos alugar o novo apartamento."

"E onde vamos morar?"

"Nos alojamentos da companhia."

Dessa forma, Eunju queria que ele aceitasse algum posto em uma região isolada. Mas Hyonsu tinha seus próprios motivos para não querer se afastar de Seul. Trabalhava para uma companhia de segurança que tinha contratos com importantes instalações do governo, e estava com ela desde que abandonara o beisebol. Fora contratado para um cargo permanente, e sua primeira escalação tinha sido numa represa nas montanhas da província de Chungchong. O ar era puro, o lugar, tranquilo, e a companhia oferecia moradia gratuita. O único problema era que todas as conveniências, desde o jardim de infância de Sowon até o supermercado, ficavam na cidade grande, no outro lado da montanha. Eunju recorreu a suas economias e comprou um Matiz usado para ele. Hyonsu ficou agradecido, mas parecia que ela tinha esquecido o tamanho do marido. Ao entrar no carrinho, ele se sentia espremido numa armadura. Para poder dirigir, tinha de inclinar o assento para trás o máximo possível. Hyonsu pensou em aventar a possibilidade de comprarem um carro um pouquinho maior, mas sabia que a ideia seria descartada. Então, se limitava a resmungar de si para si: por que tudo na minha vida é tão apertado? Durante todo o ano, usaram o Matiz como ambulância. Sowon contraía uma doença após outra, de conjuntivite a sarampo, e várias vezes tiveram de enveredar pelos caminhos íngremes e estreitos que subiam a encosta da montanha, no meio da noite, enquanto Sowon ardia em febre no banco traseiro. Quando a estrada se cobria de neve, o minúsculo automóvel derrapava na pista resvalante e a família inteira corria risco de vida. A carência de instalações médicas em sua proximidade foi o principal problema que enfrentaram quando ele esteve estacionado na zona rural.

"Por quanto tempo?"

Na mente de Hyonsu dois sentimentos se opunham: A doçura que emanava da expressão "nosso apartamento" e a ansiedade quanto a potenciais crises futuras.

"Apenas três anos. Então teremos pagado parte do empréstimo, o bastante para irmos morar em nosso apartamento e continuar pagando os juros."

"Por que não compramos algo menor? Podemos baixar o nível de nossas expectativas e ter nosso próprio lugar sem nos apertarmos demais. Somos apenas três, não precisamos de todos esses cento e dez metros."

"Precisamos, sim."

"É como construir uma casa em cima de uma camada fina de gelo. Não sabemos o que vai acontecer amanhã."

"Eu sei o que vai acontecer amanhã", disse Eunju, com uma gargalhada triunfante. "Vamos assinar o contrato."

Não havia espaço para negociar. Cento e dez metros era o mínimo necessário para entrar na classe média, coisa que Eunju tanto queria. Hyonsu teve de engolir o travo amargo da angústia. Na companhia, preencheu um formulário, candidatando-se para um trabalho no interior. Obteve-o rapidamente; ninguém queria ir para a zona rural e todo mundo queria ser transferido para a cidade grande. O início de seu trabalho na represa Seryong foi marcado para o dia 30 de agosto. Eunju comprou o apartamento e achou um inquilino no mesmo dia. Apenas uma coisa a incomodou: o jovem que morava na habitação da companhia que tinha sido designada para eles.

Hyonsu olhou o relógio. Eram 21h03, uma hora e três minutos após a hora marcada para o encontro com seu colega de trabalho: Ahn Seunghwan. Tirou o celular do bolso e o ligou. Havia quatro chamadas perdidas — duas de Eunju e duas de Seunghwan. Seunghwan lhe enviara depois uma mensagem de texto com o código para abrir a porta. Hyonsu ligou de volta, mas ele não atendeu. Enfiou o celular de volta no bolso da camisa, abriu uma fresta na janela e se aprumou no assento. Pendurada no retrovisor, a caveira fosforescente sorriu para ele, balançando na brisa. Tinha sido um presente de Sowon em seu trigésimo aniversário. Lembrou-se de Sowon dizendo, ofegante: "Feliz aniversário!", e sorriu. Além do fato de ser também canhoto, seu filho não puxara em nada ao pai. Tampouco a Eunju. Na verdade, parecia-se com a falecida mãe de Hyonsu, tanto na aparência quanto na personalidade. Ele gostava disso. A caveira não era apenas decorativa, mas refletia o orgulho que tinha daquele filho que era tão diferente dele.

    Logo após ter passado por uma placa em que se lia ÁREA DE CONVENIÊNCIA DE SERYONG: 2 KM, uma BMW branca apareceu atrás dele e começou a piscar os faróis. Estavam num trecho sinuoso e ascendente da estrada, e três grandes semirreboques carregando grandes chapas de aço seguiam na pista ao lado em fila indiana. Pelo retrovisor, Hyonsu lançou um olhar fulminante à BMW. Idiota.

O Daewoo Matiz branco mudou de pista lentamente e pôs-se à frente de um semirreboque, tão vagarosamente quanto um cão que tivesse acabado de acordar de um sono longo e gostoso. Ao ultrapassá-lo, Yongje buzinou com toda força. Por que aquele carro estúpido não saiu da frente quando ele piscou os faróis? Um carro em tão baixa velocidade deveria estar na pista mais lenta, para começar. Olhou novamente para ele pelo retrovisor. Uma caveira fosforescente riu para ele da escuridão atrás do para-brisa do Matiz. Yongje tirou a mão da buzina e pisou no acelerador. O Matiz saiu de seu campo de visão e de seus pensamentos, que voltaram a se dirigir para Hayong. Divórcio, custódia, imposições restritivas, pensão alimentícia. Como ela se atrevia? Naquela manhã, em Sunchon, ocorrera a primeira audiência em seu processo de divórcio. Yongje tinha ido a uma conferência sobre ortodontia num hotel em Gwanghwamun, em Seul. Voltava a seu quarto, após o almoço, quando recebeu um telefonema do advogado, que lhe contou uma história tão inacreditável quanto aquela do peixinho dourado que engole um tubarão. Nunca tinha ouvido esta frase na vida: "Nós perdemos".

O advogado oponente era famoso por sua alta taxa de causas ganhas. Era tão falastrão quanto renomado e tinha discorrido longamente sobre os modos como o claramente perturbado indivíduo chamado Oh Yongje tinha abusado, mental e fisicamente, da mulher e da filha durante a década passada, e sua história foi fundamentada em carradas de documentação. Fotografias do corpo nu e lanhado de Hayong, feixes de varas por toda a casa, o depoimento de Hayong, a declaração de um médico sobre cada uma de suas lesões até o momento de seu aborto. Havia também a gravação de uma de suas brigas e um depoimento de Seryong. Aquele fiapo de menina tinha boa memória. Revelara com exatidão quando, onde e como o pai havia "corrigido" os erros da mãe e dela mesma — tudo isso, com abundância de detalhes. Com lágrimas nos olhos, declarara que queria viver apenas com a mãe.

O advogado de Yongje argumentou que Hayong tinha o costume de abandonar a família sempre que desejava, e que ela não tinha condições financeiras e não era capaz de cuidar de uma criança. Mas suas palavras não convenceram o tribunal. O advogado de Hayong apresentou uma série de diplomas triviais para demonstrar que sua cliente podia ganhar a vida. Um certificado de padeira? Um diploma de culinária coreana?

Yongje lembrou como Hayong tinha frequentado aulas de cozinha na cidade dois anos antes; dissera que estava fazendo isso por diversão. Saía de casa no mesmo dia e hora toda semana, pegava o transporte do curso de arte de Seryong e voltava junto com ela. Yongje nunca se deteve para pensar sobre isso, não se incomodou e nada despertou suas suspeitas. Não se importava que a esposa cultivasse os dotes culinários. Nunca, em seus sonhos mais desvairados, poderia imaginar que aquilo era uma manobra para preparar o divórcio.

Após uma longa explicação em que se desculpou pelo fraco desempenho, seu advogado acrescentou: "No fim das contas, você não conhece muito bem aquela mulher".

Yongje se empertigou. A base de sua espinha latejava. Aquilo equivalia a dizer que passara anos vivendo com uma casca, uma miragem. Esse advogado incompetente tentava esconder seu próprio fracasso, humilhando o cliente. Yongje também se irritou com a maneira como o advogado se referira a Hayong, "aquela mulher". Ninguém podia se atrever a falar de sua mulher daquele jeito. Yongje disse a seu advogado que ele chamara sua própria e estúpida esposa de "aquela mulher" e lhe informou que estava despedido. Jogou o telefone na cama e foi até a janela. Carros e pessoas movimentavam-se suavemente vinte andares abaixo. Apenas três meses antes seu mundo era tranquilo e rotineiro, sem intercorrências: as pessoas cumpriam suas ordens e se comportavam de acordo com suas regras, de forma ordeira e disciplinada.

Mas, no fim de abril, Hayong desapareceu. Naquele dia, tinham ido à costa leste para comemorar o aniversário de casamento. Jantaram e tomaram vinho num restaurante com vista para o mar, e tudo transcorreu bem. O problema começou quando chamaram um táxi para levá-los de volta ao hotel. O motorista pediu mais dinheiro do que tinha sido anunciado, dizendo que a tarifa aumentara recentemente. Yongje ficou furioso. Disse que ninguém o passaria para trás. Nisso, Hayong fez algo realmente chocante. Com ar de quem morria de vergonha, ela pegou dinheiro em sua própria carteira e o pôs na mão do motorista, e ainda por cima desculpou-se. "Sinto muito. Ele bebeu um pouco demais." Quando chegaram ao quarto ele a espancou com uma toalha molhada. Pediu a conta imediatamente e a levou de carro até o pico do Hangyeryong. Lá no topo, arrancou dela a carteira e o telefone e a obrigou a sair do carro. Hayong teve de voltar a pé. O plano de Yongje era forçá-la a refletir sobre como havia se comportado. Certamente não desejava que ela o deixasse e pedisse o divórcio. Mas Hayong não voltou. Nos primeiros dois dias, ele não ficou preocupado. Sabia, ou achava, que poderia encontrá-la e trazê-la de volta na hora que quisesse. O que uma mulher sozinha poderia fazer no alto de uma montanha, à noite? Fazer uma chamada a cobrar para os pais? Yongje não se deu ao trabalho de ligar para os sogros. Se Hayong voltasse por escolha própria, e se lhe pedisse perdão, ele a receberia de bom grado. Mas uma semana se passou sem sinal dela. Então finalmente ele agiu. Havia poucos lugares onde ela poderia ter ido. Dessa vez, quando a encontrasse, haveria de deixá-la sem poder andar por um ou dois meses. Mas não conseguiu achá-la em lugar algum. Contatou o pai dela, parentes, os poucos amigos que ela tinha, as pessoas para quem ela tinha ligado recentemente, mas ninguém a vira. Achou uma pista num hotel em Sokcho. Disseram que ela tinha ligado para o hotel de um telefone de emergência no Hangyeryong e pedido um táxi, dizendo que sofrera um acidente. Ele rastreou o táxi e chegou ao taxista, que se lembrou dela claramente. Quantas vezes tinha apanhado uma passageira no pico Hangyeryong para uma corrida até Seul? Ele disse a Yongje que Hayong tinha pagado com um cheque de cem mil wons. Yongje perguntou ao taxista se ele tinha anotado o número do cheque, e ele teve o desplante de replicar que cem mil wons não era atualmente uma quantia tão grande assim; claro que não anotou.

Yongje contatou uma empresa chamada Supporters, de detetives particulares, que ele já tinha usado no passado. Esses supostos profissionais sugaram seu dinheiro durante duas semanas e não conseguiram farejar uma pista sequer. Um mês depois, no fim de maio, recebeu notícias de Hayong, na forma de uma correspondência enviada pelo tribunal. Yongje gargalhou como um louco durante muito tempo. Primeiro, porque ficou aliviado por Hayong não ter desaparecido da face da terra, e depois porque aquilo era tão ridículo. Quando a conhecera, Hayong era apenas a filha de um técnico em eletrônica, e ele a transformara em uma dama, cobrindo-a de luxos que ela jamais experimentara antes. E agora ela retribuía sua bondade e generosidade com uma petição de divórcio.

Contratou um advogado. Primeiro venceria aquele processo, depois se concentraria em capturar Hayong. O advogado, especializado em casos de adultério, divórcio e falsas promessas de casamento, estabeleceu algumas linhas de conduta. Ele não deveria aplicar "corretivos" em Seryong; ficaria em desvantagem se sua reputação fosse maculada. Na maior parte do tempo, Yongje respeitou essa recomendação. Ao menos, se tinha de "corrigir" a filha, fazia-o sem deixar marcas. Exceto uma vez, quando o idiota da unidade 102 interveio e quase criou um caso. Ele seguiu todas as regras estúpidas de seu advogado, não procurando Hayong nem pressionando o pai dela. Por isso, nunca imaginou a possibilidade de perder.

Foi buscar uma garrafa de água na geladeira e se sentou. Esvaziou metade da garrafa de um gole só. Onde estava ela? Como tinha obtido e juntado todo aquele material antes de apresentá-lo no tribunal? Uma coisa era certa: a fita gravada que ela tinha apresentado fora feita durante os últimos dois anos. O atestado médico sobre o aborto indicava a data exata em que tinha começado a gravar. Ela havia abortado duas primaveras atrás, por volta da época daquele incidente com o gato. Yongje dissecou cada lembrança daquele dia e pôs os pedacinhos sob o microscópio. Yongje não gostava de passar seu tempo com pessoas. Não ia a encontros de ex-alunos nem jogava golfe nem saía para beber. Sua vida social consistia em uma visita mensal, como voluntário, a orfanatos, instalações de reabilitação, centros de detenção de jovens, prisões e similares, com outros médicos das clínicas em seu prédio. Em seu tempo livre, criava intricados universos numa oficina em seu porão. Toda primavera ele derrubava um belo cipreste no bosque e embarcava em um novo projeto. Cortava os troncos no tamanho desejado, raspava a casca e a secava à sombra, antes de cortar a madeira seca para fazer pequenas hastes, que pareciam palitos. Essa era a única etapa que tinha de ser feita com uma máquina. Finalmente, munido de uma tábua com o tamanho adequado, ferramentas, cola e resina, ele construía um mundo de sua própria lavra — uma floresta, uma muralha, uma cabana, uma igreja, uma ponte, tudo isso formando um vilarejo ou um castelo de contos de fadas. Cultivava esse hobby desde que Seryong tinha dois anos de idade. Era um trabalho que exigia arte e paciência, tempo e concentração, e o espanto reverente que aparecia no rosto de sua mulher e de sua filha mais que compensava o esforço que investia durante três estações do ano. Ficava contente durante o tempo em que seu trabalho era exibido na sala, sob o retrato de sua família. Na primavera seguinte, quando começava uma nova obra-prima, a antiga era levada para o depósito.

 Três anos antes, ele tinha construído um domo. Dentro, criou uma cidade com casas e prédios, ruas e parques. Pôs uma família sentada num banco — o marido tendo um filho pequeno nos braços, junto a uma mulher e a uma adorável filha.

Entalhou as figuras, até os detalhes de suas expressões fisionômicas, e as pintou. Pôs uma pequena lâmpada num lampião de rua, para iluminá-las. Criou uma constelação de estrelas na curvatura do domo, com luzes piscantes. Foi o melhor trabalho que já tinha criado; abrigava a família perfeita de seus sonhos.

Na véspera da apresentação da nova obra, estava tão excitado que não conseguiu dormir. Nos últimos anos o entusiasmo de sua família por seu trabalho estava diminuindo gradualmente. Elas se comportavam como antes, mas ele era um homem intuitivo, que sabia ver a diferença entre uma admiração simulada e uma real. Dessa vez, estava certo de que Hayong e Seryong iam elogiá-lo com sinceridade. Seu coração batia forte só de imaginar esse momento. Mas quando, num floreio, ele descobriu o modelo, suas reações foram mornas. O aplauso de Seryong foi frouxo e o sorriso de Hayong, mecânico. Os olhos dela permaneciam frios. Quando ele lhe perguntou se tinha gostado, Hayong respondeu: "Claro que sim". Em seus ouvidos isso soou como "Odiei."

Na manhã seguinte, Yongje levou o domo embora. Pôs um pano em cima e o enfiou num depósito. Trouxe do pico Seryong galhos de amieiro para usar como varas, e os pendurou em vários cantos da casa.

O inverno passou e a primavera voltou. Na primeira manhã de abril, ao calor do sol, Yongje abriu o depósito, que estivera fechado durante todo o inverno. Era o momento de começar um novo projeto, de esquecer a dolorosa experiência do Natal e de mergulhar na criação de um novo mundo. Assobiando, pegou uma escada dobrável. Rolou seu carrinho, afastando-o da parede, e pegou uma machadinha na caixa de ferramentas. Foi quando ouviu algo estranho — um choramingo, talvez um miado. Estacou. O som vinha do domo.

Aproximou-se lentamente e puxou o pano que cobria o domo. Dentro havia um gato. Parecia um lince. Espetou a cauda e encurvou o dorso, chiando, numa advertência. Atrás, três gatinhos se contorciam. A entrada do domo estava esmagada, as paredes desmoronadas; um lado da cúpula tinha desabado. A cidade, irreconhecível, esmigalhada; as pequenas pessoas de madeira rolavam sob as patas dos gatinhos. Ele experimentou um momento de puro furor. Aquilo era imperdoável. Eles eram imperdoáveis. Fosse gente ou animal, qualquer coisa que tocasse em suas criações teria de ser punida de acordo. Pegou um gatinho pelo cangote e o ergueu de supetão. Unhas afiadas perfuraram a manga de sua camisa e penetraram em seu braço, deixando atrás de si uma trilha de dor. Ele soltou o filhote. Sangue gotejava das longas marcas de arranhões. A mãe gata preparava-se para um segundo ataque, o dorso arqueado, mostrando os dentes, chiando.

A visão de seu próprio sangue despertou seu espírito de luta. Yongje ergueu o domo e o jogou para trás. O gato tomou impulso nas patas traseiras e saltou contra o peito dele. A machadinha cortou o ar e a gata caiu no chão, quase decapitada. O sangue quente espirrou em sua camisa e em seu rosto. Enquanto isso, os gatinhos tinham fugido. Levando o gato morto pela cauda, Yongje virou-se para a porta e viu Hayong e Seryong ali de pé, rostos muito pálidos. Seus olhos estavam grudados no animal que ele segurava. Yongje seguiu em frente. Elas lentamente recuaram, como se ele estivesse segurando um corpo humano. Ele jogou o gato lá fora, no quintal.

"Ligue para Yim", ele ordenou.

Hayong não respondeu. Nem se mexeu. Só ficou ali parada com Seryong, olhando para ele. Àquela altura, ele pensava que já a tinha educado — ela não devia olhar para ele com aversão, devia sempre dizer "sim" quando ele lhe pedisse para fazer alguma coisa, e devia cumprir suas ordens num intervalo de dez segundos. Mas as duas frequentemente esqueciam essas regras simples. O relógio tiquetaqueava em sua mente. Quatro, três, dois...

As duas mulheres tiveram sorte, porque bem naquele momento o zelador Yim apareceu, como que guiado por telepatia. Não fosse por ele, Yongje teria obrigado as duas a cavar um buraco com suas próprias mãos. Yongje revirou o depósito para achar os filhotes; encontrou dois. Ele os enterrou com a mãe no buraco que o zelador cavou. Mas não conseguiu achar o terceiro. Era tão sortudo quanto sua mulher e sua filha.

No restante do dia a casa ficou silenciosa. As emoções de Yongje se inflamaram. Mãe e filha nunca tinham feito nada pela paz e pela felicidade da casa, algo que para ele era da maior importância. Naquela noite, parecia que elas estavam conspirando para fazer seu sangue ferver. Seryong soluçava toda vez que seus olhos cruzavam com os dele. Quando se encontravam pela casa, ela tremia e recuava. À noite, Hayong despertou sua ira. Ela deveria estar esperando por ele na cama, mas ele a achou no estúdio, ao telefone. Decididamente parecia estar muito animada, dizendo: "Vou tentar". Não a ouvia falar numa voz tão vívida já fazia alguns anos.

"Tentar o quê?", perguntou Yongje em voz baixa, de pé na porta. Ele viu que ela ficou tensa.

"Nada." Ela desligou e se virou para encará-lo.

Sentiu o sangue lhe subir à cabeça. Era como se ela houvesse dito: "Você não precisa saber". Estava na hora de lhe aplicar um novo "corretivo". Mas, dessa vez, com toda a severidade. Para que essa mulher idiota aprendesse a usar uma linguagem respeitosa sempre que se dirigisse ao marido. "O que foi que você acabou de me dizer?"

"Nada." Os olhos dela se arregalaram. Acabava de compreender que havia cruzado um limite. Era tarde demais, é claro. Num instante, ele se lançou sobre ela e lhe deu um soco na cara. Tão forte que ela caiu sobre o canto da mesa, seu abdome primeiro, e depois desabou no chão.

"Diga isso novamente!"

"O grupo de mulheres... pediu que eu lhes ensinasse a fazer torta de maçã..."

Ele a agarrou pelos cabelos e voltou a atirá-la de barriga contra o canto da mesa. Aquela mentira era intolerável. Pegou o celular dela e olhou o histórico de ligações. Um número bloqueado. "Quem foi?"

A boca de Hayong estava selada. Seus olhos se esvaziaram de qualquer emoção. Era assim que Hayong lidava com as coisas. Era assim que escapava ao controle do marido. E isso o deixava ainda mais furioso. Só havia um modo de agir nessa situação. Primeiro, descarregaria um pouco a raiva, esmurrando-a. Depois, usaria a vara. Arrancar-lhe a roupa e dar-lhe umas varadas não lhe causaria lesões internas, apenas dor e humilhação. Seria o bastante para obrigá-la a abrir aqueles lábios teimosos e a pronunciar o que ele desejava ouvir: uma súplica, um pedido de perdão. Ele nunca a perdoava, simplesmente; o último passo era sexo, o método que ele usava para lhe impor submissão.

Também naquele dia ele seguiu seu procedimento usual. Despiu-a e usou um feixe inteiro de varas para açoitá-la. A única diferença foi que em vez de implorar por perdão, Hayong segurou a barriga e gemeu de dor, enquanto sangrava entre as pernas. Só quando terminou o último passo ele percebeu que ela não estava fingindo. Teve de levá-la para o hospital.

Ela estava grávida de onze semanas. O médico perguntou se ela sabia. Hayong disse que a menstruação dela era irregular, por isso não tinha percebido. A julgar por sua expressão perplexa, estava mesmo dizendo a verdade. Yongje perguntou qual era o gênero do bebê. O médico respondeu que não sabia.

"Mas com onze semanas..."

O médico levantou-se. "Bem, ou era menino ou era menina."

Hayong foi levada de maca para a sala de cirurgia. Yongje sentou-se numa cadeira do lado de fora. Estava tão chocado quanto

Hayong. Ou melhor: seu choque era infinitamente maior. Apenas uma coisa faltava na vida de Yongje: um filho. Durante nove anos, tinha tentado preencher sua vida com a peça que faltava, mas ela não voltou a engravidar. O médico lhes disse que não havia problema com nenhum dos dois, que deviam relaxar e ser pacientes. Mas Yongje acabou desistindo. Àquela altura, já não esperava ter um filho. Agora estremecia ouvindo os sons de sucção vindos da sala de cirurgia. Sentiu como se todo o seu corpo estivesse sendo retalhado em pedaços. Em meio a sua dor, teve uma certeza: o feto que morrera na barriga de sua esposa era um menino. Perdera o filho que tanto desejava.

Tentou explicar isso a Hayong quando voltaram para casa. Tentou lhe explicar que era tudo culpa dela — a má vontade e a negligência da esposa haviam matado seu filho. Falou sobre o espanto e a mágoa que sentiu na sala de espera, enquanto ela dormia tranquilamente no quarto do hospital. Segundo seu advogado, essa conversa estava na primeira fita que o advogado dela apresentou à corte.

Depois disso, Hayong mudou. Ficou tagarela. Mas não se expressava de forma coloquial. Falava como se estivesse escrevendo. Como uma atriz de rádio, descrevendo um objeto que o ouvinte não pode enxergar. Essas falas estavam gravadas em outras fitas. Hayong aparentemente terminou seu depoimento com a seguinte observação: "Suportei esse terrível matrimônio durante doze anos porque tinha medo de que meu marido matasse a mim e à minha filha se eu pedisse o divórcio ou fugisse com Seryong. Se agora decidi me divorciar, é por ter percebido que nós duas acabaremos mortas, a menos que o casamento acabe".

Ele com certeza nunca a conhecera de verdade. Yongje estava estupefato. A mulher que ele conhecia não era fria nem atentava para detalhes. Não era durona o bastante a ponto de usar a filha para sair vencedora num julgamento. Sabia o que aconteceria com Seryong se ela o deixasse. Hayong, subitamente, parecia lhe ser tão incompreensível quanto um fóssil de centenas de milhares de anos atrás. Como era possível? Como pudera passar do medo paralisante à decisão de pedir o divórcio? Entre os dois pontos, abria-se um abismo tão vasto quanto o oceano Pacífico. O que tinha instigado isso?

Só podia ser o pai dela. O velho era a única pessoa capaz de convencer Seryong a revelar aqueles segredos. Seryong não falava muito. Yongje tinha tratado de educá-la assim. Por influência de seu advogado, ele não tinha feito nada, apesar de ter certeza de que o sogro estava envolvido. Agora não precisava mais ficar sentado. O julgamento acabara e seu advogado tinha ido embora.

Yongje deixou o hotel e foi para Yongin. O distrito de comércio de eletrônicos estava deserto, e a loja de assistência técnica de seu sogro estava ainda mais silenciosa. Seu sogro desligou o telefone cautelosamente quando Yongje entrou. Yongje sentou-se e cruzou as pernas. "Onde está Hayong?"

Seu sogro levantou-se e começou a limpar a tela de uma TV com um pano. "Ela não telefonou."

"Eu lhe dei quatro meses. Esperava que você a convencesse a voltar para casa. Jamais imaginei que, em vez de me ajudar, você orquestraria o divórcio da própria filha."

Entrou um cliente com um aspirador de pó.

Yongje levantou-se. "Diga que ela tem uma semana. Se não voltar em uma semana, nunca tornará a ver Seryong."

Seu sogro olhou para ele sem nenhuma expressão no rosto.

Yongje sorriu. O velho deve ter sido o primeiro a saber o resultado do julgamento. Provavelmente estava confiando na lei. "O julgamento para mim não significa nada em particular. Hayong saberá o que estou querendo dizer com isso."

Yongje dirigiu até sua casa. Não iria entrar com um recurso. Em vez de contratar um novo advogado, daria mais uma chance à agência Supporters. Diria que a procurassem por toda a Coreia. Que fossem até o inferno, se necessário, para buscar Hayong. Mas que não tocassem num fio de cabelo dela. A ninguém mais era permitido tocá-la. Hayong pertencia a ele. Ela teria de regressar a seu lugar, e era lá que ele iria puni-la. Primeiro, no entanto, ia punir a traidora que tinha em casa.

A chuva começou a apertar, e quando chegou em casa já era torrencial. Yongje abriu um guarda-chuva e subiu lentamente os degraus da entrada da frente. Abriu a porta e avistou um dos sapatos de Seryong, e o outro na soleira da porta da sala de estar. Ela provavelmente o tinha tirado enquanto passava por lá. Potrinha geniosa. Olhou para a sujeira no assoalho, a mancha deixada pela mão dela no espelho que ficava acima da sapateira, o saco de seus chinelos e sua mochila jogados no chão. Podia ouvir a caixinha de música no quarto dela. Deixou o guarda-chuva encostado na parede e entrou. Acendeu a luz da sala e olhou para o quadro de avisos vazio pendurado na parede. Ele tinha colado onze post-its com recados antes de sair, pela manhã, e sabia que não tinham sido levados por alguma brisa; as portas de vidro da varanda e as janelas estavam fechadas, assim como as cortinas da sala de estar. A faxineira conhecia muito bem suas idiossincrasias. O problema era sempre Seryong.

Achou os post-its. Estavam colados no retrato da família acima do sofá, cobrindo toda a superfície. O primeiro estava bem no meio da testa dele. *Indo para Seul para uma reunião. Pretendo estar em casa amanhã à tarde.* O segundo estava em cima de seu olho esquerdo. *Tudo tem de estar no lugar certo.* O terceiro, em cima do olho direito. *Siga as regras.* Os oito restantes estavam um debaixo do outro, bem no meio de seu amplo sorriso. *Não entre em casa com os pés sujos. Não toque no espelho da entrada. Atenda o telefone antes do terceiro toque. Não vista as roupas de sua mãe.* No retrato, ele parecia um idiota com aqueles adesivos grudados no rosto. Parecia que suas pálpebras estavam caídas, e uma língua azul estendia-se da boca ao umbigo. Dava para ver que Seryong estava caçoando dele. Yongje era capaz de compreender uma piada, claro, mas naquele momento não estava com vontade de rir. Será que era isso que ela fazia sempre que ele estava fora? O sangue começou a latejar nas têmporas. Uma mulher que o apunhalava pelas costas e uma filha que zombava dele — que família admirável!

Yongje arrancou os recados e foi para o quarto. Enquanto estava fora, Seryong fizera tudo o que ele proibira — havia pó de arroz derramado na penteadeira, a maquiagem de Hayong estava uma bagunça, amostras de loção e perfumes espalhadas debaixo do banquinho da penteadeira. Abriu o guarda-roupa de Hayong, que parecia estar desarrumado. Viu um cabide vazio. Pôs a chave do carro e a carteira sobre a penteadeira, pendurou o paletó e a gravata no guarda-roupa. Arregaçou as mangas e foi para o quarto de Seryong. Abriu a porta e ficou estarrecido com uma cena que nunca tinha visto em sua casa.

Um par de shorts de Seryong jazia amarrotado em frente à porta e o chão estava uma sujeira só, com uma blusa ao avesso, uma meia enrolada, restos de estalinhos, pedaços de papel colorido e um monte de balões. Três velas ardiam na mesinha dela e seus animais de pelúcia estavam empoleirados a sua volta, usando chapéus de festa. A roda-gigante musical, da qual sua mãe gostava, estava girando lentamente no meio daquilo tudo. Ele tinha enfiado esse brinquedo no fundo do armário. A chuva entrava por uma janela semiaberta, e no peitoril uma espiral mata-mosquito tinha se apagado. Seryong estava dormindo. Seu cabelo estava solto, o rosto extravagantemente coberto de maquiagem, a blusa branca sem mangas da mãe mal cobrindo suas nádegas. Parecia a prostituta infantil do filme *Taxi Driver*.

Yongje inspirou profundamente. Uma ira ardente, selvagem, queimava suas entranhas, como se tivesse tomado um trago com o estômago vazio. Curvou-se sobre a orelha de Seryong. "Seryong."

Não houve resposta. Os olhos dela moviam-se lentamente debaixo das pálpebras fechadas, na fronteira entre o sonho e a realidade. Ele estendeu a mão e, com o polegar, roçou a pele macia da garganta dela. "Abra os olhos."

Os olhos de Seryong pararam de se mover debaixo das pálpebras.

"Papai está em casa." Yongje viu os cílios de sua filha estremecerem. Sua respiração acelerou e a penugem em seu rosto se eriçou. Mas ela não abriu os olhos. "Oh Seryong", ele disse, pressionando o polegar em sua garganta, uma advertência de que a faria abrir os olhos de um jeito ou de outro.

Ela abriu os olhos, que pestanejaram nervosamente ao perscrutar o rosto dele, tentando avaliar se seria poupada de um castigo.

"Feliz aniversário, meu amor." Ele a agarrou pelo pescoço, obrigando-a a ficar sentada. Seryong o fitou imóvel enquanto o punho dele a atingia no rosto. Quando Yongje parou de bater, ela ficou estirada na cama. Uma mancha vermelha espalhou-se lentamente no lençol branco. Ele a agarrou pelos cabelos e a pôs novamente sentada, depois, ainda lhe puxando os cabelos, a fez olhar para ele. Sangue saía de seu nariz e escorria por seu queixo. Seus lábios estavam teimosamente fechados, mas ele a ouviu gemer.

"Você se divertiu, estou vendo." Ele esfregou os onze adesivos em seu rosto.

Seryong sacudiu a cabeça.

"Como não? Você organizou uma linda festa." Yongje bateu o rosto de Seryong contra a parede, e ela caiu da cama. Sua boca expeliu coisinhas avermelhadas que pareciam sementes de romã. Os dentes da frente, ele pensou, e acendeu a luz. Não conseguiu achá-los. Bem, não ia adiantar nada. Apagou a vela com o polegar e o indicador e tirou o brinquedo da tomada e o sopesou. Encaixava-se perfeitamente em sua mão. E tinha o tamanho certo. Apoiada nas nádegas, Seryong arrastou-se até a mesa, sacudindo a cabeça, tentando sorrir, como a suplicar, por favor não faça isso, papai, por favor não. A roda-gigante voou pelo quarto e passou de raspão pelo rosto de Seryong, despedaçando-se contra o chão. Seryong, um sorriso ainda pendente no rosto, enrijeceu-se, uma lágrima lhe correndo no rosto. Um líquido morno escorria por suas coxas e amarelava o tecido da blusa.

"Eu não lhe disse para não tocar nas coisas da sua mãe? Você já esqueceu isso?"

Uma pálpebra estremeceu. Se o brinquedo de aço não a atingiu em cheio no rosto, foi porque Yongje não quis: ele se esforçara para lançar a roda-gigante numa trajetória curva. Nada tinha a ver com sorte. Yongje se perguntou se ela sabia disso.

"Levante-se. Você tem de saber o que você fez de errado." Ele tirou seu cinto de couro preto.

Seryong espremeu-se de encontro a parede e pôs-se de pé.

"Tire a roupa." Ele ouviu um barulho vindo da janela e se virou.

Um gato estava empoleirado no peitoril, olhando para ele, o corpo acachapado, as patas dianteiras encurvadas, preparadas para o salto. Seu pelo curto estava eriçado. Era grande, do tamanho de um lince. Lembrava o gato que ele tinha matado muito tempo atrás. Seria o gatinho que conseguiu fugir? O que estava fazendo ali?

Nesse breve instante, Seryong correu até as velas. Antes que ele conseguisse perguntar o que ela estava fazendo, uma vela voou, com castiçal e tudo, em sua direção. Yongje girou o braço para bloqueá-la, mas era tarde demais; ela o atingiu direto na testa, respingando cera quente em seus olhos. O segundo castiçal foi de encontro a seu nariz. Ele estava sendo cozinhado vivo; lava entrava em suas narinas. Os castiçais de vidro se espatifaram sob seus pés. Ele pôs as mãos no rosto e gritou, tropeçando, agarrando o nariz, arrancando a cera que cobria seus olhos. Quando conseguiu abri-los, Seryong não estava mais lá. O gato tampouco. Yongje pegou alguns panos e enxugou o rosto chamuscado e dolorido. A pele grudou no pano. Sentiu como se a carne estivesse sendo arrancada.

Yongje não era um homem que se apressasse; seus movimentos eram sempre lentos e elegantes. Mas não era hora de agir com elegância. Correu à cozinha, os pés pisando com força. Catou uns cubos de gelo e os enfiou num saco plástico, as mãos tremendo. Apertou o saco contra o rosto enquanto disparava até seu quarto. Pegou a chave do carro e correu para fora, já apertando o botão de arranque remoto enquanto descia pela escada. Como não podia pôr as duas mãos no volante, não se deu ao trabalho de manobrar o carro. Ainda apertando o gelo no rosto com uma das mãos, engatou a marcha a ré. Com um ronco, o carro desceu patinando pelo caminho em declive. Quando chegou à estrada ele fez o carro rodopiar e avançar para a entrada principal. Era o único lugar aonde ela poderia ter ido; a entrada dos fundos devia estar trancada.

A cancela no portão da entrada principal se ergueu quando Yongje se lançou em sua direção. Seu carro saltou para a rua. Ele estava ardendo de raiva e choque. A ira corria em suas veias e lhe incinerava a razão — aquilo que separa os humanos das feras. Seus olhos procuravam apenas Seryong, e seus sentidos se concentravam em achar seu rastro. Como iria puni-la por isso? Seu pulso estava acelerado. Lançava olhares rápidos a cada uma das ruas, enquanto passava por elas. O portão da escola de ensino primário estava fechado, a clínica médica às escuras, e as poucas lojas ao longo da estrada estavam com as portas abaixadas. Deviam ter fechado mais cedo por causa da cerimônia no lago. Apenas no posto de combustível e na delegacia de polícia as luzes brilhavam. Um velho policial dormitava, as pernas em cima da mesa. Não havia sinal de Seryong em parte alguma. O nevoeiro estava ficando mais espesso e continuava a chover, mas ele não tinha dificuldade em discernir as coisas; afinal, as luzes da rua estavam acesas, a estrada em que estava era retilínea até a terceira ponte de manutenção, e ele estava familiarizado com o nevoeiro. Se não a estava vendo, era porque ela não estava lá.

Circulou pelo vilarejo das terras baixas. Tudo estava assustadoramente quieto. O mau tempo devia ter obrigado os habitantes a encurtar as comemorações. Foi até a terceira ponte de manutenção e chamou Yim, que estava bebendo na área de conveniência. Perguntou se Seryong estava lá.

"Eu não a vi", respondeu o velho.

Yongje foi até a sede da manutenção da represa e ordenou a Yim que trancasse a entrada principal para o bosque, fizesse uma busca na propriedade com o agente da segurança e o chamasse imediatamente se a encontrasse. Estacionou em frente ao escritório principal da companhia. O guarda em serviço olhou pelo pequeno postigo. Yongje tinha cruzado com ele algumas vezes, em frente ao anexo. Qual era seu nome? Park?

"Minha filha veio até aqui, por acaso?"

"No meio da noite?", perguntou Park.

"Veio ou não?"

"Não."

Yongje olhou para a primeira ponte. Ao longo dela, havia várias lâmpadas acesas, mas ele não conseguia ver nada: o nevoeiro bloqueava tudo como um muro de concreto. "Posso atravessar a ponte?"

"Não é o tipo de lugar aonde uma menina iria passear no meio da noite."

"Ouça", disse Yongje, exasperado, "o que estou dizendo é o seguinte: tire a corrente da entrada da ponte para eu dar uma olhada."

Park balançou a cabeça. "Não posso deixar o escritório da segurança sem ninguém."

Yongje não estava gostando da atitude daquele homem. Sua expressão parecia dizer: eu sei o que está acontecendo. Lançava um olhar de esguelha, como se o perscrutasse, e sua voz era soturna. Quase o lembrou de que era o proprietário da casa em que ele vivia, mas controlou sua raiva crescente e deu meia-volta com o carro. Dirigiu-se à entrada dos fundos do bosque e estacionou junto à primeira ponte de manutenção. Saiu do carro e caminhou pela ponte. Nada. Chegando às comportas, telefonou para Yim, que continuava procurando Seryong no bosque, mas não a encontrava. Só havia mais um lugar em que ela poderia estar: a praia ao longo do lago, embora isso não fizesse sentido. Por que ela iria até lá? Ia verificar, só para ter certeza. Voltou ao carro. Mesmo com os faróis acesos ele não enxergava além de dez metros à sua frente. Aqui no lago havia mais nevoeiro do que nas ruas. Ainda chovia forte. Divisou algo esbranquiçado junto à torre de captação de água. Não era um vulto, era um movimento. Acelerou. Localizar alguém vestido de branco seria difícil nesse nevoeiro; seria como enxergar um peixinho se contorcendo na lama. Fez a segunda curva. Viu os portões do cais. Um pedaço de cera endurecida caiu em seu olho, e ele teve de esfregá-lo, perdendo de vista a forma esbranquiçada em movimento. Apenas o nevoeiro fluía, como um vendaval, empurrado pelo vento. Chegou à entrada do Rancho Seryong — o fim da estrada. Esfregou sua compressa de gelo na testa, que já começava a descascar. Teria visto realmente um corpo se movendo, ou os vapores da neblina o confundiram? Uma pessoa não pode simplesmente desaparecer. Aonde ela teria ido? De um lado, uma cerca de arame de aço trançado; do outro, uma encosta de montanha rochosa. O Rancho Seryong era o único lugar que restava.

Yongje saiu do carro, pegou uma lanterna e correu em direção ao rancho. Passou pelo bosque de amieiros até chegar à velha sede do rancho. Pairava ali um silêncio lúgubre. O telhado da antiga casa tinha cedido e caía para dentro; ali, era impossível se esconder. Subiu até o velho estábulo e abriu o portão. Foi envolto no fedor pútrido de lixo antigo e atacado por uma horda de mosquitos do tamanho de passarinhos. Ela não estava lá.

Yongje voltou ao carro e deslizou numa rapidez temerária, em marcha ré, na direção do cais. Fez uma reviravolta com o carro diante dos portões de aço e agarrou a lanterna. Fora ali que tinha visto pela última vez aquele movimento esbranquiçado. Empurrou os portões com o pé; estavam trancados. Viu uma fresta de uns trinta centímetros sob o portão. Seryong poderia ter se arrastado por ali. Dirigiu sua luz através da cerca e varreu as ribanceiras. Videiras e matagal cobriam o terreno. A ribanceira se estendia até a represa; tinha, provavelmente, um quilômetro de comprimento. Ele teria de tirar da cama todo o vilarejo para fazer uma busca naquela área. "Seryong, sei que você está aí."

Não houve resposta, mas isso ele já esperava.

"Pode sair agora, não vou punir você." Ele suavizou a voz, num esforço hercúleo. "Olhe, papai só teve um dia muito ruim hoje." Uma brisa úmida vinha do lago, fazendo farfalhar as videiras. Ele postou-se junto à cerca e passou a luz da lanterna metodicamente pela ribanceira. "E depois papai foi para casa e nada estava em seu lugar. Papai só queria relaxar depois de um longo dia, sabe?" Yongje fez uma pausa; suas emoções estavam se acalorando. Que diabo estava fazendo? Estava se lamuriando na chuva e ficando encharcado. E o que realmente queria dizer acabou saindo: "E você piorou tudo, sua putinha!".

Pôs a lanterna entre os dentes, agarrou a cerca com as duas mãos, enfiou a ponta do sapato numa fresta como se fosse alçar-se e pular. Se Seryong estivesse olhando, pensaria que estava pulando a cerca para chegar até ela. Porém tudo continuou quieto. Ele esperou alguns segundos, mas não percebeu nada.

Yongje desistiu. Não queria pular o arame farpado que encimava a cerca. Era improvável que a encontrasse, de qualquer maneira. Que menina de onze anos de idade iria se esconder junto a um lago escuro no meio da noite? Sabia que a filha não era tão ousada. Provavelmente devia estar em algum lugar do bosque. Esfregou as mãos na calça. "Oh Seryong! Se você sair antes de eu contar até três, vou esquecer que isso aconteceu. Um. Dois."

Nada.

"Muito bem. Vamos ver quanto tempo você aguenta ficar aí." Ele se virou e foi embora sem olhar para trás.

Yim e Gwak, o segurança, lhe disseram que haviam procurado até nos porões, mas não a encontraram. A mãe dela deve ter lhe ensinado a desaparecer, pensou Yongje amargamente. Pediu que os dois homens esperassem no escritório da segurança e dirigiu até o anexo. Ia retraçar seus passos para ver o que tinha esquecido ou deixado escapar. Em vez de estacionar em frente a sua casa, parou diante do 102, porque viu que a luz da sala estava acesa. Então era lá que ela estava. Era de esperar que buscasse refúgio nos braços de alguém que já a havia tratado com benevolência num momento difícil. Ele subiu pela escada e tocou a campainha. Não teve resposta. Tocou diversas vezes. Ainda sem resposta. Desceu até o térreo e escutou, o ouvido sintonizado na sala de estar. Ouviu sons abafados de TV. Estariam os dois se escondendo lá dentro e olhando para ele? Ou aquele idiota estaria tocando nela? Se fosse esse o caso, ele enterraria aquele pervertido vivo no monte Seryong. Se estivesse apenas a ajudando a se esconder de seu próprio pai, ia se assegurar de que o patife passasse dez anos na prisão por sequestro. Yongje deu a volta e foi até o pátio dos fundos. A janela do quarto estava fechada, mas não trancada. Ele abriu e se debruçou no peitoril. O quarto estava vazio. A porta do quarto, entreaberta, deixava a luz da sala se infiltrar. Yongje tirou os sapatos e os deixou no peitoril da janela antes de pular para dentro.

Sobre a mesa havia um laptop e duas latas vazias de cerveja, uma garrafa de vidro cheia de tocos de cigarro, um caderno de anotações, uma caneta esferográfica e um telefone celular. Da sala, vinha o barulho da TV ligada. Ele revistou o dormitório principal, a varanda, o banheiro, o porão, até mesmo os armários. Não havia ninguém, mas parecia que alguém passara por ali pouco tempo atrás. Aquele idiota deve ter levado Seryong para a clínica, mais uma vez. Dessa vez ele faria melhor do que chamar os policiais; ele provavelmente a traria de volta para cá. Pegou um punhado de lenços da caixa de Kleenex, sobre a mesa de jantar, enxugou a água e as pegadas que tinha deixado pela casa, e saiu pela janela. Já em casa, trancou a janela do quarto de Seryong, apagou todas as luzes e puxou uma cadeira para junto da janela da sala. No conforto de sua própria casa, esperaria que eles voltassem.

Hyonsu continuou a esfregar os olhos. Estava chovendo demais para abrir a janela do carro. Mas o ar parado o deixava sonolento. O ar-condicionado estava ligado, mas o sopro refrescante não o ajudava a afastar o sono. Sua mente continuou a esvoaçar, fora de seu controle. Estava dirigindo a mais de cento e vinte quilômetros por hora, mas parecia que estava avançando lentamente, como que flutuando num balão. As palavras nas placas pelas quais passava pareciam símbolos.

Foi assim que perdeu a entrada para o lago Seryong, depois de sair da estrada. Dirigiu sem pensar até chegar ao lago Paryong, o reservatório de regulagem do lago Seryong. Quando deu a volta e chegou novamente ao trevo que levava ao lago Seryong, tinha se passado uma hora. Ligou para Seunghwan. Seu novo colega não atendeu nem o celular nem o telefone fixo. Se Seunghwan não estava lá, talvez fosse uma perda de tempo seguir viagem. Pensando melhor, no entanto, Hyonsu concluiu que talvez fosse melhor conhecer a casa sozinho. Assim, não teria de ter uma conversa tediosa com seu futuro subordinado. Além disso, Eunju lhe pedira que fizesse uma avaliação minuciosa da casa, e agora ele tinha uma desculpa: eu fui, mas ficou um pouco tarde, Seunghwan enviou-me o código da porta de entrada, ele não estava em casa, assim eu entrei, dei uma olhada rápida e fui embora.

Devolveu o celular ao bolso da camisa e o abotoou. Devia estar no distrito comercial. As poucas lojas que viu estavam fechadas. Pelas ruas, havia apenas o nevoeiro. Era denso, fechado como um organismo vivo, bloqueando agressivamente a visibilidade. Hyonsu perdeu a entrada principal do bosque, que ficava perto do início da zona comercial. Ao fim da estrada, deparou com a terceira ponte. Não conseguia enxergar o outro lado. Só o grande aviso eletrônico na entrada era visível, anunciando os atuais níveis da água, o fluxo da descarga e os dados pluviométricos. Mais abaixo, Hyonsu viu a placa de sinalização que tanto buscava. Segundo a placa, tanto a sede da companhia quanto as comportas ficavam além da ponte, dobrando à direita. Para chegar à entrada dos fundos do Jardim Botânico de Seryong, ele teria de dobrar à direita antes da ponte. Hyonsu pegou a primeira estrada à direita, enveredando monte acima. O nevoeiro agora parecia desabar do céu escuro, como uma avalanche. A visibilidade piorou ainda mais. As luzes da rua eram inúteis. Com os olhos sonolentos de álcool, Hyonsu procurou alguma placa que assinalasse a entrada. De repente, a estrada ficou mais escura e mais estreita, e ele se deparou com uma curva fechada, de uns cento e oitenta graus. Continuava dirigindo na velocidade de bêbado: cento e vinte quilômetros por hora. O carro fez a curva voando e chegou a oscilar para um lado, quase se rendendo à força centrífuga. Nisso, apareceu uma segunda curva. Ele pisou no freio e jogou o volante na direção contrária. Não chegou a ver a forma branca que saía do nevoeiro; quando a viu, já estava na frente de seu capô.

Todos os pensamentos se esvaíram de sua cabeça enquanto o pé afundava no freio. Tarde demais. Ouviu o guinchar dos pneus derrapando na estrada. Seus olhos de jogador de beisebol, acostumados a acompanhar o movimento de uma bola a mais de cem quilômetros por hora, capturaram cada momento daquele pesadelo.

Uma coisa branca e comprida atingiu o lado direito de seu carro e foi projetada sobre o capô. Cabelos soltos açoitaram o para-brisa. A coisa ricocheteou num ângulo de quarenta e cinco graus e caiu na estrada, espirrando água por toda parte. Rolou pela estrada molhada e parou no fim de seu campo visual.

Hyonsu pensou ter ouvido um grito agudo. Ou foi ele quem produziu aquele som? O carro bateu na cerca de arame trançado e parou. Sua cabeça foi sacudida para trás e para a frente, o cinto de segurança afundando em suas costelas. A respiração ficou presa na garganta. Tudo parecia girar. Um longo tempo se passou antes que o choque do acidente se esvaísse do seu corpo, e o dobro desse tempo até Hyonsu conseguir erguer a cabeça. Aquela... aquela coisa iluminada por uma lâmpada de rua, estirada num ângulo estranho, dominando a estrada.

Hyonsu não se mexeu, as mãos ainda agarrando o volante. Não estava olhando para o objeto branco à sua frente; estava olhando para o dia fatídico, seis anos antes, em que sua vida se despedaçara num instante.

Estádio de Beisebol Jamsil, nono e último *run*, isto é, o time visitante ia rebater. Um corredor na primeira base. Os Fighters, que estavam perdendo por três *runs*, conseguiram empatar. O treinador tinha escalado um receptor reserva, o que resultou numa jogada dupla que encerrou o ataque. Antes da última jogada do nono *inning*, o treinador fez uma substituição dupla, de arremessador e de receptor. O locutor anunciou ao microfone: "Agora, arremessando para os Fighters, Lee Sangchol. Recebendo para os Fighters, Choi Hyonsu". Expectativa e medo se apoderaram de Hyonsu quando entrou em campo. Ao tomar posição, olhou para a multidão, que estava atrás da linha da primeira base. Era a primeira vez, naquela temporada, que Eunju vinha vê-lo jogar na liga principal. Sowon, com cinco anos de idade, estava ao lado dela, sua voz ofegante atravessando todo aquele barulho e penetrando em seus ouvidos: "Papai!".

Hyonsu vestiu a máscara protetora, e Lee Sangchol começou o aquecimento. Um dia, Hyonsu tinha sido um astro do beisebol. Sua força e sua noção de jogo eram considerados seus pontos fortes, enquanto os pontos fracos eram seu pouco domínio dos nervos e uma defesa precária. Todos diziam que ele tinha os atributos para ser um grande receptor. Ao menos, é o que falavam nos tempos de faculdade. Assim que se tornou profissional, começou a estragar tudo. Seus pontos fortes desmoronaram, e os fracos se arraigaram. Cometia erros em momentos decisivos. Isso acontecia por causa dos problemas no seu braço esquerdo, que às vezes ficava paralisado. Tinha esses sintomas desde os tempos do colegial. Pioraram durante o serviço militar obrigatório e se tornaram crônicos quando passou a jogar profissionalmente. Deixava cair a bola em momentos decisivos. Nesses momentos, não podia nem receber a bola, nem lançá-la, e tudo o que conseguia fazer era se mexer de um lado para outro, tentando recuperá-la. O ortopedista não conseguia explicar isso, e o psiquiatra concluiu que era devido à pressão psicológica. Foi aconselhado a evitar estresse, o que significava que teria de abandonar o jogo. Os arremessadores não confiavam nele, os campistas ficavam tensos quando ele entrava em campo, a torcida o chamava de Braço Morto. Por mais que se esforçasse, as grandes ligas não o escalavam. Teve de suportar os estádios vazios das ligas inferiores, o sol que estorricava, a privação econômica, a eterna incerteza — pois nunca sabia se seria negociado ou dispensado. Já não acreditava que um dia pudesse realizar seus sonhos de glória. Mas tinha de seguir em frente, por causa de seu filho. Sowon fez dele um guerreiro. Queria mostrar ao filho que era capaz de jogar como titular, que podia completar um *home run*. Queria cobri-lo de vitórias. E esta era a oportunidade de ver seus sonhos se realizarem. Precisava se concentrar.

O rebatedor principal estava se preparando. Hyonsu sinalizou ao arremessador um lançamento na lateral da zona do rebatedor. A bola raspou no capacete do rebatedor e carambolou atrás da base. A primeira base estava guarnecida. O rebatedor seguinte acertou a bola de leve. Do banco veio um sinal para aproximar o campista. Hyonsu fez sinal para um arremesso em curva. Mas Lee estava claramente desligado dele, e continuou a ignorar suas marcas. Quarta bola; o terceiro rebatedor foi para sua posição. Chutou a areia com a ponta do pé. Hyonsu o observava com o canto do olho. O sujeito era conhecido por rebater na direção oposta, a da primeira base. Do banco veio a instrução para um arremesso frontal; o treinador tinha razão, pois o próximo rebatedor, o quarto, era um verdadeiro canhão, e rebatia com precisão. O problema era que Lee não estava acertando os arremessos pedidos. Duas bolas mal lançadas em seguida, a segunda chegou a tocar o solo. Hyonsu estava preocupado, as coisas estavam piorando. Ele tinha de falar com Lee, acalmá-lo, mudar a direção do jogo, que pendia para a equipe adversária. Mas os nervos de Hyonsu pareciam se concentrar em seu braço esquerdo. Os campistas pareciam estar nervosos; talvez soubessem o que se passava pela cabeça de Braço Morto. Hyonsu sentia que todos os olhares no estádio estavam fixos em seu braço.

Hyonsu sinalizou para que Lee fizesse um lançamento frontal e rápido, mas que desacelerava antes de chegar ao rebatedor. Era a arma secreta de Lee. Mas a bola veio em linha reta. Impiedosamente, o taco a atingiu, rebatendo-a com um ruído seco. Não era o bastante para que o corredor fizesse um *home run*, mas o jogador da segunda base já chegava à terceira. O campista central lançou a bola para Hyonsu, que bloqueava a última base. O corredor lançou as pernas à frente, deslizando para chegar à base. Tudo ficou escuro, era como se estacas tivessem se cravado em seu ombro. Hyonsu rolou no chão, e a bola escapou de sua luva. Não pôde evitar. Não conseguia mover o braço. Como se um gancho de metal aquecido tivesse se cravado em seu ombro o puxando para baixo. No estádio baixou um silêncio mortal.

Ao longo dos anos, Hyonsu jamais esqueceu aquele momento. Aquela fração de segundo que pareceu uma eternidade, ou o silêncio que se seguiu à aniquilação de seu ombro, de suas esperanças e de seus sonhos, ou a voz de Sowon gritando: "Papai!".

Hyonsu tirou as mãos do volante. Teria ouvido o grito de Sowon? Enxugou na camisa as mãos escorregadias. Não conseguia tirar os olhos da coisa branca estirada na estrada. Queria enxergar algo que lhe desse alguma esperança. Talvez tivesse atingido uma placa na estrada ou um animal selvagem. Mas ele já sabia o que era aquela coisa branca. Uma criança vestida de branco. Uma menina, que tinha voado à sua frente, os longos cabelos soltos, como um fantasma. Saiu do carro. Ouviu seus pés chapinhando na chuva. Sentiu o cheiro de algo enquanto caminhava através do nevoeiro. O cheiro de sal, do oceano. Isso despertou suas lembranças: campos de sorgo, oscilando num vermelho-sanguíneo sob a lua, brisa do mar soprando entre os pés de sorgo, o brilho do farol além da montanha, na beira mais afastada do campo. O menino passando por lá, levando os sapatos do pai e uma lanterna.

Hyonsu se deteve. A menina estava estendida a poucos passos dele. Metade de seus longos cabelos lhe cobria o rosto, enquanto a outra metade era um frouxo redemoinho numa poça de sangue. Uma perna emergia de seu vestido branco, enquanto a outra estava estranhamente dobrada para trás, sob a sua coxa. Parecia não estar respirando.

Estaria morta? Não ousou tocar nela. Nem sequer pensava em procurar um hospital, ou ligar para um número de emergência. Seu peito estava bloqueado. Poderia se virar, entrar de novo no carro e ir embora o mais rápido possível daquele horrível pesadelo. Olhou em volta. Não havia casas por perto. Não viu nenhum carro. Só havia os postes de luz clareando a estrada. Olhou para seu carro. Pensou estar vendo Eunju e Sowon sentados lado a lado, atrás do para-brisa rachado, os rostos chocados e tristes, como no dia em que lesionou o ombro. Pensou em seu novo apartamento, oscilando agora sobre gelo fino. O apartamento de seus sonhos.

Hyonsu foi até seu carro, pensamentos saltando desordenadamente em sua mente — o nível de álcool em seu sangue, sua carteira de motorista que deveria ser renovada em uma semana, a chuva e o nevoeiro, a torre de captação de água, a estrada que tomara para ir até lá. A torre era a única coisa na estrada onde não havia cerca; uma única corrente se estendia entre a torre e a estrada, bloqueando a ponte. Voltou à primeira represa, onde tinha estacionado. Não havia cerca. Naquela represa, logo abaixo da torre, havia um canal; ao amanhecer, quando o canal se abria, a água do lago fluía por baixo das montanhas e dos campos e das estradas para chegar aos canos de água subterrâneos de alguma vila distante.

Parou. Um formigamento elétrico subiu por sua espinha. Embora seus pensamentos não estivessem organizados eles estavam indo numa direção específica. Olhou para trás, para a menina que bloqueava a estrada. Se alguém passasse por ali, a veria no mesmo instante. A pergunta que ele queira evitar pipocou em sua cabeça. E se alguém chegasse aqui antes que ele conseguisse ir embora? Seria capaz de se lembrar da placa de seu carro quando passasse por ele no nevoeiro?

Ei, Braço Morto. O que vai fazer?, perguntou uma voz em sua cabeça. Não aguentava mais aquela voz. Acontecesse o que acontecesse, a voz defendia suas escolhas e justificava suas ações. Hyonsu voltou até a menina e se ajoelhou a seu lado. Notou o aspecto grotesco de seu rosto; estava usando muita maquiagem. Os olhos cobertos de sombra faziam suas pálpebras parecerem buracos escuros. Pôde ver um pedaço de gengiva sem dentes entre seus lábios partidos. Ele estava arruinado — dirigindo embriagado, sem carteira de motorista, um acidente fatal... Não estava certo. Não era justo. Nunca tinha matado sequer um rato. Nunca cometera um crime e nunca pegara nada que não fosse seu. Nunca tinha aspirado a nada grandioso. Tudo que queria era dar à sua família três refeições por dia, educar bem seu filho, e um trago de soju de tempos em tempos — a vida que estava levando agora. Seria ambicioso demais? A raiva que estivera latejando por baixo do terror se incendiou e foi transferida para a menina. Quem diabo era ela? Se queria morrer, por que não pulou no lago? Por que pular logo na frente dele, que tinha trabalhado e se esforçado durante anos e mal conseguira equilibrar na mão aquela frágil bola de vidro — o apartamento novo? Curvou-se para erguê-la. Seu celular começou a tocar no bolso: o toque era uma

composição de Beethoven. Ele ficou imóvel. Seu coração disparou. Os olhos da menina se abriram. "Papai?" A mão dele estava na boca dela. O toque do telefone sacudia seu coração; a escuridão engoliu o mundo. *Papai...*
    Quando deu por si, estava de pé na ponte que levava à torre. Tremia, os dentes rangiam, os braços pendiam frouxamente nos flancos. Estava a uns cem metros da cena do acidente. O que tinha acontecido? O que tinha feito? Recapitulou mentalmente seus passos; viu uma mão branca prestes a erguer a menina, uma mão esquerda grande, forte, de animal selvagem, que perdera o controle e apertava a boca da criança, que se contorceu como um coelhinho até ficar imóvel, a cabeça caindo para um lado e os membros ficando frouxos. Hyonsu sacudiu a cabeça, sua boca deixou escapar um gemido. Aquela não era sua mão. Mas ele se lembrava de ter caminhado através do nevoeiro, carregando o corpo flácido, vendo-o cair da ponte e desaparecer no lago. Ouviu o sussurro vindo do lago lá embaixo: *Papai?*

Seunghwan parou ao sentir que a água estava mais quente. Não sabia ao certo onde estava, pois não seguira a linha de pesca no trajeto de volta. Decidiu fazer a descompressão ali mesmo, e olhou para o relógio: 22h50. O medidor de seu tanque indicava que tinha ar bastante para cerca de sete minutos. Relaxou e fechou os olhos. Ficaria ali até o ar acabar.
    Na água, o som viaja quatro vezes mais rápido do que no ar. Por isso, quando se está debaixo d'água, é mais difícil determinar de onde vem um som. A menos, é claro, que o próprio som anuncie sua localização, como acontece com o som de freios ou a sirene de um carro de bombeiros. O que ele ouviu foi um desses sons, depois de cinco minutos de descompressão; um som pequeno, suave. Seu corpo se retesou. Tinha de ser o som de uma pessoa mergulhando, ou um objeto jogado

no lago, porque o som cessou após a entrada do corpo na água. Quando um ser vivo caía na água, logo em seguida havia um espadanar instintivo, mesmo que fosse uma pessoa tentando cometer suicídio. E haveria ainda mais movimento se alguém tivesse sido empurrado para a água. O som também lhe deu uma pista de sua própria posição. Se tinha conseguido ouvir o choque na água, isso significava que o objeto fora jogado de um ponto mais alto que a ponte flutuante. Devia ter sido da ponte que leva à torre de captação de água. Era o único lugar de onde uma pessoa poderia atirar algo na água — seu próprio corpo, ou o corpo de outra pessoa, ou um animal, ou um saco de lixo. Isso significava que ele estava perto da torre, acima do termoclino.

Seunghwan olhou para cima. Vislumbrou algo adejando, como se fosse uma vela de barco dentro da água. Cabelos escuros ondulando, um rosto pálido, um vestido branco enredado no corpo, pernas estendidas para cima como se estivesse esperneando. Uma pessoa. Uma menina. Afundando, a cabeça primeiro.

Seus olhos toparam com os olhos muito abertos da criança e ele sentiu sua respiração sufocar na garganta. Seu olhar lhe percorreu o rosto e o pescoço, um braço fino roçou no aparelho em sua boca, um pezinho desnudo tocou em seu ombro antes que o corpo afundasse ainda mais. Era ela. Seryong. Seunghwan sentiu-se engolir por um redemoinho. Tinha de ir para baixo e verificar. Virou-se e bateu as pernas, esquecendo que estava em descompressão. Não deu atenção a seu elevador de flutuação ou à quantidade de ar que ainda restava. Estendeu as mãos, tateando, quando penetrou em águas mais escuras. Divisou algo longo, escuro e serpeante; os cabelos da menina. Estava agora bem por cima dela. Puxou-a pelos cabelos, seu pequeno rosto chegando ao nível do dele.

Era ela. Os olhos estavam machucados, os dentes da frente tinham sido arrancados, o lábio estava partido, mas era Seryong.

Seunghwan sentiu-se paralisar. O cabelo dela escorregou de suas mãos e ela afundou na água como se fosse gelo derretendo. Ele ficou com algo pequeno e duro na mão, mas, no momento, não prestou atenção. Não conseguia mais respirar. Não era a resistência do regulador nem um resultado do choque; ele realmente não conseguia respirar. Seu tanque estava vazio. Finalmente voltou a si. Soltou seu cinto com o lastro, inclinou a cabeça para cima, e com o dispositivo ainda na boca começou uma ascensão de emergência. Subiu o mais rápido que pôde, batendo com as nadadeiras. Tinha chegado mais fundo do que pensara. Conseguiu alcançar a superfície. Uma chuva fria o saudou.

Trocou a máscara por um snorkel e flutuou de costas. A nuca doía e os dentes batiam. Sentiu que o corpo estava gelado; mas a mão que segurara os cabelos da menina parecia arder em chamas. O que havia acontecido? O que tinha visto? Olhou em volta, mas o nevoeiro o cegava. A bússola lhe dizia que o cais estava atrás dele. Seunghwan começou a nadar lentamente para a margem. Os braços pareciam varas de metal; já não serviam para impulsionar o corpo. Tornou a checar o relógio na ponte flutuante; eram 23h15.

Tinha deixado a cabine do *Josong* cerca de duas horas antes, mas pareciam vinte. Tirou a lanterna frontal, o snorkel e as nadadeiras e enfiou tudo na mochila. Tinha a sensação de ter deixado algo para trás; isso o incomodou, mas queria sair dali imediatamente. Destrancou o cadeado, desenrolou a corrente do portão e o trancou pelo lado de fora. Caminhou penosamente pela estrada sob a chuva, pensando no que tinha acabado de testemunhar. Não poderia avisar a polícia. Sua péssima relação com Yongje acabaria por transformá-lo no principal suspeito. A polícia perguntaria o que estava fazendo no lago no meio da noite. Um lago no qual ninguém tinha permissão para estar. Antes já houvera uma insinuação de estupro, mas a coisa agora era muito pior. Se pelo menos ele não tivesse ido verificar se era ela, ou se tivesse finalizado seu mergulho como planejado, e acompanhado a linha de pesca até o cais. Se não tivesse vindo para o lago esta noite, se sua curiosidade não tivesse sido espicaçada, se nunca tivesse ouvido falar do Vilarejo Seryong... arrependeu-se de tudo isso. Desejou não ter visto nada.

O bosque em torno do anexo estava tranquilo. A janela de Seryong estava com a vidraça e as cortinas fechadas. Seunghwan entrou em casa pulando sua própria janela. Largou o tanque de ar e a mochila no chão e foi para a varanda. A BMW branca estava estacionada em frente ao 101. Não viu nenhuma luz acesa na casa.

Chegou a uma conclusão. Yongje espancara a filha até a morte, depois a jogara no lago.

Seunghwan desabou no sofá da sala de estar. De que adiantaria informar as autoridades? A menina estava morta; e telefonar à polícia não a traria milagrosamente de volta à vida. Dentro de cinco dias, mais ou menos, o corpo viria à tona, e seria tarefa dos policiais descobrir quem tinha feito aquilo. Seunghwan resolveu ir para a cama e deixar que os especialistas cuidassem daqueles assuntos complicados. Mas algo continuou a incomodá-lo. Não conseguia atinar por que estava se sentindo tão perturbado. Voltou a seu quarto e pegou o celular. Havia duas chamadas perdidas; a primeira fora às 21h03, a segunda às 22h30. Seu novo chefe. Estava cansado demais para ligar de volta; tudo aquilo tinha sido demais para ele. Suas mãos doíam, as costas doíam, e ele estava gelado até os ossos.

Encheu a banheira de água quente e despiu sua roupa de mergulho. Tirou a bússola do bolso, e junto a ela veio um grampo de cabelo, enfeitado com uma estrela de vidro. O que era aquilo? Lembrou-se do cabelo solto — era de Seryong. Quando tentara segurá-la pelos cabelos, o grampo deve ter ficado preso em sua mão; depois, sem perceber, enfiou a mão no bolso e o grampo ficara lá dentro. Sentou-se na banheira e os músculos começaram a relaxar gradualmente. O cérebro voltou a funcionar. Se Seryong fosse carregada pela corrente, em direção à represa, seu corpo ficaria preso na tela que filtrava lixo. Mas se afundasse em direção à torre de captação de água...

Era lá que se encontrava o duto da barragem. Seunghwan não o tinha visto com os próprios olhos, mas ouvira dizer que tinha mais de cento e cinquenta centímetros de diâmetro. O duto era aberto ao amanhecer. Seunghwan escorregou dentro d'água da banheira até a cabeça ficar submersa. Não vi nada, disse consigo mesmo. Não conseguia lembrar o que o estava perturbando.

O celular de Hyonsu continuava desligado. Estava assim desde que Eunju tentara ligar para Kim Hyongtae, numa tentativa de encontrar o marido. Desligar o celular era uma forma de dizer: Você está me deixando constrangido. Eunju não conseguia acreditar que esse homem de trinta e seis anos estivesse agindo como um adolescente espinhento. Tentou Hyongtae novamente.

"Ele disse que estava indo para o lago Seryong."

"Você poderia ter ligado para me avisar", disse ela, mal-humorada. "Não se preocupe tanto assim", disse Hyongtae: "Ninguém vai raptar Hyonsu, a menos que seja o diabo em pessoa". Estava claramente irritado.

Ela preferiu ignorar a piada de mau gosto. "Você realmente não está com ele agora?"

Ouviu um suspiro. "Por que não vem verificar por si mesma, então?"

"Se você diz que não está, imagino que não esteja", disse Eunju, e desligou.

Quando o marido não atendia o telefone, era sinal de que estava bêbado. E quando começava a beber, desaparecia. Ela detestava esse hábito imundo, que, apesar de toda sua insistência, jamais conseguira corrigir. Fechou os olhos por um momento para acalmar a raiva. Será que ele fora mesmo para o lago Seryong ou estava em algum bar? Para quem mais ela poderia ligar? Kim Hyongtae era a única pessoa com quem Hyonsu fizera amizade no emprego, e seus companheiros de beisebol estavam espalhados pelo país. Ligou para casa, por via das dúvidas.

"Papai ainda não voltou", disse Sowon. "Ele não ligou."

Ela fechou o celular e entrou no prédio. Foi até o décimo nono andar e parou em frente à porta de aço azul-acinzentada do apartamento 1901. Esqueceu o marido por um instante. Isto, bem à sua frente, era-lhe mais precioso do que Hyonsu.

Desde a primeira visita, tivera certeza de que aquele apartamento era seu verdadeiro lar. Hoje era a primeira vez que entrava no imóvel como proprietária. O dono anterior tinha se mudado naquela mesma tarde. Amanhã de manhã, o inquilino iria se mudar para lá. Por umas poucas e emocionantes horas, esta noite, a unidade era totalmente dela. Eunju tirou uma folha de papel dobrada do bolso de seu jeans. A senha da porta era 2656940. Apertou os botões com os números, depois o asterisco, e a porta se destrancou com um bipe. Ela entrou. Acionadas por sensor de movimento, as luzes se acenderam. Ela ficou ali, radiante, como uma atriz que retorna ao palco para receber os aplausos. Esse saguão era o lugar perfeito para a bicicleta de Sowon; ficaria ainda melhor com um fícus num vaso. Ela tornou a acender a luz e viu marcas de sapatos no chão. Decidiu ficar de sapatos também. Olhou o banheiro, que tinha ladrilhos lilás e uma banheira. Gostou daquele banheiro, tinha toda a cara da classe média. Estava planejando dar a Sowon um lugar só para ele estudar, no quarto à direita da porta da frente. Levava a uma varanda envidraçada, com uma bela vista. A sala de estar era grande e estava limpa.

Sem pressa, Eunju apreciou cada recanto do apartamento. Foi de cômodo em cômodo, lentamente, deleitando-se com a suíte principal, a varanda dos fundos e a cozinha, que contava com uma máquina de lavar louças. A visita bem valia as duas horas que ela passara no metrô e no ônibus. Os proprietários anteriores tinham deixado o lugar bastante limpo; as janelas estavam fechadas, e todas as luzes apagadas. Pôs a bolsa na bancada da cozinha e foi para a varanda da frente. Dali, enxergou um parquinho com um trepa-trepa, gangorra, balanços, barras e uma caixa de areia. Nenhuma criança brincava lá naquele momento. Lembrou-se do bairro onde passara a infância em Bongchon-dong e do balanço no parque, no qual só podia brincar após o pôr do sol.

Quando menina, Eunju adorava brincar naquele parque ao anoitecer. Àquela hora, todas as outras crianças já haviam ido embora, levando consigo toda sua exuberância e vitalidade. Eunju acostumara-se a frequentar o parque deserto. Quando tinha sete anos, um de seus rituais diários era se balançar na penumbra, com o irmão caçula, Giju, sobre os ombros, para fazê-lo dormir. Sua irmã de quatro anos, Yongju, brincava sozinha no halo do poste de luz. Ao longo daqueles infindáveis crepúsculos, Eunju rezava para que o tempo acelerasse e desse um salto à frente, lançando-a logo na idade adulta, para que pudesse sair de casa. Na verdade, sua "casa" era apenas um ônibus abandonado e transformado numa espécie de boteco, onde sua mãe, Jini, servia doses de *makgeolli* a clientes sentados a um par de mesas. Jini tinha voz bonita e cantava *As lágrimas de Mokpo* feito uma coquete, batendo os hashi para fazer o acompanhamento. Seus grandes seios estouravam a blusa modelo *hanbok*. Ela jamais recusava as oferendas de um homem à exuberância de seus seios — fosse tal oferenda uma nota de dinheiro ou um afago com a mão. Ria ruidosamente, a boca muito aberta, e rebolava como um pato, o traseiro empinado.

Estava sempre brigando com outras mulheres das redondezas. Eunju, a filha mais velha, que mal tinha idade para cuidar de si mesma, era encarregada de cuidar dos dois irmãos menores. Cada um dos três tinha um pai diferente.

Eunju só podia ir para casa depois que Giju adormecesse. Jini bateria nela se seu irmãozinho de um ano chorasse. As três crianças dormiam na parte traseira do ônibus, separada por um pedaço de madeira compensada. As responsabilidades de Eunju acabavam quando ela deitava o bebê adormecido no cobertor elétrico. Tentava ignorar a cantoria no outro lado da frágil divisória, e então sonhava com a casa de sua amiga Hyon, que tinha visitado exatamente uma vez. Hyon vivia na casa mais bonita da vizinhança, que era uma visão maravilhosa — limpa, cheirosa e tão grande que cada pessoa tinha seu próprio quarto. Para Eunju, aquela casa parecia um sonho inacessível. Tudo o que se poderia obter com um rosto bonito e um par de seios era um bando de filhos de pais diferentes. A mãe de Eunju era a evidência disso. E Eunju não queria seguir aquele modelo.

Anos depois, na aula de ética, na nona série, seu professor discutia o conceito do livre-arbítrio, e disse: "Pessoas que acreditam em seus próprios futuros podem criar suas próprias vidas". Eunju analisou a si mesma, objetivamente, naquele dia — no que era boa, no que era razoável, do que precisava para obter o que queria e como faria isso. Olhou para seu reflexo num pequeno espelho e chegou à conclusão de que não era bonita o bastante para ser atriz. Era bonitinha, sim, mas não a ponto de fazer um homem desmaiar ou sair da linha. Seu boletim confirmava que não era um gênio e não era boa em artes ou esportes; não cantava bem, era desajeitada e não escrevia num estilo refinado. Mas sabia o que queria da vida. Não ia viver como sua mãe. Era esforçada, autoconfiante e orgulhosa. Isso era mais do que suficiente para acreditar em seu futuro. Fez planos para si mesma: ficaria em casa até os dezessete anos, quando se formaria no colegial; obteria um diploma de colegial nem que isso significasse ter de roubar o sutiã vermelho da mãe e vendê-lo; conseguiria todos os certificados necessários para conseguir um emprego; deixaria a casa no momento em que encontrasse um trabalho; economizaria durante três anos para poder pagar o depósito anual no aluguel de um lugar; nunca olharia para trás.

E foi isso que fez. Conseguiu um emprego como guarda-livros numa fábrica em Gwangju, que, em sua cabeça, era o lugar mais distante possível de Seul. Na mesma noite, fez a mala. Sentiu-se mal por abandonar Yongju, ainda tão pequena, e Giju, que ela mesma tinha criado, mas endureceu o coração e foi embora. Passou a viver num dormitório para operárias da fábrica e economizou dinheiro. Em três anos arranjou um quarto num porão com um aluguel anual, exatamente como tinha planejado. Mas a alegria de alcançar seu primeiro objetivo a fez esquecer seu juramento de nunca olhar para trás. Pensava nos irmãos menores toda noite; tinha saudades deles. Estariam comendo regularmente? Será que Yongju tinha conseguido se matricular no colegial?

Um dia viu-se num ônibus para Seul com um vestido para Yongju e um relógio de pulso para Giju. Planejava apenas dar uma olhada nos irmãos e ir embora o mais rápido possível. No entanto, ao vê-la, Yongju soltou um grito e começou a chorar. A mãe, Jini, veio ver o que estava acontecendo. Em seguida, Jini meteu as roupas de Yongju numa sacola e a entregou a Eunju. Yongju agarrou sua mão, perguntando ansiosamente: "Agora vou poder ir para a escola em Gwangju?". Yongju foi morar com ela. Um ano depois, sua mãe apareceu de surpresa com Giju e todas as posses da família. Instalou-se no apartamento de Eunju com tudo o que tinha. E lá ficou até a primavera do ano em que Eunju completou vinte e sete anos. Foi nesse ano que Jini, devastada pelo álcool e pelos homens, acabou derrotada pelo câncer. Também nesse ano, Yongju arranjou um emprego como professora de inglês no ensino primário, o ano em que Giju foi cumprir o serviço militar obrigatório. Foi também o ano em que Eunju se casou.

Seu marido era três anos mais moço que ela, mas agia como se a diferença fosse de treze anos. Era um gigante que só se interessava por beisebol. Não sabia fazer nada além disso. Após abandonar a carreira de jogador, mergulhou na bebida. Quase não passava um dia sem se embebedar. Ela o obrigou a arranjar um emprego e cuidou dele, enquanto trabalhava em tudo quanto é tipo de emprego, como garçonete, caixa de supermercado, cuidadora em serviços de homecare, atendente em lanchonete de escola. Este apartamento, que tinham conseguido comprar depois de doze anos de matrimônio, não era simplesmente um lar, ou um espaço que pudesse ser definido por seu tamanho. Para Eunju, era a prova de que ela não era como a mãe. Prova de que tinha lutado contra seu miserável quinhão, e era sua promessa para o futuro de seu filho. Ela não o deixaria no mundo de mãos vazias.

Eunju fechou as janelas e voltou para a sala de estar. Não queria partir, mas já estava na hora. Da porta, tornou a olhar para o apartamento uma última vez. Estaria de volta dentro de três anos. Até lá, faria tudo que fosse necessário para cumprir seu objetivo. Era capaz de fazer qualquer coisa para realizá-lo, exceto vender o próprio corpo e roubar. Pegou na bolsa um lápis de sobrancelha e se agachou junto à porta de entrada. Apalpou debaixo do batente e ergueu a beira do linóleo. Em letras grandes escreveu *Kang Eunju* e *Choi Sowon* no chão de cimento. Hesitou antes de acrescentar o nome final. Mas o incluiu também, por que não? *Choi Hyonsu*.

Embaixo, no térreo, abriu o celular e ligou novamente para Hyonsu. Dessa vez o telefone tocou, mas ele não atendeu. A raiva, que se dissipara, mostrou novamente a cara. O cálido sentimento de satisfação que tivera no apartamento desapareceu. Hyonsu decerto tinha algum talento especial, pois, sem mexer um dedo nem dizer uma única palavra, era capaz de deixar a esposa totalmente furiosa. Talvez ele tivesse ligado o telefone para falar com alguém, Kim Hyongtae ou outro amigo. Nada disso importava; o crucial era que estava ignorando somente as ligações dela. Uma lufada de ar quente se elevou de um bueiro na rua. Eunju olhou para um relógio num prédio no outro lado da rua. 22h50. Muito bem, Hyonsu, ela pensou. Vamos ver quem ganha. Novamente apertou o botão para fazer uma ligação.

Lago Seryong II

O alarme despertou Hyonsu. Tateou o espaço a seu redor até perceber que o barulho vinha do celular, que estava no bolso da camisa, fechado com um botão. Abriu o bolso à força, arrancando o botão, e puxou o celular. Assim que conseguiu desligar o alarme, jogou o celular no banco do carona, como se houvesse tocado num carvão em brasa. Sua mão estava inflamada. Seu corpo, coberto de suor. Estava ofegante. Levou muito tempo até conseguir se concentrar.

Caía uma chuvinha fina. Carros iam e vinham atravessando a névoa e pessoas caminhavam debaixo de guarda-chuvas. Pela vidraça do carro, ele avistava um condomínio de apartamentos. Percebeu que estava em Ilsan, perto do parque do bairro, e que seu novo apartamento ficava do outro lado da rua. Estava no assento do motorista. Achou um recibo de pedágio no porta-luvas; informava que ele tinha passado pelo trevo de Seryong às 23h08. O relógio no painel de instrumentos mostrava 5h10. Haviam se passado seis horas. O que fizera durante esse tempo? Entre todos os lugares possíveis, por que estava aqui?

Saiu do carro. Olhou para baixo e viu que sua camisa estava coberta de sangue. Também havia manchas de um vermelho-escuro em suas mãos, nos braços e no peito. O capô do carro estava amassado, o farol direito estava quebrado, e havia uma rachadura no para-brisa, formando um desenho semelhante a uma teia de aranha. Percorrera todo o trajeto nesse carro arrebentado? E o guarda no pedágio o deixara passar assim, coberto de sangue? Por quê? Havia lacunas em sua memória. Cada trecho de que se lembrava era um pesadelo. O nevoeiro, a chuva, a garota que voara para cima dele como um espectro, o ranger dos pneus, a garota sussurrando "papai", ele carregando-a sob a chuva, a torre. Depois disso, não se lembrava de mais nada. E agora acordava em frente a sua nova e grande aquisição.

Não havia ninguém no parque. Hyonsu abriu a mala e tirou seu uniforme de trabalho. Pela primeira vez em muito tempo, conseguia pensar com clareza. Precisava resolver seu problema mais imediato. Avistou um banheiro público num pequeno arvoredo de nogueiras-do-japão. Trocou de roupa num compartimento, depois enfiou sua camisa ensanguentada numa lata de lixo e limpou-se das manchas de sangue. Certificou-se duas vezes de que estava limpo e apresentável, depois foi a uma pequena loja de conveniência no prédio de apartamentos e comprou um maço de cigarros. Acendeu um cigarro debaixo de uma árvore no parque. Seis meses atrás, rendera-se à insistência de Eunju e deixara de fumar, mas agora estava ansioso por uma dose de fumaça quente e ácida. Inclinou a cabeça para o lado e puxou uma longa tragada. O chão pareceu estremecer; ele estava tremendo. Encostou-se na árvore e as perguntas o submergiram como uma torrente. E se não tivesse ido para o lago Seryong? E se estivesse sóbrio? E se sua carteira de motorista não estivesse suspensa? Nesse caso, não teria matado acidentalmente aquela garota, não teria jogado seu corpo no lago e não teria fugido como um covarde, certo? Morte acidental… corpo no lago. Acidente, lago. O cigarro lhe escapou dos dedos. Entre aquelas duas palavras — entre o acidente e o lago — encontrava-se a verdade horrível, o acontecimento intolerável, que ele havia apagado deliberadamente da memória. Mas agora a lembrança retornava à sua consciência. E o choque foi tão grande que quase o derrubou no chão.

Hyonsu correu para o carro. Pegou o telefone e verificou as chamadas perdidas. Naquela noite Eunju tinha ligado doze vezes. A sétima fora às 22h48, e a oitava, às 22h50. Agora ele recordava com mais clareza o que havia acontecido: o telefone tocara sem parar enquanto as mãos dele sufocavam a menina, e o toque só havia cessado no instante em que a criança parara de respirar. Por que ele não desligara o celular? Teria sido fácil. Em vez disso, contudo, ele concentrara toda sua atenção em calar a menina, tapando-lhe a boca e apertando-lhe a garganta. Por que fizera isso? Seria porque o murmúrio da menina — "Papai!" — lhe parecia mais estridente e mais brutal do que o toque do telefone? Fechou o celular. Não tinha como mudar os acontecimentos daquela noite. Ficar pensando naquilo não alteraria coisa alguma. Tinha de achar um modo de apagar aquela noite de sua vida. Precisava encontrar um jeito de manter o emprego, sem se mudar para o lago Seryong.

Mas ele não via saída alguma.

Amanhã, sua família teria de sair do apartamento alugado. No mesmo dia, o inquilino se mudaria para o apartamento recém-comprado, que ele agora olhava. Ontem mesmo, fora desligado de seu antigo posto na cidade. Não podia recusar o novo trabalho no lago. Se fizesse isso, seria demitido. E isso arruinaria sua vida.

Porém, embora fosse necessário trabalhar no lago, era preciso convencer Eunju de que não podiam morar lá. Para isso, teria de lhe contar tudo o que acontecera.

Mas como poderia contar? Imaginou-se dizendo à esposa: "Fui visitar a casa no lago, mas acabei atropelando uma menininha e a estrangulei porque ela não parava de dizer *papai*. Depois, eu a atirei no lago. Por isso, não podemos ir morar lá".

Eunju jamais entenderia.

Mas talvez ela conseguisse achar uma solução. Afinal de contas, ela não conseguira manter cinco contas bancárias sem que ele soubesse? Talvez ela lhe apresentasse cinco soluções diferentes e lhe pedisse para escolher uma delas. O certo é que tentaria resolver o problema. E sentiria pena dele. Sim, ele tinha certeza de que ela sentiria pena; talvez já não estivessem apaixonados, mas tinham um filho e estavam juntos havia doze anos.

Às nove da manhã, Hyonsu levou o carro a uma oficina na vizinhança. Disseram-lhe que ficaria pronto às três. Resolveu matar o tempo numa sauna. Algumas garrafas de soju no estômago vazio o deixaram sonolento. Acordou às cinco da tarde.

O carro estava novo em folha. Nenhum traço do acidente permanecera; tinha faróis novos, um novo para-brisa e um novo para-choque e um novo capô. Ao pôr os olhos no carro totalmente recuperado, seu desespero começou a arrefecer. As coisas estavam tomando jeito. Não havia prova de que ele se envolvera num acidente. A conta foi astronômica, mas ele usou um cartão de crédito que mantinha escondido de Eunju.

O dinheiro relativo às horas extras e aos bônus anuais não era depositado na mesma conta do salário. Essa era uma prática da companhia: se acaso um funcionário não controlasse as finanças de sua própria casa e quisesse despistar a esposa, aquelas quantias suplementares eram pagas na conta que ele escolhesse. A mulher de Hyonsu só lhe deixava usar míseros dez mil wons por dia. Aproveitando a política da companhia, ele abriu uma conta secreta, à qual apenas ele tinha acesso. Aquela conta foi sua salvação. Maravilhou-se ao constatar que podia resolver sozinho ao menos uma parte daquela confusão. Ao chegar em casa, estava convencido de que Eunju acharia uma saída e ficaria ao seu lado, houvesse o que houvesse.

"Então você está vivo. Pensei que talvez estivesse morto", disse Eunju quando ele abriu a porta.

Hyonsu olhou para as caixas empilhadas à sua volta.

"Você não atende o telefone, ignora minhas mensagens, não vem para casa." Eunju bloqueava a porta, braços cruzados. "Parece que andou aprontando alguma coisa." A postura dela era uma advertência: não entre sem minha permissão.

Hyonsu ficou onde estava, sentindo-se constrangido. "Foi mais ou menos isso o que aconteceu." Deixe-me entrar, queria dizer. Tenho algo sério para lhe contar.

"E você nem foi ao lago. Disse àquele cara que iria lá, mas não se deu ao trabalho de aparecer."

Surpreso, Hyonsu perguntou. "Você falou com ele?"

"Por que não?"

"Como conseguiu o número?"

"Acha que não sou capaz de descobrir um número quando quero? No fim combinei tudo pelo telefone. Ele disse que preferia não se mudar, que dividiria um quarto com Sowon, e eu lhe disse que tudo bem. Disse que pagaria pelas refeições, assim concordei em cozinhar para ele também. Ele me falou sobre a disposição dos cômodos e a mobília, e agora sei o que precisamos levar conosco. Por que você não consegue cuidar de nada? Eu lhe disse que era importante."

Hyonsu ficou rígido. Ela resolvera pelo telefone? Então por que lhe pedira que fosse até lá? Seria capaz de compreender que tudo acontecera por causa dela? Sua mão voou contra o rosto da esposa. Eunju caiu em cima das caixas. Sowon estava atrás dela — a expressão perplexa do menino foi o que impediu Hyonsu de desferir outro golpe. Ele cerrou os punhos e trincou os dentes.

"Você realmente fez isso?"

O rosto de Eunju já estava ficando inchado, como se tivesse sido atingido por algo mais pesado que uma mão. "Você me bateu? Com esta sua mão esquerda?"

As pupilas dela se dilatavam e seus olhos escureciam, a voz era trêmula e aguda.

Eram sinais de que ela estava prestes a entrar numa batalha de vida ou morte. Hyonsu se virou e saiu. Tinha medo do que ele próprio era capaz de fazer. Caminhou e caminhou e foi parar num soju bar. Com soju circulando nas veias lembrou-se de certo homem. Um homem enorme que arrebentava a mobília e batia na mulher e nos filhos toda vez que bebia: o sargento Choi, veterano do Vietnã. À medida que crescera, Hyonsu fora se esquecendo do sargento Choi — seu pai. Mas, sempre que quebrava algo por acidente, lembrava-se dele. Sim, lembrava-se de quando o pai arrebentara o gargalo da garrafa, em vez de tirar a tampa; de quando o pai arrancara o botão do fogão, ao tentar acender uma boca; de quando, ao abrir uma porta, deslocara-a das dobradiças. Certa vez, apertara uma moeda no punho fechado, amassando-a até deixá-la do tamanho de uma bala. Nas palavras de Eunju, a mão esquerda de Hyonsu faziam dele um orangotango incapaz de controlar a própria força. Essa era a marca da maldição que o fazia lembrar ser o filho do sargento Choi, não importa para onde fosse ou o que fizesse.

Mas ele não era como o pai. Acreditava que estava vivendo uma vida diferente. A menos que ficasse completamente enlouquecido, não levantaria a mão contra sua mulher ou seu filho. Mas, no fim das contas, isso era uma ilusão. Era um excesso de confiança. Ou talvez tivesse realmente ficado louco. Senão, como poderia ter matado uma criança inocente com a mesma mão com que batera em sua mulher? Tinha de reconhecer o fato: ele era um assassino. Mas quando começou a sentir os efeitos do álcool a realidade ficou distante, a autocensura e a repulsa se dissiparam. Coisas tinham acontecido, raciocinou. Ele devia ir para casa, tomar uma chuveirada e depois tirar um cochilo. Quando acordasse, tudo teria voltado ao normal, e ele seria capaz de ir para o lago Seryong. Poderia esquecer o que fizera sua mão esquerda e levar uma boa vida. Sim, era isso que ele faria.

Saiu do bar e começou a cantarolar baixinho, atravessando a rua. "Sargento Choi, veterano do Vietnã, finalmente voltou da guerra... lábios cerrados, um pesado capacete, o pequenino cai em seus braços, todos estão em seus braços."

Yongje levantou-se. Tinha passado a noite esperando junto à janela. Estava cansado, como se tivesse adormecido de olhos abertos. Seryong e aquele idiota da casa ao lado não tinham retornado. Desde a véspera, não tirara os olhos da trilha em frente à casa; não havia sequer cochilado. Tinha deixado a cadeira exatamente duas vezes, uma para ir ao banheiro e outra para beber um pouco d'água. Kwak, o segurança do condomínio, e Yim, o segurança do parque, decerto também passaram a noite em claro, vigiando as imagens transmitidas pelas câmeras. Tinham ordem de avisá-lo se vissem alguma coisa. Mas ninguém telefonara. Yongje não sabia o que pensar. Seryong e seu amigo deveriam ter voltado para casa quando Yongje, Kwak e Kim não estavam vigiando; ou então entraram por uma via alternativa, como alguma das janelas dos fundos.

Yongje foi até o quarto de Seryong. As manchas de sangue ainda cobriam lençóis e paredes. Pelo chão, havia gotas de cera verde e pedaços de vidro. O mesmo cenário da noite anterior. Mas então ele viu algo novo: uma mancha de sangue na cortina. Ao pular a janela, Seryong decerto se agarrara ali, após enxugar o sangue do nariz. Se ele tivesse visto isso antes, teria se poupado o trabalho de percorrer a vizinhança procurando por ela ou de ficar sentado aqui olhando pela janela. Teria conseguido apanhá-la antes que corresse até a casa vizinha.

Por que não tinha visto? Não conseguiu achar uma resposta razoável, além do fato de estar cheio de raiva. Inadvertidamente, focado em sua própria ira, dera ao maldito vizinho o tempo necessário para esconder Seryong.

Abriu a janela e inalou o cheiro de árvores molhadas. O bosque estava coberto de névoa. Na casa vizinha, tudo estava silencioso. Não viu luz alguma. O idiota devia estar dormindo. Yongje ligou para Yim. "Pegue o detector de vazamento elétrico e venha imediatamente." O zelador era em geral lento, e Yongje calculou que levaria no mínimo dez minutos para chegar. Tempo o bastante para tomar um banho e trocar de roupa. Mas quando saiu do banheiro, descobriu que aquele velho irritante viera imediatamente e, ainda por cima, entrara sem tocar a campainha. Agora, estava olhando o quarto de Seryong, e parecia espantado. Tinha o ar de quem queria fazer perguntas, mas manteve a boca fechada.

O idiota do 102 abriu a porta, os olhos turvos.

"Peço desculpas por me intrometer de manhã tão cedo", disse Yongje polidamente; mesmo nessas circunstâncias ele era um cavalheiro, em todos os sentidos.

O idiota olhou para ele e depois para Yim, confuso.

"Nós detectamos um vazamento. Podemos dar uma olhada?" Yongje acenou para o instrumento nas mãos de Yim.

"Ah", disse o idiota, dando um passo para um lado. "Podem fazer isso rápido? Eu gostaria de voltar para a cama."

Seryong não estava lá. Yongje levou Yim com ele por toda parte, olhando cada fresta e cada canto, mas não achou pista alguma. Tudo estava exatamente como na noite anterior, exceto pelo fato de que o idiota agora estava em casa. Ele notou uma mochila dentro do armário; não a tinha visto antes. Pediu para ver o que tinha dentro.

"A mochila por acaso está vazando eletricidade?", perguntou o idiota, irritando Yongje.

Yongje não queria ir embora. Tinha certeza de que ela estava lá. Tinha de estar. Demorou-se um pouco na porta da frente. "Você mora aqui sozinho? Pensei que houvesse dois moradores."

"Meu chefe anterior foi transferido para Chungju, e o novo chega amanhã." O idiota esfregou o nariz e o enxugou com a camisa de baixo.

Nojento. Yongje esticou o pescoço na direção da sala. "Você dever ter se sentido solitário desde que ele foi embora."

"Não tive tempo para me sentir solitário. Passei o tempo todo furioso. Os Tigers perderam para os Lions na noite passada."

"Aonde você foi na noite passada?"

O palerma estava encostado no batente da porta. "Como eu disse, estava assistindo ao jogo."

"Tivemos sinal de vazamento na noite passada, por isso fiquei telefonando o tempo todo", replicou Yongje. "Ninguém atendeu."

"Eu fui até a área comercial", respondeu lentamente o idiota. "Tinha acabado a cerveja."

Yongje lembrou-se de ter visto latas de cerveja vazias junto ao laptop. Talvez o sujeito houvesse entregado Seryong aos cuidados de um colega. Foi até o 103, mas não teve melhor sorte. Depois, foi de carro até a clínica. O médico veio abrir a porta, estremunhado, e informou que ninguém tinha ido lá depois das seis. Ela não poderia ter ido para outro hospital, já que o idiota não tinha carro. Yongje teria ouvido se ele tivesse chamado os serviços de emergência. Yongje ligou para a companhia de táxis e perguntou se algum táxi fora para o lago Seryong na noite anterior. Nenhum. Não sabia como poderia se informar quanto aos taxistas autônomos. Foi até a loja na área comercial. "Um homem com olhos embotados veio na noite passada comprar cerveja? Com estatura média, magro e começando a ficar grisalho?"

"Dezenas de pessoas correspondem a essa descrição", disse o empregado.

A cabeça de Yongje latejava. Tinha certeza de que o idiota do 102 estava envolvido, mas não descobrira nenhuma prova. Voltou a percorrer a estrada que circundava o lago e passou novamente pelo antigo estábulo de cabras. Visitou outra vez os alojamentos da companhia, as terras baixas, a escola. Nada. Nem uma só criança a vira depois da escola no dia anterior. Não encontrou nenhum amigo com quem ela conversasse regularmente. Estava claro que ela não tinha amigos; também era solitária na escola de artes que frequentava fazia cinco anos. E ontem nem tinha ido. O motorista do ônibus escolar disse que ela se recusara a embarcar, dizendo que iria a uma festa de aniversário. Tudo que conseguiu descobrir foi que Seryong era completamente diferente quando estava fora de casa. A menina que ele conhecia era uma versão em miniatura da mãe: teimosa, esperta, rude. Todos os outros a conheciam como reservada, retraída e sem amigos. Todos a descreviam de maneiras diferentes, mas todas as avaliações tinham uma linha comum: ela era uma menina boba e solitária.

Yongje examinou o registro de chamadas no telefone dela e descobriu que não o tinha usado nos últimos três meses. Os dois anos anteriores eram muito parecidos: nunca ligava para ninguém a não ser para a mãe e para casa. Yongje ficou ainda mais enfurecido. Não com a filha, mas com Hayong. Tinha educado a filha para ser uma menina solitária, em vez de ser acarinhada como uma princesa. Ela se concentrara nos procedimentos de divórcio em vez de ser uma boa mãe. Ele criou mentalmente uma longa lista e foi eliminando as possibilidades, uma a uma. Primeiro ligou para o sogro.

"Então você espancou sua filha e a expulsou de casa?"

"Não, eu não fiz isso."

"Então por que está ligando para nós?"

"Tenho certeza de que você sabe que esconder uma criança sem o consentimento dos pais é considerado sequestro."

"Aonde você iria se fosse Seryong?" A voz do sogro estava tremendo. "Acha que ela conseguiria chegar aqui, sozinha, no meio da noite? Ela nem sabe onde moramos!"

Yongje desligou. Era verdade. Seryong nunca visitara o avô. Na família paterna, não havia ninguém para visitar. Os pais de Yongje haviam lhe deixado uma grande quantidade de terras, acumuladas ao longo de três gerações de filhos únicos — e foram enterrados nessas mesmas terras antes que Seryong nascesse.

Yongje ligou para a companhia de ônibus. Um único ônibus local fazia o percurso entre Sunchon e o lago Seryong, de hora em hora; se uma menina descalça com um vestido branco e muito maquiada tivesse pegado um ônibus nas primeiras horas da manhã, seria impossível o motorista não se lembrar dela. Mas ninguém a vira. Isso queria dizer que ela estava ainda em algum lugar por aqui. Ele sabia o que devia fazer. Primeiro, informou ao gerente de seu escritório que hoje não iria. Sua clínica poderia funcionar sem ele por alguns dias. Seus pacientes ficariam desapontados, mas Seryong era sua prioridade. Em seguida, foi preencher um formulário de pessoa desaparecida. Não esperava muita coisa da polícia; nem sequer esperou que abrissem uma investigação. Mandou imprimir cartazes e os colou por toda parte. Formou seu próprio grupo de busca com vinte pessoas do vilarejo e dois cachorros que ele trouxe de um centro que treinava cães para busca e resgate. Dividiram-se em dois grupos; um foi enviado ao lago, o outro às docas, graças à ajuda do diretor de operações da barragem.

Da equipe que trabalhava na represa, o diretor era o único membro que Yongje conhecia pessoalmente. Dois anos antes, o homem levara sua filha mais velha para a clínica dentária de Yongje; a menina tinha dentes afiados, como os de um chimpanzé. Yongje lhe ofereceu um enorme desconto, cobrando uma quantia simbólica por um trabalho ortodôntico que, na verdade, deveria custar vários milhões de wons. Isso porque Yongje planejava cair nas graças do diretor, calculando que seria útil contar com a boa vontade de um funcionário bem situado quando tivesse de negociar o pagamento pelo aluguel de suas terras ou lidar com as questões cotidianas dos moradores. Até aquele dia, contudo, o diretor jamais lhe fora de qualquer utilidade. Agora, Yongje finalmente conseguiu uma recompensa por seu investimento: pediu emprestada a chave do cais, e o diretor a deu. Yongje fez uma cópia e a guardou, para não ter de pedir novos favores àquele homem irritante.

A busca continuou até anoitecer; tornou-se mais desafiadora devido à chuva que caía já por dois dias seguidos. Tudo que encontraram foi uma caixa de madeira no estábulo de cabras. Na caixa havia um cobertor cor-de-rosa cheio de pelos marrons de um gato, juntamente com uma tigela e um saco de ração de gato. Yongje conhecia esse cobertor rosa muito bem; era um objeto de transição ao qual Seryong fora especialmente apegada. Andava sempre com ele, em casa, no jardim de infância ou quando viajavam. Não quis se separar dele nem mesmo ao entrar na escola primária, quando passou a levá-lo para as aulas numa sacola. Os esforços de Yongje para corrigir esse hábito não tinham funcionado. Se o arrancava das mãos dela, seus olhos rolavam nas órbitas e ela desfalecia, sem conseguir respirar. Na terceira vez em que isso aconteceu, Hayong o ameaçou, tremendo, dizendo que se fizesse isso novamente ela se mataria, junto com Seryong. Yongje teve de recuar. Não por causa daquela ameaça ridícula, mas porque ele queria apenas corrigir o comportamento dela, não matá-la. A certa altura deixou de ver o cobertor, e acreditou quando Hayong lhe disse que Seryong se livrara dele sozinha. Nunca imaginou que ele estaria no velho estábulo.

A caixa servia de esconderijo ao mesmo gato que aparecera na janela do quarto, na noite anterior. Disso, Yongje tinha certeza. Seryong devia ter cuidado do gato aquele tempo todo. Que outro motivo o faria pular no peitoril da janela? E por que o cobertor rosa estaria no estábulo? Hayong provavelmente participara disso desde o começo. As duas devem ter criado o gato em segredo, sentindo-se orgulhosas por serem diferentes de Yongje; decerto o achavam um homem diabólico, por ter matado a gata com uma machadada e enterrado dois filhotes vivos. Yongje se levantou. Onde mais encontraria vestígios das traições daquelas duas mulheres? Deixou o cobertor onde estava. Isso faria o gato voltar. Era a segunda coisa em sua lista. Assim que achasse Seryong, ele cuidaria do animal na presença dela, depois de dar uma lição na pessoa que estava no topo da lista: a que tinha ajudado Seryong a se esconder dele.

Os grupos de busca dispersaram-se quando o sol se pôs. Yongje voltou para o Jardim Botânico, planejando examinar a gravação das câmeras de segurança na noite anterior. Tinha certeza de que deixara passar alguma coisa. Estacionou em frente ao escritório da segurança e se encontrou com Yim. Quatro dias antes, um dos guardas tinha sofrido um acidente de carro, por isso o velho o estava substituindo. Tinham postado um anúncio para preencher a vaga, mas não acharam ninguém que fosse adequado — apenas homens idosos da vizinhança, frágeis como espantalhos, tinham se apresentado.

"Você a achou?", perguntou Yim.

"Achei o esconderijo do gato no estábulo — é obra sua, não é?"

Yim não respondeu.

Claro, fazia sentido. Teria sido difícil arranjar um esconderijo para o gato sem a ajuda do velho. Sentiu a raiva se avolumar debaixo de suas costelas. A família de Yim tinha cuidado do Jardim Botânico por duas gerações. O velho tinha sido amigo do pai de Yongje, mas não era por isso que ele o mantinha. Não havia mais ninguém como ele, com seu talento de paisagista, seu conhecimento de árvores e seu amor pelo Jardim Botânico. Também era exímio consertador de coisas, inclusive aparelhos mecânicos ou elétricos, por isso ele nunca teve de contratar mais ninguém para essas tarefas. Mas ainda assim não poderia perdoar alguém que estava em conluio com sua mulher e sua filha para fazê-lo de idiota. Yim era o número três em sua lista.

Yongje conferiu a tela das câmeras de segurança. Ninguém havia passado pelo portão principal, e o portão dos fundos era fechado às nove horas. Aonde ela poderia ter ido? Não estava no estábulo; se o idiota do 102 a ajudara a fugir, tinha de haver uma pista em algum lugar. Nas vizinhanças, não havia local onde ela pudesse se esconder por um dia inteiro, a menos que estivesse em algum lugar onde os grupos de busca não podiam procurá-la. Como o lago.

Essa hipótese implicava que Seryong estava morta. E isso significava que Yongje perdera o controle da situação e não havia mais nada que pudesse fazer. Por isso, não devia pensar nessa possibilidade. O essencial agora era pô-las em seu devido lugar. Ambas, Hayong e Seryong.

Yongje saiu do escritório e entrou em seu carro. O recibo do pedágio estava no porta-copos; 27 de agosto, 21h20. Isso queria dizer que Seryong escapara por volta das 21h40. Ele estacionou em frente a casa. Decidiu pôr-se no lugar de Seryong e imaginar aonde teria ido. Era o que fazia sempre que Hayong fugia de casa, e o método sempre se revelara eficaz.

Yongje sabia por que a menina tinha adormecido toda maquiada, usando as roupas da mãe. Ela fazia isso sempre que sentia saudades dela. Pouco tempo atrás, fizera a mesma coisa e fora punida por isso. Ontem era aniversário de Seryong, e isso deve ter feito com que sentisse ainda mais saudades da mãe, especialmente porque não havia ninguém comemorando com ela.

Yongje pegou uma lanterna, uma vela e um isqueiro e foi para o quarto de Seryong. Estava limpo, sem traços do sangue que antes se espalhava pelas paredes. A faxineira era muito boa no que diz respeito às técnicas de limpeza. Seria ótimo se também aprendesse a manter a boca fechada. Ele a contratara após a partida de Hayong. Desde então, começaram a circular rumores sobre sua família. Rumores que culminaram num processo legal. Aquela velha faxineira tagarela seria o número quatro. Yongje acendeu a vela e abriu uma fresta na cortina. Também abriu um pouco a vidraça da janela. Sentou-se e tirou as meias. Seryong estava descalça na noite anterior.

Nove e quarenta da noite. Ele saiu pela janela, sentindo o solo úmido e frio sob a sola dos pés. Ainda estava chovendo, e o nevoeiro era mais espesso do que na noite anterior. A floresta estava escura. E foi no escuro que ele caminhou entre os ciprestes, arriscando-se a bater no tronco de uma árvore. Mas não acendeu a lanterna, pois Seryong também andara no escuro. Olhou rapidamente em volta. O caminho em direção à estrada principal estava escuro; as luzes da rua estavam muito distantes. O quarto do idiota no 102 estava às escuras. Sabia que, na noite anterior, a luz deveria estar acesa, mas Yongje deixou isso de lado, por enquanto. Afinal, já tinha examinado essa possibilidade, e não chegara a lugar algum. A única luz, embora pálida, era a do portão no muro circundante. No outro lado, um caminho escuro. A rua em frente ao anexo ficava mais perto e estava iluminada. O que Seryong teria feito em seguida? Havia duas opções. Seguir pelo caminho escuro, no outro lado do portão, sem risco de cruzar com o pai, ou enveredar pela rua mais próxima e mais iluminada, em frente ao anexo, correndo o risco de ser vista? O instinto deve ter levado Seryong a escolher a primeira alternativa. Até porque o caminho escuro levava ao estábulo, onde o gato estava escondido.

Yongje abriu o portão e entrou nas sombras. Caminhou deslizando a ponta dos dedos pela cerca de arame trançado, para se orientar; com certeza foi assim que ela encontrou seu caminho. Não demorou muito para chegar ao fim da estrada. Eram 21h55. Foi em direção ao lago, circundando a primeira curva, a mão ainda correndo pela cerca. Verificou o relógio perto da torre de captação de água, onde tinha visto alguma coisa branca adejando. 22h02. Verificou a hora em que tinha ligado para Yim na noite passada, na entrada da primeira ponte, 22h01. Fazia sentido; ele viera por esse caminho logo após desligar. O vulto branco que avistara devia ser Seryong. Ao ver o carro se aproximando, ela deve ter presumido que era Yongje. A única opção que tinha àquela altura era correr a toda velocidade. Yongje andou rapidamente ao longo da cerca até a segunda curva. Naquela altura, o automóvel devia estar quase em cima da menina. E ela deve ter percebido que, se continuasse correndo, em breve seria iluminada pelos faróis. Por isso, em vez de seguir correndo, deve ter procurado um esconderijo. Yongje contornou a esquina e acendeu a lanterna. Regulou a luz na menor intensidade e olhou em volta. Estava a dois passos dos portões do cais, onde perdera de vista o vulto esbranquiçado. Seguiu na direção do portão. Havia uma brecha entre o portão e o solo. Será que Seryong havia notado aquele vão? Talvez ela já houvesse usado aquela passagem antes.

    Yongje destrancou o cadeado e tirou a corrente. Entrou no cais. Tornou a colocar a corrente no portão e a trancou com o cadeado. Seryong devia ter se arrastado por baixo do portão e, segundos depois, o carro passou velozmente. E depois, teria ela descido pela ribanceira ou seguido até a ponte flutuante? A encosta era coberta de videiras, e o nevoeiro estava denso. Ele sentou-se entre as videiras. O que ela teria feito depois de se sentar ali? Talvez tenha visto o carro seguir em direção ao rancho. Teria então imaginado que ele voltaria pelo mesmo caminho e se deteria no cais. Yongje desligou a lanterna. Ficou tudo escuro. E silencioso. Tudo que conseguia ouvir era a água fluindo pelas comportas. Ela deve ter ficado encolhida aqui, tremendo ao ouvir a voz dele e vendo a luz da lanterna varrendo as videiras. Sem tempo para ter medo daquele lago sombrio. Provavelmente só começou a ter medo do lago escuro quando ele foi embora. Teria então voltado para a rua? Ou fora para o estábulo? Teria procurado um lugar mais oculto? Yongje ligou a lanterna, aumentando a intensidade da luz. Olhou para o lago em volta. Viu o *Josong* flutuando junto à ponte flutuante.

Yongje foi até lá. Agachou-se no deque do *Josong* e olhou ao redor: o portão, a ponte, a ribanceira, a rampa. Notou algo branco pendurado num pilar da ponte. Pulou do barco para a ponte, ajoelhou-se e pegou o objeto. Era um pedaço de pano, comprido e torcido. Yongje viu algo reluzir sob a superfície da água. Cravou ali o facho da lanterna e avistou um objeto verde-claro fosforescente, fino e comprido. Puxou-o cuidadosamente. Era uma linha de pesca, com boias fosforescentes e chumbadas. Parecia estar presa em alguma coisa lá no fundo. Foi seguindo a linha até um pilar, ao qual estava amarrada. Usou os dentes para cortá-la. Desamarrou o pedaço preso no pilar. Tinha cerca de três metros de comprimento, com três chumbadas e três boias a espaços de cinquenta centímetros um do outro. Não havia anzol. Aquela linha certamente não estava sendo usada para pescar, tampouco era um detrito arrastado pelas águas. Talvez a companhia que administrava a barragem ou a empresa encarregada da limpeza a houvesse instalado ali. Ele iria descobrir. Partiu, levando consigo a linha de pesca e o pedaço de pano.

De volta a casa, examinou o trapo. Era feito de seda branca, como a blusa que Seryong vestia na noite anterior. Ele a comprara para Hayong como presente de aniversário, um ano antes. Era uma blusa sem mangas com um plissado estreito da gola até a bainha, e um zíper nas costas. Lembrou-se de tê-la ajudado a fechar o zíper, porque não conseguia alcançá-lo; Seryong também não conseguia fechar todo o zíper até em cima. Yongje tentou pensar como Seryong. Imaginou o que acontecera.

Lá está ela, quase em pânico, na escuridão. Ela tenta distrair a mente, porém o medo a domina. Começa a gritar e a correr. Sobe a ribanceira e tenta passar outra vez por baixo do portão. Mas agora se atira, como um animal assustado. A roupa fica presa no portão e se rasga. Mais tarde, a água da chuva arrasta o pedaço de seda até a ponte.

Mas e Seryong? Para onde ela foi em seguida?

Yongje reconsiderou sua hipótese. Talvez o tecido não tivesse sido levado pela água da chuva. Talvez houvesse flutuado pelo lago antes de ficar preso ao pilar. Nesse caso, alguém deveria tê-lo rasgado. E então, houvera outra pessoa com ela, no cais. A última vez que a tinha visto, ela estava com os cabelos desgrenhados, a maquiagem pesada, a blusa pendendo dos ombros, os pés descalços. Uma pergunta lhe ocorreu. Na noite anterior, quando parou o carro junto ao cais, havia uma corrente e um cadeado no portão? Lembrou-se de ter empurrado a porta, achando que estivesse aberta. Mas esta manhã, quando foi lá com o grupo de busca, a corrente estava presa no lado de fora do portão. E há pouco, ao passar novamente por lá, tirara a corrente e a enrolara nas maçanetas no lado de dentro, para não ser perturbado. Depois tornara a trancá-la por fora, como a havia encontrado. Seu pulso começou a latejar. Alguém estivera no cais na noite anterior. Alguém que tinha a chave. Isso queria dizer que, no instante em que ele empurrara a porta, na noite anterior, havia duas pessoas no cais. Seryong não poderia saber que havia uma terceira pessoa lá. Fora estuprada, assassinada e jogada no lago.

Yongje foi de carro até Sunchon, levando a linha de pesca. Parou em algumas lojas de equipamentos. Ninguém sabia para o que serviria aquela linha de pesca, mas num lugar lhe disseram algo útil: aquela pintura fosforescente nas boias e nas chumbadas parecia ser destinada a um mergulho noturno. Yongje foi direto a um clube de mergulho e conseguiu falar com o proprietário antes que ele fechasse. "Há espaços de cinquenta centímetros entre boias e chumbadas, portanto, é um medidor de profundidade. É útil quando se mergulha em represas ou em reservatórios nas montanhas. Em alta altitude, os medidores de profundidade comuns não funcionam muito bem, sejam elétricos ou mecânicos ou do tipo com tubos capilares. A julgar pela pintura, essa linha é usada para mergulhos noturnos. Talvez sirva também para marcar o percurso."

"Como assim?", perguntou Yongje.

"O mergulhador vai desenrolando a linha e a prende em pontos do trajeto, a intervalos regulares. Assim, ele pode voltar pelo mesmo caminho, sem se perder."

Aquilo fazia sentido; por isso, ele não conseguira puxar o resto da linha. "Ou seja, não é coisa de novato."

O proprietário do clube balançou a cabeça. "Quem fez isso não é um amador."

Yongje estava em sua oficina no porão quando o dia raiou. Estava construindo uma fortaleza com pedaços de madeira e fazendo cálculos: a inclinação da ribanceira, o cais, a linha de pesca. Seryong, o lago, o mergulhador. Mergulho esportivo era proibido no lago Seryong. Por isso o mergulhador o fizera à noite. Se ele estava na água quando Seryong foi para a ribanceira... Como confirmar essa teoria? Subiu para tomar uma ducha, barbeou-se e trocou de roupa. Foi à casa do diretor de operações. Ele e sua família estavam de saída; Yongje notou que havia mochilas na sala de estar.

"Sinto muito", disse, sentando no sofá, "vejo que a ocasião não é boa."

A mulher do diretor saiu da sala com as filhas, olhando ostensivamente para o relógio. Yongje também consultou seu relógio. Nove da manhã.

"Conseguiu descobrir alguma coisa?", perguntou o diretor, sentando-se à frente de Yongje.

Yongje balançou a cabeça.

"Algum funcionário da companhia pratica mergulho esportivo?"

O diretor pareceu ficar surpreso. "Você acha que ela caiu no lago?"

"Não tenho certeza, mas pode ter caído."

O diretor hesitou por um momento. "Considerou a possibilidade de que pode ter sido um sequestro? Seria mais provável, tendo em vista a sua riqueza..."

"Se isso tivesse acontecido, o sequestrador já teria entrado em contato. Passaram-se dois dias. Estou considerando todas as possibilidades, e é por isso que estou aqui. Para lhe perguntar se algum de seus funcionários poderia fazer uma busca debaixo d'água."

"Não tenho certeza. Ouvi dizer que, em outras barragens, há clubes de mergulho para os funcionários. Mas não aqui."

"Estamos perto do mar. Deve haver alguém que tenha pegado gosto por mergulhos."

"Se houvesse alguém, nós saberíamos. Sabemos tudo sobre cada pessoa aqui."

Yongje assentiu. "Posso pedir mais um favor?"

O diretor pareceu ficar incomodado. "O que mais..."

"Gostaria de ver a gravação das câmeras de segurança. Verificar o que aconteceu na estrada ao redor do lago a partir das 21h45 do dia 27."

"Sinto muito, isso não será possível. As fitas ficam na sala de controle do sistema, e só a equipe tem permissão de entrar."

"Você não permite a entrada de grupos escolares?"

"É diferente. Uma visita marcada pelos canais oficiais faz parte das nossas obrigações. Não podemos deixar pessoas entrarem por nenhum outro motivo."

"Mesmo que uma criança esteja desaparecida?"

"Ouça, sei como está se sentindo. Por isso lhe dei a chave do ancoradouro."

"E eu lhe agradeço por isso. Como você me ajudou, esperava que o fizesse mais uma vez..."

"Eu poderia ser punido só por lhe ter dado aquela chave."

"Se eu pedir uma autorização de visita, poderei ver as gravações?"

"Hoje é domingo." O diretor parecia inflexível.

Yongje teve de recuar. "Então você poderia examiná-las e me dizer depois se viu alguma coisa?"

O diretor começou a demonstrar irritação. "Não vamos conseguir ver nada. As câmeras junto ao lago não são infravermelhas, por isso são inúteis no escuro. E havia nevoeiro."

"Mas você poderia ver luz, certo? Como a de uma lanterna?"

"Por que não chama a polícia? Isso facilitaria tudo. Se houver um pedido oficial das autoridades, posso permitir que uma equipe mergulhe no lago e também poderei divulgar as imagens das câmeras."

"Já preenchi um formulário de pessoas desaparecidas. Não posso ficar esperando pela polícia. Como se sentiria se sua filha tivesse desaparecido? Ficaria parado, esperando pelos policiais?"

O diretor olhou para o quarto, onde sua filha mais velha os encarava, com a cabeça do lado de fora.

"Você pode olhar só o que foi gravado entre 21h50 e 22h10?"

O diretor de operações finalmente aquiesceu. "Vamos no meu carro." Ele deixou Yongje em frente à cabine de segurança, junto à entrada principal da sede da companhia, e entrou sozinho, de carro. Através da pequena janela Yongje avistou o guarda em serviço; era Park novamente. Pediu um copo d'água, e Park pôs um copo de papel no peitoril da janelinha. Yongje agradeceu e perguntou o que ele fazia nos dias de folga.

Park respondeu que dormia ou ia para casa, ver a família.

"Não tem hobbies?", perguntou Yongje. "Soube que alguns funcionários praticam mergulho esportivo."

Park estreitou os olhos.

Yongje esperou pacientemente.

"Os funcionários têm hobbies, claro. Não estamos interessados em hobbies muito caros. Já é bastante duro viver com os salários que temos."

"E aquele jovem do 102?"

"Não sei. Nunca me preocupei com o que ele faz em seu tempo livre. Ele também não fala muito sobre si mesmo."

Isso foi tudo que ele conseguiu tirar de Park. Teve de esperar do lado de fora; Park nem sequer o convidou para entrar na cabine e esperar lá dentro. Park olhou longamente para o monitor da câmera de segurança e, de repente, se levantou. Yongje olhou para o prédio principal e viu o diretor entrando no carro.

Ele veio buscar Yongje. "Ao que parece, alguém passou de carro por aqui aquela noite."

"Conseguiu ver o veículo?"

"Estava escuro demais. Mas às 22h02 apareceu um par de luzes em movimento. A julgar pela velocidade e pelo formato, eram faróis de automóvel."

Yongje assentiu. Devia ter sido o seu carro.

"Tenho de dizer algo que vai soar estranho", continuou o diretor de operações, "nessa estrada não passam muitos carros, mas naquela noite houve dois."

Yongje prendeu a respiração, enquanto o diretor de operações estacionava em frente a sua casa. "O segundo par de luzes apareceu por volta de 22h40. Ia numa velocidade absurda. Mas o carro parou de repente e partiu cerca de vinte minutos depois."

"Parou perto do lugar onde apareceu o primeiro carro?"

"Difícil dizer. Não sou um especialista em decodificação de imagens. Espero que isso tenha sido útil."

"Sim, obrigado." Yongje saiu e entrou na portaria de seu prédio. Um segundo carro. Que ficou parado durante vinte minutos. Isso mudava tudo. Precisava reformular sua hipótese. Localizou a ficha de registro do idiota do 102 e copiou o número de sua identidade. Seus instintos lhe diziam que devia começar por aí.

Trabalhar de noite é como viver no exílio. Das seis horas da tarde às oito da manhã, Seunghwan passou catorze longas horas sozinho. Entre os seis guardas, os únicos que trabalhavam em turnos regulares eram o diretor de segurança e o guarda das comportas. Os outros quatro se revezavam na entrada principal da sede, um durante o dia, depois outro durante a noite, e descansando no terceiro dia. Na primavera, contudo, instalara-se um sistema informatizado, o que eliminou a necessidade de uma jornada noturna. Agora, era possível controlar remotamente as comportas e o escoamento da água, a partir de um computador na sede.

Seunghwan deveria ter tido folga na sexta-feira e no sábado, para trabalhar no domingo. Ao fim da tarde, contudo, recebera uma chamada de um colega, dizendo que sofrera um acidente. Assegurou a Seunghwan que estava bem, mas que o outro motorista tinha se ferido e que ele teria de cuidar disso, e depois disse: "Trabalharei no domingo em seu lugar".

As noites no lago Seryong eram tranquilas demais, escuras demais e longas demais. Seunghwan só ouvia os insetos e a água fluindo pelas comportas. Não havia muito o que fazer além de vigiar o prédio. Em geral Seunghwan lia um livro ou acessava a internet ou tentava escrever. Naquela noite, contudo, outra coisa chamou sua atenção.

Havia oito câmeras instaladas ao redor do lago. Quatro próximas à tela de filtragem de lixo, uma na torre de captação de água, uma no cais, uma em Hansoldeung e uma no fim da estrada. Ao contrário das câmeras posicionadas na sede da companhia ou junto às comportas, aquelas oito eram velhas:

tinham uns dez anos. Quando caía a escuridão, todos os monitores ficavam escuros. Só se viam os faróis dos carros que passavam pela estrada. Geralmente esses carros tinham tomado o caminho errado e davam a volta quando chegavam ao fim da estrada. Raramente ele via outros tipos de luzes. Mas, naquela noite, um raro fenômeno se produziu diante de seus olhos.

Foi pouco depois das dez horas. Seunghwan estava sentado à escrivaninha com uma xícara de café quando notou uma luz branca no cais. Era tão fraca que poderia ter passado despercebida. Seunghwan prendeu a respiração, observando. A luz parou, depois se moveu, parou e se moveu de novo, deu uma volta, então sumiu. Após um instante, ressurgiu perto da torre. Então desapareceu outra vez. Devia ser uma lanterna, pensou Seunghwan. Alguém fora até o cais e tornara a sair. Quem poderia ser? Automaticamente, ele reconstituiu seus próprios passos na noite anterior. Sua luz provavelmente tinha traçado um arco semelhante. Deve ter aparecido também um par de faróis, já que Oh Yongje teria de transportar a filha para o lago de algum modo. Será que Park avistara as luzes na noite anterior? Seunghwan andou em círculos em frente ao painel de controle. Pensou em ligar o monitor das câmeras de segurança e olhar a gravação da noite anterior, mas sabia que havia uma câmera ligada na sala de controle. E ele não queria que, na manhã de segunda-feira, os outros funcionários descobrissem que ele estivera vasculhando os arquivos.

Por volta de meia-noite, conseguiu se acalmar. Mesmo que descobrisse alguma coisa nas gravações, não poderia fazer nada. Ao perceber isso, sentiu que a ansiedade diminuía. Deixou-se tombar na cadeira. Seus pensamentos voltaram para Yongje, que tinha irrompido em sua casa com um detector de vazamento elétrico, acompanhado pelo velho zelador. Percebeu que o suposto vazamento era um pretexto. Yongje era esperto. Se não matara a própria filha, a visita tinha uma finalidade bem específica: verificar se o vizinho não a escondera em sua casa. Por outro lado, se Yongje era o assassino, então a visita era a cena inicial na encenação do crime perfeito. Yongje fingia ser um pai preocupado e sofredor, e a longa busca, que se desenrolara por todo o dia, era o primeiro ato em sua farsa.

A chuva parou ao amanhecer. Na hora de voltar para casa, o nevoeiro se dissipara um pouco. As comportas estavam mais abertas do que o usual. A taxa de escoamento aumentara o nível dos rios afluentes. Seunghwan caminhava com o rosto baixo, olhando para os pés. E, chegando em casa, diante da porta dos fundos, deparou-se com Seryong.

CRIANÇA DESAPARECIDA
Nome: Oh Seryong
Sexo feminino, 11 anos de idade, quinta série na Escola Primária de Seryong
Vista pela última vez por volta das 21h40, sexta-feira, 27 de agosto.
Cabelos compridos, pele pálida, marca de nascença do tamanho de uma moeda no lado esquerdo do pescoço, vestindo blusa branca sem mangas, como se fosse um vestido.
Se tiver qualquer informação, ligue para o escritório de segurança do Jardim Botânico Seryong.

O retrato da menina era grande e vívido, como num cartaz eleitoral. Estava com uma roupa de balé; era a foto que, até pouco tempo, estivera pendurada em seu quarto. A imagem da menina que ele vira no lago sobrepôs-se à imagem na foto. Seunghwan entrou correndo em casa. Percebeu que havia coisas a fazer, com urgência. Certos objetos na casa podiam lançar suspeitas sobre ele — a roupa de mergulho na secadora, a câmera submarina e a luz estroboscópica em sua mochila, seu equipamento de mergulho. Yongje não conseguira nada com seu ataque-surpresa, mas como saber quando apareceria outra pessoa? Além disso, seu novo chefe e sua família deveriam chegar dentro de duas horas.

Seunghwan descarregou as fotos de Seryong de sua câmera e as salvou na nuvem. Deletou todas as fotos da câmera. Guardou o equipamento e a roupa de mergulho numa caixa; ia despachá-la para seu irmão em Suwon. Escreveu o endereço na caixa e a enfiou no armário. Seu celular tocou. Era o policial que ele encontrara na clínica. Disse que viesse à delegacia para responder a mais perguntas.

Assim que Seunghwan se sentou na delegacia, o policial passou a falar da busca. "Você viu Seryong na sexta-feira?"

"Não."

"Você mora ao lado dela. Não a viu?"

"Por que não pede que o pai lhe explique como ela desapareceu no meio da noite? Sou apenas um vizinho. Como poderia saber?"

O policial bateu com a caneta na mesa. "Ela desapareceu. Ninguém a viu desde a tarde de sexta-feira. Imagine como ele deve estar se sentindo. Como ser humano, demonstre alguma empatia. Você realmente não a viu?" O policial continuou a interrogá-lo nesse tom durante trinta minutos.

Seunghwan estava começando a ficar impaciente. Seu chefe deveria chegar às dez, e já eram 10h20. Pôs a mão no bolso, procurando o celular. Não o encontrou. Devia tê-lo deixado em casa.

O policial estreitou os olhos. "Parece que você está com pressa. Bom, pode ir. Por hoje, é tudo."

"Terei de voltar aqui?"

"Eu não vou convocá-lo, porque o caso foi transferido hoje para o nosso quartel-general. Mas vou lhe dar um conselho. Se eu fosse você, não sairia do vilarejo. Isso poderia levantar suspeitas."

"O que está querendo dizer?"

"É apenas um conselho amigável", disse o policial, magnanimamente. "Você é um forasteiro, e já houve aquele outro incidente com a menina."

Aquilo soava como um mau augúrio. De repente, parecia que ele ia ser considerado um criminoso. Deveria ter chamado a polícia naquela noite, para dizer o que vira debaixo d'água? Passara dois dias remoendo essa questão. Era um forasteiro, envolvera-se num incidente anterior com aquela mesma família, e era vizinho de Yongje — isso fora o bastante para que a polícia o interrogasse por meia hora. Era fácil adivinhar o que aconteceria se, de repente, decidisse mudar sua versão dos fatos.

Por todas as ruas do vilarejo, havia cartazes com a foto de Seryong. A caminho de casa, andou de cabeça baixa, para não vê-los. Pensamentos conflitantes ricocheteavam em sua mente. Quem, além do pai, teria matado uma criança adormecida e a jogado no lago? Será que um ladrão invadira a casa e matara a menina após encontrá-la acordada? Esse tipo de pessoa não teria arrastado uma menina morta por todo o caminho até o lago, teria? Será que o velho zelador guardava rancor ao seu desagradável chefe? Seunghwan tinha visto uma vez o velho e Seryong juntos; ele estava podando alguns galhos enquanto Seryong, sentada ao lado, lhe contava alguma coisa. Depois de muito tempo, o velho tirou sua luva de algodão e a entregou a ela, que enxugou os olhos e o nariz, soluçando, e a devolveu. Ele tornou a pôr a luva e continuou a podar sem dizer uma palavra. Alguém assim mataria uma criança?

Seunghwan entrou no Jardim Botânico e parou subitamente. Um garoto que nunca tinha visto antes estava diante do quadro de avisos comunitário na rua principal. Os polegares do garoto estavam enfiados nas alças do cinto, e ele olhava a foto de Seryong, no cartaz. Não havia muita coisa mais no quadro de avisos; apenas um anúncio de vaga para segurança No outro lado da rua, Yongje estava olhando para o garoto, de braços cruzados.

"Ei", disse Yongje.

O garoto levantou a cabeça.

"O que está fazendo aqui? Não conheço você."

O garoto virou-se para encarar Yongje.

"Esta é uma propriedade privada. Você tem de ir embora."

Eles ficaram se olhando. Seunghwan pegou um cigarro, mas mudou de ideia. Não queria que o barulho do isqueiro interrompesse aquela conversa. Queria ouvir o que o garoto diria.

"Meu pai é o chefe de segurança da represa Seryong, e nós vamos morar aqui", disse ele.

Era o filho de seu novo chefe.

"E você, quem é?", perguntou o garoto, calmamente.

Seunghwan sabia que o garoto estava na quinta série, portanto não poderia ter mais do que onze anos. Mas não parecia estar intimidado diante de um homem com a idade de seu pai. Aquela ousadia devia ser inata.

A postura de Yongje parecia dizer: "Vamos ver". Seunghwan não conseguia divisar seus olhos, mas imaginou que houvesse desprezo em sua expressão ao fitar o garoto.

"Que adorável", disse Yongje.

"Só bebês são adoráveis", disse o garoto.

"Quem foi o sábio que disse isso?"

Como se fosse para responder a essa pergunta, um Matiz branco apareceu na entrada dos fundos. Seunghwan caminhou até o garoto, enquanto o Matiz parava diante de Yongje. Um homem enorme saiu do assento do motorista; era tão grande que parecia estar despindo uma roupa em forma de carro.

"Pai", chamou o garoto.

Corte à escovinha, rosto corado, ombros largos. Devia ter sido um atleta, pensou Seunghwan.

"Já achou o sr. Ahn?", perguntou o garoto.

O novo chefe atravessou a estrada em três largos passos. "Ainda não." Olhou para o cartaz e virou-se para Seunghwan, que fez uma reverência. Estava prestes a dizer "Sou Ahn Seunghwan", mas Yongje interveio. "Sou Oh Yongje, dono do Jardim Botânico."

O novo chefe ficou um instante em silêncio. Parecia estranhamente tenso. Seu rosto ficou cinzento. "Ah, sim." Seu olhar ia de um lado a outro, passando do menino a Seunghwan, depois aos postes de luz, às paredes, ao arvoredo e à entrada principal, para finalmente retornar ao menino. "Eu vi uma van de mudança chegar", disse Yongje. "Era sua?"

O novo chefe não disse nada, e o menino parecia confuso com o silêncio do pai.

Yongje virou-se para Seunghwan. "Você. Explique quem é este homem."

Seunghwan olhou para Yongje. "Por que pergunta?"

Yongje franziu as sobrancelhas. "Tenho o direito de saber quem está se mudando para minha propriedade, não tenho?"

"Fale com sua equipe. Não sou seu empregado."

"Como ousa...", começou a dizer Yongje.

"Sou o novo diretor de segurança", interrompeu o novo chefe, com a voz inarticulada de quem acaba de acordar. "Estamos nos mudando hoje para o 102."

"Você notificou a administração?", perguntou Yongje.

O olhar do novo chefe era vago, nervoso e instável. Ele estava pálido e suor escorria por seu rosto. Seunghwan se perguntou se o novo chefe estaria doente, ou talvez fosse extremamente introvertido. O garoto parecia estar zangado e desapontado; devia ter pensado que o pai ia agarrar aquele homem rude pelo colarinho e sacudi-lo até seus olhos saltarem das órbitas.

"Farei isso, depois de terminarmos a mudança", balbuciou o novo chefe.

"Faça isso agora. Você precisa de permissão para entrar e uma vaga para estacionar." Yongje olhou para o Matiz, e caminhou em direção a casa.

O olhar do novo chefe deteve-se em Seunghwan.

"Eu sou Ahn Seunghwan", ele disse. "Sinto muito por ter me atrasado.

"Ah, eu sou Choi Hyonsu", disse o gigante, oferecendo a mão.

Seunghwan apertou-a. Estava fria e úmida.

"Me chamo Choi Sowon", disse o garoto, estendendo a mão.

"Então você é meu companheiro de quarto", disse Seunghwan, sacudindo levemente a mão do garoto.

"Sou", disse Sowon. Olhou para Yongje, que estava indo embora e começou a falar em voz alta e clara. "O colega de quarto de meu pai foi o arremessador Kim Ganghyon. Você o conhece, certo? O Submarino dos Fighters? Jogavam juntos desde o ginásio. Kim era o terceiro rebatedor, e meu pai era o quarto."

Yongje virou-se e olhou novamente para eles. Sowon simulou um perfeito arremesso lateral. A bola invisível foi lançada na direção de Yongje; todos poderiam dizer que ele tinha mirado diretamente no peito do dono da propriedade.

"E meu pai foi o melhor receptor dos Fighters. Se não tivesse machucado o ombro, teria sido o melhor rebatedor de todos os tempos." Sowon empurrou o boné para trás e empinou o nariz.

Yongje ficou parado lá. Não parecia zangado, mas também não parecia estar achando graça.

"Suba com o sr. Ahn", disse Hyonsu, dando um tapinha com sua mão gigantesca no ombro de Sowon. "Estou indo para o escritório da administração."

Sowon olhou para o pai e assentiu, parecendo mais tranquilo; Seunghwan gostou daquele menino.

Hyonsu tornou a entrar no carro.

Seunghwan se perguntou se ele saberia para onde ir. "É perto da entrada dos fundos", gritou. "A cabine de segurança fica em frente ao condomínio, e o escritório de administração fica na parte de trás do prédio."

Hyonsu partiu. Yongje ainda estava no mesmo lugar quando Seunghwan e Sowon puseram-se a caminho.

Choi Hyonsu... Seunghwan não reconheceu o nome. Se o novo chefe houvesse sido um dos melhores receptores dos Fighters, Seunghwan teria ao menos ouvido falar. Talvez fosse um receptor reserva, ou da segunda divisão. Sabia alguma coisa sobre Kim Ganghyon, um dos dois principais arremessadores dos Fighters; tinha jogado na seleção nacional. Seunghwan fez uma anotação mental: mais tarde, faria uma pesquisa sobre o assunto; se Hyonsu jogara com Kim desde a escola, deveria haver informações a seu respeito em algum arquivo.

Seunghwan olhou para Yongje quando passaram por ele, e sentiu um frio na barriga. As pupilas de Yongje, que eram particularmente negras, estavam muito abertas e fitavam Sowon, parecendo o túnel sob a torre, que sugava tudo o que se aproximasse.

Hyonsu estava de olhos abertos. Fitava o teto, respirando com dificuldade. A voz que chamava seu nome desaparecera no instante em que despertara, mas as lembranças do sonho continuavam em sua mente. Campos de sorgo, vermelhos como sangue, farfalhando na brisa morna; o travo salgado do nevoeiro e do mar; a luz do farol brilhando no horizonte. Ficou deitado, piscando, até as cenas se dissiparem. Depois percebeu que estava deitado no chão da sala, sem travesseiro nem lençol; estava ensopado de suor, e suas costas doíam. A mão esquerda estava espalmada no assoalho. Tentou fechar o punho, mas os dedos continuaram abertos, como uma estrela-do-mar.

Sentou-se, o braço esquerdo pendendo inerte. O suor esfriou e secou instantaneamente. Os sintomas não deixavam margem a dúvidas. A maldição do braço retornara. Quando ele deixara de jogar, o problema havia desaparecido. Era a primeira vez que se manifestava em seis anos. E, contudo, era diferente. Dessa vez, a paralisia estava demorando mais para desaparecer. Além disso, ele jamais sentira o braço dormente ao despertar.

Não havia ninguém em casa. Encontrou o café da manhã na mesa. Ao redor, várias coisas que eles não tiveram tempo para arrumar. Hyonsu foi ao banheiro e regulou a temperatura da água para muito quente. Tirou a camisa e sentou na beira da banheira, apontando o jato do chuveiro para seu braço esquerdo. Seu corpo continuou inclinado para a frente, a cabeça latejando. Sentia frio, e seu nariz estava entupido. Na noite anterior tinha bebido até o estupor e adormecera no chão da sala. Eunju nem sequer se dera ao trabalho de estender um cobertor sobre ele. Hyonsu bem que merecia isso. Se pudesse explicar a ela, diria que não poderia suportar aquela noite se estivesse sóbrio.

Hyonsu já se sentira derreado antes de chegar lá. A coragem e a determinação de embriagado que sentira na noite anterior à sua vinda se extinguiram com o nascer do sol. Enquanto dirigia para o lago Seryong sentia, o tempo todo, como se estivesse pondo uma corda em torno do pescoço e pulando de uma ponte. Quando chegaram, Seunghwan não estava em casa. Tampouco atendera o telefone. Como não podiam deixar os homens da mudança esperando, Hyonsu abriu a porta da frente e saiu para procurar Seunghwan; era melhor do que ficar por ali tendo de lidar com Eunju.

Viu o cartaz na entrada dos fundos do Jardim Botânico. Era ela. Havia muitas diferenças entre o rosto no cartaz e a face que ele recordava; mesmo assim, reconheceu-a. Ficou parado ali, em estado de choque. A garota era a filha do proprietário de todo aquele lugar. Quando deu com o pai da garota junto ao quadro de avisos, o choque se transformou em pânico. Não podia acreditar que o homem era seu vizinho de porta.

Hyonsu não se dirigiu ao escritório da administração; em vez disso, passou velozmente pela entrada dos fundos. Não queria notificar sua presença a ninguém. Queria fugir. A caveira sorridente pendurada em seu retrovisor dizia, com a voz de Sowon: "Pai, aonde você está indo?".

Aonde ele estava indo? Não tinha para onde ir. Não podia fazer nada. Voltou ao Jardim Botânico. Não se lembrou como tinha passado o dia. Lembrou-se de Eunju dando-lhe algum dinheiro e uma lista de coisas para comprar — água, sacos de lixo, leite, lâmpadas, um varal. Seguira as instruções de Seunghwan, subindo pelo caminho que levava à loja na área de conveniência. Depois disso... não se lembrava de ter voltado para casa. Lembrava que Sowon e Seunghwan vieram buscá-lo, e que os três ficaram um tempo no belvedere. Lembrava-se vagamente dos dois ajudando-o a se levantar. Não recordava muito bem a conversa. Seunghwan havia dito algo como "Chefe, tente se levantar", ou talvez "Como o senhor é pesado!".

Hyonsu olhou para seu braço esquerdo. As sensações estavam voltando; havia um formigamento na ponta dos dedos. Fechou o punho com força, e uma sensação percorreu seus dedos. A sensação de algo macio e flexível estalando e girando. As sensações eram caleidoscópicas. Cada um de seus cinco sentidos recordava aquele mesmo instante de maneira diferente. Não havia escapatória. Hyonsu saiu do banheiro e deu de cara com Eunju, que tinha na mão uma cesta de lixo. Ele, por puro reflexo, escondeu a mão esquerda nas costas.

Eunju passou por ele e foi até a varanda, sem olhá-lo. Agia assim desde o último sábado. Hyonsu foi para o trabalho, mas era como se fugisse. Chegou à cabine de segurança, na entrada principal, e viu seu reflexo no espelho. A barba despontava em seu queixo. Só então percebeu que saíra de casa sem lavar o rosto nem escovar os dentes. Seunghwan, que tinha chegado mais cedo, sorriu com simpatia e lhe emprestou um aparelho de barbear.

"Estou encarregado das comportas desde 1º de setembro", disse-lhe Seunghwan. "Trabalhei no turno da noite no sábado, por isso estarei de folga amanhã. Só estou lhe dizendo isso para o senhor ir conhecendo o cronograma."

Hyonsu assentiu. As horas seguintes passaram rápido. Apresentou-se à equipe, percorreu a sede, conheceu os outros funcionários, foi instruído sobre as dependências e os sistemas da represa. Por volta das onze horas, finalmente teve um momento para si mesmo; pegou um molho de chaves na gaveta.

"Para onde está indo?", perguntou Seunghwan.

"O diretor de operações me instruiu a dar uma olhada na barragem."

"Quer que eu vá com você?"

Hyonsu estremeceu e descartou a ideia. "Não, não. Posso fazer isso sozinho." Queria olhar a cena do acidente, com calma. Tinha medo de enfrentar suas memórias daquela noite, mas precisava ter certeza de que não esquecera nada ali. Poderia também dar uma boa olhada no lago; a imagem da criança flutuando na água estava impressa em seu cérebro. Mas não conseguiu olhar para o lago. Ao avistar a torre de captação de água, à distância, Hyonsu começou a ofegar. Seu passo desacelerou. Ficou dividido entre a determinação de verificar o local e a vontade de ir embora. Por isso, não reconheceu o homem que estava no cais. Só se deu conta de que era Oh Yongje quando já estavam cara a cara.

"Dando uma olhada na represa?", perguntou Yongje.

Hyonsu pigarreou. Sentia-se sufocado. Aquela era a última pessoa que queria ver ali. Fingiu estar verificando o portão.

Estava fechado com uma corrente e um cadeado, e degraus de madeira levavam ao lago. Junto à tela de filtragem do lixo, quatro câmeras de segurança estavam instaladas em postes de metal, apontando em diferentes direções. Bolas de neon flutuando na superfície da água marcavam a localização da tela.

"Você tem uma chave?", perguntou Yongje.

Pego de surpresa, Hyonsu não respondeu. Por algum motivo, achou que devia ficar em silêncio.

"O que você acha que é aquilo?", disse Yongje, apontando com seu longo, fino, pálido indicador para a tela de filtragem. Algo branco flutuava ali. "Sabe o que eu acho? Acho que são as roupas de minha filha." Yongje olhava para o objeto sem ter uma expressão no rosto.

Hyonsu sentiu uma friagem se espalhar pelo corpo. Esse homem tinha olhos de falcão?

"Vamos checar antes de chamar a polícia", sugeriu Yongje.

"Quer que eu entre lá?", a voz de Hyonsu soou claudicante, até para ele mesmo.

"Sou apenas um civil. O chefe da segurança devia ir na frente, não devia?"

Hyonsu destrancou o portão e entrou, com relutância. Desceram a escada lado a lado. Yongje quebrou um longo galho e se aproximou do pilar. A coisa branca estava presa num flutuador a cerca de dois metros. Yongje se agarrou ao pilar com uma das mãos enquanto estendia o galho na direção do objeto. Chegou perto, mas não o bastante. Teve de se esticar mais. Quando finalmente conseguiu apanhar o objeto na ponta do galho, estava se segurando ao pilar só com a ponta dos dedos. Hyonsu sentiu-se invadido por um impulso aterrorizante. Queria empurrar aquele homem para dentro da água, fazê-lo afundar, para que nunca mais o visse. Um amargor se formou debaixo de sua língua e sua mão esquerda tremia.

Então, alguma coisa branca veio parar em seus pés. Recuou um passo, assustado. Yongje estava novamente em terra firme, uma veia pulsando no rosto. Os lábios estavam estranhamente encurvados para cima e sua voz soou baixa e assustadora. "Agora podemos informar a polícia."

Depois de vinte minutos os homens da emergência chegaram. A direção da companhia logo emitiu a autorização para uma busca. Quatro mergulhadores começaram a vasculhar o lago a partir da tela em que fora encontrada a blusa, diante do cais. Outros dois estenderam uma corda através do lago, cada um segurando uma ponta. Ao longo da corda, havia quatro anéis. Cada um dos quatro mergulhadores prendeu um gancho a um dos anéis e, em seguida, todos mergulharam no lago.

Espectadores começaram a se juntar na entrada do cais e nas ribanceiras. Logo, mais de quarenta pessoas estavam dando conselhos aos quatro mergulhadores; um velho começou a gritar que eles não deveriam mergulhar no lago de maneira alguma, e as pessoas o obrigaram a se afastar.

A cada cinco minutos, os mergulhadores vinham à tona, comunicavam-se com sinais e voltavam a mergulhar. Enquanto isso, os dois homens que seguravam a corda iam se movendo numa direção específica. Hyonsu os acompanhava, os pensamentos confusos. Tinha de sair dali, pular dentro do carro e ir embora daquele lugar na maior velocidade possível. Não, ia voltar para o escritório. Não podia fazer outra coisa. A cada vez que os mergulhadores emergiam, suas veias recebiam uma descarga de adrenalina. Quando tornavam a mergulhar, conseguia sentir o cheiro azedo do próprio suor, sem desviar os olhos da superfície do lago. Esqueceu-se de Yongje. Só percebeu que Seunghwan estava a seu lado quando o homem mais jovem disse: "Não olhe". Ele não entendeu o sentido daquela frase, nem queria entender.

Seunghwan continuou a sussurrar com insistente suavidade: "Quando você olha nos olhos de um cadáver, você está acabado. Olhe para outro lugar. Olhe para a outra margem do lago, ou para o céu...".

O céu estava ficando escuro. O sol tinha desaparecido entre nuvens carregadas. Um vento úmido começou a soprar. Hyonsu não estava mais à beira do lago; estava com sua mãe diante do velho poço, no campo de sorgo. Não se ouvia nenhum som no poço; só o serpentear da corda, amarrada ao mergulhador. O homem que segurava a outra ponta da corda, na boca do poço, continuou a enxugar o suor do rosto. O ar estava pegajoso, e o aroma doce do sorgo lhe dava náuseas. Às suas costas, ouvia o murmúrio dos aldeões.

"Eu sabia que ia acontecer alguma coisa."

"Este poço deveria ter sido fechado há muito tempo."

"A culpa não é do poço! Ele ficou bêbado, agiu como um tolo, e escorregou."

"Do que você está falando? Por acaso já viu um bêbado tirar as roupas, dobrá-las com todo cuidado e depois cair por acidente num buraco?"

"Ele não se mataria. Deve ter se confundido. Achou que esse maldito poço era um lago, e entrou para se banhar."

"Pobre da esposa. O que vai fazer agora? E as quatro crianças..."

A corda que fora lançada no poço oscilou para lá e para cá, e as pessoas silenciaram. A neblina cobriu os campos, enquanto o vento agitava os pés de sorgo cor de sangue. A mãe agarrou o braço de Hyonsu. Ele se sentiu tonto.

Tudo se sobrepôs e se desintegrou; pelas brechas, a realidade se infiltrava. Hyonsu ouviu a voz de um dos homens que seguravam a corda: "Eles a encontraram!".

Dois mergulhadores vieram à tona. Começaram a nadar na direção de Hyonsu. Entre os dois havia uma longa, escura cabeleira. Quando se aproximaram da margem, Hyonsu pôde ver que os mergulhadores seguravam um par de bracinhos finos. Depois viu os ombros e as costas. As nádegas e as pernas. Logo a menina foi içada para a ribanceira. Só vestia uma calcinha branca. Os mergulhadores puseram a criança num saco preto, cujo zíper estava parcialmente aberto. Sua cabeça estava virada para o lado; olhava para ele. Seus olhos negros, vazios, encontraram os seus. Seus lábios azuis e inchados sussurravam: "Papai".

Hyonsu parou de respirar. O mundo também parou — sons, movimentos, gente. Naquele momento aterrador, a única coisa que se movia era sua mão esquerda, contorcendo-se como um peixe. A lembrança que tentara com tanta dificuldade suprimir vinha rugindo para cima dele, como um trem. Recuou um pouco, piscando muito. Sentia os olhos arderem. Os olhos dela o estavam marcando para que não conseguisse esquecer, para que seu subconsciente não pudesse encobrir a verdade: não foi um acidente, você me assassinou.

"É minha filha", Hyonsu ouviu Yongje dizer. Isso o trouxe de volta ao presente.

Yongje cobriu o corpo da filha com um pano branco e se levantou. Os olhos estavam vermelhos como o sol poente. As pupilas negras estavam vazias, sem expressão, como as da menina morta.

"Aceita um?", perguntou o inspetor, pegando um cigarro no maço.

"Não fumo", replicou Yongje.

"Ah." O inspetor enfiou o cigarro entre os lábios e instalou-se diante de Yongje.

Yongje recostou-se no espaldar da cadeira, enquanto o inspetor procurava um isqueiro. Devia beirar os quarenta e cinco anos e tinha fisionomia de atleta: cabelo cortado curto, testa protuberante, dentes grandes e fortes como as comportas da represa. Seu parceiro, um novato, estendeu-lhe um isqueiro. O inspetor atlético soprou uma baforada de fumaça em direção a Yongje.

Os inspetores haviam chegado uma hora após o resgate do corpo. Eram do Departamento de Polícia de Sunchon. Estabeleceram uma base temporária na subestação.

Yongje foi o primeiro a ser chamado. Disseram que precisavam de seu depoimento.

"Por que ela saiu de casa no meio da noite?"

"Está tudo no formulário que preenchi", disse Yongje.

"Gostaríamos que repetisse todas as informações. Por gentileza. E tente se lembrar dos mínimos detalhes."

Yongje olhou o sol poente pela janela. Em poucas horas ficaria escuro demais para enxergar qualquer coisa.

Por volta das quatro da tarde, os homens que seguravam a corda chegaram à torre de captação de água. Yongje, que continuava acompanhando a operação, avistou Seunghwan, ao lado do novo chefe da segurança. Yongje sentiu vontade de atirá-lo dentro da água e gritar: você é quem devia ter mergulhado para encontrá-la, seu imbecil!

Naquela manhã, bem cedo, Yongje tinha recebido um fax da Supporters. Ainda não haviam encontrado o rastro de Hayong. Num único dia, porém, tinham descoberto tudo sobre Ahn Seunghwan, inclusive o número de seus sapatos. Yongje ficou intrigado com vários detalhes. Duas informações, em particular, chamaram sua atenção: *Filho de um mergulhador profissional. Começou a mergulhar aos doze anos de idade. Deu baixa no Unidade de Serviços de Segurança após completar o serviço militar.* Yongje sublinhara essa parte do relatório. Um mergulhador com um histórico de serviço nas forças especiais... Yongje não sabia nada sobre mergulho, mas tinha familiaridade com afogamentos. Afinal, passara a vida à beira de um lago. Havia três momentos em que o corpo de um afogado podia retornar à superfície naturalmente. O primeiro momento era de três a cinco dias após a morte. Por isso, ele havia rondado o lago naquela manhã: fazia três dias que ela desaparecera. Yongje imaginou que a correnteza poderia arrastar o corpo até a tela de filtragem, a menos que alguém houvesse amarrado pedras em seus tornozelos. Mas ele estava só parcialmente certo: apenas a camisa apareceu presa na tela. Isso significava que Seryong estava nua dentro do lago. Nesse momento, Yongje teve certeza de que fora estuprada, assassinada e atirada na água. A extrema racionalidade de sua mente foi o que o impediu de fazer algo contra Seunghwan. Uma simples linha de pesca não provava coisa alguma, ainda que pertencesse a Seunghwan. Não provava que Seunghwan estivera no lago exatamente naquela hora, naquela noite. Yongje teria de esperar. Precisava de algo mais hermético, não um simples palpite. Queria uma confissão, não uma suposição. Então Yongje acabaria com ele.

Seryong foi achada no ponto onde a base da ilha encontrava o leito da represa. Yongje estava tão focado na investigação que não compreendera a verdade mais fundamental. Já estava esperando o desfecho da morte quando acompanhava a trajetória da filha, mas quando viu Seryong a realidade do fato se abateu sobre ele; sentiu como se estivesse caindo sem parar. Cambaleou, os ombros tremendo. Sentiu que o corpo estava prestes a se despedaçar. Ultrajava-o a visão da filha nua diante dos espectadores. Como era possível que seu mundo houvesse ruído daquela maneira? Sentia-se furioso. Mas não podia fazer nada quanto a isso. Cerrou os maxilares e olhou para o saco mortuário, enquanto o zíper era fechado. Iriam estendê-la numa mesa, para investigar a causa da morte; o legista mutilaria o corpo de sua filha. Quis pô-la de pé e esbofeteá-la no rosto. Acorde agora mesmo e vá para casa, quis gritar.

"Sr. Oh", o detetive disse, estudando Yongje.

"Quando teremos o resultado da autópsia?", perguntou Yongje, despertando de seus pensamentos.

"De dois a sete dias", disse o detetive, sem desviar os olhos. "Então saberemos se foi um acidente ou alguma outra coisa."

"O que acha que foi?"

"Acho possível que tenha sido assassinada. E você, o que acha?"

Yongje não respondeu.

"Você sabia que ela tinha caído no lago? O chefe da segurança disse que viu você na margem, perto do lugar onde a blusa foi achada."

"Imaginei que, se ela tivesse caído no lago, estaria ali."

"Por que lhe ocorreu que houvesse caído no lago? Poderia ter sido outra coisa. Como sequestro, por exemplo."

"Você tem uma filha, detetive?"

O novato olhou para ele enquanto continuava a digitar em seu laptop.

"Você está dizendo que é um instinto", disse o detetive.

"Sim."

O detetive assentiu. "Vamos começar do começo. A que horas ela saiu de casa?"

"Provavelmente por volta das 21h40."

"E o que estava fazendo antes disso?"

"Estava dormindo em seu quarto."

"Está afirmando que ela saiu andando enquanto dormia?"

"Não, estou dizendo que acordou e depois fugiu."

"E por que faria isso?", perguntou o detetive.

"Provavelmente não gostou dos corretivos."

"Corretivos? Por que estava sendo punida? Você disse que ela estava dormindo."

"Eu tinha ido a uma reunião em Seul. Quando cheguei em casa, ela estava dormindo e a casa estava uma bagunça. Por isso a acordei."

"Você a acordou batendo nela? Ou bateu nela depois de a ter acordado?"

Yongje cruzou os braços e olhou para os joelhos por um momento. Tinha de pensar antes de dizer algo. "A segunda hipótese. Acho que foi só um tapa."

"Ela fugiu por causa de um tapa? Saiu correndo, na sua frente? E foi correndo até o lago, no meio da noite?" O detetive soava incrédulo.

"Ela tem medo de apanhar, que mais posso dizer? E quando tem medo, ela perde o controle. Jogou em mim um candelabro com uma vela acesa e pulou pela janela. Corri atrás, mas não consegui achá-la."

"Ela por acaso é campeã de atletismo?"

"Olhe, não são nem cinquenta metros entre a casa e o portão principal. É o único que fica aberto de noite, e achei que ela tivesse saído por ali. Dei uma volta de carro e não consegui achá-la. Então cheguei à conclusão de que ela não saíra pelo portão principal e que não fora na direção do vilarejo."

"Por isso você foi para a estrada à margem do lago?"

"Nem mesmo adultos vão lá durante a noite. Fui só para eliminar a possibilidade, mas não acreditava que ela estivesse mesmo ali. Então vi algo se movendo perto da torre de captação de água. Fui ver o que era, mas acabei perdendo de vista. Segui até o fim da estrada, mas não a achei."

"Deu meia-volta e foi para casa?"

"No caminho, parei no cais. Há uma brecha sob o portão, e, como você sabe, a cerca envolve todo o lago. Aquele era o único ponto por onde ela poderia ter passado. Acendi a lanterna e a chamei pelo nome. Disse que, se ela aparecesse, eu não a puniria."

"Ela apareceu?"

"Se tivesse aparecido, acha que teria ido parar no fundo do lago?", replicou Yongje.

"Talvez ela tenha sido morta depois que você a encontrou."

Yongje olhou o inspetor nos olhos. O que esse idiota estava insinuando? "Ela não estava na estrada, por isso pensei que seria melhor esperar que voltasse para casa por si mesma."

"Mas ela não voltou para casa durante toda a noite. Então, o que você fez?"

"Comuniquei que estava desaparecida e reuni uma equipe de busca. Procuramos por todo o Jardim Botânico e pelo vilarejo, o bosque, o rancho, o cais, até as ribanceiras do lago."

"Encontraram algo?"

"Não."

"Se não achou nada, por que chegou à conclusão de que ela caíra no lago?", perguntou o detetive.

"Se não estava em terra firme, onde mais poderia estar? Até onde sei, não era capaz de voar."

Yongje deixou o posto policial duas horas mais tarde. Repórteres acorriam ao tranquilo Vilarejo de Seryong, e a noite estava caindo. Yongje atravessou rapidamente a multidão e entrou no Jardim Botânico. Queria descansar. Tomou uma ducha e uma bebida forte. Queria refrescar a cabeça e pensar em tudo aquilo de modo organizado. Queria voltar ao normal.

O Matiz estava estacionado em frente ao 102. Esse pequeno carro era uma escolha patética para o gigante que o dirigia. Combinava mais com a mulher dele. Yongje parou junto ao capô do carro. Uma caveira sorridente e fosforescente estava pendurada no retrovisor. Matiz. Caveira sorridente. Onde tinha visto essa combinação antes? Estava se perguntando isso desde a manhã de ontem, quando topara com aquele garoto atrevido.

O garoto estava olhando para o cartaz de Seryong. Aquilo deixara Yongje irritado. Não gostou do jeito como o garoto olhava para sua filha. Teve vontade de lhe dar um chute e mandar que fosse embora. Nisso, o Matiz apareceu, e ele avistou o sorriso da caveira. Um homem enorme saiu do carro, e o garoto o chamou de pai. Yongje queria saber quem era esse garoto e que tipo de homem tinha um filho como aquele. Estava revirando o cérebro, tentando lembrar onde tinha visto o Matiz e a caveira. Por isso, provocara a briga com Hyonsu. Logo percebeu que o gigante era tímido, inibido, suava muito, e se afobava. Claramente, passara a vida fazendo reverências, submetendo-se, curvando o corpanzil. Era um covarde, e o filho tivera de vingar a ofensa contra o pai. A bola que ele fingiu atirar em Yongje doeu de verdade.

Alguma vez Seryong havia defendido o pai com tanta lealdade? Yongje pensou nisso por um momento, mas desistiu. O que estava fazendo? Estava parado em frente à casa escura e vazia, procurando provas de que sua filha morta o amava. Será que Hayong já sabia que a filha tinha morrido? Àquela altura, o mundo inteiro estava falando de Seryong e, no entanto, a mãe dela nem sequer lhe telefonara. Era de esperar que ele ficasse furioso, mas o que o dominou foi uma emoção bem diferente. Uma onda gelada fez seu corpo estremecer, e ele se sentou nos degraus.

Yongje olhou para sua BMW, estacionada em frente do Matiz. Matiz... caveira. Finalmente resgatou a lembrança — algo tão banal que ficara perdido em sua mente. Três semirreboques transportando chapas de aço. Um Matiz havia mudado de pista para deixá-lo passar. Yongje buzinara e o ultrapassara a toda velocidade. E lá estava a caveira fosforescente, sorrindo, vislumbrada através da janela do Matiz. Tudo isso havia acontecido numa estrada próxima à área comercial do vilarejo. Ou seja, seu primeiro encontro com o gigante do 102 ocorrera na estrada, não aqui. Na noite de sexta-feira, a noite em que Seryong tinha morrido, não na manhã de domingo, quando eles tinham se mudado. Yongje estacou. E daí? São tantos carros que passam pela área comercial.

Porém, naquela mesma noite, dois carros haviam passado pela estrada do lago. O segundo carro estava em alta velocidade, parara de repente e partira após vinte minutos. O que tinha acontecido nesses vinte minutos? Imaginou Seryong gritando aterrorizada, arrastando-se pela brecha sob o portão. Talvez tenha pulado para a estrada exatamente quando o carro estava passando...

Yongje tornou a descer pelo caminho principal. Era algo sobre o qual valia a pena pensar. Foi para a entrada dos fundos e caminhou pela estrada na margem do lago. Uma lua cheia vermelho-amarelada pendia no céu escuro. As ribanceiras do lago estavam vermelhas, assim como o nevoeiro que se erguia das videiras. Caminhou lentamente na noite vermelha, ouvindo o som da água e de seus próprios passos.

Seunghwan entrou no cais. Estava prestes a fechar a corrente e o cadeado, mas mudou de ideia. Não levaria mais que um minuto ou dois. Na extremidade da ponte flutuante, parou e escutou por um momento. Cigarras. Ajoelhou-se na beirada e curvou-se para a frente, olhando por baixo do pilar. Nada. Ficou perturbado. Tentou nos outros pilares. Lembrava-se exatamente de onde havia amarrado a linha, mas procurou assim mesmo, caso tivesse se enganado. Acendeu a lanterna e apontou para a água. Nada, nada. Sentou-se, perplexo.

Só hoje havia se lembrado da linha de pesca. Não pensara nela ao acompanhar a busca e o resgate pelas câmeras de segurança. Naquele momento, só queria saber quando e onde Seryong seria descoberta. Levando-se em conta a direção da correnteza, ela teria de ser encontrada perto da tela de filtragem. Porém, os mergulhadores não a encontraram nas proximidades da torre. Isso significava que ela continuara afundando depois que ele a avistou. Isso havia acontecido na encosta da ilha de Hansoldeung, na extremidade do vilarejo submerso.

Só então percebeu o que o perturbara naquela noite. Era algo que ele havia esquecido. A linha de pesca que tinha estendido ao longo das ruas submersas.

Por isso dera alguma desculpa a Park e correra para o lago. Não tinha um plano. Agora o vilarejo inteiro estava às margens do lago, e ele não podia procurar a linha. Também não poderia fazer coisa alguma se os mergulhadores a encontrassem. Por outro lado, também não podia ficar parado no escritório, esperando. Encontrou Hyonsu sentado na ribanceira, pálido, suando, olhando. Seunghwan percebeu que seu chefe estava à beira do colapso. Naquele estado, se ele olhasse o cadáver nos olhos, haveria uma catástrofe. Seunghwan já vira isso acontecer antes; pessoas que testemunhavam o resgate de um corpo, distraidamente, até que a muralha de sua consciência desabava, num átimo. E essas pessoas ficavam assombradas para sempre.

Seunghwan queria cobrir os olhos de Hyonsu com a mão; viu como Hyonsu era arrastado para o horror da morte, mais duramente atingido do que tinha imaginado. Seu chefe estava num estado de pânico passivo, sua consciência reduzida a um ponto minúsculo. Sua alma só estava aberta para aquela garota, como se fosse seu pai.

O que surpreendeu Seunghwan foi a reação de Yongje. Durante a busca, ele ficara observando atrás de um dos homens que segurava uma extremidade da corda, olhar calmo, semblante frio. Mas quando o corpo foi recuperado, seu comportamento mudou dramaticamente, numa reação semelhante à de Hyonsu. Um pai enlutado e chocado. O que era real, a frieza ou o pânico? Se estava representando o papel de um pai enlutado, Yongje estava se saindo magnificamente. Mas se aquela era sua reação verdadeira...

Seunghwan arrastou de lá seu aturdido chefe. Quando voltou ao escritório da segurança, estava exausto; parecia que tinha arrastado um bonde quebrado. Já era a segunda vez que carregara fisicamente Hyonsu para algum lugar, nos últimos dois dias. Pelo menos ninguém tinha encontrado a linha de pesca. Claro que os mergulhadores estiveram concentrados numa tarefa diferente debaixo d'água. Esperou pelo cair da noite. Decidiu voltar ao cais de uniforme; se encontrasse alguém, poderia dizer que estava lá a serviço. Por isso decidira deixar o trabalho duas horas mais tarde. Seu plano era simples. Entraria no ancoradouro e cortaria a linha. Isso seria o bastante. As chumbadas fariam que a linha afundasse. Presa em vários lugares do vilarejo submerso, não voltaria por si mesma à superfície.

Mas a linha não estava lá. Talvez tivesse se soltado e afundado, ou talvez um aficionado da pesca a tivesse encontrado durante aquele tumulto que houvera mais cedo. Ou talvez ele a tivesse levado na primeira noite e a posto na mochila que já tinha enviado a seu irmão em Suwon. Talvez a equipe de busca a tivesse encontrado. Mas lá no fundo ele sabia: Yongje a encontrara. A que conclusão ele teria chegado? Será que conseguira deduzir o propósito da linha e quem a pusera ali? Yongje o teria visto entrar na água? Nesse caso, uma situação terrível se delineava. Primeiro, com base nas circunstâncias, a polícia suspeitaria de Yongje. E Yongje admitiria que havia batido na filha. Mas levantaria a possibilidade de que, após a fuga, ela fora encontrada por outra pessoa, estuprada, morta e jogada na água. Yongje mencionaria suas desavenças anteriores com seu vizinho de porta; mencionaria também a linha de pesca e diria a eles que seu vizinho praticava mergulhos noturnos proibidos. Seunghwan sentiu o peito se encher de desespero. Estava atordoado.

Levantou-se e quase caiu para trás, perplexo. Yongje estava de pé atrás dele.

"O que está fazendo aqui?", perguntou Yongje, inclinando a cabeça.

Seunghwan ficou mudo. Seu coração batia forte e seu corpo estava gelado. Surpreendia-se por não ter gritado. Se houvesse uma competição internacional de pregar sustos em pessoas, com certeza Yongje poderia representar a Coreia.

"Pescando no meio da noite?"

"Estou em patrulha noturna, por solicitação da companhia", conseguiu responder.

"Ah. Você patrulha dentro da água também?"

Yongje pôs-se à frente de Seunghwan, bloqueando sua passagem.

"O que poderia ver, inclinado na beirada da ponte e mexendo a mão dentro da água?"

À medida que o choque se dissipava, Seunghwan sentiu-se grato a si mesmo por estar com o uniforme. Em seguida, no entanto, sentiu-se invadir pelo constrangimento, pela vergonha e por uma certeza: Yongje o seguira, provavelmente para pôr uma corda em volta de seu pescoço. Por que outro motivo poderiam estar os dois aqui a esta hora da noite? "Há muito tempo, antes de existirem esses serviços de emergência, havia pessoas que recuperavam corpos da água como profissão", começou.

Yongje enfiou as mãos nos bolsos e ficou ouvindo pacientemente.

"Nós chamamos a nós mesmos de crocodilos." Seu pai lhe havia ensinado que se fosse assaltado devia jogar a carteira para o assaltante e sair correndo. Faria a mesma coisa com Yongje; ia lhe dar o que ele estava procurando. "Mas existem tabus que acatamos. Primeiro, não se entra na água quando está chovendo. Segundo, não se entra depois de ter bebido. Terceiro, não se toca num corpo que esteja na posição vertical."

"Interessante. Um corpo na posição vertical..." A luz do luar refletia na testa de Yongje um brilho vermelho.

"Quem mexe em corpos afogados deve respeitar esses princípios. Dizem que, se um crocodilo tocar num cadáver na vertical, pensando em ganhar uma recompensa pelo resgate, morrerá no mesmo dia. Às vezes esses crocodilos são encontrados debaixo d'água, mortos, de braços dados com o outro cadáver. Um corpo na posição vertical é um espírito da água, esperando por alguém que o tire dessa posição, e isso é garantia de catástrofe."

"O que os crocodilos têm a ver com tudo isso?"

"Sou filho de um crocodilo. Mas naquela noite, eu estava tomando cerveja e assistindo a um jogo de beisebol em minha sala. Estava chovendo quando o jogo acabou." Dito isso, Seunghwan encaminhou-se para o portão.

Yongje não o deteve. Ocupava-se imaginando que ligação poderia haver entre a linha de pesca, Seryong e crocodilos. Disse: "Deixe eu lhe perguntar uma coisa".

Seunghwan virou-se para ele.

Yongje caminhou até ele. "Naquela noite, você viu seu novo chefe por aqui?"

Aquilo foi inesperado. E suspeito. O que estava passando pela cabeça daquele homem?

"Para dar uma espiada na casa, antes de se mudar, talvez?"

"Não."

"Então ele mora nestas redondezas?"

"Por que está perguntando isso?"

"Ah, acho que eu o vi antes por aqui, só por isso."

"Por que não lhe pergunta você mesmo? Ficar farejando é coisa de cachorro." Seunghwan virou-se e foi em direção ao portão. Sabia que era mais seguro deixar a zona de perigo depois de desferir um golpe. Yongje não o seguiu. Seunghwan trancou o portão pelo lado de fora. Que o imbecil se arrastasse por baixo ou pulasse por cima — não se importava.

Seunghwan parou diante da torre de captação de água, tirando o caderninho e a caneta do bolso. De pé, ao luar cor de sangue, rabiscou uma nota. *Hyonsu e Yongje encontraram-se antes. Quando?* Repassou todas as anotações que tinha feito. Precisava organizar aqueles fragmentos, a partir da tarde de sexta-feira, quando vira Seryong no ponto do ônibus, até agora. Tudo que tinha visto, tudo que sabia, até a mais fugaz das sensações. Tinha de se proteger. E também precisava ver o quadro completo.

Quando chegou à porta da frente, Eunju o recebeu com um ataque: "Por que está sozinho? Onde está Hyonsu?".

Seunghwan ficou paralisado.

A boca de Eunju sorria, mas os olhos não. Aparentemente, não devia chegar em casa sozinho. Sowon estava atrás dela e pôs o indicador em cada lado da cabeça, imitando chifres, e piscou, dizendo a ele silenciosamente que sua mãe estava zangada e que precisava ser apaziguada.

"Ah, eu fiquei preso no trabalho", balbuciou Seunghwan.

"Pensei que estivessem juntos. Hyonsu não está atendendo o celular, e também não consegui entrar em contato com você."

Seunghwan sentiu-se punido por aquela mulher que só conhecia havia dois dias. Pôs a mão no bolso. Seu telefone estava desligado. Lembrou-se de o ter desligado antes de ir para a estrada. Ao ligar, viu que havia duas ligações perdidas, ambas do telefone fixo da casa. "Ah, estava desligado."

"Você não sabe aonde ele foi?" Eunju parecia enraizada no chão, como se nunca fosse sair dali.

"Mãe, o sr. Ahn deve estar com fome", disse Sowon, puxando o braço dela.

Eunju o afastou com um safanão. "Só vamos comer depois que seu pai chegar." Dissera isso na noite anterior também, como se ordenasse que Seunghwan fosse achar seu marido.

Ainda na noite anterior, Seunghwan percebera que o casal tivera uma briga muito séria antes da mudança. Hyonsu e Eunju não tinham se olhado uma única vez. No fim das contas, Seunghwan tivera de ir com Sowon até a área de conveniência para buscar o chefe. Seunghwan teria de fazer a mesma coisa, se quisesse comer esta noite.

"Quer que eu vá procurá-lo?", ofereceu-se.

Eunju virou-se e foi para a cozinha. "Tenho certeza de que ele já vai voltar." Tinha um talento especial para forçar as pessoas a fazerem o que ela queria sem pedir explicitamente.

Seunghwan virou-se para sair, e Sowon rapidamente se dispôs a ir junto. "Mãe, vou com o sr. Ahn!"

"Nem pensar", ela gritou, mas Sowon já estava seguindo pelo caminho em frente ao anexo.

O caminho que ascendia até a área de conveniência era mais escuro do que a estrada à beira do lago. Apenas uma torre na entrada do local lançava sua luz azulada na direção do pico de Seryong.

"Sua mãe parece estar realmente zangada hoje", disse Seunghwan, ligando a lanterna.

Sowon andava bem perto dele. "Sim, porque meu pai quebrou a promessa."

"Que promessa?"

"Ele prometeu que ia parar de beber. Minha mãe diz que poderia construir um castelo com todas as garrafas que ele bebeu." A voz de Sowon era triste.

Seunghwan mudou de assunto. "E como vai a escola? Você gosta dela?"

"Tem uma classe em cada série."

"Quanto alunos?"

"Na minha série, tem treze."

"É uma escola pequena. Vocês devem ser todos amigos."

"Na verdade, não. Os garotos do vilarejo não brincam com os que moram nos alojamentos da companhia. Não almoçam juntos e não se falam. Não sei exatamente a que lado pertenço."

"Nenhum dos garotos fala com você?"

Sowon sacudiu a cabeça negativamente. "Eles me chamam de garoto do anexo."

Seunghwan lembrou-se de que Seryong também era chamada de "garota do anexo". "Então o que você fez o dia inteiro?"

"Só fiquei olhando as coisas. Tem um desenho que uma garota chamada Seryong fez, está no quadro de avisos. Chama-se *Brincando de vivo ou morto*, mas é meio assustador. E triste. Eu acho que é um desenho muito... artístico."

Seunghwan sorriu, apesar de tudo. "É? O desenho é sobre o quê?"

"Um gato na frente de uma janela, olhando para uma floresta. A lua cheia faz as árvores brilharem, e atrás de uma árvore tem um cabelo comprido flutuando. Dá para ver as pernas de uma menina correndo entre as árvores. E tem pés descalços subindo para o céu. Eu acho que estão brincando de vivo ou morto no bosque atrás do anexo. E acho que as partes da menina são aquilo que o gato via dela." Sowon fez uma pausa e olhou para cima, para Seunghwan. "A menina... ela morreu, não é?", sussurrou. "Na verdade, eu a vi."

Seunghwan ficou intrigado; não se lembrava de tê-lo visto no lago.

"Os garotos do vilarejo foram ver a equipe da emergência trabalhar no resgate no lago, e eu fui também. Também fui resgatado uma vez. Embora hoje tenha sido a primeira vez que vi mergulhadores."

"Você ficou olhando o tempo todo?"

O menino assentiu, com expressão sombria. "Estava no meio da multidão e vi meu pai e você juntos. Eu estava indo na direção de vocês quando a tiraram do lago."

Seunghwan ficou gelado.

"Eu não a reconheci. O rosto tinha ficado estranho. Pensei que ia vomitar. Quis ir embora, mas não consegui me mexer. Um adulto cobriu meus olhos e disse para eu não olhar. Depois que a ambulância a levou embora, ele tirou as mãos e me disse quem ela era."

Transtornado, Seunghwan olhou para a torre da área de conveniência.

"O gato dela não devia saber que estava morta. Estava esperando por ela, na janela."

"Você viu Ernie?"

"Ele se chamava Ernie? Como é que você sabe?"

"Eu a ouvi chamá-lo por esse nome. E como você sabe que a janela era do quarto de Seryong?"

"Foi mais ou menos às seis da tarde? Eu ouvi um miado. Olhei e o reconheci, por causa do desenho. Eu disse, 'Ei, gatinho', e ele ficou batendo com o rabo no chão. Peguei uma lata de atum e levei para ele. Nunca tinha visto um gato assim! Ele não fugiu. Comeu todo o atum. Lá onde eu morava, os gatos de rua fugiam sempre que alguém chegava perto. Enquanto o gatinho — quer dizer, Ernie — comia, espiei o quarto dela. A janela estava meio aberta. Vi seu retrato, o mesmo do cartaz. Assim descobri que era o quarto dela. Quis parar de olhar, mas não consegui. Pensei que talvez ela quisesse me dizer alguma coisa."

"Você estava assustado."

Sowon sacudiu a cabeça. "Não, pensei que talvez ela não fosse a garota que morreu."

Tinham chegado à área de conveniência. Seunghwan seguiu até o belvedere. "Por que pensou isso?"

"A garota no retrato", disse Sowon, hesitando. "Ela é bonita. Como se estivesse viva."

Os postes de luz clareavam o rosto do garoto; estava corado.

Hyonsu estava de pé, descalço, no ponto mais alto do belvedere, inclinando-se desajeitadamente sobre a amurada e olhando para a escuridão lá embaixo. Seunghwan parou. Dali, durante o dia, dava para ver o lago Seryong, mas agora o nevoeiro cobria tudo, até o topo da cordilheira. O que estaria olhando? Onde estavam seus sapatos?

"Pai", chamou Sowon.

Hyonsu teve um sobressalto e virou-se lentamente para eles. Estava pálido e parecia atordoado; os olhos estavam muito abertos, olhando para Sowon, mas era evidente que não o enxergava. Tinha o mesmo aspecto de quando vira o corpo de Seryong no lago, como se estivesse vendo um fantasma. Isso era perigoso; Hyonsu estava completamente indefeso.

Eunju tinha comprado maçãs num caminhão, na área de conveniência. Era um saco com dez maçãs colhidas recentemente num pomar próximo, e custou apenas três mil wons, preço que em Seul seria inimaginável. A raiva que tinha sentido da companhia que gerenciava a área de conveniência amainou um pouco. Agora estava com fome.

Foi até o belvedere e pôs as maçãs sobre uma mesa sombreada por um guarda-sol. Sentou-se, pegou uma maçã vermelha, que parecia suculenta, e esfregou-a na blusa. Como é que aquela cadela tinha ousado chamá-la de *ajumma*? Deu uma grande mordida na maçã, mas o telefone começou a tocar. Era Yongju, sua irmã. Na boca, a maçã virou uma maçaroca intratável; o pedaço era grande demais para engolir, mas seria um desperdício cuspi-lo. Atendeu a chamada e tentou dizer "oi", mas só conseguiu soltar um grunhido.

"O quê?", perguntou Yongju.

Eunju se perguntou por que uma pessoa tem dois olhos, duas orelhas, duas narinas, mas só uma boca. Seria bom se a gente pudesse falar com uma boca e comer com a outra; e seria melhor ainda se sua boca sobressalente tivesse dentes de leão, para estraçalhar aquela cadela do escritório de administração, começando pelas tetas.

"Está tão barulhento", disse Yongju, "onde você está?"

Eunju mastigou e engoliu: "No belvedere".

"Por que está aí? Você mesma tinha dito que só os bêbados frequentam esse lugar."

Eunju tinha um motivo para ir lá. Terminara de desempacotar tudo na segunda-feira. Antes de se mudarem, já havia preparado bastante *kimchi* e acompanhamentos. Levara menos de uma hora para limpar a casa. Na manhã de terça-feira, visitou a nova escola de Sowon. Aproveitando que estava lá, perguntou se havia vagas na cafeteria, e lhe disseram que não. Duas mulheres vinham regularmente para ajudar o cozinheiro, e as vagas estavam todas ocupadas.

Preparou um currículo e, lendo um jornal encontrado na lixeira, encontrou um estabelecimento para enviá-lo. Seria caixa num restaurante que ficava na área de conveniência. Era no terceiro turno e o salário era péssimo, mas pelo menos era perto de casa; os empregos bem pagos ficavam todos, geralmente, em Sunchon.

Naquela manhã, ela fora à administração da área de conveniência. Só havia uma mulher lá. Parecia ser muito avoada e o decote, cavado numa blusa de tricô vermelha, revelava seus seios do tamanho de bolas de boliche. "Deixe aí", disse ela descuidadamente.

Quis dizer para deixar ali e esperar, ou para deixar ali e ir embora?

A mulher estava aplicando uma espessa camada de pó em seu rosto fino, e não ergueu o olhar.

Eunju esperou por longo tempo antes de perguntar: "Senhorita, pode me dar algum tipo de recibo ou…"

A mulher fechou a caixinha do pó e olhou para ela. "*Ajumma*, eu disse para deixar aí. Pode ir embora."

Eunju ficou furiosa. *Ajumma?* Era uma palavra depreciativa para designar mulheres de meia-idade, transmitindo um desprezo velado por mulheres casadas e a aversão que os jovens têm pelos mais velhos, tudo disfarçado de falsa descontração. Os jovens a usavam para se referirem a mulheres que teriam idade para serem suas mães. Eunju não se iludia achando que alguém poderia confundi-la com uma estudante, mas certamente não tinha idade para ser mãe daquela vadia. E que motivo teria essa garota para olhá-la de cima a baixo? Ela estava se candidatando a um emprego, apresentando seu currículo — não estava pedindo esmola. Pertencia a uma sólida classe média. Tinha sua própria casa em Ilsan, e a energia dos jovens. Pegou seu currículo novamente. "Olhe aqui, srta. Tetas. Sou Kang Eunju, não *ajumma*."

Yongju riu quando Eunju lhe contou essa conversa.

"Eu pareço uma *ajumma*?", perguntou Eunju.

Yongju ignorou a pergunta. "Você ainda está sem falar com Hyonsu?"

"Parece que sim."

"E ele não se desculpou?", perguntou Yongju.

"Acho que ele está ficando meio louco."

"Provavelmente não consegue se desculpar porque se sente intimidado. Por que você não puxa o assunto?"

"Olhe, o pior tipo de pessoa no mundo é o homem que bebe a noite inteira e bate na mulher. Mesmo que ele implore e tente ajeitar as coisas eu talvez não o perdoe. Por que deveria...?"

"Mas foi a primeira vez, nunca aconteceu antes. E foi um tapa só", replicou Yongju.

Sim, tinha sido apenas um tapa, mas o golpe a fizera voar do saguão até a sala; um segundo golpe poderia tê-la matado. Em sua mente, perdoá-lo seria declarar que sua própria vida não tinha importância. A culpa era dela, afinal. Permitira que ele ficasse daquele jeito. Sempre que pedia desculpas, ela perdoava. Sempre acreditava nele quando dizia que iria parar de beber, embora soubesse, no fundo, que ele não cumpria suas promessas. Ela o deixara mal-acostumado. Agora, estava esperando o momento certo; quando ele pedisse uma trégua, quando pedisse para conversar, ela teria sua oportunidade para consertar tudo. Tudo, desde a bebedeira diária até o hábito de fumar, que ele tinha retomado recentemente; desde seu comportamento irresponsável até sua recusa em atender o telefone.

Yongju continuou: "E você também não é assim tão inocente. Por que o obrigou a ir até aí pessoalmente quando poderia ter arranjado tudo pelo telefone? E você sabe como os homens odeiam que lhes telefonem quando estão na rua. Isso faz com que se sintam emasculados".

Eunju sentiu a raiva borbulhar. Sua irmã sempre fora assim. Mesmo quando estava claro quem tinha razão, ela sempre tomava o lado do cunhado. Yongju dava-se melhor com Hyonsu, que tinha a mesma idade que ela, do que com sua própria irmã. As duas divergiam em todos os aspectos, desde a personalidade até o modo como suas mentes funcionavam.

Eunju conheceu Hyonsu no verão de seus vinte e sete anos. Foi Yongju quem os apresentou, embora não intencionalmente. Yongju, linda como uma flor, acabara de se tornar professora de inglês numa escola primária, e saía para encontros quase todo dia. Eunju ficava abismada com o talento de Yongju para acumular encontros em sua agenda. Naquele verão, Yongju fez uma viagem curta à ilha de Jeju, com algum sujeito, enquanto Eunju começava suas férias diante do ventilador, em casa. Tentava decidir se poria bolos de arroz ou bolinhos recheados no lámen do almoço, quando a irmã lhe telefonou. Yongju disse-lhe que estava no aeroporto de Jeju, e que tinha esquecido de um encontro às cegas marcado para aquela noite. Pediu que Eunju a ajudasse. O encontro seria com Choi Hyonsu, jogador profissional de beisebol, com vinte e quatro anos, um novato que tinha acabado de dar baixa no serviço militar. Estava na segunda divisão, mas logo deveria ser convocado para a primeira. Não era muito conhecido agora, mas tinha um brilhante futuro pela frente. O que Eunju sabia sobre beisebol era pouco mais que nada.

"Então você quer que eu vá a um encontro com um garotinho?", perguntou Eunju.

"Você não sabe que todo mundo está saindo com caras mais novos? E ele é um jogador profissional de beisebol! Você deveria ficar pelo menos um pouco curiosa."

Ela *estava* curiosa. Como são jogadores de beisebol? Estava intrigada por ele frequentar uma prestigiosa universidade, apesar de, provavelmente, ter entrado porque era um atleta.

E assim, ao fim da tarde, ela estava sentada na cafeteria de um hotel aos pés do monte Mudung. Estava preparada para erguer a mão, com elegância, assim que alguém chamasse Kang Yongju. Mas esqueceu o plano no momento em que Hyonsu entrou. Era o maior homem que ela já vira. Parecia que uma das colunas da cafeteria vinha em sua direção.

"Hum... você é Kang Yongju?", perguntou ele.

Era tão forte quanto alto. Suas panturrilhas eram tão longas quanto a perna dela. E a coxa de Hyonsu era tão grossa quanto a cintura de Eunju. Ele usava um boné de beisebol e calças de moletom empoeiradas, como se tivesse vindo direto de um treino. Estava suado e sua mochila era tão grande que Eunju caberia ali dentro.

Ela levantou-se. "Prazer em conhecê-lo."

Ele tirou o boné e fez uma reverência com tanta polidez que parecia estar cumprimentando um professor. Sua cabeça era raspada e o rosto tinha aparência jovem. Para um homem tão grande, parecia ser muito sensível, e seus olhos gentis a impressionaram.

"Quanto você pesa?", deixou escapar Eunju.

Ele sorriu timidamente.

"Mais de cem quilos?"

"Sim, bem, eu..."

Seria possível um tigre ir para a cama com um gato? Se ela dormisse com ele, ia ficar achatada? "Meu nome, na verdade, é Kang Eunju."

Hyonsu ergueu a pala do boné, parecendo estar surpreso.

Eunju tossiu. Suas palavras saíram atropeladas. "Então... sou a irmã mais velha de Yongju. Ela... está no momento num avião... Eu também sou muito ocupada... mas, de qualquer forma, vim no lugar dela."

"Ah", disse Hyonsu. E não fez perguntas.

Foi Eunju quem lhe fez perguntas, mas ele respondeu com monossílabos. Será que perdera o interesse ao descobrir que ela era mais velha? Não parecia ser isso. Quando os olhos dela encontraram os dele, Hyonsu corou e sorriu. Quando se levantaram para ir embora, ela finalmente o ouviu pronunciar uma frase completa.

"Então... amanhã temos um jogo, à uma hora."

Soava como um convite. Ela não tinha nenhum compromisso no dia seguinte.

O campo de beisebol estava deserto: as arquibancadas estavam vazias de gente, de som e de energia. E o jogo transcorreu sob um sol ardente. Ela estava sozinha na arquibancada. Não conseguia ver o rosto de Hyonsu; estava longe demais, e ele usava uma máscara de receptor. Não entendia direito o que estava acontecendo no jogo, pois nem sequer conhecia as regras, mas ficou lá até o fim, cozinhando ao sol. Talvez houvesse adormecido, se uma bola não caísse a seus pés. Arregalou os olhos e viu o número 25 contornando a segunda base e olhando para ela. Sabia que era Hyonsu. Ele acenou e passou rapidamente pela terceira base, seus passos ressoando e ameaçando romper o solo seco. Eunju só compreendeu o significado da bola a seus pés quando ele alcançou a segunda base; o *home run* de Hyonsu tinha ganhado o jogo.

Depois ele foi até a arquibancada. "Dê-me a bola", disse, sem um olá ou um obrigado por ter vindo. Ela obedeceu, estupefata. Hyonsu tirou do bolso uma caneta, rabiscou algo na bola e a devolveu a ela. "Tenho de ir para o ônibus."

Ela não teve chance de dizer nada; quando ergueu os olhos, ele já estava correndo para a saída. Na bola estava escrito em inglês: *I believe in the church of baseball. August 1992, Choi Hyonsu.*

Passaram-se dois dias, e ele não telefonou.

Assim que sua irmã voltou para casa, Eunju lhe mostrou a bola. Evidentemente, Yongju sabia inglês o suficiente para ler o que estava escrito, mas não entendeu.

"O que você acha?", ela perguntou. "Ele é mais Tim Robbins ou Kevin Costner?"

Isso fez menos sentido do que a inscrição na bola em inglês.

"O jeito dele. Com quem se parece mais?"

Eunju não soube o que responder. Não se parecia com Kevin Costner. Na verdade, ela não sabia quem era esse Tim Robbins, ou qual era sua aparência. E o que isso tinha a ver com o assunto?

Yongju ficou olhando para ela. "Você não é Susan Sarandon. Em primeiro lugar, seus peitos são do tamanho de plumas."

Sim, você tem seios grandes, quis dizer Eunju, mas em vez disso retrucou: "Do que você está falando?".

"Está bem. Então ele acredita na igreja do beisebol. Isso é tirado do *Sorte no amor*.

"*Sorte no amor*?"

"É um filme sobre beisebol. Susan Sarandon é uma professora de inglês e seu hobby é ajudar jogadores a amadurecer, levando-os para a cama."

"Então é isso que ele está dizendo? Que deveríamos fazer isso?"

Yongju riu ao ver a expressão chocada de sua irmã. "Não, não necessariamente. Talvez ele apenas goste dessa frase. No filme, ela está interessada em dois jogadores, interpretados por Kevin Costner e Tim Robbins, e tenta descobrir de qual dos dois gosta mais."

"Então ele está dizendo que quer que eu durma com ele."

"Não, acabei de dizer que não é exatamente isso. Por que não marca um encontro a três? Vou decifrar as coisas para você."

Eunju fitou Yongju. De um lado, uma professora de inglês que treina jogadores de beisebol em sua própria cama. Do outro, uma professora de inglês que mudava de namorado toda semana. Qual a diferença? Para Eunju, eram iguais.

Finalmente, no último dia das férias, Hyonsu telefonou. Disse que tinha de ir para Busan naquela tarde e perguntou se poderia vê-la antes de partir. Yongju foi junto.

"Tim Robbins", sussurrou Yongju assim que o viu.

Quando Hyonsu foi ao banheiro, Eunju virou-se para a irmã: "Como é esse Tim Robbins?".

Yongju resumiu em três elementos: um metro e noventa e seis de altura, sorriso infantil, um simplório adorável.

Hyonsu voltou e sentou-se. Eunju o observou atentamente, não se importando com o possível desconforto da situação. Ele não parecia se encaixar na descrição de Yongju. E, mais uma vez, a frase que tinha escrito na bola a fez pensar que ele era um imbecil vulgar usando a máscara de um garoto inocente.

Yongju quebrou o silêncio, sorrindo. "Eu acredito na alma, no pau, na boceta, na curva das costas de uma mulher, numa bola lançada em curva, em alimentos ricos em fibras, em um bom uísque, que os romances de Susan Sontag são autoindulgentes, superestimados. Acredito que Lee Harvey Oswald agiu sozinho. Acredito que devia haver uma emenda constitucional deslegitimando o Astroturf e o rebatedor escalado. Acredito no meio-termo, em soft porn..."

Eunju sentiu a face corar. Sua irmã estava louca, para constrangê-la desse jeito?

Mas a reação de Hyonsu foi totalmente diferente. Ele subitamente pareceu ficar à vontade e abriu um sorriso de menino. "Em abrir os presentes na manhã de Natal e não na véspera, e acredito em beijos longos, lentos, profundos e molhados, que duram três dias."

Yongju pôs a mão no rosto e fingiu desfalecer. "*Oh, my.*"

Eunju por fim percebeu que eles estavam fazendo citações do filme. Estava sorrindo, mas intimamente chorava. Não havia como mudar o rumo da conversa, que continuava apenas entre os dois, e ia desde filmes de beisebol até várias teorias sobre o receptor. Tudo que Eunju sabia sobre o receptor era que ele ajudava o arremessador. Mas para Yongju, o receptor oferecia ao arremessador um alvo estável, não temia nenhum arremesso, sabia ler o jogo, e era um líder nato e natural, que se lembrava de cada arremesso e de como cada rebatedor lidara com ele, que sabia dizer quando um rebatedor estava na posição certa para rebater, e que interpretava a estratégia do time adversário. Alguém que usava o corpo como cortina para impedir o corredor de chegar à base.

"Ouvi dizer que, na primeira sessão de treinamento, um receptor aprende a não pestanejar quando a bola atinge a máscara", disse Yongju, o sorriso mostrando suas covinhas. Hyonsu pareceu comovido.

Eunju sentiu-se incomodada, preterida e inferior. Yongju tinha herdado todos os traços desejáveis de Jini. Sua mãe dera a Eunju lições de vida, enquanto dava a Yongju seios tamanho G e talentos para a sedução. Sua irmã conseguira completar sua educação, alcançar empregos melhores e até mesmo desenvolver uma personalidade mais afável. Enquanto Yongju seduzia o jogador com suas covinhas e sua conversa amena, Eunju não conseguia escapar à ansiedade. Afinal, aquele encontro era dela; a bola tinha sido lançada para ela, não para Yongju.

Quando se despediram, Hyonsu estendeu a mão para Yongju. Disse que havia muito tempo não se divertia tanto. Para Eunju ele disse: "Vou ficar fora toda a semana que vem. No sábado estarei em Daejon".

Mais tarde, Eunju perguntou: "Você já tinha se encontrado com um receptor?".

"Não, nunca tinha conhecido um."

"Então como você sabe tanto sobre receptores?"

Yongju riu. Um riso que para Eunju soou como piedoso. "Lembra que na primeira vez eu é que tinha um encontro marcado com ele?"

"Sim", disse Eunju, com inveja.

"Li uma coluna de alguma especialista em beisebol. Para usar quando me encontrasse com ele."

Eunju saiu e alugou *Sorte no amor* na videolocadora. Não conseguiria memorizar as informações de uma coluna sobre beisebol, mas pelo menos podia descobrir quem era Tim Robbins. Quando Yongju foi dormir, Eunju sentou-se diante da TV. Os Durham Bulls eram um time de uma divisão inferior; Nuke, interpretado por Tim Robbins, tinha um braço de um milhão de dólares e uma cabeça de cinco centavos; o receptor veterano Crash, interpretado por Kevin Costner, foi contratado para treinar Nuke; Annie, interpretada por Susan Sarandon, tinha o hobby de iniciar o jogador mais promissor de cada ano. O filme descrevia o triângulo amoroso. Graças ao treinamento que recebeu de Crash, Nuke se torna um arremessador de primeira linha. Crash, por sua vez, tenta retomar a carreira de receptor. Quando Crash diz que não acredita no destino, Annie lhe pergunta: "Então em que você acredita?". Yongju e Hyonsu tinham citado a resposta de Crash. Quando Crash diz aquelas coisas sobre beijos, Annie murmura, parecendo que vai desfalecer: "*Oh, my*". Eunju perguntou a si mesma se sua irmã e Hyonsu tinham ficado atraídos um pelo outro. Afinal, eles é que deveriam ter se encontrado na primeira vez.

Decidiu ir a Daejon naquele fim semana por centenas de razões. Porque não tinha outra coisa para fazer, porque seria patético ficar o tempo todo em casa, porque queria uma resposta, porque não queria que a filha mais moça e mais bonita de Jini fizesse Tim Robbins amadurecer na cama.

O campo em Daejon estava tão vazio quanto estivera o de Gwangju. Quando Eunju chegou, os Fighters estavam rebatendo. Hyonsu foi rebater quando havia corredores na primeira e na segunda base, e conseguiu um *home* no primeiro arremesso. A bola passou sobre a cerca, para fora do campo. Os Fighters venceram os Eagles por sete a quatro. Hyonsu acenou para ela como tinha feito no dia em que lhe dera a bola; ele a vira. Após o jogo, não foi para o ônibus. Disse que tinha tido permissão de seu treinador para passar a noite fora da concentração.

Naquela noite, ela aprendeu uma porção de coisas de uma só vez. Que a bola que ele autografou para ela tinha sido seu primeiro *home* desde que se tornara profissional. Que ele perdera o pai aos onze anos. Que sua mãe tinha uma pequena cantina para pedreiros e criava sozinha os três irmãos pequenos de Hyonsu. Que ele morava num dormitório para atletas. Que jogava na segunda divisão e só ganhava oito milhões de wons por ano, a maior parte dos quais enviava para casa. Que tinha marcado um encontro às cegas porque seu amigo insistira, mas que não estava no mercado dos homens que procuravam casamento. Ela descobriu também que um gato não fica achatado como um tapete mesmo que passe a noite inteira debaixo de um tigre.

O filho que fizeram naquela noite tinha agora onze anos. E naquele dia quente de verão, ela ficou zangada por causa desses antigos eventos, enquanto conversava com a irmã ao telefone. Porque acabara descobrindo que aquele homem sobre o qual se lançara, sem jamais ter visto outro homem nu, não era nenhum Tim Robbins. A única semelhança era o cérebro de cinco centavos. Eunju desceu caminhando para o Jardim Botânico, ainda ao telefone. Parou junto ao quadro de avisos na entrada principal. Procurou uma oferta de emprego para segurança. Tinha visto uma no dia da mudança, mas passara reto. Não tinha trabalhado como segurança e nunca se interessara por isso. Agora, seus cálculos eram diferentes.

"Yongju, me ligue de novo daqui a duas horas", disse e desligou. Leu o anúncio com atenção. Turnos de vinte e quatro horas. Não dizia que o candidato tinha de ser do sexo masculino. Só havia uma restrição de idade: o guarda teria de ter menos de cinquenta anos. Ela imaginou que esta era a razão pela qual a vaga ainda não fora preenchida. Quantos homens na flor da idade resolveriam trabalhar como segurança no fim do mundo? Mas ela não hesitou. Acreditava na igreja das contas bancárias. Esvaziara a sua para comprar o apartamento. Estava desesperada para enchê-la de novo. Felizmente ainda tinha seu currículo. Enveredou pelo Jardim Botânico, rumo ao escritório da administração.

Oh Yongje estava lá sozinho, ao telefone. Eunju ficou parada na porta, avaliando a situação. Tinha ouvido Sowon dizer que a filha daquele homem tivera um destino horrível; não poderia incomodá-lo agora com algo tão trivial quanto um pedido de emprego.

"Sim?", disse Yongje depois de desligar. Parecia muito calmo: ninguém diria que, alguns dias antes, perdera a filha. Sua camisa, de mangas arregaçadas, estava limpa e bem cuidada.

Ela estendeu seu currículo. "Estou aqui para me candidatar a esse emprego."

Ele olhou-a em silêncio por longo tempo. Ela começou a se perguntar se estava dormindo de olhos abertos. "Não é um trabalho fácil."

"Eu sei."

Yongje olhou para o currículo e começou uma entrevista improvisada. Parecia ter bons modos e uma educação esmerada, embora seus olhos fossem frios. Eunju não deu muita atenção a esse detalhe; olhos não pagam salário. E o salário, no caso, era o dobro do que se pagava a um caixa no supermercado.

"Quando você pode começar?", perguntou.

Eunju quase disse que no dia seguinte mesmo; estava aliviada por achar um emprego naquela região remota, bem ao lado de casa. Era sinal de que as coisas podiam melhorar aos poucos. Mas era preciso manter a dignidade. Baixou os olhos afetadamente. "Posso começar no domingo."

"Pai, são 8h20!", gritou Sowon do lado de fora do banheiro.

Hyonsu estava sentado na beira da banheira, lutando com o braço morto. Era como se enfrentasse uma cópia maligna de si mesmo. A nova versão de seu duplo era mais temível e persistente que a encarnação anterior. Visitara-o quatro vezes em quatro dias. E o espectro não ia embora sozinho. Não adiantava banhar o braço em água quente, massageá-lo, pôr-lhe compressas. Mesmo após a sensibilidade voltar, ainda se passava metade de um dia até a força da mão se recuperar. Ontem, tinha acontecido no trabalho. Pegara uma xícara de café e estava prestes a se sentar a sua mesa quando o braço esquerdo subitamente ficou inerte. A mão descaiu sobre a beirada da mesa e a xícara de café espatifou-se no chão. Park olhou para ele, surpreso, e Hyonsu ficou ruborizado e começou a massagear o braço. "Tudo bem. Acontece de vez em quando. Vou melhorar logo", disse.

Uma hora mais tarde, contudo, o braço ainda estava morto. Hyonsu sentiu-se perdido. Todos os truques que tinha usado não funcionavam mais. No final do dia, Park pegou um estilete, agarrou a mão esquerda de Hyonsu e cravou a lâmina em seu dedo médio. Brotou sangue vermelho-escuro. Hyonsu voltou a sentir o cotovelo e, poucos minutos depois, conseguia mexer a mão. Hyonsu olhou para o braço, cerrando e abrindo o punho, embaraçado e confuso. "Como é que conhecia esse truque?", perguntou.

Park deu de ombros. "Minha mãe tem isso às vezes. Não no braço, e sim na perna. Meu pai lhe causou muito sofrimento. Quando a crise começa, ela não consegue mexer a perna. E nenhum remédio funciona. A única solução é furar um artelho e deixar sair um pouco de sangue. Foi assim que aprendi o truque. Posso fazer isso sempre que precisar. É só pedir." Pôs o estilete na gaveta de sua mesa. "Você também deve estar estressado."

No banheiro, Hyonsu abriu o armário de remédios e vasculhou o kit de emergência. Não achou nada que pudesse usar. A tesoura e as pinças tinham pontas arredondadas. O braço estava mole feito uma cobra morta. Alguém bateu à porta do banheiro. Mais de longe, veio a voz de Sowon: "Pai, são 8h25!". Hyonsu estendeu o braço sobre a máquina de lavar e quebrou o copo que estava na beira da pia. A porcelana se despedaçou; cacos afiados se espalharam pela pia e pelo assoalho. Ele pegou um estilhaço e o cravou na ponta do dedo médio. O sangue gotejou e logo começou a pingar. Hyonsu soltou um gemido. Era uma sensação de alívio, como se as veias, antes entupidas, liberassem algo que estivera preso lá dentro. Mas o dedo doía. Hyonsu ouviu mais uma batida à porta. Pegou rapidamente um curativo no kit de emergência e o pôs no dedo, depois lavou o sangue. Juntou os cacos do copo e os jogou no lixo. Abriu a porta e saiu. No mesmo instante, Seunghwan entrou correndo no banheiro, quase atropelando Hyonsu.

"Quer que espere por você?", perguntou Hyonsu junto à porta.

A voz de Seunghwan parecia tensa. "Não, vá na frente."

Sowon estava na porta da frente, já com a mochila às costas. Eunju estava de costas, lavando a louça do café da manhã.

Ignorava o marido completamente. E Hyonsu, na verdade, sentia-se grato por isso. Já havia desistido de contar à esposa o que acontecera. Tudo o que fazia agora era remoer remorsos inúteis. Deveria ter se recusado a vir morar aqui, mesmo que isso lhe custasse o emprego. Fora loucura acreditar que daria um jeito nas coisas. Onde quer que ele estivesse, a menina ressurgia em sua consciência, coberta de sangue. Ele a ouvia dizer "Papai", e a sentia debater-se sob sua mão esquerda. A cada momento do dia, ela vinha lembrá-lo de que cometera um crime. Sentia-se enlouquecer. O futuro o aterrorizava. Era difícil passar por isso sem a ajuda do álcool. Sentia-se só. Sempre que Eunju lhe perguntava "Qual o problema?", ele tinha o impulso de se ajoelhar e confessar tudo. Perguntaria a ela o que deveria fazer. Se ela lhe dissesse que se matasse, ele o faria. Mas se lhe dissesse que procurasse as autoridades, não seria capaz de obedecer. O que mais o aterrorizava era a possibilidade de Sowon descobrir que era filho de um assassino. Temia isso mais do que a própria morte. Se ela lhe dissesse que eles tinham de morrer todos juntos... não queria pensar nisso. Era melhor ser assombrado pelo espectro da menina, que lhe aparecia o tempo todo, chamando-o de papai. Já tinha feito isso quando era criança, lutando com uma voz que chamava seu nome de dentro de um poço. Continuaria seguindo em frente. O tempo ia resolver tudo. Tinha certeza disso.

"Vamos", disse Hyonsu, pondo o chapéu de seu uniforme.

Sowon pôs seu boné de beisebol. "E o sr. Ahn?"

"Ele disse para irmos na frente."

A manhã estava nevoenta, com um nevoeiro espesso. Junto ao poste de luz, em frente à casa, dois estranhos examinavam seu carro. O de meia-idade olhava pelo para-brisa, enquanto o mais jovem examinava o para-choque. Hyonsu percebeu quem eram eles. "Espere aqui." Deixou Sowon nos degraus de entrada e atravessou a rua. "O que estão fazendo?", perguntou ao mais jovem.

"Apenas olhando", respondeu, mostrando o distintivo de polícia.

"O quê?"

O inspetor de meia-idade contornou o carro e pôs-se ao lado do colega. "Aprecio suas escolhas em matéria de decoração. Uma caveira sorridente?"

Hyonsu tentou olhar para eles com calma, mas suas pálpebras se contraíam espasmodicamente. "Foi meu filho quem me deu."

"Ah, é aquele ali?" O inspetor de meia-idade apontou para Sowon com o polegar.

Hyonsu não respondeu. Não gostou de como o inspetor tinha apontado para Sowon.

"Quando você se mudou para cá?"

"Já lhe disse. No domingo."

"Você me disse?"

"Disse a outros dois policiais."

"Ah." O inspetor coçou o nariz. "Quando começou a trabalhar oficialmente?"

"Segunda-feira."

"27 de agosto, então."

"Não, 30 de agosto."

"E não tinha vindo aqui antes?"

Hyonsu olhou para Sowon, ainda na escada. "Não."

"Estranho. Antes de se mudarem, as pessoas geralmente vão conhecer sua nova casa."

"Bem, eu não fiz isso."

"Quando foi que consertou seu carro?"

Hyonsu engoliu em seco, deixando passar o momento de responder.

"Você se envolveu num acidente?", continuou o inspetor.

"Sim, alguns meses atrás."

"Uau, esses caras são verdadeiros profissionais! Parece que foi consertado há poucos dias. Qual é o endereço do mecânico? Me deu até vontade de usar os serviços dele."

"Preciso ir trabalhar", interrompeu Hyonsu.

O detetive assentiu. "E a menina. Você a viu, antes de ela morrer?"

Hyonsu quis gritar; quando respondeu, sua voz era quase um grito. "Que tipo de pergunta é esta?"

"Como assim?"

"Eu lhe disse que comecei a trabalhar no dia 30."

"Ah, é verdade." O inspetor bateu com um dedo na têmpora. "Por favor me desculpe. Na minha idade, a cabeça vira uma lata velha."

"Agora já terminamos?"

"Isso é algo que não posso lhe garantir. Nosso trabalho é ficar fuçando, não?" Os dois se viraram e foram para a rua principal.

Enquanto eles se afastavam, Hyonsu ouviu o inspetor mais velho murmurar. "O que tem de errado com esse imbecil? Ele a matou? Por que está tão histérico?" Claramente, queria que ele ouvisse esse comentário. Hyonsu sentiu o sangue lhe fugir do rosto. Olhou discretamente a janela do carro. Viu seu rosto refletido no vidro. Não fazia sentido. Não estava aqui quando tinha acontecido. Não oficialmente. Por isso deveria ser a primeira pessoa cortada da lista de suspeitos. Por que o estavam farejando? Ainda os via se afastando lentamente, o mais velho acendendo um cigarro e o mais jovem olhando em volta e repetindo: "Essa paisagem é de matar".

"Pai? Você está bem?" A voz de Sowon veio lá de baixo, como soando ao sopé de uma colina.

Hyonsu ficou tão surpreso que soltou um grito: "O quê?".

"Esqueça. Desculpe." Sowon puxou o boné para cima dos olhos e olhou direto para a frente, o rosto vermelho.

Hyonsu arrependeu-se imediatamente. Quase nunca gritava com o filho. Na verdade, era a primeira vez que fazia isso desde aquele dia, tanto tempo atrás. Sowon tinha seis anos. Hyonsu retornara à sede da companhia após trabalhar por um tempo numa barragem na Província de Chungchong. Já escurecera, mas Sowon ainda não voltara do parquinho. Hyonsu e Eunju viraram a vizinhança pelo avesso, quase enlouquecidos de preocupação. Acharam o menino num terreno baldio na extremidade do bairro. No terreno, que era circundado por uma cerca de arame trançado, havia três grandes contêineres enfileirados. Sob um deles, havia um pequeno vão onde caberia um gato. A voz de Sowon veio lá de baixo. "Papai, estou aqui." A voz soava como uma vela bruxuleante.

Hyonsu apontou a lanterna. Embora a abertura fosse estreita, lá embaixo havia uma cavidade do tamanho de uma banheira. Sowon estava agachado ali dentro. "Sowon!" Hyonsu gritou, metendo a mão no buraco.

Sowon a agarrou e disse: "Papai, eu preciso fazer cocô". Parecia estar aliviado, como se acreditasse que o pai ia levantar o contêiner e tirá-lo de lá para que pudesse ir ao banheiro.

Hyonsu ficou desesperado; o vão era muito pequeno. Não ia conseguir tirar o menino dali. Como é que ele fora parar lá dentro, para começar? Sowon explicou que tinha se arrastado para lá atrás de um gatinho e ficara entalado. Eunju conseguiu uma pá emprestada, sabe-se lá onde, e Hyonsu tentou alargar a abertura, cavando o chão. Mas não conseguiu: o solo era muito pedregoso e estavam num declive irregular. As chuvas torrenciais haviam escavado a terra sob o contêiner, abrindo aquela cova.

Os bombeiros chegaram dez minutos depois. Puseram uma almofada de elevação sobre a base pedregosa e a inflaram com um compressor. À medida que a almofada se enchia, o contêiner ia subindo. O rosto de Hyonsu estava retorcido, atormentado pelas imagens assustadoras em sua mente. O poço, os campos de sorgo, a voz chamando seu nome, o rosto inchado do pai... O contêiner subiu cerca de vinte centímetros e se inclinou para trás. Hyonsu imaginava a almofada estourando e o contêiner tombando com um ruído surdo na cabeça de Sowon.

"Papai!" A voz de Sowon o arrancou dessas visões horríveis. Um dos bombeiros inclinava-se para dentro do buraco, puxando Sowon para fora. Sowon estava bem, as faces coradas e os olhos brilhando. Estava empolgado pelo fato de os socorristas terem sido escalados para salvá-lo.

Algo explodiu na cabeça de Hyonsu. "Choi Sowon!", ele grunhiu, agarrando-o pelos braços e o sacudindo fortemente. "Seu garoto mau, e horrível!", berrou. Seu linguajar ficou violento; ameaçou Sowon, dizendo que se tornasse a fazer uma coisa dessas ele, pessoalmente, o jogaria no poço mais profundo que conseguisse encontrar. Sowon irrompeu em lágrimas, mas Hyonsu não conseguiu parar. Perdera o controle. Se os bombeiros não interviessem, poderia ter quebrado o braço de Sowon.

Naquela noite, Eunju levou Sowon para o quarto do casal e trancou a porta. Disse a Hyonsu, gritando, que nunca se aproximasse novamente de Sowon nem tocasse nele. Recusou-se a aceitar suas desculpas; Hyonsu foi se encolher na pequena cama de Sowon, com medo da força que às vezes irrompia dentro dele. Sentia asco de si mesmo e vergonha por seu descontrole. Uma hora depois, Sowon apareceu. "Quero dormir com você."

"O que disse a sua mãe?"

"Disse que ia fazer cocô." Sowon cobriu a boca com a mão e riu.

Naquele dia distante, pudera ao menos explicar sua própria violência como a reação de um pai aterrorizado. Mas o que tinha acabado de fazer, gritando com ele junto ao carro, fora apenas por pura irritação. Engoliu em seco. "Quer que o leve para a escola?"

"Se você quiser." A cabeça de Sowon ainda estava curvada.

Hyonsu pegou a mochila de Sowon com uma das mãos e pousou a outra em seu ombro. Sowon segurava com a mão direita a sacola com seus sapatos, hesitou um instante antes de enfiar a esquerda no bolso traseiro da calça de Hyonsu. Hyonsu ajustou seus passos para caminhar ao lado do filho. A luz da rua amarelava o nevoeiro.

Viram um gato atravessar a rua. Sowon saudou o animal com entusiasmo. "Ernie!"

O gato olhou para eles antes de desaparecer entre as árvores do bosque.

"Este é o nome dele?", perguntou Hyonsu.

Sowon assentiu.

"Então, é o bicho de estimação de alguém, não é?"

"Não. Ele vive sozinho. No estábulo do Rancho Seryong."

"Como é que você sabe?"

"É o que dizem os garotos", explicou Sowon. "Ele tem um esconderijo lá. Os adultos estavam procurando por ela e encontraram o esconderijo."

"Quem é 'ela'?"

"A garota da porta ao lado."

Hyonsu ficou calado por um instante. "A garota morta?"

"À noite Ernie vem até minha janela. Eu ponho uma lata de atum no peitoril, ele pula para lá e come. Você pode me arranjar ração de gato? Se seu continuar pegando atum lá de casa, mamãe vai perceber."

"Onde vou conseguir ração de gato?", perguntou Hyonsu.

"Ouvi dizer que tem uma loja na cidade. Na hora do almoço, você pode comprar um saco de ração e depois pôr no meu armário? Sem que mamãe descubra?"

"E se ela abrir o armário?"

"Não vai abrir, porque o armário também é do sr. Ahn."

Hyonsu assentiu, e Sowon ficou radiante, o rosto brilhando, cheio de amor e de confiança. Esse rosto era a luz que ajudava Hyonsu a continuar vivendo sua vida patética.

"Eu ouvi dizer que Ernie era amigo dela", disse Sowon. "Se ela não tivesse morrido, sentaria a meu lado na escola."

"Seu lugar é ao lado do dela?"

"Ela não tem mais um lugar. O professor passou a carteira dela para o fundo da sala."

"Então você é o único que senta sozinho?"

"A professora disse que depois vai me pôr em outro lugar."

Hyonsu estacou. Novamente, a cólera o dominava. Por que a professora fizera um aluno recém-chegado sentar ao lado de uma criança morta? "Quando vão fazer isso?"

"Em breve." Sowon ergueu a cabeça e olhou furtivamente para Hyonsu.

Hyonsu lembrou-se de algo que tinha esquecido por um momento: fora ele quem matara aquela criança.

"Os garotos estavam falando sobre ela", continuou Sowon. "Tinham pena dela. A mãe dela tinha ido embora, e eles disseram que a garota provavelmente também iria porque estava sendo espancada pelo pai. Ele não é o homem que brigou com você no dia em que nos mudamos? Não parece ser um cara legal. Você não devia fazer amizade com ele."

Hyonsu estava confuso. Ela estava fugindo do pai quando morreu?

"De qualquer maneira, estou preocupado com mamãe. Ela vai trabalhar para ele."

Os olhos de Hyonsu arregalaram-se, horrorizados. "O quê?"

"Ontem, eu estava chegando em casa da escola e dei de cara com mamãe, que estava vindo dos prédios da companhia. Disse que havia arranjado um novo emprego como segurança lá. Tinha visto um anúncio no quadro de avisos e disse que precisava trabalhar porque tinha muitas dívidas por causa do apartamento."

"Ela vai mesmo fazer isso?"

Sowon assentiu. "Você não pode fazer as pazes com mamãe? Tudo que tem de fazer é pedir desculpas. E quando ela não estiver mais zangada, você pode lhe dizer que ela não deveria trabalhar para aquele homem, porque ele é mau."

"Sim", disse Hyonsu, desnorteado.

Com expressão de alívio, Sowon entrou na escola.

No trabalho, Seunghwan estava no computador. Estava de serviço desde o dia anterior. Hyonsu vislumbrou na tela novos artigos sobre a morte de Seryong. Desviou o olhar e foi até a pia. "Por que você ainda está aqui?"

Seunghwan ergueu os olhos. "Park me pediu para substituí-lo por um momento. Teve de ir ao correio."

Hyonsu assentiu. "Aliás, estava para lhe dizer o seguinte: recebemos um pedido para trabalharmos nos fins de semana, por um tempo."

"Quem pediu? A companhia?"

Hyonsu pegou uma lâmina descartável e ensaboou o queixo. "Se você aceitar. Porque eu também vou fazer hora extra."

"Eles vão folgar nos fins de semana e somente nós, seguranças, estaremos de serviço?"

"Parece que eles estão ocupados com a mídia e as autoridades. E seremos pagos por horas extras."

"Por que você não veio me ver no dia que combinamos?", perguntou Seunghwan de repente.

Hyonsu olhou pelo espelho para Seunghwan. "Houve um imprevisto. Por quê?"

"Alguém me perguntou, uns dias atrás. Se você esteve aqui antes de se mudar."

"Quem, um inspetor?"

"O dono do Jardim Botânico."

Hyonsu abriu a torneira e lavou a lâmina. Por que estavam todos tão curiosos quanto a ele? "E o que você disse?"

"Eu disse que não, aí ele me perguntou se você era daqui."

"Por que perguntaria isso?"

"Disse que vocês já tinham se cruzado antes."

Teriam mesmo? Quando? Hyonsu ficou confuso. Já ouvira falar de Oh Yongje e sabia que tipo de homem ele era. Frequentavam círculos diferentes. A probabilidade de terem se cruzado era menor que as chances de a Terra bater em Plutão. Mesmo assim, resolveu vasculhar a memória. Relembrou todas as pessoas com quem topara nos últimos tempos. Sua conclusão permanecia a mesma: jamais encontrara Oh Yongje.

À hora do almoço, Hyonsu se sentia mais otimista. Ao dizer que haviam se encontrado antes, Yongje talvez estivesse só jogando conversa fora. Hyonsu foi até a cidade comprar ração de gato. Um funcionário estava indo para lá de carro, e Hyonsu pegou carona. Voltou para casa de táxi. Temia encontrar Eunju, mas a casa estava vazia. Ele escondeu a ração de gato no armário e saiu. Mas parou na escada da entrada. A BMW de Yongje estava estacionada à frente de seu carro.

De repente, Hyonsu recordou as palavras de Seunghwan. "Ele disse que vocês tinham se encontrado antes. Não, não fora exatamente isso. Ele disse *tinham se cruzado*." Se Seunghwan repetira a frase palavra por palavra, isso poderia significar algo totalmente diferente. Hyonsu desceu as escadas em direção à BMW. A resposta veio antes de ele chegar ao carro. Naquela mesma noite, perto da área de conveniência de Seryong. Ele estremeceu. Como é que Yongje se lembrara disso? Teria decorado o número da placa quando o ultrapassou? O carro de Hyonsu não era um modelo importado, mas um veículo comum, dos que se encontram em grande quantidade em qualquer estrada. Olhou novamente para o Matiz. Pela janela, viu o sorriso da caveira fosforescente. Foi então que lembrou o que o inspetor dissera mais cedo, naquela manhã. "Aprecio suas escolhas em matéria de decoração. Uma caveira sorridente?". "Estranho. Antes de se mudarem, as pessoas geralmente vão conhecer sua nova casa." "E a menina. Você a viu, antes de ela morrer?" "Quando foi que consertou o carro?" A ansiedade dominou seu cérebro. Eles sabiam? Yongje tinha lhes contado? Mas, se fosse assim, então os policiais o teriam chamado para depor, em vez de espionar sua casa. Teriam encontrado alguma pista nas câmeras de segurança? Impossível. Seunghwan dissera que as câmeras à beira do lago não funcionavam no escuro. Talvez fosse a câmera no fim da estrada. Mesmo assim, não poderiam ter descoberto o número da placa. Olhou para a caveira sorridente. Foi você que me entregou?

"Voltemos a um momento antes de sua filha fugir", disse o inspetor, iniciando a gravação. "Você estava batendo nela. Perdão, estava aplicando um corretivo. Que horas você disse que eram?"

Yongje se aprumou, ajeitando-se na cadeira. Cerrou os dedos e os pousou nas coxas, ouvindo o relógio tiquetaquear na parede. Fora chamado à delegacia às três da tarde. Foi cumprimentado pelo policial-atleta, pelo novato e por um inspetor que não conhecia. Avistara outros dois entrando pelo portão principal do Jardim Botânico. Ou seja, agora havia cinco policiais no caso. "Foi provavelmente por volta das 21h40. Ela desobedeceu a algumas regras e eu corrigi seu comportamento."

"E com que você corrigiu?"

"Com um instrumento geralmente conhecido como mãos", disse Yongje secamente.

"Onde você aplicou a correção?"

"Creio já ter lhe dito que foi na face."

O atleta recostou-se e sorriu. "Eu gostaria de aprender como se faz isso. Como esmagar a pelve, torcer o pescoço e ensanguentar a cabeça com um único tapa? Ela teve hemorragia subaracnoídea."

Yongje ficou aturdido por um momento. "Já têm os resultados da autópsia?"

"Chegaram na noite passada."

"Quer dizer que minha filha foi atropelada por um caminhão?"

"Não necessariamente. Talvez tenha sido uma BMW", replicou o inspetor.

"Você está insinuando que eu atropelei minha própria filha e joguei seu corpo no lago?"

"A causa da morte foi asfixia", disse o detetive.

"Então está dizendo que a joguei viva dentro do lago?"

"O que estou dizendo é que você a atropelou, depois a estrangulou com tanta força que virou os ossos do pescoço para trás."

A respiração de Yongje ficou ofegante, ele sentiu como se tivesse levado um soco na barriga.

"Vamos voltar ao ponto de que estávamos falando. Por favor, comece pelo momento em que ela fugiu."

Atropelada por um carro. Sufocada. Pescoço torcido. Yongje pensou em Seunghwan. Se ele tinha sido membro de uma Unidade de Serviços de Segurança, certamente teria recebido esse tipo de treinamento. Então lembrou o que o diretor de operações tinha dito sobre a gravação feita pelas câmeras de segurança junto ao lago. Luzes de um segundo carro a alta velocidade, parando, depois desaparecendo.

"Então?"

"Havia evidência de estupro?", perguntou Yongje.

"É *com isso* que você está preocupado?"

"Ela estava nua quando foi encontrada."

"Bem, ela estava de *calcinha*. Talvez os restos da roupa tenham sido levados pela água. Até porque era uma blusa sem mangas, com decote grande."

"Então não havia sinal de estupro?"

"Nenhum. Mas o que me interessa agora é a aparência dela no momento em que fugiu de casa. Por que estava usando uma blusa sexy de mulher adulta? E tanta maquiagem?" O inspetor inclinou-se para a frente, esperando uma resposta.

Yongje deixou que esperasse. Tinha de pensar. Se não foi Seunghwan, quem mais poderia ter sido? Não poderia ser alguém das redondezas; nenhum morador local costumava andar de carro por aquela estrada, àquela hora da noite. Era mais provável que fosse um forasteiro, alguém que não conhecia a região e acabou se perdendo. Pensou no Matiz e na caveira sorridente.

"Eu li sobre isso em romances", disse o inspetor. "Sobre pais pervertidos que vestem suas filhinhas com roupas de adulto e as maquiam. Você gosta de romances?"

"O que está insinuando?", disparou Yongje.

"Ah, você sabe, só estou curioso quanto a seus gostos literários."

Yongje decidiu que tinha de encerrar aquele depoimento o quanto antes. Precisava ficar sozinho para organizar os pensamentos. "Ela estava usando as roupas da mãe. Já tinha feito isso antes. Pagou o preço, mas insistiu no mau hábito."

"Por isso ficou zangado com ela?"

"Eu não gostava que ela vestisse as roupas de minha mulher. Eu lhe disse isso claramente. Mas naquele dia o problema foi mais sério. Ela adormeceu vestida daquele jeito, com velas acesas. E o cabelo solto. A casa poderia ter pegado fogo. Perdi o controle. E, como já disse, acabei batendo nela. Então ela me atirou uma vela acesa e fugiu."

"E mesmo com toda essa algazarra, ninguém veio ver o que estava acontecendo?", perguntou o detetive, incrédulo.

"As pessoas daqui não saem de casa depois que anoitece. Cada um tranca sua porta e cuida de sua vida. Aqui é assim."

"Interessantes, esses costumes locais. Ninguém se incomoda que uma criança seja espancada quase até a morte pelo pai, ninguém se incomoda que seja atropelada por um carro, ninguém se incomoda que seja estrangulada... Ouvi dizer que sua mulher fugiu porque apanhava, e que pediu o divórcio. Segredo de polichinelo, imagino. A primeira audiência ocorreu naquele dia, e você perdeu. As pessoas por aqui sabem disso também. Rumores viajam rápido, não?"

Yongje olhou para o inspetor, que tinha os dentes tortos. Queria arrancá-los todos. "Não dou atenção a rumores. O importante para mim é minha família. Tenho o dever de proteger minha família e fazê-la feliz, e fiz o melhor que pude à minha maneira. Não aceito que você questione meus métodos."

"Interessante." O detetive batia com a caneta no dorso da mão.

"Exijo respeito. Sou o pai de uma criança morta. Se você quer me tratar como um suspeito, precisa mostrar evidências."

"Que tal isso? Podemos afirmar, pelo registro das câmeras de segurança, que seu carro passou por aquela estrada à beira do lago duas vezes."

"Foi uma vez só. Como eu disse, parei em frente ao rancho, depois no cais. Entrei na estrada às 22h02. Quando voltei para o Jardim Botânico, eram 22h35."

"Isso é muito preciso. Você consulta o relógio sempre que estaciona?"

"Não, eu confirmei isso depois. Temos câmeras de segurança no Jardim Botânico, você sabe. No portão principal, no portão dos fundos, ao longo da estrada, no bosque e no parquinho. As gravações ficam no escritório da administração. Havia nevoeiro, mas as placas são visíveis. Nossas câmeras são melhores que as da companhia que administra a represa, e os postes de luz funcionam bem à noite. Você pode confirmar meu trajeto, minuto a minuto."

O inspetor assentiu. "E o que você fez depois?"

"Fui para casa e esperei. Achei que ela acabaria voltando. Não sei qual é a hora estimada da morte, mas se eu tivesse saído de casa outra vez, as câmeras mostrariam."

"Ouvi dizer que não há nenhuma câmera na trilha que corta o bosque", comentou o inspetor.

"Você não disse que ela foi atingida por um carro antes de morrer? Para chegar à trilha, eu teria de passar pelo pátio dos fundos, depois atravessar um portão. Você não pode entrar no bosque ou passar pelo portão num carro."

"Bem, vou ter de dar uma olhada em seu carro", disse o inspetor, franzindo os lábios.

Yongje pegou as chaves do carro e as pôs sobre a mesa. "Quando poderei levá-la para casa?"

"Quando quiser, eu acho, porque a autópsia já revelou tudo o que podia."

Yongje saiu da delegacia. O Matiz estava em frente ao anexo. Permanecera no mesmo lugar durante dias; o dono devia estar indo a pé para o trabalho. Yongje olhou por algum tempo para a caveira sorridente, antes de chamar um mecânico.

"Toda a parte da frente está novinha em folha", disse o mecânico, meia hora mais tarde.

"Foi trocada há quanto tempo?"

"Não sei. Parece bem recente."

"Você poderia fixar a data precisa?"

"Seria preciso checar os registros na oficina que fez o conserto."

Depois que o mecânico partiu, Yongje foi à sua própria oficina. Atropelada, estrangulada, jogada no lago... Yongje passou cola numa vareta e a grudou sobre a muralha da fortaleza. O rosto de Seryong apareceu diante dele. Seus dedos tremiam.

Você tinha de fugir para morrer desse jeito?, perguntou a si mesmo. Colou outra vareta. Seunghwan não tinha carro. Nunca o vira dirigir. Mas, segundo o dossiê, ele tinha carteira de motorista. Sua estranha, confusa história sobre crocodilos poderia significar que ele mergulhava de vez em quando, mas não especificamente naquela noite. Yongje tinha de admitir que sua própria teimosia era o único motivo para seguir suspeitando de Seunghwan. Afastou essa ideia por um momento e começou a reconstituir aquela noite, desde o começo.

Saíra da autoestrada às 21h20. Tendo em vista a distância e seu hábito de ultrapassar velozmente todos os carros que lhe aparecessem à frente, devia ter encontrado o Matiz por volta das 21h15. O segundo carro tinha aparecido no sistema de câmeras de segurança às 22h40. Mas isso não fazia sentido: o Matiz não levaria todo esse tempo para chegar até lá. Talvez tivesse parado antes em algum lugar. Ou talvez fosse a primeira vez que o motorista vinha à região. Era fácil se confundir e perder o desvio que levava ao lago Seryong, especialmente numa noite com nevoeiro. Talvez o Matiz tivesse enveredado pelo desvio errado, indo parar no lago Paryong. Mas por que estaria na estrada àquela hora? Segundo o idiota do 102, o gigante não tinha vindo aqui antes. Mas talvez o idiota não soubesse de tudo. Talvez o gigante tivesse errado o caminho duas vezes. Talvez tenha ido parar no lago Paryong, primeiro. E, depois, chegando ao lago Seryong, talvez houvesse perdido a entrada do Jardim Botânico. Assim, acabou na estrada que contorna o lago. Isso significava que o carro teria de ser consertado no sábado; o acidente foi na sexta-feira à noite e eles se mudaram no domingo. Yongje decidiu descobrir mais coisas sobre seu novo vizinho. Queria também checar as câmeras no entroncamento de Seryong. Claro que nem todos os carros que passavam pelo pedágio vinham para o lago Seryong; alguns iam para a cidade, outros para o lago Paryong, e outros ainda iam em direção a Bosong ou Jangheung. O único problema era que ele não tinha como ver a gravação. Talvez os policiais já a tivessem. Talvez planejassem examiná-la. Fariam isso sem saber pelo que estavam procurando, mas acabariam descobrindo. Ele tinha de consegui-la antes que isso acontecesse. Foi para a sala e ligou para os detetives da Supporters. "Preciso que vocês descubram duas coisas…"

Eunju preparou o arroz, refogou as abobrinhas e pôs cubinhos de tofu na sopa de feijão. Limpou bem a mesa. Seus ombros doíam. Foi ao mercado na hora do almoço e trouxe lámen, ovos, atum enlatado, petiscos para Sowon, ingredientes para acompanhamentos… Agora que tinha um emprego, teria de deixar a comida pronta antes de ir trabalhar. Anunciaria o emprego na hora do jantar. Preocupava-se um pouco com a reação de Seunghwan, que, afinal de contas, estava pagando pelas refeições. Mas decidiu não se sentir culpada. De nada serviria. Ela já tomara sua decisão. Os três poderiam pegar a comida pronta na geladeira. Não havia nada de difícil nisso.

Quando ela estava prestes a temperar o caldo, a porta da frente se abriu e Hyonsu entrou. Eunju sentiu o bom humor se esvanecer. O rosto dele estava vermelho; devia ter bebido novamente. Ela desviou o olhar e mergulhou a colher na sopa.

"Ei, preciso lhe contar uma coisa", ele disse. Então ele resolvera pedir perdão? Seis dias depois? Ela não iria perdoá-lo. Pôs a colher no balcão, reamarrou o rabo de cavalo, abriu uma gaveta do armário e tirou um envelope. Eram os documentos para o divórcio, que preparara para um dia como esse. Seu ás na manga, como se diz.

Hyonsu foi para o quarto e ela o seguiu. Cruzou os braços, escondendo o envelope.

"Não aceite esse emprego."

Ela piscou. "O quê?"

"Fique só em casa."

"Desde quando posso me permitir o luxo de só ficar em casa? Acha que eu não gostaria de passar o dia só limpando a sala e fazendo compras? Acha que seu salário é o bastante para que eu viva assim?"

"Você só pensa em dinheiro? Será que não cansa de me humilhar?"

Eunju não era uma mulher dramática, tampouco era impassível. Tinha um temperamento fogoso que se incendiava quando alguém a provocava. E quando isso acontecia, esquecia-se de tudo. Naquele momento, esqueceu até mesmo os papéis do divórcio. "Ah, então este é que é o problema? Mas para mim é mais importante pôr comida na mesa do que me preocupar com sua dignidade. Foi você quem me ensinou como é importante pagar as contas. Por acaso sabe quanto temos de pagar pelo apartamento, só de juros? Já parou para pensar que, se nos mudarmos para o apartamento, não teremos mais o valor do aluguel? Se não economizarmos agora, não poderemos ir morar lá nem daqui a três anos. E quanto à educação de Sowon? Você não quer mandá-lo para a faculdade? Podemos dar conta disso só com o seu salário?"

"Vá embora." A voz dele era baixa.

"O quê?"

"Vá embora."

"Quem você pensa que é? Como ousa mandar que *eu* vá embora? Quando nos casamos, você só ganhava oito milhões por ano. Depois conseguiu um trabalho de merda que só lhe dava dezoito milhões. Eu tive o seu filho, cuidei da sua casa, economizei e consegui comprar uma propriedade. E agora você me manda ir embora? Você? Está me mandando ir embora?"

"Fique com tudo. Leve tudo que quiser e vá embora."

Eunju ficou tão perplexa que emudeceu. Seu corpo ardia e ela não conseguia abrir a boca. Era ridículo que ele falasse daquele jeito. Tudo pertencia a ela. Era claro que ela ficaria com tudo se fosse embora. Era ela quem deveria expulsá-lo. Como ele ousava dizer aquilo — ele, que toda noite chegava bêbado? Estaria louco? Mas parecia normal demais. Não estava gritando e não parecia nervoso. Nem embriagado. A voz era baixa e serena. "Você está louco", ela se ouviu dizer.

Ele disse outra vez. Claramente, como se falasse com alguém com dificuldade de audição. "Vá. Embora."

Eunju ficou olhando enquanto ele saía do quarto. A porta da frente se abriu e fechou. O choque engoliu sua ira. Impossível aceitar o que estava acontecendo. Qual era o verdadeiro Hyonsu? Sentou-se na beira da cama, as pernas tremendo.

"Ele não fala muito", tinha dito sua sogra quando se conheceram. E tinha razão. Eunju nunca chegou a conhecê-lo por dentro. Havia regiões de sua alma que eram interditadas. Eunju jamais tivera acesso a elas. Quanto mais tentava saber sobre ele, mais hermeticamente ele se fechava. Era obstinado e rígido. Embora parecesse gentil, era teimoso. Era ao mesmo tempo sincero e irresponsável. Se ela tivesse descoberto todas essas coisas antes, não teria sofrido tanto. Porém, não teve tempo de conhecer Hyonsu profundamente antes de se casarem. Conheceram-se em agosto e se casaram em dezembro. Nessa época, Sowon já crescia em seu ventre.

Como condição para o casamento, ela exigiu que Hyonsu parasse de mandar dinheiro à mãe. Se continuasse a fazer isso, não teriam condições para se sustentarem, com um bebê a caminho. Hyonsu não gostou, mas acabou aceitando. Em contrapartida, Eunju aceitou uma cerimônia de casamento bem mais modesta do que a que sonhara. Casaram-se sob uma tenda num campo de beisebol, e a festa foi num pub. Os recém-casados foram morar no apartamento que Eunju alugava, no subsolo. Yongju teve de se mudar. Sua lua de mel foi em qualquer lugar onde conseguisse ir de carro. E mesmo isso só foi possível porque um dos amigos de Hyonsu lhe emprestou o carro; do contrário, não teriam como viajar. Mesmo assim, Eunju estava empolgada. Pois ainda havia esperança. Hyonsu completara doze *home runs* naquela temporada, e seu treinador prometera colocá-lo na primeira divisão, na temporada seguinte. Para isso, ele só precisava se sair bem no treino da primavera. De carro, passaram por Busan e seguiram ao longo do mar do Leste, descendo pela estrada litorânea. Foram até Gangneung. O sol estava se pondo quando chegaram a Gyongpodae. A praia estava cheia de turistas que queriam ver o nascer do sol. Não havia vagas em nenhuma pousada. Hyonsu sugeriu que tentassem encontrar um hotel no centro. Mas, enquanto faziam o retorno numa ruela, o carro virou de borco. Tiveram a impressão de que o chão desapareceu sob as rodas. Quando ela abriu os olhos, o carro estava de cabeça para baixo numa vala entre a estrada e a praia. A penumbra do crepúsculo escondera a vala, e Hyonsu pensara que a estrada se emendava com a areia da praia. Ele saiu primeiro do carro e a puxou para fora. Aterrorizado, perguntou se ela estava bem. Pela expressão no rosto dele, era como se houvesse visto a coisa mais apavorante do mundo. Eunju achou que aquilo era uma prova de amor. Ficou emocionada e o abraçou, dizendo que estava bem. E estava, apesar do susto. Agora teriam de desvirar o carro. Pessoas se aglomeraram, dando todo tipo de palpite; disseram que o veículo de socorro levaria mais de uma hora para chegar e que seria caro. Alguém se ofereceu para desvirar o carro usando um jipe, outro achou uma corda e uma tábua comprida. Hyonsu amarrou a corda na traseira do jipe e na parte frontal do carro e pôs a tábua debaixo das rodas. Era muito pesado para o jipe; o carro se mexeu, mas não conseguiu subir o barranco. Um ônibus buzinou atrás deles; o jipe estava bloqueando a estradinha. O motorista do ônibus desceu, irritado. O do jipe desistiu. Hyonsu se desculpava sem parar. O motorista do ônibus acalmou-se assim que viu aquele homem do tamanho de uma montanha curvando-se e fazendo reverências. A corda foi substituída por uma corrente. O carro foi atrelado ao ônibus e o motorista ligou o motor. Dessa vez o carro foi erguido com um puxão mais forte, mas com tanta força que ele escorregou em direção a Eunju. Por um instante ela perdeu a noção da realidade. Ficou paralisada, enquanto o marido se lançava entre ela e o automóvel. O carro parou, projetando Hyonsu no chão.

Por ter rompido o músculo da coxa, ele não pôde participar dos treinos da primavera naquele ano. Considerando que Hyonsu parara um automóvel com a própria perna, a lesão até que não era das mais graves. Ainda assim, era um ferimento fatal para um atleta que tentava chegar à primeira divisão. Em compensação, salvou a mulher e ganhou um filho. Ela ainda se lembrava da primeira vez em que pai e filho se viram. Seu marido pegou um dedo do bebê em sua mão enorme e o sacudiu enquanto murmurava: "Meu filho...". Alegria, medo e nervosismo sucediam-se em seu rosto.

Não disse "nosso filho", e sim "meu filho". Em relação a Sowon, Hyonsu não a deixava tomar nenhuma decisão. Ele a fazia dar banho no bebê quando *ele* achava que era preciso. Quando chegava em casa após um jogo, ficava olhando o bebê nos olhos e ria ao falar com ele. Mal dormia. Quando chegava a hora de mamar, entregava o bebê a ela, parecendo muito triste, como se quisesse ele mesmo amamentar o filho. Quando estava viajando, ligava no meio da noite e a acordava para perguntar "O que Sowon está fazendo?". O que um bebê estaria fazendo no meio da noite, além de dormir, comer, chorar ou sujar as fraldas?

No início, tudo isso a fazia se sentir agradecida e apoiada. Alguns meses mais tarde, a obsessão dele por Sowon começou a irritá-la. Sowon ficava agitado quando ela o segurava.

Chorava convulsivamente até seu pai chegar em casa. Então, virava todo sorrisos. Ela percebeu com atraso que a vida que Hyonsu tinha salvado em sua lua de mel não fora a dela. Uma vez, Eunju brincou: "Você casou comigo para eu lhe dar um filho, certo?".

Os olhos dele se arregalaram.

"Então por que você está tão obcecado por ele?"

"Não estou obcecado."

"Você está. Nunca ouvi falar de um pai tão extremado como você. Em geral, os homens…"

"Quando era mais jovem, prometi a mim mesmo que não seria como meu pai."

"E como era seu pai?", ela perguntou, mas nunca obteve resposta. Sempre que o pai dele era mencionado numa conversa, Hyonsu se fechava. Era algo que ele nunca compartilhava com ela. Eunju só descobriu sobre o braço morto de Hyonsu quando Sowon já tinha três anos. Um dia, achou receitas de um neurologista no bolso do marido. Fazia anos que Hyonsu ia ao médico por causa da paralisia temporária. Mas jamais contara à esposa. O médico apontou o estresse como causa do problema. O desejo de alcançar resultados melhores lhe causava uma pressão psicológica que acabara desencadeando uma doença imaginária. Por isso, não conseguia chegar à primeira divisão. A pressão autoimposta lhe paralisava o braço, o que arruinava suas jogadas; e isso, por sua vez, gerava mais estresse. Era um círculo vicioso. Foi então que ela percebeu que gentileza era outro nome para fraqueza. E que o estresse era uma desculpa para a covardia. Tudo e todos passam por algum tipo de pressão; se sua sobrevivência está ameaçada, você tem de lutar até fazer o adversário sangrar. Se não puder vencer, é preciso ao menos ter a coragem de cuspir naquilo que nos ameaça. Era assim que ela levava a vida. Mas em vez de tentar descobrir como sobreviver, seu marido estava sendo controlado pelo braço inerte. E de fato, assim que parou de jogar profissionalmente, o braço voltou à vida.

Depois que Hyonsu abandonou a carreira de jogador, Eunju percebeu que havia se casado com uma criança. Ele não conhecia ninguém; não foi capaz de conseguir emprego nem como treinador numa escola primária. Mesmo tendo diploma numa universidade prestigiada, o único trabalho que arranjou, após um ano parado, foi um bico numa firma de segurança. Assim que começou a trabalhar lá, começou também a fumar e a beber. Eunju sentia um pouco de pena, é claro. Era normal que ele ficasse desesperado e deprimido ao ser expulso de um mundo que, até então, fora o centro de sua vida. Mas ela não conseguia perdoar sua incompetência e seu alcoolismo. Hyonsu causara seu próprio fracasso. Mais cedo ou mais tarde, tinha de aprender a levar uma vida respeitável: um pai de família não pode dirigir bêbado o tempo inteiro, nem chegar em casa quase desmaiando, nem obrigar a esposa a procurá-lo pelas ruas. Era inaceitável que ela tivesse de receber ligações da polícia, dizendo que viesse buscar o marido e levá-lo para casa.

O maior erro na vida de Eunju tinha sido se casar com Hyonsu. Uma vez tendo admitido isso para si mesma, pôde conviver com as várias formas de desapontamento que o marido lhe trazia. Em vez de ficar se lamentando por ter de aguentar aquilo, ela assimilava tudo e seguia em frente. Era uma guerreira com vontade de ferro. A dona de sua própria vida. Nunca esquecera os sonhos de sua infância.

Mas agora, quando a tenaz Kang Eunju estava perto de realizar seus sonhos, esse bêbado insano estava pondo tudo a perder. Batera nela, começara a delirar e agora tinha a ousadia de mandá-la embora. Eunju olhou para os papéis de divórcio ainda em sua mão. Não eram mais um ás em sua manga; eram inúteis. O que poderia fazer para botá-lo no eixo?

A campainha da porta tocou, arrancando-a de seus pensamentos. Foi para a sala. O arroz estava queimando e a sopa fervendo. O celular tocava em cima da mesa de jantar e a campainha da porta soava impacientemente. Desligou o fogão e atendeu o telefone. Ouviu a voz de Yongju dizer: "Sou eu".

"Eu sei", disse, indo para a porta da frente. Abriu a porta.

Lá estavam dois inspetores. Um deles parecia ter em torno de quarenta e cinco anos, e o outro regulava com Eunju.

"Olá", disse o mais jovem, exibindo seu distintivo.

Ela afastou o telefone da orelha.

"Viemos aqui para lhe fazer algumas perguntas."

Seunghwan e seu chefe estavam indo para o trabalho às 8h55 naquela manhã de um fim de semana quando pararam, ainda na escada, na frente da casa. Uma fila de carros vinha pela rua, liderada pela BMW branca, que ostentava uma insígnia negra de luto. Yongje estava no banco do passageiro, segurando um retrato de Seryong. Em seguida, um Cadillac fúnebre, depois uma grande van, caminhões da TV e carros de passeio.

"Tem um isqueiro?", perguntou Hyonsu, com um cigarro na boca.

Seunghwan tirou o isqueiro do bolso e o acendeu. A chama oscilou na brisa. Hyonsu protegeu-a com a mão enfaixada e tragou profundamente. Parecia prostrado; as olheiras sob seus olhos estavam escuras.

"Choveu de madrugada?", perguntou Hyonsu, notando o nevoeiro e a estrada molhada.

"Torrencialmente", disse Seunghwan, franzindo uma sobrancelha. "Você não ouviu?"

"Eu estava bêbado, então..." Hyonsu começou a descer a escada. "Vamos."

Seunghwan o seguiu. As luzes da rua estavam acesas e um vento úmido sussurrava ao longo da fileira de ciprestes.

Hyonsu caminhava com os olhos fixos no solo. Seunghwan apressou-se para acompanhar seus passos. O que estava havendo com ele hoje? Como foi que tornara a machucar a mão? Dois dias atrás tinha sido apenas o dedo médio. Ontem foram três dedos. Hoje, a mão inteira. Será que andava esmagando garrafas de soju toda noite no belvedere para demonstrar sua força sobre-humana?

Hyonsu tinha chegado em casa bêbado na noite anterior. Mais uma vez Eunju o deixou na sala e foi para o quarto, repetindo a mesma rotina desde que tinham se mudado. O gigante adormecido no chão parecia triste e abandonado. Por volta das três da manhã, quando a chuva começou, Seunghwan ouviu alguém se mexendo na sala. Depois, o som de uma porta se abrindo e se fechando. Seunghwan entreabriu a porta do quarto e espiou. Hyonsu não estava na sala; somente o cobertor, no chão, junto ao sofá, como se fosse a concha de algum animal. Aonde teria ido no meio da noite? Naquela chuva torrencial? Perguntou-se por um instante se não deveria ir atrás dele, mas voltou para seu laptop. Estava dando início ao projeto que tinha em mente; um documento intitulado *Lago Seryong* estava aberto na tela.

A garota estava no ponto de ônibus em frente à escola. Apoiada contra um poste, cutucava o meio-fio com a ponta do tênis. Olhava para baixo. Apenas sua testa branca, redonda, era visível, enquanto seus longos cabelos eram agitados pelo vento.

Ergueu os olhos quando ouviu a porta da frente se abrir. Quatro horas da manhã. Ouviu um ruído surdo e deu uma espiada. Hyonsu estava novamente deitado no chão junto ao sofá. Seunghwan decidiu se aproximar. Hyonsu estava encharcado, os pés descalços, sujos de lama até os tornozelos. Os calcanhares sangravam. "Chefe", sussurrou Seunghwan. Hyonsu não respondeu. Seunghwan o sacudiu pelos ombros, mas Hyonsu não abriu os olhos. Parecia estar sereno, como que desfrutando um sonho bom. O que estava acontecendo?

Foi por causa desses estranhos acontecimentos que Seunghwan decidiu acompanhar Hyonsu naquela manhã: queria lhe perguntar o que acontecera na noite anterior. Mas agora parecia que Hyonsu nem sequer sabia que havia chovido.

"Aquela menina... está sendo enterrada?", perguntou Hyonsu de repente, quando se aproximavam do portão no muro circundante.

"Ouvi dizer que será cremada hoje", informou Seunghwan. "E vão fazer um ritual para tirar sua alma do lago."

Hyonsu pegou um segundo cigarro e o pôs na boca. "Você já viu algo assim antes?"

Seunghwan pegou novamente o isqueiro. "Quando eu era criança."

"Quando era criança? Eles normalmente não deixam crianças assistirem, não é? Não têm medo de que elas sejam possuídas por um fantasma?"

"Meu pai era um mergulhador que resgatava corpos do rio Han. Quando tinha um serviço a fazer, eu ia com meus irmãos mais velhos, para ajudar. Nós três começamos a mergulhar quando tínhamos onze anos. Assim, vi muitos desses rituais. E você, viu?"

"Uma vez, quando era jovem. Não o ritual completo."

"Vai ser um espetáculo e tanto, hoje", disse Seunghwan. "Se foi Oh Yongje quem planejou, não será uma coisa qualquer."

Hyonsu jogou o toco de cigarro numa lata de lixo que ficava a vinte metros da entrada do escritório da segurança. "Vejo você mais tarde."

Seunghwan tocou no grampo de cabelo de Seryong em seu bolso enquanto via Hyonsu seguir em direção à manutenção. Durante vários dias, pensara em jogar o grampo de volta ao lago. Ao cruzar as pontes, sempre tirava o grampo do bolso.

Mas acabava pondo-o de volta. Hoje, a mesma coisa havia acontecido. Seunghwan tirou a mão do bolso e destrancou a porta do escritório.

Por volta das dez horas, um grupo de aldeões apareceu na tela do sistema de segurança. O ritual estava começando. Um xamã vestido de branco, com um pano branco em torno da cabeça, caminhou pela ponte flutuante, portando uma haste de bambu. Um longo pedaço de tecido enrolado na ponta do bambu ondulava ao vento. Yongje o acompanhava, segurando uma boneca de palha que tinha uma coisa comprida pendendo da cabeça. Músicos tocando instrumentos tradicionais seguiam atrás. A procissão era grande. Parecia mais um evento cultural do que um ritual fúnebre.

Seunghwan acessou a internet.

LAGO SERYONG: *Aluna do ensino primário morta, suspeita-se que tenha sido atropelada, estrangulada e jogada no lago. A autópsia não revelou sinais de violência sexual...*

LAGO SERYONG: *Menina em idade escolar morta, e a investigação avança lentamente. Cinco dias após o incidente, as autoridades ainda não apontaram suspeitos...*

Ao chegar à extremidade da ponte, o xamã cortou a cabeça de uma galinha viva e borrifou o sangue no lago. Começou a bater na água com a vara de bambu. Nesse instante, Seunghwan baixou, de sua conta na nuvem, o arquivo de imagens chamado "Atlântida". Planejava editá-lo e salvá-lo como um vídeo compactado. Agora que não podia voltar a mergulhar no lago, era o único material que tinha para trabalhar. No instante em que abria o arquivo, Hyonsu apareceu. Seunghwan escondeu "Atlântida" atrás das notícias.

"Ei, você trouxe seu tocador de MP3?", perguntou Hyonsu.

"Sim, trouxe."

"Que música era aquela que você estava ouvindo com Sowon? Aquela que você me fez ouvir também? Noite alguma coisa... aquela que parecia um monte de lobos uivando?"

Seunghwan engoliu um sorriso e tirou seu tocador de MP3 do bolso. Seu chefe devia estar se referindo a *gothic metal*. "Quer ouvir?"

"Deve ser melhor do que o barulho que vem lá de baixo. Por que não fazem isso em outro lugar? Fazer isso bem em frente à câmera..."

"Pelo menos não é em Hansoldeung. Se tivessem feito lá, o lago estaria cheio de barcos."

"Ah, esse era o plano?"

"O pai queria fazer o ritual na ilha. Foi falar com o diretor de operações e armou uma cena. Não ouviu falar disso?"

Hyonsu pegou o tocador de MP3 e olhou para Hansoldeung, na tela. "Por que lá?"

"Para as pessoas daqui, é um santuário. É lá que vão realizar suas cerimônias quando algum mal assola a região. Hoje em dia, costumam fazer preces para que o nível das águas permaneça bom."

"O que Hansoldeung tem a ver com o nível da água?"

Seunghwan explicou. Levando em consideração o ritmo em que as águas entravam, o lago Seryong tinha pouca capacidade para represá-las. Por isso, as comportas estavam sempre ligeiramente abertas. Isso ajudava a água num nível regular, e a ilha de Hansoldeung servia como uma espécie de indicador. Quando o nível estava alto, a ilha parecia um montículo ou uma sepultura. Quando as águas baixavam muito, transformava-se numa montanha. Durante as inundações planejadas, desaparecia totalmente. No que diz respeito ao nível das águas, os moradores locais confiavam mais na ilha do que em imagens de satélite.

"Mas por que fazem um ritual no meio do lago?"

"O antigo vilarejo, que foi submerso há muito tempo, fica perto de Hansoldeung. Acho que a menina nasceu lá. E o corpo dela foi encontrado por ali. Estou certo de que Oh Yongje fez o diretor de operações passar por maus momentos..."

Hyonsu ficou pálido e saiu impetuosamente do escritório. Seunghwan levantou-se e correu atrás dele, mas o chefe já estava longe demais. Seunghwan voltou ao escritório e olhou para as telas; só então compreendeu a reação de Hyonsu. Sowon, segurando um saco de plástico preto, estava diante do xamã. Outras pessoas os circundavam, a alguma distância. Hyonsu devia ter visto o xamã fazer algum gesto ameaçador para o filho. E, fosse o que fosse, por que Sowon estaria lá? Então, Seunghwan lembrou-se de outra coisa.

Na última quinta-feira, Seunghwan chegara em casa depois das oito. Absorto na pesquisa de artigos sobre Seryong, não sentira o tempo passar, e saíra do escritório mais tarde que o habitual. A casa estava estranhamente silenciosa; a mesa estava posta pela metade e a porta do quarto do casal estava fechada. Sowon tinha trancado a porta do quarto deles também. Seunghwan bateu.

"Mãe?"

"Não, é seu colega de quarto."

Sowon abriu a porta e entendeu por que o menino a trancara. Ernie estava sentado no peitoril da janela. Sowon explicou que seu pai comprara um saco de ração no horário de almoço e depois a escondera, porque sua mãe não gostava de gatos. Abriu o armário e lhe mostrou um gigantesco saco de comida para gatos. "Posso guardá-lo aqui?"

Seunghwan assentiu. Ernie estava mastigando, muito contente. Seunghwan começou a salivar, de repente faminto. Nesse exato instante, Eunju entrou sem bater. Seunghwan e Sowon postaram-se imediatamente lado a lado, ocultando a visão da janela.

"Você deveria bater, mãe", disse Sowon.

"Quem é que bate à porta de seu filho?", Eunju inclinou o pescoço para ver o que havia atrás deles.

"Mas é o quarto do sr. Ahn também."

Eunju ignorou o comentário e empurrou Sowon para um lado. "O que é isso?"

Seunghwan olhou para o peitoril. Somente o prato estava lá; Ernie já tinha ido embora.

"Ração de gato?", disse Sowon timidamente.

Eunju cruzou os braços, pondo-se ao lado de Sowon. "Sr. Ahn, o senhor tem um gato?", perguntou de maneira beligerante.

"É o gato da filha do vizinho", explicou Sowon.

"O gato da menina *morta*?" Seus olhos ainda estavam fixos em Seunghwan.

"É um gato de rua, mas eles eram amigos. E agora ele é meu amigo também", disse Sowon.

"Então você está deixando esse animal sujo entrar em minha casa? Um bicho que anda revirando lixeiras. E você lhe dá comida, brinca com ele... pode pegar uma doença. Sabe como eles são imundos?"

"Papai disse que podia."

"Ah, ele disse? Foi ele quem comprou a ração?"

"Sim", disse Sowon, novamente em voz baixa.

Seunghwan viu Eunju enrijecer, cheia de raiva. "Que tal se o alimentarmos do lado de fora da janela?", ele tentou.

"Não, se você começa a alimentá-los, eles voltam com seus amiguinhos. Vão derrubar todas as latas de lixo lá fora. E vou ter de limpar tudo. Planejava dizer isso depois, mas vou lhes contar agora. Vou trabalhar como segurança para a companhia imobiliária a partir de domingo." Virou-se e saiu, dizendo que o jantar estava pronto.

"Ernie vai ficar faminto. Ele não terminou de comer", disse Sowon, quase chorando. "Talvez não volte mais aqui."

Seunghwan deu uma batidinha no ombro do garoto. "Bem, você pode ir procurá-lo."

"Com a ração?"

"O pacote inteiro é muito pesado. Você pode levar um pouco de cada vez, todo dia."

"Você me explica como chegar lá?" O rosto de Sowon ficou rosado e seus olhos brilharam de excitação.

Seunghwan concordou, com duas condições: só ir durante o dia, e não ficar por muito tempo.

E hoje era sábado: não tinha escola. Sowon devia estar indo à toca de Ernie, com a ração. Seunghwan ergueu os olhos rapidamente. Algo podia estar acontecendo, a julgar pelo modo como Hyonsu saiu correndo. Haveria problemas, e dos grandes, se algo de ruim acontecesse com o xamã. Tinha certeza de que Hyonsu era capaz de quebrar o xamã ao meio. Mas já era tarde demais quando ele chegou ao cais. O xamã estava lutando para tirar a mão de Hyonsu de seu pescoço. A expressão de Hyonsu era assustadora. Várias pessoas tentavam separá-los. Sowon pedia ao pai que parasse, a ração de Ernie rolando no chão a seus pés; Seunghwan arrancou Sowon do meio da multidão. O garoto se desvencilhou e olhou para o pai.

"Choi Sowon", disse Seunghwan com firmeza, sacudindo-o pelos ombros para obrigá-lo a olhar para ele. "Se me prometer que vai ficar aqui, vou buscar seu pai."

Sowon parou de se debater, e Seunghwan correu de volta à ponte. Para tirar seu chefe do lugar, era preciso um guindaste, mas ele só contava com as próprias mãos. Por isso pegou o telefone, ligou para a cabine de segurança e falou com Park. Um momento depois, a sirene de emergência soou pelo alto-falante da torre. Hyonsu largou o xamã e olhou para cima. O xamã desabou no chão, tossindo, e todos recuaram. Seunghwan foi até Hyonsu, que olhava, atordoado, para sua mão esquerda enfaixada. Arrastou Hyonsu pelo braço para fora da ponte. Felizmente, Hyonsu recuperou o juízo assim que viu o filho. Afastou a mão de Seunghwan. "Você está bem?", perguntou ao filho.

"Desculpe, pai."

Ainda atordoado, Hyonsu olhou para cima, para o pico Seryong: "Vamos embora". Pai e filho saíram do cais de mãos dadas.

Algo fez Seunghwan olhar para trás. Então viu Yongje, que os observava com um sorriso estranho.

Na primeira ponte, Hyonsu parou. "Você pode levá-lo para casa? Acho que não seria bom a mãe dele me ver. Vou assumir seu posto nas comportas, até você voltar."

Seunghwan passou ao chefe as chaves do escritório. As pernas de Hyonsu vacilaram quando se virou. Surpreso, Seunghwan foi até ele para tentar firmá-lo, mas Hyonsu continuou a atravessar a ponte. Seus ombros largos e fortes pareciam subitamente precários, como um muro de areia encharcado de água. Ouviram o som de um gongo à distância, anunciando a continuação do ritual. "Vamos", disse Seunghwan, segurando a mão de Sowon.

Sowon parou subitamente junto ao portão do jardim. Antes que Seunghwan tivesse tempo de perguntar o que havia de errado, o menino vomitou, sujando seus jeans, tênis e até os sapatos de Seunghwan. Sowon ergueu para Seunghwan um olhar desamparado, à beira das lágrimas.

"Tudo bem. Podemos lavar em casa." Seunghwan pegou seu lenço e enxugou o queixo de Sowon. Seu pequeno rosto estava tão pálido que parecia azul. A pele estava úmida e fria. "Quer que eu carregue você?"

"Posso caminhar."

Sowon vomitou mais duas vezes no caminho. No fim, Seunghwan teve de levá-lo nas costas.

Uma grande tenda fora armada diante do galpão. Uma mesa carregada de comida estava preparada para os rituais e a área estava cheia de gente comendo e bebendo. Algumas mulheres do vilarejo iam e vinham entre o 101 e a tenda, levando bandejas com comida. Junto ao jardim, havia um velho que ninguém ali conhecia. Parecia uma sombra. Usava roupas pretas e apoiava-se num cajado. Os cabelos, cuidadosamente penteados para trás. Tinha o rosto de Seryong; devia ser seu avô materno. Seunghwan tinha ouvido que o pai de Yongje falecera havia muito tempo.

Seunghwan deixou Sowon na porta de entrada de sua unidade. "Sabe onde está sua mãe?"

Sowon sacudiu a cabeça.

"Quer ir até a clínica?"

Sowon tornou a sacudir a cabeça.

"Você agora vai se lavar e depois dormir."

"Está bem."

Ele levou Sowon ao banheiro e o lavou, ajudou-o a se trocar e o levou para a cama.

"Sr. Ahn", disse Sowon, e fez uma pausa. "Ela provavelmente teve uma bela despedida, não?"

"Quer dizer Seryong?"

"Sim."

"Por isso foi ao ritual? Por que estava curioso?"

"Não, não foi isso. Eu estava indo à toca de Ernie, e parei no caminho para levar um cartão de aniversário à menina..." Sowon hesitou. "Ela morreu no dia do aniversário. Eu me senti mal por causa disso. As crianças na escola não gostavam dela e diziam que ela estava sempre sozinha. Ninguém deu a ela um cartão de aniversário. Ninguém sequer sabia que ela estava fazendo aniversário."

"Então você escreveu um cartão para ela?"

Sowon assentiu.

"E o que dizia o cartão?"

"Eu não sabia o que dizer, então só escrevi *Feliz aniversário, espero que você esteja feliz no céu, e obrigado por me ter enviado o Ernie*. Escrevi também que ela não devia mais vir me ver."

O coração de Seunghwan congelou. "Ela veio ver você?"

"Em meus sonhos. Quando adormeço, eu ouço a voz dela dizendo: 'Vivo. Morto'. Eu ergo as cortinas e a vejo escondida na sombra de uma árvore alta, o cabelo solto descendo pelas costas..." Sowon baixou os olhos e sua voz esmaeceu. "Está sem roupa e sem sapatos, só com a roupa de baixo. Então me convida pra brincar de vivo ou morto."

"Você vai?"

"Não, só fico olhando de trás da cortina. Tenho vontade de lhe dizer que não deve mais me visitar, que está na hora de ir para o céu. Mas não consigo falar."

"Porque está assustado?"

"Não sei dizer. Quando ela chega eu fico tenso. Não consigo falar."

"A quem você ia entregar o cartão?"

"Ao pai dela. Mas aí o xamã o tirou de minha mão, leu e começou a gritar comigo. Estava me agarrando pelo pescoço."

"O que foi que ele disse?"

"Disse: 'Não posso ir só, você tem que vir junto'. Estava imitando a voz de Seryong. Sacudiu os sinos e me encarou, com o rosto muito perto de mim. Eu o encarei de volta. A voz que ele estava fazendo não era a voz dela. A voz de Seryong era alta e clara. O senhor ouviu a voz dela antes, não ouviu, sr. Ahn?" Sowon ergueu os olhos para ele.

Seunghwan tentou se lembrar: "Sim, acho que sim".

"Eu não fiquei com medo daquele xamã mentiroso, mas aí meu pai..." Sowon parou de falar. "Sr. Ahn", disse pouco depois, "o senhor acha que ele vai ficar bem?"

"Vai ficar bem. Ele é adulto."

"Mas meu pai me disse que às vezes até mesmo os adultos ficam com medo. Talvez fosse melhor que nunca tivéssemos mudado para cá. É um lugar muito esquisito mesmo."

"Você achava isso antes de se mudar para cá?"

"Mamãe estava curiosa para conhecer o lugar. Papai disse que íamos morar com você, e mamãe disse que ele devia vir dar uma olhada. Queria saber o tamanho da casa e também se o senhor aceitaria ceder o quarto."

"Então por que ele não veio? Ou ele veio sem eu saber?"

"Não sei. Eles brigaram por causa disso. Papai ficou bêbado e só voltou na noite seguinte."

Seunghwan olhou para o relógio. Eram quase duas horas. Tinha de voltar para o trabalho.

"Sr. Ahn? Por favor, não conte para a mamãe sobre a garota." Sowon parecia preocupado. "Nem que eu fui até o cais."

"Mas e se você passar mal?"

"Eu chamo o senhor. Posso?"

Por um segundo, Seunghwan se perguntou se tinha ouvido bem. Por que o menino chamaria ele, e não seu pai?

"E mamãe, eu sei onde ela está. Está aqui do lado. O pai da menina pediu que ela ajudasse com o funeral, mas papai lhe disse para ela não ir trabalhar lá."

Então era com isso que Sowon estava preocupado; não que ele pudesse ficar encrencado, mas que seus pais brigassem por causa dele. Seunghwan ficou perplexo. Um menino de onze anos conhecia o mecanismo que acionava as brigas de seus pais e era capaz de prever seus problemas conjugais. Esse nível de clareza não seria possível se ele não houvesse passado por aquela situação muitas vezes. "Está bem. Estamos combinados."

Sowon fechou os olhos, parecendo aliviado. Adormeceu rapidamente.

O caminho em frente ao anexo estava mais movimentado do que usualmente; agora, o ritual passara à casa onde a menina vivera. Palha seca ardia no chão, e o zelador estava penteando o cabelo da boneca de palha com um pente cor-de-rosa. Depois o xamã pôs fogo na boneca usando um punhado de palha acesa. Soltando fumaça cinzenta, a perna da boneca começou a queimar. O xamã segurava a boneca em chamas, de pé sobre um cortador de palha. Seus pés ossudos e descalços pisavam levemente na lâmina. Os aldeões circundavam-no, olhando e murmurando. Consideravam a morte de Seryong um sinal maligno; o corpo fora encontrado no vilarejo submerso, e os mergulhadores que tinham entrado no antigo vilarejo eram todos forasteiros. Por isso vieram ao ritual, rezando para que nada de mal acontecesse ao lugar. Seunghwan circulou entre os grupos de pessoas e achou Eunju nos fundos do depósito, sentada diante de um braseiro, acima do qual estava pendurado um caldeirão. Ela segurava um atiçador e cuidava do fogo.

"Oi", disse.

Ela se virou e olhou para ele.

"Você deveria dar uma espiada em Sowon."

"Por quê?"

Seunghwan procurou algo para dizer, um motivo para mandá-la para casa sem trair a confiança de Sowon. "Sowon está lá sozinho, dormindo."

"Está bem, não se preocupe", disse ela, sem demonstrar preocupação, e virou-se novamente para o braseiro.

Seunghwan desistiu. Não havia o que fazer. Talvez Hyonsu tenha lhe confiado o filho exatamente por prever a reação da mãe. Ainda mais perturbadora era a sensação de que Yongje estava criando aquele estridente espetáculo por algum motivo sinistro, embora Seunghwan não conseguisse imaginar qual poderia ser.

A cabine de segurança estava vazia quando chegou lá. A chave estava sobre a mesa, os sites de notícias ainda abertos no computador, a cadeira fora afastada da mesa. Seunghwan ia fechar as janelas do navegador quando ouviu batidas à porta.

Dois homens enfiaram a cabeça para dentro. "Sr. Ahn Seunghwan?", perguntou o de meia-idade.

"Sim?"

O mais jovem mostrou o distintivo. Eram inspetores. "Vejo que está muito interessado no incidente", disse o de meia-idade, olhando para o computador.

"Do que se trata?", perguntou Seunghwan.

O detetive sentou-se. "Onde estava no dia do incidente, e o que estava fazendo?"

"Estava em casa, assistindo ao jogo de beisebol, como disse a uns policiais, alguns dias atrás."

"Por acaso não estava mergulhando no lago Seryong?"

Seunghwan recostou-se no umbral da porta. Era isso que temia.

"Sabe o que eu acho? Acho que estava no lago quando o crime aconteceu. Entrou na água na altura da ponte flutuante. Veio à tona perto da torre. Depois nadou de volta para o cais. Confirmamos isso no sistema de câmeras de segurança."

Era uma descrição exata de seu itinerário. Embora soubesse que as câmeras não poderiam ter registrado nada daquilo, Seunghwan sentiu a angústia crescer. O inspetor mais jovem se sentou num canto da mesa, fitando-o.

"Pode me mostrar essas imagens mágicas?"

O detetive mais velho sorriu. "Entre todos os funcionários aqui, você é o único que sabe mergulhar."

"Tenho certeza de que existem mais pessoas na região, além dos funcionários da companhia."

"Ouvi dizer que só o equipamento de mergulho pesa mais de quarenta quilos. Não é fácil jogar um tanque de ar por cima de uma cerca. Também não pode ter pulado a cerca com o tanque nas costas. E a brecha sob o portão é muito estreita. Ou seja:

para chegar ao cais, seria preciso abrir o portão. E quem poderia ter a chave, além de um funcionário da companhia?"

Seunghwan não respondeu.

"Temos certeza de que você viu alguma coisa naquela noite."

"Jamais mergulhei naquele lago", disse Seunghwan.

"Tire um tempo para pensar. Talvez se lembre de alguma coisa."

"Não preciso de tempo. Não mergulhei."

O detetive mais velho encarou Seunghwan, que sentiu arrepios no pescoço. Tinha de manter a mente em branco para que a expressão de seu rosto não o delatasse.

"Bem, suponho que não há nada que eu possa fazer se você não cooperar. Só estou pedindo que me conte o que viu." O inspetor finalmente se levantou. "Não temos opção além de colocá-lo na lista de suspeitos."

Seunghwan conseguiu engolir o nó doloroso que se formara em sua garganta e tentou ao máximo manter sua expressão opaca. Era tudo um blefe, ele sabia. Depois que os policiais foram embora, Seunghwan sentiu-se dilacerado por um dilema. Deveria manter seu silêncio? Ele só estivera no lugar errado na hora errada. Decidira ficar calado para evitar uma acusação, mas se ia ser acusado de qualquer maneira, melhor reavaliar aquela decisão. Talvez fosse melhor confessar. Mas o que poderia dizer? Tudo que viu foi o corpo afundando na água. Seria suficiente para colocá-lo na lista de suspeitos? Seus instintos lhe diziam para não causar a si mesmo esse martírio. Se abrisse a boca, iria para a lista de suspeitos. Não importa o que tivesse feito, o resultado seria o mesmo. Se continuasse a ficar calado, não poderiam acusá-lo de nada sem uma evidência concreta. Tudo que os detetives podiam ter visto nas gravações era uma luz. Provavelmente tinham trazido um especialista em mergulho e lhe pedido que mapeasse uma possível sequência de movimentações. A evidência real de que precisavam era a linha de pesca. Seria fácil descobrir quem tinha comprado a linha, flutuadores e lastros no caminhão da área de conveniência. Mas os inspetores não tocaram no assunto, e isso significava que a linha ainda estava com Yongje.

Se Seunghwan estivesse investigando o caso, seu primeiro suspeito seria Yongje. Mas Yongje não lhes contara sobre a linha de pesca. Por quê? Teria visto os resultados da autópsia e resolvido que aquilo seria inútil? Será que a linha de pesca poderia ser útil a Yongje de outra maneira? Se Yongje estava fazendo uma investigação por conta própria, isso queria dizer que não matara a filha. Mas isso era impossível. Se não tinha sido ele, quem a matara então? Seunghwan fechou as janelas do navegador e viu que o arquivo "Atlântida" ainda estava aberto. Esquecera-se dele durante todo aquele tempo. "Meu Deus!", exclamou. Enquanto repetia aos inspetores que jamais entrara no lago, a janela estava aberta no computador. Seu chefe também entrara na sala e poderia ter visto. Seunghwan estava tão nervoso que pensou em ligar para Hyonsu e lhe perguntar se vira o vídeo.

A área de conveniência estava tranquila. Não havia muitos carros chegando ou partindo. Os bêbados locais costumavam frequentar o belvedere, mas, no momento, Hyonsu estava sozinho. Toda vez que vinha àquele lugar, jurava que era a última vez. Mas, no dia seguinte, lá estava ele de novo, com uma garrafa na mão. Realmente virei um alcoólatra, pensou. Não havia nada que pudesse fazer. Os pensamentos só deixavam de atormentá-lo quando estava bêbado. Eu não estava tentando matá-la, raciocinava. Só estava tentando silenciá-la. Precisava se embebedar para sufocar aquela voz que o chamava de "papai"; a sensação de uma vida se extinguindo sob sua mão esquerda; o sentimento de que sua vida anterior estava perdida e não podia ser recuperada; o desamparo, a incapacidade de pedir ajuda; e a consciência de que a polícia fechava o cerco ao seu redor.

    Ontem, deu-se conta de que havia uma testemunha. Ao chegar à sala de segurança junto às comportas, ficara desesperado. Seu ato de insanidade durante o ritual xamânico era uma comprovação pública de sua culpa. Chocado e envergonhado, ele pedira a Seunghwan que cuidasse de Sowon; não podia olhar para o rosto do filho. Não lembrava como ou quando começara a assistir ao vídeo. Tinha tanto medo de fazer outra coisa terrível que seu cérebro parecia se encolher até ficar do tamanho de uma noz. Primeiro pensou que era um filme e não ligou muito quando o vilarejo submerso apareceu. A última cena era um close-up do nome Oh Yongje. Só percebeu do que se tratava quando a tela já estava escura. Lembrou-se do que Seunghwan lhe tinha dito. "O antigo vilarejo, que foi submerso há muito tempo, fica perto de Hansoldeung. Acho que a menina nasceu lá. E o corpo dela foi encontrado por ali." Foi até a última cena e viu a hora em que tinha sido filmada, impressa ao pé da imagem. 22h45, 27 de agosto de 2004. Assistiu novamente, desde o início. A câmera passara por um longo percurso antes de chegar à entrada do vilarejo, onde havia uma pedra gravada com a inscrição BEM-VINDO AO VILAREJO SERYONG. Sua mão, segurando o mouse, começou a tremer. Lembrou-se do que Seunghwan lhe dissera. *Meu pai era um mergulhador que resgatava corpos do rio Han. Quando ele tinha um serviço, eu ia com meus irmãos mais velhos para ajudar. Nós três começamos a mergulhar quando tínhamos onze anos.* Seunghwan tinha filmado aquilo, e imediatamente lhe ocorreu o que significava a combinação de lugar e hora. Seunghwan era uma testemunha.

    Hyonsu correu para seu posto na manutenção antes de Seunghwan voltar. Ficou lá durante toda a tarde, pensando. Seu cérebro estava funcionando pela primeira vez desde que chegara ao lago Seryong. Todas as variáveis podiam se resumir a duas possibilidades. Primeira: Seunghwan tinha visto tudo. Segunda: Seunghwan não tinha visto *quem* a matara, porque estava debaixo d'água. Uma coisa era clara: se viu, não tinha relatado aquilo à polícia. Se tivesse, Hyonsu estaria agora na prisão.

Que tipo de pessoa era esse Ahn Seunghwan? Hyonsu repassou suas interações com Seunghwan, mas não conseguiu lembrar nada fora do comum. E, afinal, sua semana tinha sido caótica. Não tivera energia bastante para notar qualquer particularidade sobre Seunghwan. Desistiu de analisá-lo. Se ele tivesse mesmo visto tudo, não haveria motivo para guardar silêncio. Não teria nada a ganhar com isso. E se *não* tinha visto quem a matara, teria *sim* um motivo para ficar calado, para ocultar o fato de que estava mergulhando ilegalmente. Certamente desejava evitar que a polícia o considerasse um suspeito.

Durante dois dias, Hyonsu abriu e fechou o celular sem parar. Sempre que avistava Seunghwan, ficava nervoso. Seu plano era convidá-lo para beber, mas jamais achara tão difícil dizer as simples palavras "Ei, quer um drinque?". Esteve para fazer o convite em diversas ocasiões, mas sempre hesitava e deixava o momento passar. Após beberem uns copos juntos, talvez Hyonsu conseguisse lhe perguntar o que ele sabia.

Hyonsu largou o trabalho e voltou para casa depois da meia-noite. Vamos ver o que acontece, pensou. Mesmo que Seunghwan tivesse visto tudo, o que poderia fazer? Que provas ele tinha? Hyonsu desabou na cama. Era a primeira noite de Eunju no trabalho, e ele se sentiu aliviado por ela não estar ali. Muito bem, Eunju, pensou com amargura. Faça toneladas de dinheiro enquanto eu relaxo e durmo.

Estava caminhando descalço pelos campos de sorgo, segurando os sapatos do pai em uma das mãos e uma lanterna na outra.

Era lua cheia; os campos tinham ficado vermelhos, e cães latiam ao longe. Parou no poço, inspirou profundamente e jogou um sapato lá dentro. O sapato bateu na água, despertando o poço adormecido. A voz rouca de um homem chamou *Hyonsu, Hyonsuuuu.* Ele jogou o outro sapato. Fique com ele. O poço engoliu o sapato; dessa vez, ouviu uma voz de menina. *Papai.*

Hyonsu abriu os olhos. Ao adormecer, estava no quarto, mas agora se encontrava no chão da sala, junto ao sofá. Sentou-se. Seu braço esquerdo estava inerte. Novamente. Acendeu a luz e olhou para baixo, para o próprio corpo. Não estava molhado, como estivera na noite anterior. Mas a barra das calças e os pés estavam enlameados. Uma lanterna jazia no chão e havia pegadas de lama por toda parte. Suas pegadas. Hyonsu saiu. Já tinha amanhecido, e o sol nascente revelava pegadas de lama na escada. Mais adiante, no jardim, havia dois rastros de pegadas: um indo, outro voltando. Seguiu o rastro que se afastava da casa. Cambaleou ao longo da cerca baixa de madeira que separava o 102 do 101, passou pelo pátio dos fundos do 101, e foi até o muro circundante. Era o mesmo percurso que tinha tomado depois de brigar com Eunju na noite da última quinta-feira. As pegadas paravam na ponte que levava à torre de captação de água — o ponto onde havia jogado o corpo de Seryong no lago.

Hyonsu agachou-se e sentou-se na amurada. Uma terrível convicção lhe estava surgindo: o sonho que se repetira nas últimas três noites não era um sonho. Era a realidade dentro de um sonho, e um sonho dentro da realidade. A memória do poço, o espírito maligno que o assombrara lá quando menino, os sonhos que pensara ter deixado para trás quando saiu de casa, tudo voltava para destruí-lo. Seu braço morto fora um mero mensageiro daquele fato. Quis resistir. Quis negar. Mas sabia que no fundo era verdade, que essa assombração tinha voltado. Tudo que podia fazer naquela manhã de segunda-feira, 6 de setembro, era se levantar e ir para casa, antes que o guarda do turno da noite aparecesse e lhe perguntasse o que estava fazendo ali.

Quando Hyonsu entrou em casa, Seunghwan estava a caminho do banheiro, uma toalha pendurada no ombro. O jovem ficou perplexo ao ver seu chefe. Hyonsu não tinha forças para tentar se explicar, se é que tinha uma explicação em geral. Apenas ficou contente por não ter sido Sowon quem o surpreendera voltando para casa. "Você se incomoda se eu me lavar primeiro?"

Seunghwan afastou-se, ainda parecendo chocado. "Vá em frente."

Uma vez no banheiro, começou a labutar para despertar o braço morto. Pegou o estilete que tinha escondido em um canto do banheiro, agarrou o braço esquerdo com a mão direita e o pôs em cima da lavadora. Encostou a lâmina na pele. O braço estava pior do que nunca. A sensibilidade não voltou nem após ter feito três incisões na base do polegar. Não estava funcionando. Não poderia ir trabalhar daquele jeito, incapaz de mover o braço, diante de sua equipe. Levou a lâmina ao pulso, onde passava uma grossa veia azul. Tinha de tomar cuidado para não secionar uma artéria ou um tendão. O corte tinha de ser superficial, estreito, rápido. A lâmina cortou o pulso e o sangue jorrou da veia como se fosse de um canhão de água. Hyonsu sentiu-se subitamente eufórico; tudo parecia confuso, e uma sensação quente, aguda, percorreu seu braço esquerdo. Era o prazer doloroso que seu braço morto lhe dava pouco antes de despertar.

"Chefe!" A voz de Seunghwan parecia vir de uma longa distância. O êxtase de Hyonsu passou, seu braço morto não estava mais lá, o estilete voou para a parede; Seunghwan tinha agarrado sua mão direita e agora a segurava contra a lavadora. "Meu Deus. O que está fazendo?" Ainda gritando, Seunghwan enrolou uma toalha no punho ensanguentado, ergueu a mão ferida à altura do peito de Hyonsu e deu um nó na toalha com toda a força.

Hyonsu o deixou fazer o que queria, mas estava zangado. Por que Seunghwan estava fazendo aquele escândalo? Não tinha visto sangue antes? "Estou bem", disse. Sua voz soou como se viesse de muito longe.

"É um corte muito fundo." Seunghwan enrolou outra toalha na ferida. Depois, encontrou uma bandagem. "Temos de ir para a clínica."

"É só um arranhão."

Seunghwan olhou exasperado para Hyonsu. "É por isso que você passou a semana com uma atadura na mão?"

Hyonsu estava frustrado. Não sabia como explicar a Seunghwan que seu braço às vezes saía de controle. Temia parecer histérico. E se Seunghwan associasse o braço louco à morte da garota? Seria uma catástrofe! "Às vezes não consigo mexer meu braço esquerdo. Tenho isso desde que comecei a jogar beisebol. O ortopedista diz que não tem nada de errado comigo, mas eu não consigo usar o braço. O braço só volta a funcionar quando sangra um pouco. Por isso, fiz um pequeno corte. Não estava tentando cortar os pulsos." Hyonsu parou, embaraçado. Sua desculpa pareceu capenga até mesmo para ele.

"Bem, primeiro vamos até a clínica."

"Está fechada a esta hora."

"Se batermos na porta, o médico vai ouvir." Seunghwan o empurrou para fora do banheiro. Na porta da frente, olhou em volta e abriu o armário de sapatos. "Que estranho."

Hyonsu calçava os sapatos. "O quê?"

"Meus tênis não estão aqui. Pensei que os tinha deixado aqui na noite passada."

Hyonsu estremeceu, encolhendo-se. Eunju tinha dito a mesma coisa ontem. "É estranho. Onde estão meus sapatos?"

Tinha lançado um olhar a Hyonsu, como se ele os tivesse escondido para ela não poder ir trabalhar.

"Fique aqui", disse Hyonsu, rapidamente, para Seunghwan. "Sowon já vai acordar. Posso ir sozinho." Abriu a porta da frente, e parou. "Não diga à minha mulher. Ela vai tentar me internar se descobrir."

Seunghwan ficou olhando para ele, visivelmente perturbado. Hyonsu sabia o que o outro estava pensando. *Sente pena de mim. Tudo bem, eu também me acho patético.*

Na clínica, o médico radiografou o pulso. "Como isso aconteceu?"

Hyonsu não respondeu; seria ridículo explicar.

"Com certeza você sabe que lesões autoinfligidas não são cobertas pelo seguro."

Hyonsu baixou os olhos. "Meu braço esquerdo fica às vezes paralisado e melhora se eu sangro um pouco."

O doutor estreitou os olhos, cético. Enquanto suturava a ferida, passou-lhe um sermão. Não é dessa maneira que se comete suicídio, você tem de praticamente cortar fora o pulso se quiser atingir a artéria; se cortar acidentalmente o tendão, não vai morrer, mas vai perder a capacidade de mover o braço... Finalmente pôs o braço de Hyonsu numa tipoia. "Fique assim por algum tempo", aconselhou. "Com a mão para cima, o inchaço vai passar mais rapidamente."

Ao sair da clínica, Hyonsu levava alguns remédios. Parou na calçada e acendeu um cigarro. Estava olhando para a estrada, mas em sua mente enxergava apenas uma coisa. Era um homem, um homem que surgia ao anoitecer. A cada noite, ele pegava o caminho atrás da cerca, levando um par de calçados embaixo do braço. Ia até a ponte e jogava os calçados no lago. Na primeira noite, fora um par de chinelos. Na noite seguinte, os sapatos de Eunju. Na noite de ontem, os de Seunghwan. E quais calçados ele vai jogar na água esta noite? Não havia meio de adivinhar a ordem ou os critérios de seleção. Hyonsu sabia apenas de uma coisa: aquele homem surgia sempre que ele adormecia, e era preciso lutar com ele, para evitar que pegasse os tênis de seu filho.

Na primavera passada, Sowon ganhara um prêmio num torneio de matemática na escola. Hyonsu, com seu cartão de crédito secreto, comprou para ele tênis de basquete. Mas antes que o menino, eufórico, pudesse experimentá-los, Eunju os tinha descartado. "São pequenos demais. Vou trocá-los amanhã."

"Não são", protestou Hyonsu. "Comprei um número maior."

Eunju pôs os sapatos de volta na caixa. "Não sabe como os pés dele crescem rápido? Ainda por cima, com o preço desses tênis, dava para comprar cinco pares."

Sowon olhou para Hyonsu, desapontado.

"Deixe-o ficar com eles!", gritou Hyonsu.

"Você realmente quer lhe dar tênis que custam cem mil wons?", sibilou Eunju. "Se ficar acostumado com coisas caras, vai pedir mais."

Hyonsu arrancou os tênis das mãos dela, tirou uma caneta do bolso e escreveu "Choi Sowon" na parte de dentro dos sapatos.

Mas dessa vez não ia conseguir salvá-los escrevendo neles o nome do filho. Teria de escondê-los, mas onde? O homem sonâmbulo olhava o mundo pelos olhos de Hyonsu. Devia dizer a Sowon que os escondesse? Que não poderia tirá-los do esconderijo nem que seu pai revirasse toda a casa atrás deles? Apagou o cigarro com o pé. Um desespero cada vez mais vertiginoso estava se apossando dele.

O efeito Martini

Nas vésperas do funeral, eu me sentia impaciente. Lembro que o último período da escola me pareceu mais enfadonho que as reclamações de minha mãe. Passava pelo quadro de avisos a cada intervalo, olhando para o retrato de Seryong. Acho até que lhe disse, mentalmente: Não se preocupe com seu amigo, vou cuidar bem dele.

Minha mãe não estava em casa quando cheguei da escola. Achei um bilhete grudado na geladeira. *Indo para a Cooperativa Nacional de Agricultura. Lave as mãos e faça o seu dever de casa. Seu lanche está no armário.* Grudei minha resposta na geladeira. *Terminei meu dever de casa, estou indo visitar o sr. Ahn.* Tinha certeza de que o sr. Ahn ia me dar cobertura caso ela ligasse para saber o que eu estava fazendo. Afinal de contas, foi o sr. Ahn quem me deu a ideia de visitar a toca de Ernie. Foi ele, também, quem me mostrou o portãozinho no muro do perímetro e a trilha que se estende atrás dele. Até me deu um repelente de mosquito cujo efeito durava sete horas. Tirei os livros da minha mochila e enfiei dentro dela um pouco de ração, repelente de mosquito, uma garrafa com água e meu lanche. Pus a mochila nas costas e pulei pela janela.

A janela de Seryong estava sempre entreaberta. Geralmente a cortina ficava fechada, mas isso não era um grande problema, e eu espiava sempre que tinha oportunidade. Naquele dia também parei e espiei e vi a garota no retrato. Seus grandes olhos negros me cumprimentavam com frieza; talvez estivesse zangada, pois, todas as noites, escondido atrás das cortinas de meu próprio quarto, eu me recusava a atender aos seus chamados. Eu me virei e fui embora; uma sensação arrepiante me fez correr. Tinha a impressão de que, se não saísse logo dali, alguém me pegaria pela nuca. Seguindo as instruções do sr. Ahn, passei pela torre de captação de água e atravessei o cais. Ao fim da estrada, encontrei a entrada do rancho, depois a floresta de amieiros, a desmoronada sede do rancho, o caquizeiro já com pequenos frutos nos galhos e, finalmente, o velho estábulo. Abri as portas e a luz do sol penetrou, revelando o desenho sinistro dos bretes de concreto. A cada lado havia pedaços de metal enferrujado e, por baixo, o dreno dos despejos. Toda a área estava tapada com tábuas. Não tive de procurar muito. O sr. Ahn tinha me dito em que ponto o assoalho afundara. Lá dentro, ficava a toca de Ernie.

"Ernie", eu sussurrei. Queira saltar sobre a divisória, mas me contive. "Ernie!" Não queria assustá-lo. Tirei a ração da mochila e a enfiei cuidadosamente entre as tábuas divisórias. Não esperei muito. O sr. Ahn disse que aquele gato era como um cachorro. Parecia um leão da montanha, mas era amigável como um vira-lata. Bastava tratá-lo com gentileza para ganhar sua confiança. E, se a gente o chamasse, ele atendia e vinha passear. Depois que terminou de comer, Ernie esfregou o focinho na divisória. Interpretei isso como um convite para entrar em sua casa.

A caixa era como o sr. Ahn a descrevera, grande e robusta. Nós dois cabíamos nela. O sr. Ahn não havia mencionado o cobertor rosa estendido no fundo. No canto havia um nome bordado em linha preta, que fez meu coração bater forte. Oh Seryong. Borrifei-me todo com repelente de mosquito e me recostei na parede. Estava quente e o cheiro era horrível, mas isso não me incomodou. Estava feliz por estar lá. Sentia como se estivesse no quarto dela. A sensação prazerosa fez-me adormecer. Em meu sonho, entrei pela janela no quarto dela.

Estava deitada em sua cama, dormindo, os cabelos soltos, o rosto pálido, vestindo somente a roupa de baixo. Tinha a mesma aparência de todas as noites quando se escondia à sombra das árvores. A única diferença era que agora estava deitada, os braços relaxados. Eu me agachei em sua mesa e olhei para ela longamente sem piscar, até que fui sacudido de meu sonho.

Quando abri os olhos, vi um homem lá em cima, sentado na borda do buraco: era o pai dela. Uma parte de mim sentiu-se culpada, outra parte ficou cautelosa. Lembrei como ele tinha sido hostil na primeira vez em que nos vimos. O que estava fazendo aqui? Não vi Ernie em parte alguma; antes estava dormindo em meu colo. Deve ter ido se esconder assim que o homem apareceu; não devia gostar do pai dela.

"O que está fazendo aqui?", ele perguntou.

Saí do buraco. "Isso não é parte de sua propriedade. Por que pergunta?"

"É aqui que mora o gato de minha filha." Ele olhou para minha mochila e sorriu. "Você trouxe tudo isso até aqui. Foi o gato que o convidou?"

Eu esperava que ele demonstrasse raiva, mas parecia até gentil. "O que *você* está fazendo aqui?"

"Eu mesmo me convido às vezes." Ele se levantou. "Não sabia que você estava curtindo o cobertor de minha filha." Já não tinha um sorriso no rosto; tinha o mesmo aspecto daquele primeiro dia em que o vi.

Ah. Ele estava tentando me provocar, afinal. Enfiei as mãos nos bolsos e olhei para ele.

"Você sabia que amanhã será o funeral de Seryong?", perguntou subitamente.

Eu sabia, mas não disse.

"Vamos estar no cais às dez horas, para tirar sua alma do lago."

Fiquei calado.

"Espero que você venha. Quero lhe agradecer por estar cuidando do gato de minha filha. E não vai mais poder ver o quarto dela após o funeral, pois vou trancá-lo."

Fiquei vermelho. Lembrei o frio na espinha que sentia toda vez que estava do lado de fora da janela de Seryong. Ele deve ter me visto, oculto na floresta ou em outro lugar. Peguei minha mochila e me afastei, esforçando-me ao máximo para não correr.

A voz dele me alcançou na porta. "Você virá?"

Parei e tornei a olhar para ele.

"Vamos manter isso entre nós."

Aceitei seu convite e guardei o segredo, não contando nem mesmo ao sr. Ahn. Somente agora, depois de ler o romance do sr. Ahn, dei-me conta de que Oh Yongje tinha planejado tudo. Ele provocou meu pai usando sua filha morta e a mim. Mas por quê? Simplesmente para dar nos nervos de meu pai, ou para preparar o terreno para o que ele fez mais tarde? Eu tinha muitas outras perguntas. O que os detetives tinham dito a minha mãe, o que Oh Yongje tinha pedido que os Supporters descobrissem, que espírito maligno espreitava no poço, por que meu pai estava tão preocupado com meus tênis? Eu poderia descobrir se continuasse a ler, mas não quis. Por que o sr. Ahn tinha escrito isso? Pretendia publicar aquela história? Mas então por que revelara os nomes verdadeiros de todos, inclusive o dele? Para me demonstrar alguma coisa? O que seria? A verdade? Eu não conseguia distinguir o que era fato e o que era imaginação. Os trechos que descreviam as ações de Yongje só podiam ser ficção. Quanto a meus pais, talvez tenha recolhido informações conversando com meus tios. Talvez até meu pai tenha lhe contado alguma coisa. Mas Oh Yongje... quem mais poderia relatar seus pensamentos íntimos? Tanto ele como sua filha estavam mortos, e segundo o manuscrito, sua mulher não estava no lago Seryong na época, nem veio para o funeral da filha. Será que o sr. Ahn tinha conversado com um fantasma? Mesmo admitindo isso, mesmo afastando toda a descrença para crer que um fantasma lhe contara tudo, se aquilo de que meu pai estava sendo acusado era verdade, nenhum desses detalhes significava coisa alguma para mim. Abri o livro de recortes, no qual artigos e notícias sobre o assunto estavam dispostos em ordem cronológica. Eram artigos que eu nunca tinha visto antes. Porém, nenhum era mais aprofundado que o texto da *Revista de Domingo*, exceto os artigos sobre minha mãe e Yongje.

Descobriram minha mãe na ribanceira do estuário do rio Seryong a cerca de sessenta quilômetros de distância do lago, quatro dias após a ocorrência. A causa da morte era traumatismo craniano. O artigo dizia que meu pai a matara e a jogara no lago, assim como havia quebrado o pescoço da menina e a jogado lá. Os promotores suspeitavam que Oh Yongje fora morto com a mesma arma. Quando meu pai foi preso, acharam em sua posse um taco que tinha amostras de sangue de três pessoas: Oh Yongje, meu pai e o sr. Ahn. Encontraram meu pai inconsciente, e o levaram para o hospital. Tinha fraturas múltiplas no punho direito, danos nos ligamentos, uma fratura no nariz, uma fratura com afundamento no maxilar inferior, dentes faltando e septicemia devido a uma ferida no pé de vários dias. O artigo dizia que a polícia estava procurando o corpo de Oh Yongje. Um artigo ao lado detalhava as condições de meu pai no décimo dia de UTI, e depois outro artigo relatava que ele quase morrera duas vezes antes de recobrar a consciência, e outro ainda descrevia como recebera alta no hospital e fora levado para a prisão. Em seguida havia várias matérias sobre o julgamento. Não havia nada sobre a descoberta do corpo de Oh Yongje. Se o sr. Ahn tinha recortado e guardado todos os artigos sobre a ocorrência, isso significava que oficialmente Oh Yongje estava desaparecido, não morto.

Fechei o caderno e percorri o maço de cartas. Todas haviam sido enviadas para uma caixa postal em Haenam e postadas de Amiens, na França. O remetente era Mun Hayong — nome que eu tinha visto no manuscrito. A mulher de Oh Yongje? Ela nunca se encontrara com o sr. Ahn. Por que teria enviado cartas para ele? Nove cartas no total, então? Abri a primeira.

Faz alguns dias que não consigo dormir. À noite vou até o pátio silenciosamente, para que Ina não acorde. Fico sob os galhos da macieira. Minha amiga Ina parece estar preocupada comigo. Ela descobriu o que me preocupa. Ontem ela me disse: "Hayong, faça o que tem de fazer. O que quer que seja, você deve fazer isso para si mesma, para ninguém mais".
Eu lhe disse que faria.
Nunca falei sobre minha filha, desde que aconteceu. Se eu começar a falar sobre ela, tenho medo de mergulhar no desespero. Mas vou lhe contar a coisa toda. No entanto, não sei o que poderia lhe contar, pois eu não estava com ela quando aconteceu. Não sei o que aconteceu. Levei dias para descobrir que ela morrera. Eu estava em Casablanca, para prolongar minha permanência na França. Estava envolta em meus próprios sofrimentos e preocupações. Quando soube, o funeral já tinha acontecido. A partir de então, eu não conseguia comer nem dormir. Ela devia estar tão solitária. Tão aterrorizada. Sofrendo tanto. Eu me sentia terrivelmente culpada por estar viva enquanto ela já não andava neste mundo. Tentei me matar várias vezes, mas nunca consegui. Arranjava um jeito de continuar vivendo. Minha culpa se transformou em raiva da pessoa que a matou, mesmo sabendo que não seria saudável eu me agarrar a isso.
Sua primeira carta redobrou minha fúria. Porque você era um escritor e queria escrever um romance sobre a morte de Seryong. E ousava me fazer perguntas sobre minha filha e meu marido e sobre mim mesma. Também fiquei aterrorizada. Como conseguiu me

encontrar se nem meu marido me achara? Talvez você estivesse agindo sob as ordens dele. Talvez fosse um truque dele, tentando me achar. Liguei para meu pai, e ele me disse que foi ele quem lhe deu meu endereço. Contou-me que você tinha guardado uma coisa que era de minha filha e a dera a ele, fazia muito tempo. Fiquei menos ansiosa, mas ainda com raiva. Não importa o quanto você tenha sido gentil com ela, não tinha o direito de pedir de mim uma coisa dessas.

Mas quando você me enviou o pacote, fiquei perdida. O manuscrito era grosso, e continha verdades cruéis, coisas que eu não sabia. Por que estava escrevendo isso, por que estava me atormentando? Estava tentando ganhar dinheiro? Ou ficar famoso? Qual era sua intenção ao revelar coisas sobre as quais o mundo nada sabia? Ninguém ia querer saber daquilo. Queimei o manuscrito, mas o que você tinha escrito continuou comigo. Foi como se eu tivesse testemunhado tudo pelo que minha filha passou. Odiei você, e jurei queimar toda carta que você me enviasse, sem ler.

Mas você é esperto. Colou aquela fotinho no lado de fora de sua terceira carta. Você sabia que eu não ia rasgar nem queimar aquela fotografia. Eu conhecia aquele lugar da foto. Era o lugar que eu via sempre que pensava em minha filha. O caminho nevoento, a lâmpada de rua, as árvores, e um menino e um homem indo na direção da estrada principal. Pareciam ser pai e filho, e isso me fez abrir a carta.

Você disse: este menino é filho dele. Está vivendo à margem da sociedade. Quero contar a ele a verdade e libertá-lo.

Não dei importância. Por mim o garoto poderia ser lançado num lugar mais terrível do que as margens da sociedade, pendurado num penhasco com uma corda no pescoço. E que ali vivesse em agonia para sempre, como eu. Mas na noite passada me sentei junto ao tronco desta macieira e olhei a escuridão até o raiar do dia. Vi um menino diante de mim, um menino com a mesma idade de minha filha, um menino que nunca conheci nem sabia que existia, inocente, como minha própria filha. Reconheci a crueldade de meu marido no artigo da revista aqui anexada, e o abissal histórico escolar do menino. Compreendi as críticas e a ira e as maldições que teve de enfrentar — inclusive de minha parte.

Assim, vou lhe contar o que quer saber. Mas tem uma coisa: fiquei com meu marido durante doze anos. Eu o conheço tanto quanto ele conhece a mim. Não creio que seria muito útil se eu falasse dele de minha perspectiva, pois estaria me defendendo ainda antes de começar. Creio que vou fazer o seguinte: vou lhe contar a história do modo como ele o faria, nas palavras dele.

Quero lhe fazer um pedido: quando você tiver terminado o livro, por favor, envie-me um exemplar. Quero saber a verdade também.

Atenciosamente,
Mun Hayong

Devolvi a carta ao envelope. Estava datada de 20 de janeiro deste ano. Não olhei nenhuma das outras cartas; estava com medo. Com medo da tristeza dessa mulher, de sua generosidade e compaixão. Não conseguia compreender. Não queria nem esperava nada dela. Olhei para a janela, que estava incrustada de sal e poeira. De repente, fiquei faminto.

Na cozinha, pus uma panela com água no fogão. Abri o armário e por muito tempo olhei para dentro. O que viera pegar ali? Não me lembrava mais, porém vi um pedaço de pano torcido e seco, que parecia ter estado lá durante pelo menos três meses, provavelmente desde que a mulher do presidente do clube juvenil tinha morrido. Eu o peguei e fui para fora. Lá, fustigado pelo vento, limpei minha janela, raspando os cristais de sal. Em vez de ficar mais limpo, o vidro parecia cada vez mais sujo, assim como minha própria mente ficava mais turva. O que significava tudo isso? Será que Oh Yongje estava vivo? Pelo menos parecia que Mun Hayong acreditava que sim. Teria ela alguma prova? E como o sr. Ahn sabia que era Oh Yongje que estava nos perseguindo? Era isso que se depreendia da carta de Mun Hayong. Há quanto tempo ele sabia disso? Por que Oh Yongje não tinha me atacado até agora? Ele tivera inúmeras oportunidades.

"Rapaz."

Ergui os olhos.

O presidente do clube juvenil estava de pé no portão. "O que está fazendo aqui? Tentando incendiar a casa? Eu estava tirando um cochilo e senti cheiro de queimado. Se não tivesse apagado o fogo no fogão, a casa estaria em chamas."

Só então lembrei que eu tinha ido até o armário para pegar lámen, não o pano. Tornei a entrar em casa, esquecendo como estava faminto. Sentei-me à minha mesa e olhei no laptop a janela do pendrive: "Lago Seryong" e "Referência".

Cliquei na pasta "Referência". O primeiro arquivo era um vídeo, "Atlântida", e o resto eram arquivos MP3. Abri o que estava marcado 1. Uma estática inicial deu lugar a uma voz masculina e profunda.

"Minha maior alegria é imaginar como Sowon está crescido. Ponho as fotos dele na parede, aquelas que você me enviou. É incrível. Aos catorze, ainda era uma criança; agora, aos quinze, transformou-se magicamente num homem. Tenho certeza de que não perceberia isso se o visse o tempo todo. Lembro-me muito claramente de como ele era no primeiro dia da escola primária. Nenhuma outra criança parecia tão à vontade como Sowon, entre as centenas de crianças no auditório. Como me senti orgulhoso! Prometi que, um dia, quando ele fosse adulto, eu lhe diria isso…"

Fechei o arquivo rapidamente, as mãos tremendo. Aquela era a voz que eu tanto tentara esquecer. A voz que eu de fato havia esquecido — pois não a reconheci de imediato. Mas ao ouvir meu próprio nome — "Sowon!" — tudo retornou. Pois meu nome era o único fragmento da voz de meu pai que sobrevivia em minha memória.

Desliguei o laptop. Nunca mais queria ouvir aquela voz. Não queria ler o romance. Ele não era o gigante confiante de quem eu me lembrava; era tolo e fraco, um covarde. Eu não queria conhecer aquela pessoa. Sua vida trágica deixou-me tão triste que eu não podia respirar. Mas não consegui deixar de ouvir sua voz. "Sowon."

Abri a geladeira e fiquei parado, a porta aberta. Mais uma vez, o que ia pegar?

"Sowon."

Fechei a porta da geladeira e me encolhi num canto, enquanto o vento fustigava a janela. Eu o ouvi soprar no vento. "Sowon."

Eu tinha pensado que nada no mundo poderia me desequilibrar novamente, que nada poderia me abalar. Mas não era verdade. A voz me atingia de todas as direções. Não soube o que fazer. Quis agarrar alguém, qualquer pessoa, e perguntar: O que devo fazer? Como fazer parar essa voz?

**

Você quer saber a origem desse meu apelido, Ator? Imagino que falou com meu primo. Ninguém ousaria me chamar por esse nome a não ser aquele idiota. Como vai ele atualmente, está conseguindo vender alguns carros? Espero que não tenha obrigado você a comprar um carro novo só para ouvir falar desse meu apelido. Era assim que me chamava a mãe desse imbecil. Era a irmã mais velha de minha mãe. Passei algum tempo com eles. Moravam no quinto e último andar de um prédio em Dangsan-dong, em Seul. Eu devia ter uns onze anos, pois estava na quinta série. Minha mãe achava que, para que um dia eu entrasse numa universidade prestigiosa (de preferência, a faculdade de medicina), era preciso que eu me esforçasse tanto quanto as crianças de Seul. Mandaram-me para a casa de minha tia sem que eu fosse consultado. O engraçado foi que minha tia dava aula na Escola Primária de Seryong. Ela dizia a seus alunos que poderiam fazer qualquer coisa se estudassem muito, mas era claro que não acreditava no que estava dizendo, pois me mandou para Seul apesar das objeções de meu pai.

Minha vida em Seul não era fácil. Tive de dividir o quarto com aquele meu primo idiota. Esse fato já era ultrajante em si mesmo, mas, ainda por cima, aquele imbecil gostava de se meter nos meus assuntos. Detesto quando as pessoas fazem isso. Os outros garotos me tratavam como se eu fosse um caipira, perguntando se nós tínhamos eletricidade ou televisões ou carros. Minha professora foi mais ridícula ainda, obrigando-me a limpar os banheiros. Foi um castigo por ter brigado com meu colega de carteira no primeiro dia. Eu lhe dei um soco na boca, mas ele mereceu. Eu estava vestindo uma roupa nova que minha mãe tinha encomendado em Sunchon, o garoto me agarrou pela gravata e disse: Você está vestindo a roupa de seu pai?

Ele disse isso para mim! Eu era filho de um grande proprietário de terras que era o dono de uma faixa de terra com cinquenta quilômetros de comprimento ao longo do rio Seryong. Toda manhã, meu pai me pegava pela mão e olhávamos para aquela vasta planície. "Yongje, tudo isso um dia será seu", ele dizia, e toda vez minha mãe o fazia se calar, dizendo: "Ser dono de um pedacinho de terra no fim do mundo? Grande coisa!". Minha mãe achava que seu casamento era um engodo. Quando ela foi trabalhar como professora na escola primária em Seryong, meu avô a convenceu a se casar com seu filho. Só depois de casada descobriu que meu pai não tinha cursado a universidade e que seu único diploma era da escola agrícola. Seja como for, eu era o queridinho de nosso vilarejo, e sempre foi assim, desde que nasci. Minha mãe era não apenas professora, mas também presidente da associação de pais e professores, e todos sabiam que eu tinha de ser respeitado.

Contei tudo isso a minha nova professora em Seul, pensando que ela provavelmente não sabia quem eu era. Mas ela disse que não estávamos no Vilarejo Seryong e que ia aliviar minha barra daquela vez porque era meu primeiro dia lá. Ameaçou que ia me fazer limpar os banheiros durante uma semana se acontecesse novamente. No dia seguinte bati em outro garoto, e a professora me disse que minhas opções de castigo eram ou limpar os banheiros ou me ajoelhar no chão. Saí da sala dos professores, peguei minha mochila e fui para casa. A professora ligou para minha tia para reclamar, e minha tia ralhou comigo. Eu queria ir para casa. Mas sabia o que ia acontecer se ligasse para minha mãe; ela tinha me obrigado a vir e me repetira várias vezes que Seul era diferente do Vilarejo Seryong. Ia me dizer que eu precisava aprender a lidar com as coisas, mesmo que não fossem como eu queria.

Detesto fazer concessões. Sempre fiz o que queria. Fui para meu quarto. Eu havia construído uma casa em miniatura, com palitos de fósforos, mas, ao entrar na peça, vi que minha obra fora destruída. Eu trabalhara naquela casinha durante semanas e a trouxera de Seryong a Seul. Meu primo estúpido explicou-me displicentemente que seu gato tinha ficado excitado com uma mosca que voava no quarto e acabou pulando em cima do modelo ao persegui-la. Não importava quem tinha feito aquilo, já que a responsabilidade era do dono. Dei uma cabeçada no nariz do idiota. Sangrou. Ele começou a chorar. Minha tia me proibiu de jantar. Disse que, se eu quisesse comer, teria de pedir desculpas.

Portanto, não comi. Tampouco dormi. Tinha de fazer alguma coisa, depois que todos adormecessem. Na sala havia uma mala aberta, que servia de cama para o gato. Lá estava o bicho, esparramado, dormindo, e eu rapidamente fechei a mala com o zíper e saí andando com ela. Fui até a janela ao lado da escada. Abri a mala para fora da janela e o gato voou como uma borboleta. Devolvi a mala a seu lugar na sala, fui para a cama e dormi. Na manhã seguinte houve uma grande agitação. Aquela mulher estava procurando o gato e não se preocupou em me servir o café da manhã. Tive de buscar minhas roupas para ir à escola e descobri que ainda estavam em minha mala. Ninguém as havia passado, nem as pendurara no cabideiro. Eu mesmo as peguei, me vesti e fui para a escola depois de ter pulado duas refeições. Ela nem mesmo preparou a merenda de meu almoço. Eu me sentia como um mendigo. Minha mãe costumava passar toda a minha roupa, até as cuecas.

Na escola, aquela vadia da professora disse que eu ficasse no corredor, e que eu precisava de sua permissão para entrar. Só olhei para ela e não disse nada. Ela ficou vermelha, me agarrou pelo braço e me puxou para fora da sala. Ouvi um riso, e vi o imbecil de meu colega de carteira rindo por trás de um livro. Foi como acender um fósforo num barril de pólvora. Todo o meu corpo ardia; tudo ficou vermelho, e senti como se bombas estivessem explodindo em meu estômago.

Acordei na enfermaria e me disseram que eu tinha tido uma convulsão. Meus olhos se reviraram, eu tinha mordido a língua e caíra no chão. A estúpida de minha professora ficou assustada e me levou para a enfermaria. Todos achavam que eu era epiléptico. Na hora do almoço, minha professora veio me dizer que fosse para casa; que meus pais iam me levar para o hospital.

Corri para a casa de minha tia. Quando cheguei lá encontrei meus pais e o gato morto. Minha tia estava contando tudo que eu, supostamente, tinha feito. Disse que meu primo acordara no meio da noite e me vira saindo do quarto. Ao que parece, ele dormiu novamente depois que voltei. Então ela foi para a parte dos fundos do prédio e achou o gato espatifado no canteiro de flores.

Meu pai perguntou se era verdade, e eu insisti que não tinha feito aquilo. Minha mãe me pressionou, perguntando se minha tia seria capaz de inventar uma história como aquela. Perguntou se eu tinha feito alguma coisa com o gato. Como pode uma mãe duvidar de seu filho? Lágrimas começaram a rolar por meu rosto, e eu lhes disse que minha tia me fizera passar fome, negando-me três refeições, como castigo por eu ter brigado com meu primo. Disse que, na noite passada, estava tão faminto que não conseguira dormir, e que também estava sofrendo com muitas saudades de meu pai. Disse que saíra de noite para chorar sob o céu escuro, pois não queria que meu primo me ouvisse. Disse que fora à escola sem tomar o café da manhã e que a professora me expulsara da sala sem motivo algum. À medida que contava tudo isso eu ia ficando realmente triste; as palavras tinham um estranho efeito sobre eles. Depois tentei replicar o que tinha feito na escola, e os resultados foram excelentes; talvez excelentes demais. Fui levado para o hospital, para exames. Foi uma produção e tanto.

Foi assim que voltei para casa. E foi nesse dia que meu pai bateu na minha mãe para valer, primeiro por ter mandado seu único filho embora e tê-lo feito ficar doente, e depois porque não acreditou em mim e tomou o partido de sua irmã. Foi a primeira vez que ele bateu nela, mas depois disso teve motivo para seguir batendo, até que ela morreu de câncer, alguns anos mais tarde. Em seu funeral, descobri que sua família me chamava de Ator.

Dobrei a carta e a enfiei novamente no envelope. Começara a ler as cartas de Mun Hayong naquela manhã. Só faltavam duas. Não as estava lendo por prazer. Queria apenas fugir da voz de meu pai. O método funcionou. Mas agora era a voz de Oh Yongje, transmitida por sua esposa, que me atormentava.

Hayong enviara sete cartas em dois meses; o sr. Ahn fazia todo tipo de perguntas e ela sempre respondia como se fosse Oh Yongje. Escreveu sobre o namoro, o casamento, seus desejos, como ele via a mulher e a filha, sua vida cotidiana e até mesmo suas inclinações sexuais. Hayong tinha fugido duas vezes com a filha antes de preencher os formulários para o divórcio, e a cada vez foi pega em menos de dois dias. Tudo o que Oh Yongje fazia para capturá-las era sentar-se à sua escrivaninha e colocar-se no lugar da esposa. Passava a pensar como ela e, assim, achava seu rastro. O modo como ele a perseguiu e achou era tão preciso que me dava náuseas.

Larguei as cartas. Já não escutava a voz de meu pai. Yongje o silenciara. Meu estômago revolvia-se e ardia. Lembrei como, no inverno passado, eu tinha esperado duas horas para receber meu pagamento, na área da conveniência; o que sentia agora era semelhante ao que sentira naquele dia. Dessa vez eu estava com tanta fome que seria capaz de comer um rebanho inteiro, mas tudo que havia na geladeira eram dois ovos, meia lata de atum e uma garrafa com água. Tenho de ir até a loja, pensei.

Saí de bicicleta e dei de cara com o carteiro. "Aqui mora um tal de Choi Sowon?"

Meu coração teve um baque. Por que estavam sendo entregues tantas coisas hoje? "Sou eu."

Ele entregou um telegrama vindo da prisão em Seul. Fiquei lá, atoleimado, a neve caindo no telegrama. O céu estava cinzento, mas o ar era morno. Levei minha bicicleta de volta ao pátio dos fundos. Não queria ler o telegrama. Fui para o meu quarto e me sentei à escrivaninha. Levei trinta minutos para abrir a carta.

A execução de Choi Hyonsu foi realizada em 27 de dezembro, às 9h da manhã.

Interrompi a leitura do telegrama; havia mais, porém não consegui ler. Com o telegrama na mão fui de joelhos até a geladeira. Bebi água, mas parecia que estava bebendo metal derretido. Não consegui me sentar, tampouco ficar de pé. Minhas pernas tremiam. Recostei-me na parede e tentei ler o restante.

Pede-se à família que recolha os despojos a partir das 9h da manhã do dia 28...

Deixei cair o telegrama, peguei-o e novamente o deixei cair. Tudo ficou turvo, depois escuro. O mundo se desvanecia. Os sons ficavam abafados. Enquanto isso, estava ajoelhado no escuro, quieto, tentando lembrar o que acabara de ler. E agora eu voltava a escutar a voz de meu pai.

Tenho certeza de que não perceberia isso se o visse o tempo todo... Como me senti orgulhoso! Prometi que, um dia, quando ele fosse adulto, eu lhe diria isso...

Como tinha morrido? Pendurado na forca, como em meus sonhos? Estaria assustado? Teria finalmente compreendido o terror que ela deve ter sentido enquanto morria? Teria estremecido? Estaria arrependido? Ou triste? Ou calmo? Saberia que tinha morrido muitas e muitas vezes pelas mãos de seu filho, em muitos momentos, em muitos dias? Qual teria sido sua declaração final? Implorou para o deixarem viver? Ou por perdão? Não chamou por mim, chamou? *Sowon*. Sua voz ressurgiu, pondo fogo em meus ossos. Fui buscar minha roupa de mergulho e a vesti. Peguei meu equipamento, ignorando a advertência do sr. Ahn de que nunca deveria entrar na água sem um parceiro. Eu tinha de extinguir aquele fogo.

O presidente do clube juvenil não estava em casa. Abri a porta de seu quarto e apalpei o topo da TV. Peguei o molho de chaves e o trouxe comigo, sem hesitar.

A neve caía sobre o oceano. O vento era brando e as ondas, suaves. Fui ao sopé do farol e dei partida no barco. Após me afastar dos rochedos, pus o motor na velocidade máxima. Não estava enxergando muito bem devido à neve, mas não me incomodei. Ignorei a longa faixa de correnteza que se formara perto da ilha rochosa. Fui até o ponto mais ocidental da ilha. Ancorei o barco e entrei na água. Na crista do penhasco eu me lancei em direção à beira. A contracorrente me alcançou, vinte vezes mais forte do que aquela à qual estava acostumado. Puxou-me para baixo; era a mesma força que tinha arrastado o fotógrafo para a morte. Minha respiração ficou ofegante e minha cabeça, em branco. Uma coluna de água estava me arrastando para baixo, para o fundo do oceano, como se eu estivesse caindo numa cachoeira. Não tentei fazer nada — não inflei o compensador de flutuabilidade nem procurei um ponto a que pudesse me agarrar na parede do penhasco, tampouco verifiquei o medidor de profundidade. A morte havia me agarrado, mas eu não tinha vontade de resistir. Deixei-me ir, totalmente engolfado na espuma branca da água. Já não queria sequer inalar o oxigênio pelo bocal. Logo já nem sentia a água. Meus ombros não sofriam carga e eu não sentia a pressão em meu corpo. Minha descida parou. A coluna branca de água rolou acima de minha cabeça e se dissipou.

Um cardume de peixes cinzentos pairava lá em cima. Vi ciprestes enormes. Videiras estendendo-se como se fossem fios elétricos. Eu estava no Jardim Botânico. Pisava na rua principal, avançava lentamente pela estrada; vi montões de terra acumulada e tocos de árvores escuros, apodrecidos. A estrada estava em ruínas. Vi um cartaz no quadro de avisos.

CRIANÇA DESAPARECIDA
Nome: Oh Seryong

Fiquei cativado por seu retrato da mesma maneira que naquele dia, sete anos antes, quando a vi pela primeira vez. Teria até me esquecido de me mexer, se não fosse a melodia que soou naquele momento, vinda do anexo:

"*Fly me to the moon, and let me play among the stars...*"

Peguei o caminho do anexo. O telhado do 103 desabara. Contornei o canteiro de flores em frente ao 102. O tapume de madeira também caíra. A janela da sala estava quebrada e a escada havia desmoronado. Continuei até o quintal do 101. Parei junto à janela. A correnteza varrera o Jardim Botânico e deixara uma única estrutura intacta: o quarto de Seryong. A janela estava entreaberta e seu retrato pendia da parede. Uma vela ardia sobre a mesa. A roda-gigante girava em frente ao urso de pelúcia, que usava um chapéu de festa. Balões flutuavam como bolhas de sabão. Entrei pela janela. Ela estava na cama, dormindo, como sempre. Cabelos compridos, rosto pálido, pernas finas, pés descalços. Subitamente, senti-me exausto. Meus olhos ficaram mortiços e meu corpo, inerte. Deitei-me perto dela e pus minha mão sobre a sua. A luz do luar penetrava pela janela. Estava quente, a mão dela era macia, eu me senti em paz.

"Sowon", chamou uma voz. Abri os olhos; tudo parecia distante. Era a voz de meu pai explodindo ferozmente: "Sowon!". Eu me encolhi, como se acabasse de levar uma bofetada no rosto. Olhei à minha volta. Seryong não estava mais lá. A cama, a roda-gigante, os balões, o lugar — a magia desaparecera, deixando atrás de si apenas a escuridão. Eu não conseguia respirar. De repente, me sentia congelado. Queria me levantar, mas estava preso. Tinha de pensar, isso eu sabia. Onde estava? Que coisa redonda é esta presa no meu pescoço? Ai, minha cabeça.

"Pare. Pense. Aja." As três regras do sr. Ahn para mergulhar.

Parei de me agitar e controlei a respiração. Estava cercado de rochas negras. Olhei para cima, bem para cima, e vi uma longa brecha irregular. O espaço que eu vislumbrava pela fresta era bem mais claro do que o lugar onde me encontrava. As sombras do coral faziam com que as margens da brecha parecessem denteadas. Verifiquei o computador de mergulho em meu pulso. Tempo total de mergulho: vinte e quatro minutos. Profundidade atual: 48,5 metros. Nitrogênio subindo muito rapidamente. A coluna de água tinha me arrastado para as profundezas e eu estava experimentando narcose de nitrogênio. Era o efeito Martini — como se tivesse entornado vários martinis no estômago vazio dez metros abaixo da superfície da água. Isso significava que eu estava basicamente com cinco Martinis. Explicava aquele sonho arrebatador. Eu tinha de sair dali. Não sabia se estava ferido. Tateei à minha volta e achei uma saliência que poderia suportar meu peso. Apoiei-me nela, tomei impulso e puxei minha perna para fora. Fui subindo lentamente. No topo do penhasco, verifiquei a quantidade de ar. Cinco litros. Só me restavam três minutos. Merda. Não tinha completado o tanque após o último mergulho. Tampouco trouxera um de reserva. Aquele não era suficiente para chegar à superfície. Comecei a subir mais rápido, mas estava usando mais ar do que o habitual, talvez por estar nervoso. Quando o tanque se esvaziou, eu ainda estava quinze metros abaixo da superfície. Desde minha iniciação na prática do mergulho, era a primeira vez que eu tentava fazer uma subida de emergência.

Aqueles quinze metros pareceram uma eternidade. Quando finalmente irrompi das ondas, meus pulmões pareciam prestes a explodir. Sentia uma dor aguda nos ossos e nos músculos. Eram os sintomas da descompressão, que eu já vinha pressentindo. Troquei o tanque pelo snorkel e me deitei de costas nas ondas. Bati na água com os dedos. Eles ainda se mexiam. Ainda podia mexer os pés. Não estava paralisado. Uma nevasca tombava sobre o mar, e a luz do farol rasgava o nevoeiro. Nadei em direção à luz vermelha a estibordo do barco e consegui me içar por cima da amurada. Estava fraco e exaurido. Quinze minutos depois, chegava à praia do farol. Vi alguém de pé à beira do penhasco; não parecia ser o sr. Ahn nem o presidente do clube juvenil.

Quando cheguei ao topo da falésia, o homem havia desaparecido. Vi marcas de pneus no solo, indo na direção da estrada. Em casa, vesti roupas secas, enrolei-me num cobertor, e peguei um tanque portátil e uma máscara. Inalei oxigênio enquanto relia o telegrama.

A execução de Choi Hyonsu foi realizada em 27 de dezembro, às 9h da manhã.

Amanhã eu poderia recolher o corpo de meu pai. Depois de amanhã era seu aniversário. Larguei o telegrama e peguei o manuscrito; ainda não sabia por que ele fora enviado para o corredor da morte.

Lago Seryong III

Yongje estacionou o carro no subsolo do centro médico. Era a primeira vez que vinha trabalhar em uma semana. Inicialmente, seu plano era ficar de folga até o terceiro dia após o funeral, quando deveria fazer uma oferenda no túmulo de Seryong, segundo as tradições. Mas acabou mudando de ideia. Tinha muitas coisas a resolver e a manhã transcorreu rapidamente. Atendeu a diversos pacientes, preencheu documentos, escreveu uma carta de agradecimento pelas condolências e fez uma lista de pessoas a quem enviá-la. Ao meio-dia, finalmente pôde respirar. Então abriu o arquivo com os documentos sobre Choi Hyonsu. Durante três dias, aqueles documentos o deixaram em alerta máximo.

A vida de Choi não o surpreendeu nem um pouco. Ao que parece, seu único momento de brilhantismo fora no colegial. Depois, tudo viera ladeira abaixo. Foi um fracasso em todos os aspectos: como homem, como sustento de família, como pessoa. E sua filha havia sido morta por aquele fracassado. Pouco antes do incidente, Hyonsu estivera dirigindo bêbado; sua carteira de motorista fora suspensa. Mesmo assim, continuou a dirigir — sem carteira e entupido de álcool. Recentemente, Hyonsu comprara um imóvel, e os juros das prestações somavam mais da metade de seu salário mensal. Yongje assinalou essa informação com uma estrela. O dossiê também revelava que Hyonsu acabara de mandar consertar o carro.

Mas havia uma coisa que não fazia sentido para Yongje. Choi poderia ter escapado facilmente. O acidente ocorreu às margens de um lago isolado. Ele poderia ter deixado Seryong na estrada, poderia ter fugido, deixando-a para trás, e ninguém seria capaz de ligá-lo ao acidente. Seryong provavelmente morreria por causa dos ferimentos. Por que ele a estrangulou e a jogou no lago?

Naquela manhã, a caminho do trabalho, Yongje vira Choi de pé, em frente à clínica, fumando, olhando para a estrada. Tinha uma atadura no pulso e usava uma tipoia, mas não estava engessado. Yongje ligou para a clínica para descobrir o que houvera. "Sou o irmão mais novo de Choi Hyonsu", começou, "ele esteve aí esta manhã."

O médico emitiu um som vago, nem confirmando nem negando. Parecia que não se lembrava daquele nome.

"Está ferido na mão", Yongje tentou fazê-lo lembrar. "É muito alto."

"Ah, sim."

"Como está ele? Sua mulher está preocupada, mas parece que ele não deu muitas explicações."

"Eu não posso tratar disso pelo telefone. Diga a ela que venha até a clínica, é no fim da rua."

"Vai ser difícil para ela, não está se sentindo muito bem. E estou em uma viagem de negócios."

"Ah", disse o médico.

Yongje sufocou uma crescente irritação. "Devo levá-lo a um hospital maior?"

"Você disse que é irmão dele?"

Yongje mencionou algumas informações pessoais de Hyonsu, as quais havia descoberto no dossiê que encomendara sobre ele e seu irmão.

Satisfeito, o médico entrou em detalhes. "Ele tinha uma veia cortada no pulso esquerdo. É um corte profundo, mas felizmente a artéria e os tendões não foram atingidos. Ele não sangrou muito".

"O senhor acha que ele tentou ferir a si mesmo?", perguntou Yongje.

"Não tenho certeza. Disse que seu braço esquerdo às vezes fica paralisado. Você sabia disso?"

"Paralisia?"

"Disse que isso vem acontecendo há muito tempo. Que quando ele sangra, a paralisia passa."

"O senhor está me dizendo que ele cortou a veia para não ficar paralisado?"

"Ele me disse que foi um acidente. Havia outros cortes semelhantes em sua mão esquerda. Todos pareciam recentes."

"O senhor acha que *foi* um acidente?", perguntou Yongje.

"Cortar uma veia é diferente de dar uma picada num dedo. Não sei se posso considerar isso um engano. Pode voltar a acontecer. E, da próxima vez, pode ser mais grave."

"Acha que ele precisa consultar um psiquiatra?"

"Acho que sim."

"Vou tentar convencê-lo, mas talvez não me ouça. Talvez ele procure o senhor novamente. Se fizer isso, por favor não lhe diga que conversamos. Ele é teimoso e um pouco sensível", disse Yongje. Após desligar, voltou a examinar o dossiê. Não havia ocorrência de ferimentos autoinfligidos em seus registros médicos, e nunca estivera em tratamento psiquiátrico. Hyonsu consultara um neurologista por causa da dormência no braço, mas mantivera o fato em segredo, para poder continuar jogando beisebol. Inevitavelmente, acabara cometendo erros, e foi chamado de Braço Morto. Era canhoto; o corte deve ter sido acidente, concluiu Yongje. Se Hyonsu quisesse mesmo se matar, teria segurado a lâmina com a mão esquerda — já que era canhoto — para cortar o pulso direito. Por outro lado, considerando a morte recente de Seryong e o caráter soturno de Hyonsu, a hipótese de uma tentativa de suicídio se tornava bastante verossímil. De toda forma, aquilo atrapalhava os planos de Yongje.

Sim, porque Yongje havia elaborado um plano. Queria obrigar Choi a confessar tudo. Primeiro, tentou determinar até que ponto deveria pressionar Hyonsu, para fazê-lo perder o controle. Para isso, fez uma experiência, e o resultado o deixou muito satisfeito. Quando o assunto era o filho, Hyonsu enlouquecia. Uma simples provocação foi o bastante para fazê-lo perder a cabeça. Durante o ritual xamânico, Hyonsu praticamente reencenara o próprio crime, revelando em público a forma como matara Seryong. O xamã acabou ficando com o pescoço machucado e cobrou o dobro do dinheiro que haviam combinado inicialmente. Yongje pagou de bom grado. Mas ainda faltava achar uma prova definitiva e irrefutável. Tinha de encontrar o mecânico que consertara o carro de Hyonsu. Os detetives da agência Supporters estavam vasculhando toda a cidade de Seul. Yongje tinha certeza de que achara o culpado. Agora, esperava que Hyonsu não se matasse antes da conclusão de seu plano.

Yongje levou adiante o que havia planejado. Esta sexta-feira era o dia em que ele voluntariava no orfanato Hyehwa, junto com outros profissionais do centro médico. Também era o dia em que Kang Eunju estava de folga. Ele contatou os detetives particulares e lhes disse que se preparassem para o sábado — quando ele poria tudo em movimento. Tinham de achar a oficina até sábado à tarde. No almoço, encontrou-se com os colegas do centro médico, que expressaram suas condolências. Sugeriu algo especial para o voluntariado da sexta-feira, e todos concordaram. O diretor do orfanato também ficou agradecido pela sugestão de Yongje. Yongje contratou uma empresa de organização de eventos e reservou um ônibus de excursão.

Às quatro da tarde, Yongje foi de carro até a escola. Como tinha solicitado, a professora de Seryong reunira as coisas dela — chinelos, gravador, material de arte, cartas de condolências de seus colegas de turma e um quadro emoldurado chamado *Brincando de vivo ou morto*. A professora lhe disse que as crianças gostavam daquele quadro, especialmente certo menino, que ficou muito triste quando o quadro foi removido.

"Que gentil. Quem é esse menino?", perguntou Yongje, por polidez.

"Choi Sowon", respondeu a professora. "Você deve conhecê-lo; ele mora no Jardim Botânico." A professora pôs o quadro emoldurado num estojo preto, e Yongje foi para a área de administração da represa.

Choi Hyonsu estava sozinho na cabine de segurança do portão principal.

Yongje foi até a janela. "Estou aqui para ver o diretor de operações."

Hyonsu pegou o telefone. Yongje notou que seu ombro esquerdo parecia estar inerte, a mão esquerda estava vermelha e inchada na tipoia, e um rubor se espraiava sob a barba rala. Estava claramente nervoso. Como é que uma pessoa assim pôde jogar como receptor profissional? Não era de espantar que tivesse fracassado.

"Vá em frente", disse Hyonsu, desligando o telefone. Entregou a Yongje o crachá de visitante. "Por favor, assine. Preciso ficar com sua identidade."

Yongje entregou a carteira de motorista e escreveu seu nome e o número de sua identidade num formulário.

Quando Yongje entrou na sala, os funcionários pareceram constrangidos. Nenhum deles tinha ido ao funeral de Seryong. "Devo admitir que estou surpreso de vê-lo aqui", disse o diretor de operações.

"Pensei em visitá-lo em casa, mas achei que deveria estar no trabalho", replicou Yongje.

Alguém trouxe chá verde. O diretor de operações bebeu um pouco, apressadamente, embora a infusão ainda não estivesse pronta.

Yongje foi direto ao ponto. "Alguns dos médicos no centro médico fazem trabalho voluntário uma vez por mês. Estávamos planejando ir ao orfanato Hyehwa em Sunchon este mês, mas minha situação nos obrigou a rever o plano."

"Claro. Especialmente porque o caso de sua filha ainda não foi resolvido", disse o diretor.

"Decidimos trazer as crianças para o Jardim Botânico na sexta-feira", explicou Yongje. "Seria bom se todas as crianças daqui participassem também. Vai ser bem informal. E eu estava me perguntando se você poderia autorizar uma visita à represa. Nós cuidaremos de toda a logística, é claro."

O diretor pareceu preocupado. "Não tenho certeza. A visita não será um problema, mas a festa... assim, na última hora, as pessoas provavelmente já têm planos para a sexta-feira."

"Então, quem sabe apenas a visita?"

"Isso certamente pode ser feito", disse o diretor. "Mas deve ser uma fase difícil para você, especialmente sabendo que a pessoa que fez isso ainda está em algum lugar por aí..."

"As crianças do orfanato eram muito próximas de Seryong", disse Yongje. "Ela sempre me acompanhava quando eu ia até lá. E na primavera passada Seryong prometeu que convidaria as crianças para uma visita. Quero cumprir a promessa dela."

O diretor assentiu com simpatia. "Bem, elas precisam estar aqui no máximo às três para começar a visita."

"Isso não será problema. Ah, e tenho mais um pedido."

O diretor tinha se levantado, mas desajeitadamente tornou a se sentar.

"Amanhã é o terceiro dia após o enterro de Seryong."

"Já faz tudo isso? O tempo passa rápido."

"Eu gostaria de andar um pouco de barco no lago amanhã."

O diretor pareceu embaraçado. "Achei que tínhamos nos entendido quanto a isso. Sinto muito, mas ninguém pode ir para Hansoldeung. Você sabe que não deixamos ninguém ir, nem mesmo para rituais."

"Não estou planejando nada disso. Só quero dar uma volta em torno de Hansoldeung, uma volta só. Não lhe pedirei mais nenhum favor. Só preciso de dez minutos. Não posso deixá-la ir embora sem me despedir."

"Eu compreendo, acredite", disse o diretor. "O problema é o barco. Só podemos acioná-lo quando a companhia de limpeza vem aqui, e não tenho certeza quanto à agenda dela. Não está marcado para eles virem aqui amanhã."

Yongje sentiu os olhos arderem. Atrás das órbitas, a raiva explodiu, transformando-se em enxaqueca. Esse imbecil estava sempre dificultando as coisas. Sempre fazia Yongje suplicar; aquele comportamento precisava de um corretivo. Em sua cabeça, pôs o diretor como o número cinco em sua lista. "Estou certo de que virão, se você os chamar. Terei prazer em cobrir os custos."

O diretor sorveu de seu chá.

Yongje aguardou.

"A que horas você estava pensando em fazer isso?", perguntou finalmente.

"Ao meio-dia."

"Está bem, então. Mas dessa vez, por favor, não traga o xamã."

Algum tempo depois, Yongje estacionou o carro em frente a sua casa e olhou para o 102. As janelas e a cortina da sala estavam abertas e ele viu Eunju passando o aspirador de pó. Pegou o desenho de Seryong, que trouxera da escola, e tocou a campainha do 102.

Eunju abriu a porta. "Dr. Oh", disse, surpresa, "em que posso ajudá-lo?"

"Seu filho está em casa?"

"Não, ele foi visitar o pai."

Visitar o pai? Yongje lembrou a cena que tinha avistado na tarde de sexta-feira. E se lhe dissesse que Sowon provavelmente estava no velho estábulo, brincando com o gato? Que cara essa mulher faria? Ele ficou curioso.

"Ah, então você poderia lhe dar isso por mim?"

Yongje estendeu o papel, mas Eunju não o pegou. "O que é isso?"

"Um desenho."

"Um desenho?"

Yongje tirou do bolso um cartão de aniversário preparado manualmente por Sowon. "Seu filho me deu isto durante o funeral de minha filha, quando estávamos tirando a alma dela de dentro do lago."

Eunju pegou o cartão com relutância. Ao lê-lo, seu sorriso desapareceu.

"Isto é um presente para seu filho. Por favor, deixe que ele mesmo abra, acho que vai gostar."

Eunju pegou o quadro com hesitação. O modo como recebeu o presente lembrou a arrogância e a relutância com que Hayong costumava reagir. As mãos de Yongje formigavam. Quis arrancar o desenho das mãos dela.

"Isso é tudo?" Eunju afastou a franja do rosto. Sua testa era tão chata que parecia ter sido pisoteada por uma vaca. Tudo naquela mulher o irritava: desde as bochechas finas e magras até a expressão gélida em seus olhos astutos. A pior parte era seu corpo, que já não estava no ápice da mocidade. Ele ia preferir se esfregar num pedaço de carne do que fazer sexo com alguém como ela. Se fosse ao menos uma mulher doce e gentil, haveria alguma salvação. Mas era atrevida e insolente. Quando veio à entrevista de emprego, estava ansiosa para lhe contar como era competente. Tinha repassado cada detalhe dos benefícios, do bônus e do seguro-saúde ao horário de trabalho, e quantos dias de férias lhe caberiam. Yongje não gostou dela, mas mesmo assim a contratou, pois lhe parecia conveniente; naquele momento, suspeitava tanto de Ahn quanto de Choi. Ficou impressionado com sua própria intuição. Ela poderia ser útil de várias maneiras, e seria mais fácil para ele convocá-la e separá-la do marido e do filho. Estava olhando para ele com desconfiança, passando o dedo na borda do cartão.

Yongje sentiu a boca se contrair. Se qualquer outro segurança agisse com tal insolência, ele o demitiria na mesma hora. "Na sexta-feira vamos ter uma festa no Jardim Botânico. Os convidados de honra são um grupo de órfãos que ajudo. Uma empresa de eventos vai organizar a festa, mas vamos ter de vigiar as crianças. Se elas danificarem as árvores, nosso zelador temperamental vai estragar tudo."

"Não estou de serviço na sexta-feira", disse Eunju imediatamente.

"Não podemos deixar o escritório da segurança desguarnecido. Se Gwak não estivesse de serviço, isso caberia a ele."

"Tenho minha própria vida também", disse Eunju. "Não posso trabalhar fora de meu horário toda vez que você quiser."

Yongje sorriu gentilmente. Puta desgraçada. "É por isso que pagamos horas extras. Pode me devolver o cartão?"

Por dez minutos seguidos, Seunghwan observou Hansoldeung no monitor das câmeras de segurança. O *Josong*, que só era acionado para limpar a represa, estava circulando a ilha. Não conseguiu ver o rosto do homem de pé no convés, mas sabia que era Oh Yongje. Aparentemente, tinha prometido ao diretor de operações que não ia fazer nada de errado. Quando o barco voltou para a margem, Seunghwan retomou seus afazeres. Na última quinta-feira, fotografara Hyonsu e Sowon na porta da frente; escolheu a foto como papel de parede para o computador. Era uma boa foto, na composição, na atmosfera e na cor esmaecida. Parecia ter sido tirada com uma câmera analógica, não digital. Selecionou a mesma foto para papel de parede da tela do celular. Procurou na internet pelo nome de seu chefe, mas não achou um perfil oficial. Os Fighters tinham debandado fazia muito tempo, e Hyonsu não jogava mais. Não sabia por onde começar. Havia dezenas de milhares de menções a Choi Hyonsu. Acrescentou "receptor de beisebol" às palavras-chave. Ficou clicando nos links durante quase uma hora até finalmente dar com alguma coisa, num site especializado.

Quem se lembra de Braço Morto, o receptor que teve um golpe de azar? Isso fora postado havia apenas dez dias. Clicou. Viu uma foto de Hyonsu, segurando sua máscara de receptor e olhando para longe, sorrindo. Parecia tão jovem. *Todos conheciam o arremessador Kim Ganghyon, do tempo dos Fighters*, começava o post. *Chamavam-no de Submarino. Ele se aposentou e tentou a sorte em alguns novos negócios. Acabou falindo, ou, pelo menos, é o que dizem os rumores. Ouvi dizer recentemente que ele abriu um soju bar perto de uma universidade em Gwangju, então organizei uma reunião de ex-colegas e fiz uma reserva para ontem à noite às 20h. Imaginei que isso lhe ajudaria no negócio, já que tínhamos estudado juntos. Mas não esperava encontrar Choi Hyonsu. Pessoas na casa dos vinte anos talvez não reconheçam o nome, mas para quem, como nós, frequentou o colégio Daeil em Gwangju, a verdadeira lenda de nossa escola não foi Kim Ganghyon. Foi Choi Hyonsu, o receptor. Ele rebatia muito bem, e o colégio saiu invicto nos campeonatos estudantis. Hyonsu tinha excelente pegada e, certa vez, completou dois* walk-off home runs — *duas vezes numa série. Mas seu verdadeiro talento era de receptor. Na época, seu apelido não era Braço Morto, e sim Xamã. Ele sabia ler um jogo como se estivesse possuído.*

Seunghwan ergueu os olhos, porque divisou algo na ponte que levava à torre de captação de água. Deu um zoom e viu um homem de cabelo grisalho, num terno preto, segurando um cajado. Lembrou quem era. Salvou o post e a foto de Hyonsu na nuvem, trancou a porta do escritório e correu para a ponte.

"Hoje não há muito nevoeiro, o que é bem raro", disse Seunghwan quando chegou até ele.

"Você trabalha aqui?", perguntou o velho, sem encará-lo.

"Não na companhia de exploração. Sou segurança aqui."

"Ah."

"Você é o avô de Seryong, não?"

O velho olhou para Seunghwan.

"Eu o reconheci. Você esteve no funeral."

"Ah, é? Não me lembro de ter encontrado você."

"Não fomos apresentados oficialmente. Achei que era o avô de Seryong porque se parece com ela."

"Você conheceu minha neta?" O velho parecia um pouco desconfiado.

"Não muito bem, mas nos encontramos alguns meses atrás em circunstâncias delicadas." Seunghwan olhou para baixo, para um galho de árvore preso num pequeno redemoinho. "Ela estava se escondendo nas árvores atrás do anexo, com o nariz sangrando."

Enquanto Seunghwan explicava o que acontecera na clínica, o sofrimento se estampou no rosto do velho. "É tudo culpa do pai dela. É isso que eu acho." A voz dele falhava e seus olhos ficaram vermelhos.

Seunghwan remexia o grampo de cabelo em seu bolso. Entregá-lo ao velho seria a melhor maneira de se livrar dele. Mas não pareceria suspeito? "Tome", disse finalmente. "Era de Seryong. Não tive a oportunidade de devolver a ela. Acho que devia ficar com você."

O velho pegou o grampo e olhou para ele por um instante. "Qual é seu nome, meu jovem?" Agora não parecia ter nenhuma suspeita contra Seunghwan.

"Meu nome é Ahn Seunghwan."

"Obrigado. Não esquecerei o que você fez por ela." Os dois trocaram números de telefone e o velho foi embora.

Seunghwan ficou lá, olhando para o lago. Por que Hyonsu não viera visitar a casa, naquela noite, como haviam combinado? Onde estivera todo aquele tempo? E será que realmente cortara o pulso por causa da paralisia? Por que bebia tanto? Aonde ia toda noite? Fazia isso conscientemente ou era sonâmbulo? Na noite passada, Hyonsu ficara assistindo a um filme na sala. Seunghwan planejava ficar acordado e segui-lo, caso saísse de casa, mas acabou pegando no sono após as três da manhã. Hoje, no trabalho, Hyonsu estava usando botas de trilha. Seunghwan viu certo alívio em seu rosto cansado. Qual seria o motivo desse alívio? Teria visto o vídeo sobre o vilarejo submerso? Nesse caso, deveria ter manifestado alguma reação. Park dissera a Seunghwan que Hyonsu não sabia nada de tecnologia e não se interessava em ficar navegando na internet. Será que um avesso à tecnologia como ele seria capaz de encontrar o vídeo atrás de outras janelas e, em seguida, assisti-lo? Ainda mais num dia em que esteve tão preocupado com o filho?

"É para você." Park estava lhe estendendo o telefone.

Hyonsu piscou várias vezes. Devia ter adormecido por um momento. "Alô."

Era Kim Hyongtae. "Como vão as coisas?"

"Tudo bem." O sono pesava em seus olhos. Lutara para não adormecer na noite anterior, para não sonhar. Zapeou pelos canais de TV, mas não achou nada em que se concentrar. Acabou adormecendo. Pelo menos os tênis de Sowon ainda estavam em segurança. Ele os pusera na lavadora. Sobre a tampa da máquina, botara uma grande bacia com água fria. Se a tampa se abrisse, a bacia cairia com ruído. Mesmo que Hyonsu estivesse dormindo profundamente, o barulho e a água o acordariam. E Eunju não percebeu que algo estava faltando.

"Está acontecendo alguma coisa? Fui até a oficina mecânica ontem, e o dono me disse algo estranho."

"O quê?", Hyonsu ficou apreensivo.

"Parece que um inspetor esteve lá na sexta-feira."

Hyonsu sentou-se, a sonolência evaporando instantaneamente. "Dois inspetores?"

"Não, ele mencionou um. Pediu para ver o livro-razão e perguntou se você tinha levado seu carro para consertar por volta do dia 28 do mês passado."

Hyonsu engoliu em seco, subitamente sem ar. "E o que o dono disse?"

"Disse ao cara que tudo estava no livro-razão. O que você acha que é? Você se envolveu num acidente?"

"Não", disse Hyonsu secamente.

"Isso é um alívio. Mas se alguma coisa aconteceu, é melhor você resolver logo. Não deixe o problema aumentar."

Não vou conseguir resolver, pensou Hyonsu. O problema já aumentou. Ele enxugou a testa com um lenço de papel.

"Aliás, a equipe de engenharia está indo para aí na quinta-feira", disse o amigo.

"Ah, é?"

"Vai substituir o sistema de câmeras de segurança pelo tipo infravermelho, e acrescentar holofotes."

"Por que isso de repente?"

"A garota, você sabe. A companhia está nos enlouquecendo. Diz que precisamos aumentar a segurança. Querem que enviemos mais guardas. Resolvemos instalar mais câmeras, para ver se eles se acalmam."

Após desligar, Hyonsu ficou imóvel por um tempo. Tentou organizar os pensamentos. A polícia provavelmente o pusera na lista de suspeitos. Se um inspetor fora até a oficina, então estavam rastreando as evidências, e mais cedo ou mais tarde haveriam de encontrá-las. Quanto tempo levaria? O que ele devia fazer? O que ia fazer com a testemunha que morava em sua casa? No fim do dia de trabalho, conseguiu juntar coragem para ligar para Seunghwan.

"Sim, chefe?"

"Quer ir beber alguma coisa comigo?" Finalmente, conseguiu despejar as palavras que por tanto tempo hesitara em pronunciar.

Mais tarde, Hyonsu comprou duas garrafas de soju e algumas latas de Budweiser na área de conveniência, pôs a cerveja em cima de uma mesa e se debruçou na amurada do belvedere. Bebeu dois copos cheios de soju e esperou o álcool fazer efeito, enquanto olhava lá para baixo. Ele poderia perguntar, com leveza e indiferença: O que você viu naquela noite?

Mas Seunghwan já estava quarenta minutos atrasado. Hyonsu começou a ficar ansioso. Seria melhor que Seunghwan não viesse. Talvez devesse ir embora antes que ele chegasse. E se Seunghwan aparecesse, o que Hyonsu faria? Estava tão nervoso que poderia acabar lhe contando tudo, e isso seria seu fim. Perderia tudo. E o que sabia sobre Seunghwan era praticamente nada.

Por volta das sete horas, ouviu: "Sinto muito pelo atraso".

Seunghwan trouxera uma lata de cerveja e parou ao seu lado. "Primeiro fui dar uma espiada em Sowon."

Certo. Sowon. Estava sozinho em casa. "E como ele está?", perguntou e corou, envergonhado. Para Sowon, este quase estranho estava mais disponível do que seu próprio pai.

"Ele jantou e estava assistindo à televisão. Eu lhe disse que estava indo ver você e ele pediu que lhe dissesse que queria rosquinhas de morango carameladas."

Hyonsu assentiu.

Seunghwan ergueu sua lata. "Como sabia que eu gosto de Budweiser?"

"Vi na sua mesa."

Seunghwan assentiu. "Ah, é verdade."

Seguiu-se um silêncio incômodo. Seunghwan contemplou o cenário lá embaixo, tomando sua cerveja.

Hyonsu tentou achar uma forma de começar. "Por que você está aqui?"

"Você me pediu para vir encontrá-lo, chefe."

"Não, eu quero dizer..." Hyonsu já estava desnorteado. Não sabia como chegar aonde queria chegar.

Seunghwan sorriu; ele tinha, sim, entendido o que Hyonsu estava tentando dizer.

Hyonsu quase deixou escapar que não estava com humor para brincadeiras.

"Na verdade, não tenho certeza." Seunghwan subitamente pareceu sombrio. "Eu achava que sabia."

Hyonsu olhou para ele, surpreso.

"As coisas eram difíceis para minha família quando eu era menino. Batalhávamos para sobreviver. Não é todo dia que alguém se afoga, e a única coisa que meu pai sabia era mergulhar. Minha mãe trabalhava como faxineira e conseguia trazer algum dinheiro para casa. Ainda assim eu adorava meu pai, pois foi ele quem me iniciou na vida debaixo d'água. Mas meus irmãos não pensavam assim. Estavam cansados de ser pobres. O segundo mais velho entrou no Exército quando eu estava no último ano da escola. Detestava mergulhar, mas inscreveu-se na Unidade Especial de Socorro da Marinha. Era a única coisa que sabia fazer. Na noite anterior a sua partida, ele disse a nosso pai que eu deveria ir para a faculdade. Que eu era o único que poderia sustentar nossa família e nos tirar da penúria. Disse que poderia cobrir as taxas de matrícula. Para dizer a verdade, fiquei chocado. Meu irmão mais velho, que trabalhava como mergulhador civil, concordou, e meu pai ratificou o plano. Nunca imaginei que iria para a faculdade. Antes, eu achava que teria sorte se conseguisse terminar o colegial, isso já me deixaria muito feliz. Meu irmão do meio tinha a tendência de superestimar minhas aptidões. Considerava cada prêmio literário que ganhei uma grande coisa. Deu-me o apelido de Chandler. Era o único escritor que conhecia. E seu ídolo era Philip Marlowe."

Hyonsu ofereceu um cigarro a Seunghwan.

"Sabe o que é ser a única esperança da família?", perguntou Seunghwan. "Ir para a faculdade enquanto sua família sacrificava tudo?"

Claro que Hyonsu sabia. Ele acendeu o cigarro com o isqueiro de Seunghwan. Também ele fora a encarnação de todas as esperanças de sua mãe; tinham lhe oferecido uma oportunidade de jogar profissionalmente depois do colegial, mas sua mãe quis que primeiro ele fosse para a faculdade. A opção dela acabou sendo a dele, e o fracasso dele acabou sendo dela. Ela morreu subitamente no ano seguinte àquele em que Hyonsu largou o beisebol.

"É como correr cem metros dentro de uma armadura. Eu não conseguia respirar. Queria ir embora. Após o serviço militar consegui arranjar um emprego na Administração da Ferrovia Nacional, mas não durei dois anos lá. Não podia imaginar passar a vida toda indo trabalhar, voltar para casa, ser pago, passar o tempo todo pensando em promoções, ter uma família. Queria mais da vida."

Hyonsu ficou olhando para a brasa do cigarro na ponta de seus dedos.

"Na verdade, isso é tudo besteira", Seunghwan sorriu frouxamente e coçou a cabeça. "Eu odiava trabalhar das nove às cinco. Um dia uma mulher jovem pulou na frente de um trem durante meu turno. Por mais que procurassem não conseguiram encontrar nem sequer um dedo ou uma orelha. Tive de fazer uma busca nos trilhos. O dia já estava quase acabando quando encontrei uma orelha sob o dormente. Percebi que não havia diferença entre meu pai, com seu ensino primário, procurando um corpo no rio, e eu, com meu ensino superior, buscando uma orelha nos trilhos. Eu devia fazer o que quisesse na vida. Antes que eu tivesse tempo de mudar de ideia, deixei meu emprego e fiz vários bicos aleatórios por dois anos, até chegar aqui. Basicamente, traí minha família e fugi, mas recentemente descobri que nada tinha mudado." Seunghwan jogou a cabeça para trás e tomou o resto de sua cerveja.

Hyonsu também terminou seu soju. "Sowon estava lendo o livro que você escreveu. *Todos matam*, certo? Você não queria ser escritor?"

"Meu irmão mais velho é capitão de um barco de mergulho. Passei meio ano pedindo pra me aceitar a bordo, como ajudante. Ele acabou concordando. Escrevi o livro naquela época e dei um jeito de publicá-lo. Quando apareci em casa exibindo o livro, meu pai quase me matou."

"Por quê?"

"Ele disse: 'Como é que isso vai trazer dinheiro?'" Seunghwan observava Hyonsu de forma serena e cuidadosa. Parecia estar perguntando por que Hyonsu o tinha chamado ali.

Hyonsu não sabia para onde olhar. Como fazer aquela pergunta de modo natural? Apanhou as duas latas restantes e sentiu o vestígio de coragem se esvanecer. Debruçado na amurada, com os calcanhares levantados, Seunghwan olhava a encosta da montanha. De repente, Hyonsu se sentiu tonto, como se um pano preto lhe houvesse caído sobre a cabeça. Sua mão esquerda — a mesma que sufocara os gritos da menina moribunda e lhe quebrara o pescoço — estava prestes a empurrar aquela testemunha para dentro do lago. *Eu vi você naquela noite*, pensou ter ouvido. Hyonsu recuou um passo, atordoado, voltando à realidade. Seunghwan estava à distância de um braço. Olhou para baixo, para sua mão esquerda.

Seunghwan virou-se para ele.

Hyonsu estendeu-lhe uma cerveja. Agora. Pergunte a ele. Pergunte o que ele viu naquela noite. "Então...", disse ele, exatamente ao mesmo tempo que Seunghwan dizia: "Bem...".

Seunghwan pegou a cerveja e sorriu. "Continue."

O que ia perguntar? Como poderia perguntar? *Foi você quem fez aquele vídeo?* Ou deveria dizer: *O que era aquele vídeo?* E falar em seguida que assistira a ele por acaso?

Nisso, o telefone de Seunghwan tocou. Quando ele atendeu, Hyonsu conseguiu ouvir o zumbido de uma voz de mulher em tom de admoestação. "Ah, sim", disse Seunghwan, parecendo estar incomodado. Olhou de relance para Hyonsu. "Eu sei. Está bem."

Hyonsu percebeu que era Eunju.

Seunghwan desligou. "Então... Ela queria saber se Sowon estava em casa sozinho." Seunghwan não lhe contou o resto, mas Hyonsu sabia muito bem o que ela devia ter dito. Provavelmente ordenara que parassem com a bebedeira e voltassem já para casa. "Vamos descer?"

Hyonsu assentiu, frustrado por não ter falado sobre o vídeo.

Sowon estava dormindo no sofá com a TV ainda ligada. Hyonsu o ergueu e o carregou até a cama. Pôs as rosquinhas em sua mesa. Depois foi para a sala. Como na noite anterior, escondeu os sapatos de Sowon na máquina de lavar e programou o alarme do celular para as duas da manhã. Isso o acordaria antes que seu alter ego aparecesse. Por via das dúvidas, arrastou as cadeiras da mesa de jantar para seu quarto e montou uma barricada na frente da porta. Se tentasse sair, tropeçaria e cairia no chão.

Deitou-se na cama e fechou os olhos. Queria dormir por algumas horas, mas, agora que se deitara, não conseguia adormecer. Devia ter mencionado o vídeo, de algum modo. Poderia ter repreendido Seunghwan, perguntando: *Por acaso esteve no lago naquela noite? Você sabe que não é permitido. O que foi que você viu lá? O que pretende fazer a respeito? Já pensou no que a companhia fará se descobrir?* Mas de que serviria fazer aquelas perguntas? Quando soubesse o que Seunghwan tinha visto, o que poderia fazer a respeito? E se Seunghwan respondesse: *Sim, eu vi você lá?* O que Hyonsu poderia fazer? Estrangulá--lo, jogá-lo no lago? Se Seunghwan não se apresentara como testemunha, decerto tinha algum motivo. E se ele nada dizia, talvez o melhor fosse nada perguntar. Hyonsu se revirou na cama. Pela janela, via a BMW e o Matiz, estacionados lado a lado. Lembrou-se de como tinha buzinado e dado passagem à BMW, que passou velozmente por ele. Hyonsu deixou escapar um gemido. Naquela noite, deveria ter voltado a Seul assim que perdeu o caminho. Os olhos da menina pareciam prestes a engoli-lo, como dois buracos negros. Manteve os olhos fechados, esperando que a visão desvanecesse. Sentia--se exausto. Que opções lhe restavam? Poderia seguir resistindo até ser preso. Poderia enlouquecer. Ou poderia simplesmente se matar. Tornou a se revirar. A luz entrava pela janela, clareando a parede. Viu a grande pedra que assinalava a entrada do vilarejo submerso. Via a árvore escura e apodrecida, com uma corda pendendo de um galho. Hyonsu deitou--se de barriga para cima. Do teto escuro, tombou um homem com uma corda no pescoço e um capuz cobrindo a cabeça. O enforcado balançava de um lado para outro. Um rangido soava, como o ruído de um balanço enferrujado. Hyonsu tapou os ouvidos com as mãos, porém seguiu ouvindo o rangido, que ficava cada vez mais alto e mais nítido. Hyonsu percebeu que o som não vinha de um balanço. Era o pescoço do homem, que pouco a pouco se rompia. Hyonsu engoliu em seco. Não havia saliva em sua boca, e a garganta ardia. A cabeça estava vazia de pensamentos. Talvez pudesse afugentar a visão com uma bebida. Talvez assim conseguisse descansar por algumas horas. Afastou as cadeiras da porta e foi para o armário da sala. Encontrou a caixa na qual guardava seu uniforme de beisebol. Dentro do capacete havia uma garrafa de Calvados — que tinha escondido para o caso de precisar desesperadamente de um trago.

Alguns meses antes, a irmã de Eunju, Yongju, e seu marido tinham passado na casa deles para uma visita, depois de uma viagem à Europa. Trouxeram-lhe de presente aquela garrafa de Calvados. Yongju disse que pensara em Hyonsu ao ver a garrafa, pois não era fácil achar aquele tipo de conhaque na Coreia. Ele ficou tocado. Mas, assim que as visitas foram embora, Eunju pôs-se a fazer comentários furiosos e desdenhosos. Disse que sua irmã era irresponsável por ter ido a Europa em vez de guardar dinheiro para comprar um imóvel. Na raiz daquele surto de raiva, estava seu ódio pela bebida e pelo alcoolismo do marido. Mas Hyonsu não percebeu isso. Disse que ela devia deixar Yongju viver a vida como quisesse. Eunju explodiu. Recusou-se a lhe entregar a garrafa, mas ele a arrancou de suas mãos. Sentiu como se estivesse embriagado, embora não tivesse tomado um único gole. Ela continuou o sermão, dizendo que sua irmã e seu cunhado eram o tipo de pessoas que esbanjavam demais e que Hyonsu era uma versão masculina de Jini. Ele conseguiu amainar a raiva dela quando percebeu qual era seu ponto: As pessoas não têm o direito de desfrutar da vida enquanto não tiverem um lar, e ele não ia beber daquela garrafa tão cara até que comprassem um imóvel.

Já no dia seguinte, Hyonsu foi a um shopping e comprou uma garrafa de Calvados. Ficou chocado com o preço, mas esvaziou ansiosamente sua conta secreta. Não estava pensando direito — e estava com raiva de Eunju. De volta a casa, ficou preocupado. Estava com vergonha de devolver a garrafa e não se atrevia a abri-la. Manteve-a em segurança, na caixa, como um velho guardando suas melhores roupas num armário, incapaz de vesti-las.

Mas, agora, a garrafa tão estimada tinha desaparecido. Esvaziou o armário. Encontrou um ferro de passar, uma tábua, um cobertor elétrico, vários recipientes de plástico, uma mesa dobrável, um cortador de grama que tinha comprado no último Chuseok, o Festival da Colheita. Mas nem sombra do Calvados. Remexeu na geladeira, debaixo da pia, nas gavetas, e revirou tudo no quarto do casal. Nada. O sangue lhe subiu à cabeça. Ela era perita em achar o que ele escondia; com certeza encontrara a garrafa de emergência. Com um safanão, Hyonsu fechou a gaveta da penteadeira, mas esmagou o próprio dedo. A dor foi tanta que palavras que nunca tinha pronunciado, nem mesmo em sonhos, lhe vieram à boca. "Aquela puta!" O ferimento no dedo fez com que suas emoções tomassem uma nova direção. O medo e a ansiedade transformaram-se em ira. E isso aconteceu de forma tão repentina que ele ficou nauseado. Chupando o dedo machucado, decidiu encontrar aquela vadia e meter um pouco de juízo em sua cabeça, ainda que fosse a tapas. Bateria nela até se sentir melhor. Depois compraria uma garrafa de soju e iria para o belvedere.

Enfiou os pés nos sapatos e sentiu o sangue gelar. Ergueu o rosto. No espelho do armário, viu um homem. Tinha cabelo eriçado, veias saltadas no rosto, olhos injetados de sangue, lábios lívidos e trêmulos de raiva. Era o sargento Choi. Ele se transformara em seu pai. Olhou para trás. Viu as coisas que tirara do armário, gavetas abertas ou jogadas no chão, objetos em desordem sobre a mesa. O quarto estava uma bagunça. Quando menino, ele vira aquela cena incontáveis vezes. Mas agora o culpado não era seu pai. Era o próprio Hyonsu. *Acho que você nunca gostou de mim, não é?*, zombou seu pai no espelho; *O que acha, filho? Acha que se saiu melhor do que eu?* O último resquício de autocontrole desapareceu e Hyonsu viu seu alter ego surgir de dentro dele. A casa se fragmentou, os fragmentos se espalharam. Agora tudo o que Hyonsu via era seu pai no espelho, e o homem do sonho aqui fora. Extasiou-se ao ver o homem do sonho tirando o braço da tipoia e despedaçando o rosto do pai. Depois, pegou o cortador de grama. O homem do sonho, seu alter ego, não era dominado pelo braço morto. Era um super-herói canhoto. O homem lançou-se em direção à porta. Hyonsu correu atrás dele.

Mas então ouviu um sussurro. "Pai?"

Hyonsu olhou para trás. Abriu-se uma fenda na tela escura que dominava seu campo visual, e ele enxergou Sowon e Seunghwan. Mas o homem dos sonhos seguira em frente, correndo pelas escadas. Arrastado por uma força irresistível, Hyonsu foi atrás dele. Correu em direção ao muro do perímetro. A noite não estava escura; uma meia-lua o guiou até o lago. Seu alter ego estava prestes a destroçar aquele maldito campo de sorgo e soterrar aquele poço, de modo que não pudesse mais chamar seu nome. Assim não teria mais que ouvir a voz da menina dizendo "papai". Acionou o cortador de grama e correu pelos campos enquanto a lua ardia em vermelho e o cheiro do mar o cercava. Os pés de sorgo começaram a murmurar: *Hyonsu... Hyonsu...*

"Calem-se! Calem essas malditas bocas!"

Girando o corpo ele golpeava a torto e a direito, cortando os talos de sorgo, cujas extremidades de um vermelho-sanguíneo iam caindo e chamando: Papai... Papai...

A máquina gemia, golpeava, dançava, soltando uma fumaça azulada. De repente o cortador voou de suas mãos, zuniu pelo ar, descreveu um círculo e desapareceu sob o luar. Houve um barulho na água, depois silêncio. Seu alter ego se esvaneceu na escuridão. Hyonsu olhou em volta. O que aconteceu? Por que estava ali? Estava descalço em cima de plantas amassadas, que pareciam uma pasta verde. Olhou para a superfície do lago e viu seus cabelos arrepiados e eriçados, sua tipoia vazia pendurada em seu pescoço, e seu braço esquerdo pendendo, inerte. Estava coberto de suor, de pedaços de folhas e caules.

Ele realmente tinha enlouquecido. Ficou apavorado pensando no que ainda seria capaz de fazer. E se atacasse alguém? Sentou-se. Enterrou a cabeça nos joelhos, tremendo. Lutou para pôr ordem nos pensamentos. Pela primeira vez, desde a noite de 27 de agosto, começou a pensar com clareza.

Quando estava prestes a ir para casa depois do trabalho, na quarta-feira, Yongje recebeu uma ligação dos detetives particulares. "Ela foi para a França no dia 1º de maio e desembarcou no aeroporto Charles de Gaulle. Não há registro de que tenha regressado."

Então Hayong estava na França? Devia ter ido para lá poucos dias após desaparecer. Ele já vinha suspeitando que ela estivesse no exterior, mas a França era uma destinação inesperada. Como chegou lá tão rapidamente?

"Ela tem contatos por lá? Família?", perguntou o Supporter.

"Não que eu saiba."

"E amigas? Alguma amiga próxima?"

Ela tinha amigas próximas? Yongje nunca encontrara nenhum amigo dela. Todas as mulheres que vieram ao casamento tinham a mesma aparência, e ele só as tinha cumprimentado superficialmente. "Vou ter de pensar no assunto."

"Por favor, ligue para nós se lembrar de alguma coisa."

Em casa, subiu a escada e foi para a biblioteca, onde pegou o álbum do casamento. A primeira foto era da igreja católica em Sunchon. Hayong estava de pé, sem sorrir, diante de uma escultura da Virgem. Lembrou que ela não sorrira uma única vez naquele dia. Ao avançar sobre o tapete branco que cobria a nave da igreja, ao lado do pai, ela tinha o rosto baixo. E ao pronunciar os votos, tinha o rosto borrado de rímel. Qual o problema dela? Por que havia chorado tanto? Não tinha sido sequestrada, nem estava se casando com um animal.

Yongje a conhecera no outono de 1991. Após terminar a residência em odontologia, ele começara a trabalhar em uma clínica no distrito de Gangnam, em Seul. Um dia, a caminho do trabalho, quando ele entrava no elevador, ela tinha gritado. "Segure o elevador, por favor!", e correra para dentro, levando uma pilha de arquivos e de envelopes. Vestia um suéter largo e jeans surrados, mas ele notou imediatamente a beleza de seu corpo. Seus olhares se encontraram e ela sorriu embaraçada. Ele não sorriu, nem mesmo como reflexo. Foi a primeira mulher por quem se interessou. Seu cabelo estava preso num rabo de cavalo desarrumado, seus olhos tinham profundidade, e a linha de seu maxilar era perfeita. Os dentes eram brancos e muito regulares. Ele teve vontade de tocar aqueles dentes com a língua. Ela desceu no sétimo andar, e ele resolveu descobrir mais sobre ela. Tinha vinte e quatro anos, cursara uma escola de artes e trabalhava como desenhista numa empresa que produzia animações. Era a filha mais velha de um pai solteiro que consertava aparelhos eletrônicos, e tinha um namorado que terminaria o serviço militar dali a seis meses.

Conseguiu levá-la para a cama em menos de um mês. Seu corpo era mais dinâmico do que ele tinha imaginado; fogoso e ousado. Quem lhe ensinara a usar o corpo de maneira tão perfeita? Por acaso fora aquele garoto do serviço militar? Ele ficou fora de si de tanto ciúme, e não gostou nada do modo como ela reagiu após sua primeira vez. Ficou deitada sem se mexer, em silêncio; quando ele a abraçou, ela olhou para o teto. Não respondeu quando ele pronunciou seu nome. Parecia ignorar a presença do homem com quem acabara de fazer amor.

Bem, pior para ela! Adeus! Porém, poucas horas após deixá-la, Yongje mudou de ideia. Sentiu uma enorme urgência de vê-la outra vez. Aquela não era o tipo de mulher que se abandona. Era uma mulher que devia ser corrigida. Seria paciente.

Primeiro, haveria de trazê-la para o seu mundo, e depois corrigiria seus maus hábitos.

Casou com ela em fevereiro. Seryong estava no ventre dela. O pai dele tinha morrido, e eles se mudaram para sua cidade natal. Ele construiu um anexo no Jardim Botânico e transformou o prédio de cinco andares em Sunchon num centro médico. Tudo estava acontecendo como planejado, isto é, tudo com exceção de Hayong. Não estava sendo uma boa aluna. Desobedecia a suas regras e então dizia que não as conhecia. Sempre dizia não saber de nada. Quando ele chegava em casa do trabalho, morrendo de fome, achava na mesa os lápis de cor de Seryong e o caderno de colorir em vez de um jantar. Hayong ficava rindo na maior sem-vergonhice com os seguranças da casa ao lado, mas tratava o marido com indiferença. Respondia a suas perguntas com um "nada", e em vez de dizer "sim", ficava calada, enraivecendo-o. A pior parte era seu olhar distante, com que entrava em seu mundo particular, mesmo quando ele estava bem diante dela. Um olhar que o deixava do lado de fora. O mesmo olhar vazio, vago, que ele vira no primeiro dia em que a tinha possuído.

No álbum de casamento, ela fitava a câmera com aqueles mesmos olhos inexpressivos. Ele se lembrou de uma mulher que estava atrás da câmera, e que se adiantou e pôs um lenço na mão de Hayong pouco antes dos votos. Foi ela quem apanhou o buquê. Uma amiga de escola, talvez. Achou-a na página seguinte, na fotografia de um grupo. Era pequena e pálida. Lembrou-se de ter perguntado sobre ela, provavelmente quando receberam o álbum da empresa que organizou o cerimonial. Hayong tinha lhe dito que sua amiga estava se preparando para estudar no exterior. Era tudo de que se lembrava. Qual era seu nome? O sobrenome não era muito comum: Eun? Min? Mo?

Ligou para os Supporters. "Eu me lembro de uma amiga dela. Acho que o sobrenome era algo como Myong. Talvez tenham sido colegas na faculdade. Vocês podem achá-la?"

"Claro."

A excitação de Yongje aumentou; seu coração dava saltos. Não conseguia ficar parado. Finalmente teria uma pista para achar Hayong. Quando a achasse, iria buscá-la pessoalmente. Depois de resolver a situação aqui.

Deu-se conta de que a campainha da porta estava tocando. Desceu, abriu a porta e viu Yim no lado de fora, segurando uma tora de cipreste. Yongje tinha pedido uma, no dia anterior.

"Por causa da chuva, não consegui achar nada melhor", disse Yim.

"Esta está boa." Ele pegou o galho e se dispôs a fechar a porta, mas o velho continuou a ficar ali de pé. "O que é?"

Yim apontou para o 102. "Ontem à noite, vi Choi andando na trilha atrás do muro. Foi a segunda vez que o vi fazer isso. A primeira foi na sexta-feira. Naquela ocasião estava com um par de sapatos na mão, e ontem era um cortador de grama."

"A que horas foi isso?"

"Assim que comecei a fazer minha ronda. Talvez umas duas e meia? Achei aquilo tão estranho que o segui. Ele foi para debaixo da ponte, na beira do lago, e começou a cortar a grama."

Yongje ficou estupefato.

"Eu teria pensado apenas que ele tinha enlouquecido, mas de repente ele jogou o cortador de grama no lago e começou a chorar como uma criança. Depois subiu para a ponte e correu tão rápido que pensei que talvez eu estivesse vendo coisas. Você devia dizer a ele que não deve usar aquela trilha no meio da noite. Por que teria ido por lá, e não pelo caminho principal? E se ele bater numa árvore, ou algo assim?"

Yongje dispensou o velho e desceu para a oficina. Começou a retirar a casca da tora de cipreste, e poucas horas depois a madeira revelava seu cerne liso. Se o desbastasse, lixasse e pintasse com resina, iria se tornar um belo objeto. Tornou a subir, planejando dormir um pouco. Programou o alarme do celular para as duas da madrugada.

Às duas e meia, foi ao quarto de Seryong, vestindo calças pretas e uma jaqueta preta impermeável. Em seu bolso, uma lanterna. Se Yim estivesse certo, Choi logo apareceria. Estava chovendo muito, e a chuva poderia se prolongar por algum tempo. Isso vinha a calhar; indicava que as coisas estavam andando como planejado. Pôs a mão no pequeno freezer sob a janela, que continha os restos mortais de Seryong. Primeiro, faria com que a programação do fim de semana fosse um sucesso. Depois, iria encontrar Hayong e trazê-la de volta. Tudo voltaria a ser como precisava ser. Tinha certeza disso.

Por volta das três horas, quando começava a pensar que Yim tinha imaginado coisas, vislumbrou algo branco no lado de fora. Enfiou a cabeça pela janela e espiou lá fora. Era Choi. Não levava guarda-chuva nem vestia uma capa; estava de camisa branca e sem sapatos. Tinha uma lâmpada presa na cabeça e seu braço estava numa tipoia. Segurava um par de tênis e caminhava reto. Yongje puxou o capuz da jaqueta, cobrindo a cabeça, enfiou os pés num par de botas e pulou a janela.

Os passos de Choi eram incrivelmente lentos; ele levou quase dez minutos para chegar ao portão. Não olhou para trás nem à sua volta nem para baixo. Ao atravessar o portão, tropeçou numa saliência e seu corpo gigantesco se estatelou de cara numa poça enlameada, lançando água para os lados. A cena lembrava a queda de um cipreste de quinhentos anos. Yongje viu Choi erguer a cabeça. Em seguida, levantou-se apoiado nos cotovelos e recomeçou a caminhar, os tênis ainda na mão, em movimentos rígidos e desengonçados, como um boneco enfeitiçado. Não parecia estar ligando para a água lamacenta que escorria e pingava de seu corpo. O nevoeiro ficou mais denso quando chegaram à estrada à beira do lago. Choi deteve-se em frente à ponte que levava à torre de captação de água, e Yongje parou também. Choi então virou-se subitamente, sua lanterna clareando o rosto de Yongje, que estava a apenas alguns passos de distância. Yongje congelou. Não sabia que reação esperar de Hyonsu, e tudo o que lhe restava era ficar numa posição defensiva. Mas Hyonsu apenas desviou o rosto, voltando a olhar para a frente, e seguiu caminhando.

Yongje não estava entendendo nada. Tudo lhe parecia irreal. O nevoeiro estava denso, mas não o bastante para ocultar uma pessoa a alguns passos de distância. Além do mais, a lanterna iluminara seu rosto. Como era possível que Choi não o houvesse visto?

Choi tornou a parar no meio da ponte. Estimulado pela sensação de invisibilidade, Yongje se aproximou. Choi ficou ali parado, olhando para o lago, depois jogou um dos tênis no lago. O outro logo foi atrás. Assim que ouviu o ruído do tênis atingindo a água, Choi se virou. Yongje não teve tempo para reagir; dessa vez Choi foi de encontro a ele. Embora não fosse um homem pequeno, Yongje foi projetado para o lado, ao ser atingido pelo ombro de Choi. Yongje caiu de costas e não conseguiu sufocar um grito. Quando se recompôs, estava deitado sozinho no escuro.

Em todo o caminho de volta para casa, Yongje não conseguiu se livrar da sensação de que alguém o estava seguindo. Ficou passando a lanterna em volta, mas não viu nada a não ser nevoeiro, chuva e o ocasional brilho azulado de um relâmpago. Deu a volta até a parte da frente do 102 e viu que a luz da sala estava acesa atrás das cortinas fechadas. Postou-se debaixo de um resedá, escutando, mas não ouviu nada. Será que Choi estava dormindo? Seria sonâmbulo? Fosse o que fosse, essa excursão tinha sido útil para Yongje. Tivera a oportunidade de testar a força física e a rapidez de movimentos de Choi.

O ombro de Yongje doía. Havia duas coisas por fazer naquela manhã: tirar uma radiografia e sabotar o motor daquela locomotiva humana, antes de confrontá-la.

Depois que Yongje entrou em sua casa, Seunghwan emergiu do pátio dos fundos. Veio sorrateiramente para a parte da frente do prédio e parou entre as duas unidades. O 101 estava escuro; todas as luzes estavam apagadas. Somente a luz na janela do porão estava acesa. Já tinha visto aquela luz antes, e sempre ficava curioso. O que Yongje fazia no porão, toda noite? Seunghwan se esgueirou pelo canteiro de flores e grudou o corpo na parede, junto à janela. Dois terços da janela estavam cobertos por uma persiana. Seunghwan conseguiu ver Yongje, de costas. Estava debruçado sobre uma mesa. Viu raspas, cortiça e lascas de madeira aos pés de Yongje. Seunghwan agachou-se e colou o rosto na janela. A mesa, no meio do recinto, tinha o tamanho de uma mesa de bilhar. Noutra mesa, mais perto da janela, um torno prendia uma peça de madeira. Yongje a estava aplainando. Seunghwan divisou, no meio da mesa, o modelo de um castelo feito de madeira. Era grande, robusto, de desenho sofisticado e delicado. Era feito de pequenas varetas de madeira do tamanho de fósforos, coladas umas nas outras; a julgar pelas peças de madeira e pelas ferramentas de marcenaria, era o próprio Yongje quem fabricava as varetas. Seunghwan ficou abismado. Quanta paciência e quanta concentração não seriam necessárias para retalhar toras, produzir finas lâminas de madeira e usá-las para erguer um castelo? Agora, no entanto, Yongje estava ocupado em produzir outro objeto de madeira — um objeto bem maior que um fósforo. Talvez fosse uma única e enorme vareta. Mas, a julgar pelo comprimento, pela grossura e pela ponta arredondada, era algo mais parecido com um porrete, uma clava.

Yongje parou e se virou, olhando para a janela. Seunghwan deu um pulo para trás e grudou as costas na parede. Viu Yongje olhar através das persianas, e se sentiu grato ao renitente nevoeiro do lago Seryong. Yongje se afastou da janela, mas Seunghwan não tinha como saber se ele voltara ao trabalho ou se estava se dirigindo à porta. Não se atreveu a dar uma nova espiada. Esgueirando-se, saiu do canteiro de flores e voltou para o seu quarto, entrando pela janela. Foi surpreendido por Sowon, que estava sentado na cama. Ernie estava acomodado entre as pernas do menino. O gato parecia nervoso.

Seunghwan descalçou as botas enlameadas. "Shh."

Sowon fez que sim com a cabeça.

"Não saia daí", sussurrou.

Sowon assentiu novamente.

Seunghwan foi até a sala. Hyonsu estava dormindo na frente da TV, a lâmpada frontal ainda presa na cabeça e acesa. Estava encharcado de lama. Parecia sereno. Seunghwan deixou suas botas na porta da frente e estava a pique de se aproximar de Hyonsu quando estacou, paralisado. Eunju estava de pé na porta do quarto principal, braços cruzados. "Vocês dois andaram bebendo?"

Ele olhou para baixo, para si mesmo. Estava com a mesma aparência de Hyonsu. "Ah, bem, não, mas..."

Eunju se virou e bateu a porta. Sowon estava espiando da porta de seu quarto, e saiu da lá quando o olhar de Seunghwan encontrou o dele. Com a ajuda do menino, Seunghwan despiu as roupas de Hyonsu, enxugou a lama com uma toalha o melhor que pôde e secou a água do assoalho. Sowon trouxe um colchão fino, que pertencia a Seunghwan, e este o usou para enrolar Hyonsu, como quem enrola uma tora de madeira. Sowon trouxe um cobertor. Seunghwan foi tomar uma ducha.

"Sr. Ahn", disse nervosamente Sowon quando Seunghwan retornou ao quarto. "Meu pai está doente, não está?"

"Ele só está tendo um pesadelo", disse Seunghwan, tentando dar à voz um tom tranquilizador.

"Como o sonho que eu tenho com ela toda noite?"

Seunghwan olhou para Ernie, empoleirado no armário, e assentiu.

"Eu não vou lá para fora quando ela me chama, mas papai vai. Certo?" Sowon parecia ansioso e assustado.

"Certo."

Sowon assentiu e tornou a se deitar.

Seunghwan queria acreditar nas próprias palavras. Queria acreditar que esse era apenas um caso grave de distúrbio do sono. Mas conhecia a verdade. Naquela noite, mais cedo, Hyonsu e a esposa tiveram uma briga feia. Como a porta do quarto estava fechada, Seunghwan não conseguiu discernir as palavras, mas percebeu que as emoções estavam exacerbadas. Sowon pôs os fones de ouvido e grudou os olhos no livro, tentando bloquear aqueles sons. Seunghwan fixou os olhos no laptop. Depois, ouviu Hyonsu sair de casa.

Depois da meia-noite, Hyonsu ainda não tinha voltado. Seunghwan imaginou que estivesse no belvedere, mas logo ficou preocupado; chovia muito. Talvez devesse ir buscá-lo. Pegou na mochila sua lanterna frontal, mas se lembrou de uma coisa. Voltou ao site de beisebol. Checou a hora e o dia em que aquele post fora enviado: 22h45, sábado, 28 de agosto. Seu coração teve um baque. Hyonsu tinha lhe dito que não viera no dia 27 porque havia acontecido alguma coisa. Mas o homem que escreveu o post vira o chefe em Gwangju às oito da noite do dia 27. O lago Seryong fica a apenas uma hora e meia de carro de Gwangju. Dependendo de como ele dirigia, poderia ter chegado aqui em uma hora. A primeira chamada perdida tinha sido às 21h03. A segunda, às 22h30. Sua cabeça disparou. A atitude tímida de Hyonsu ao encontrar Yongje pela primeira vez. Sua expressão de pânico passivo quando Seryong foi retirada da água. O fato de Yongje ter lhe dito que vira Hyonsu no vilarejo antes. A reação dramática de Hyonsu no dia do funeral de Seryong. Seu comportamento errático durante toda a semana...

Seunghwan de repente teve medo. As coisas estavam começando a se encaixar. Vestiu uma jaqueta impermeável e pegou um guarda-chuva.

No belvedere, não havia ninguém, exceto Hyonsu, cochilando a uma mesa, debaixo de um guarda-chuva. Estava encharcado e seus pés, descalços. Em cima da mesa, três garrafas vazias, seus sapatos e suas meias.

Hyonsu abriu os olhos, mas parecia não reconhecer Seunghwan. Pegou os sapatos e saiu cambaleando na chuva. Seunghwan compreendeu imediatamente; não era o álcool que estava arrastando Hyonsu; ele estava sonhando. O olhar distante do chefe e seu andar claudicante eram prova disso. Não olharia para trás mesmo que Seunghwan chamasse por ele, e não despertaria a menos que o sonho o abandonasse. Hyonsu estava completamente indefeso. Tudo que Seunghwan podia fazer era cuidar para que ele não tropeçasse no escuro, e então pôs sua lanterna frontal na cabeça de Hyonsu.

Hyonsu desceu lentamente o caminho até a barreira no portão do Jardim Botânico. Agachou-se para atravessá-lo e pegou o caminho para o anexo. Passou pelo espaço entre o 102 e o 101. Seunghwan parou por um momento, quando viu Yongje pular a janela do quarto de Seryong, vestindo uma jaqueta preta impermeável e botas pretas. Não era uma atitude típica de um pai enlutado. Claramente, ele estivera esperando, de tocaia.

Hyonsu ia na frente, Yongje o seguia, e Seunghwan seguia os dois. Quando os dois homens se chocaram, Seunghwan foi obrigado a escolher quem iria seguir, e decidiu seguir Yongje. Deixou de lado suas apreensões quanto ao chefe; estava mais curioso para saber quais eram as intenções de Yongje. Por que estava seguindo Hyonsu?

Seunghwan apagou a luz e se deitou. Park tinha lhe dito naquela tarde que Yongje convidara as crianças do orfanato para virem até a represa na sexta-feira, às três horas. De lá iriam para uma festa no Jardim Botânico. No momento, aquilo soou irrelevante, mas agora parecia estar relacionado a algo maior.

Dormiu até tarde, provavelmente por ter passado a noite se revirando na cama. Achou Hyonsu e sua família sentados à mesa do café da manhã. Hyonsu estava abatido, mas tinha se barbeado. O braço ainda estava na tipoia. Ninguém falava. O silêncio era como uma bomba prestes a explodir. No caminho para o trabalho, o silêncio perdurou. Hyonsu calçava botas. Seunghwan, sapatos de caminhada. Ambos sabiam o motivo daquele silêncio. Em frente à cabine de segurança, junto às comportas, Hyonsu olhou para Seunghwan. Seunghwan ficou esperando, mas Hyonsu dirigiu-se à sede da companhia de exploração sem dizer palavra.

"Não se esqueça de limpar a biblioteca esta manhã", disse Gwak.

"Não vou esquecer", disse Eunju, distraidamente.

"As mulheres do vilarejo são muito detalhistas quanto a isso, portanto, faça um bom trabalho. Não queremos reclamações."

"Entendi."

"Não tem uma hora marcada para o grupo de estudos, elas podem chegar à hora que quiserem. Portanto faça isso antes da hora do almoço."

"Está bem."

Finalmente Gwak foi embora.

Eunju enviou uma mensagem de texto à sua irmã: *Pode falar agora?*

Imediatamente o telefone tocou. "O que está havendo?"

Eunju inspirou profundamente, não era momento de se preocupar com sua dignidade. Yongju seria capaz de considerar a situação com objetividade. Talvez lhe ocorresse uma solução na qual Eunju não houvesse pensado. "Então, ontem à noite…"

Ontem à noite Hyonsu entregara a ela a papelada do divórcio e dissera com seriedade. "Precisamos nos divorciar."

No momento, ela rira com desdém, achando que ele houvesse finalmente enlouquecido. "Por quê?"

"Não quero mais viver com você."

Ele não queria mais viver com *ela*? Eunju começou a rir. Não conseguia parar. Riu tanto que lhe vieram lágrimas aos olhos, o riso quase se convertendo em gemido.

"Se você concordar, o processo pode ser rápido. Não precisamos de um período de reconsideração. Os motivos para o divórcio serão meu comportamento violento e meu alcoolismo."

O riso dela ficou preso na garganta.

"Você pode ficar com tudo. Sowon, a casa, o carro, tudo. No futuro, talvez eu não possa pagar a pensão alimentícia, mas pagarei enquanto puder. Vou lhe enviar todo o meu salário enquanto for possível. Acho que você tem mais condições de proteger e educar nosso filho."

Ela percebeu que não era apenas uma ameaça.

Hyonsu tirou do bolso um envelope e uma caderneta bancária. "Isto é tudo que tenho. Aqui tem dinheiro, e aqui uma linha de crédito. A senha é a mesma da conta bancária em que depositam meu salário. Talvez consiga alugar um apartamento pequeno, na província de Gyonggi",

Um apartamento pequeno? "Divórcio?", ela finalmente pronunciou a palavra. "Quem disse que é você quem decide? Pensa que fiquei com você todo esse tempo porque eu queria? Acha que eu não poderia viver sem você? Fiquei por causa de Sowon. Você sabia disso?"

"Sim, eu sei. É por isso que estou lhe dizendo que não precisa mais fazer isso."

Eunju tentou se acalmar. "Você deveria estar pedindo desculpas. Deveria estar jurando que aprenderá a se controlar e a levar uma vida melhor. Se estivesse em seu juízo perfeito..."

"Você está me ouvindo? Não posso estar em meu juízo perfeito enquanto você estiver ao meu lado. Fico amedrontado só de olhar para o seu rosto. Sinto que vou ter uma convulsão só de ouvir a sua voz. Dormir com você é pior do que morrer. Estou enlouquecendo a cada hora de cada dia. Deixe-me ir. Deixe-me salvar minha sanidade. Por favor."

Ela se sentiu tomada por uma onda de dor aguda e quente que a impedia de respirar. Não era como a dor que sentiu quando deu à luz. Era como se estivesse respirando fogo. Tirou o dinheiro do envelope e apalpou o maço, avaliando o que parecia ser um milhão de wons. "Eu amedronto você?" Bateu no rosto dele com o maço de cédulas. "Está enlouquecendo por minha causa?" Bateu nele novamente. "Sou tão horrível assim?"

Hyonsu agarrou a mão dela. Ela soltou o dinheiro, que caiu no chão. Os olhos dele, frios e cavernosos, encontraram os seus. "Vá embora. Amanhã, com Sowon. Se não for, eu mesmo colocarei você para fora." Largou a mão dela e saiu do quarto.

Ela escorregou para o chão, sentindo-se desfalecer. Ele estava realmente pedindo o divórcio? Como se atrevia?

Agora era meia-noite, e Hyonsu ainda não voltara. Ela ficou caminhando de um lado para outro, aguardando. O quarto de Sowon estava silencioso, embora uma luz brilhasse fracamente por baixo da porta. Por volta das duas da manhã, ela ouviu a porta da frente se abrir, mas não era Hyonsu voltando para casa; era Seunghwan saindo. Ficou esperando na sala, imaginando que Seunghwan decerto fora procurar Hyonsu. Mas Hyonsu chegou sozinho, mal olhou para ela e desabou no chão da sala, adormecendo imediatamente. Estava descalço e coberto de lama. Ela ficou na porta do quarto, olhando para ele. Sentia mais confusão do que raiva.

Então Seunghwan veio de seu quarto, tão molhado e enlameado quanto seu marido. Ela teve certeza de que os dois homens haviam se encontrado e bebido até cair.

"Talvez ele esteja tendo um caso", disse Yongju.

"Não sou idiota."

"Não estou dizendo que é."

"Que tipo de mulher não percebe quando o marido está tendo um caso?", disse Eunju desdenhosamente.

"Então ele se meteu em alguma encrenca."

"Do que você está falando?"

"Talvez tenha se endividado no jogo. Ou talvez tenha cometido uma fraude. Ou talvez tenha espancado alguém quando estava bêbado. Esse comportamento estranho pode significar que se meteu em algum problema sério, não acha?"

"Ele não sabe jogar nenhum jogo de cartas", protestou Eunju. "E ele não saberia cometer uma fraude! Nunca se meteu numa briga. Nunca bateu em ninguém."

"Bateu em você."

Eunju ficou com raiva. Por que Yongju estava mencionando isso agora, quando antes tinha dito que um único tapa não significava nada? Todavia, resistiu à tentação de desligar na cara da irmã; estava precisando de ajuda. "Não. Não é isso. Mesmo que se metesse em alguma encrenca, primeiro viria falar comigo e me pediria ajuda."

"Pelo que você contou, ele lhe disse que você pode ficar com tudo. Que ele talvez não pudesse pagar a pensão. Que não sabia por quanto tempo poderia lhe enviar todo o seu salário. Pediu que você cuidasse de Sowon. Ele nunca faria isso! Nunca desistiria de Sowon! Ele se meteu em algo muito ruim, algo que não tem como consertar. É a única explicação. Pense nisso. Talvez tema que suas posses sejam confiscadas. O divórcio é a melhor maneira de proteger vocês. É estranho que não tenha lhe dito tudo isso. Mesmo assim, tente descobrir. Faça umas ligações e algumas perguntas. Se ele não pode consertar, você pelo menos tem de tentar."

Eunju lembrou-se dos inspetores que a procuraram na quinta-feira. Disseram que a visita era apenas uma formalidade e que estavam ali para fazer perguntas sobre a filha do vizinho, que morrera. Eunju assentiu. Perguntaram se Hyonsu viera ao vilarejo ou ao Jardim Botânico alguma vez antes de se mudarem. Ela disse que não, mas eles insistiram. A maioria das pessoas prefere visitar sua nova casa antes de se mudar, não é? Será que seu marido não veio mesmo? Parece que o carro foi consertado recentemente. Por acaso foi um acidente? Eunju não quis lhes contar que, na verdade, o casal havia brigado exatamente por causa daquela visita frustrada; também não quis lhes dizer que ainda estavam brigados. Em vez disso, contou que o carro estava no nome dela, e se tivesse havido um acidente e ele fosse consertado, a companhia de seguros a teria notificado. Se algo assim houvesse acontecido, era impossível que ela não tomasse conhecimento. Eles ainda se demoraram mais trinta minutos antes de finalmente irem embora. No momento, ela não pensara que fosse algo sério. Acreditou quando disseram que era apenas uma formalidade.

Ligou para Kim Hyongtae, amigo de Hyonsu. Perguntou se seu marido sofrera um acidente. Kim disse que isso era improvável e que, após ter a carteira suspensa por dirigir embriagado, Hyonsu se tornara mais cuidadoso. Eunju sentiu um aperto no peito. Dirigir embriagado? Carteira suspensa? Kim Ganghyon, que era amigo de infância de Hyonsu, dissera que Hyonsu aparecera em seu bar no dia 27 de agosto e que tinham bebido até as oito da noite. Em seguida, Eunju telefonou para a oficina mecânica que Hyonsu costumava ir. Perguntou sobre o carro. O dono da oficina, por sua vez, lhe perguntou o que diabos estava acontecendo, pois um inspetor de polícia estivera lá e lhe fizera a mesma pergunta. Eunju desligou, com medo de descobrir mais coisas. Para onde quer que ligasse, desencavava coisas que nunca imaginara. Hyonsu andara dirigindo bêbado e sua carteira de motorista fora suspensa? E havia inspetores o investigando? Em que tipo de problema Hyonsu havia se metido? Lembrou que, um dia antes de se mudarem,

Hyonsu estivera cantando, bêbado: "Sargento Choi voltou do Vietnã...". Eunju ficou tão irritada por vê-lo novamente embriagado que se trancou no quarto e o ignorou pelo resto da noite. Mas agora várias perguntas vinham à sua mente. Ela nunca o ouvira entoar aquela canção antes. Na verdade, nunca o ouvira cantando coisa alguma. Ele só gostava de beber e de beisebol. E a única coisa que o deixava feliz era Sowon.

Aos poucos, uma série de perguntas inquietantes substituía a raiva e a confusão na mente de Eunju. Hyonsu alguma vez já passara por um período de bebedeira tão intensa e tão contínua quanto o das últimas semanas? Alguma vez já batera nela ou já lhe dissera coisas agressivas? Alguma vez já a proibira de trabalhar? Não, nada disso havia acontecido antes. Portanto, o comportamento de Hyonsu nas últimas semanas fora anormal.

Eunju ligou para Seunghwan. Perguntou se Hyonsu realmente não viera ao vilarejo aquela noite. Seunghwan disse que não. Ela deixou escapar um longo suspiro. Não, não fora Hyonsu. Ele não teria feito aquilo. Não era possível.

Uma mulher de cabelos longos e lisos estava batendo na janela da sala da segurança. Eunju abriu a vidraça.

"Oi, pode limpar a biblioteca agora? Temos um grupo de estudos às onze." Ela foi embora rebolando; era uma daquelas mulheres que corriam todas as manhãs com shortinhos de ginástica.

Eunju arrastou o aspirador de pó para a biblioteca, que funcionava como parquinho interno para as crianças que viviam no condomínio da companhia e também como ponto de encontro para as esposas dos funcionários. As paredes e o assoalho eram de cipreste. Havia uma janela voltada para o sul, pela qual entrava uma agradável luminosidade. Também havia vários jogos, brinquedos e equipamentos de parquinho infantil, como um balanço de plástico e uma piscina de bolinhas. Além disso, uma estante de livros e um baú com material esportivo.

Bolas de basquete, de beisebol, bastões, luvas... As mulheres dos funcionários haviam transformado a biblioteca numa espécie de sala de estudos para os filhos. Aqui eles tinham aulas de escrita em inglês e em chinês. Era uma espécie de cursinho profissional. As mães das crianças revezavam-se dando aulas. Sob o pretexto de preparar o curso, reuniam-se com frequência na biblioteca. Gwak alertara Eunju, dizendo-lhe que aqueles encontros na biblioteca eram a origem da maioria das fofocas que circulavam pelo vilarejo. Aconselhou-a a não interagir muito com aquelas mulheres, para não se tornar alvo de fofocas. Ela passava o aspirador, espanava e esfregava, tentando não pensar em mais nada.

Quando ela estava se aprontando para ir embora, elas chegaram.

"Seu garoto está bem?", perguntou uma mulher sardenta. "Ouvi dizer que o xamã o agarrou com força."

"Perdão?", perguntou Eunju.

A mulher pareceu ficar surpresa. "Você não soube? Todos estão falando sobre isso."

"O xamã? O que veio para o funeral da menina?"

A voz da mulher ficou mais aguda. "Ah, meu Deus! Você realmente não sabia! Ouvi dizer que seu marido estava estrangulando o xamã. Mas o jovem que mora em sua casa separou os dois."

"Não sei do que você..."

A mulher de cabelo liso interveio. "Nós só sabemos de ouvir falar", disse, e contou tudo que escutara. "Gwak estava patrulhando e viu aquele jovem correndo o mais rápido que podia levando seu filho nas costas. Você não estava em casa?"

Eunju se sentiu enrubescer da cabeça aos pés. Lembrou-se daquele dia. Seunghwan viera procurá-la e sugeriu que ela fosse dar uma olhada em Sowon. Ela achara isso estranho. No dia seguinte, Gwak perguntara: "Seu filho está bem, certo?". Lembrou-se do desenho que Yongje trouxera. Sowon explicou que fora feito pela menina morta. Eunju pegou o desenho de mau agouro e o jogou na lixeira. Desde então, Sowon não falava com ela. Apenas a olhava com frieza. Quando ela se dirigia a ele, o menino a ignorava. Às vezes ele era exatamente como o pai e os dois a faziam se sentir embaraçada e solitária. Eunju sentiu a raiva recrudescer. Ela era a única a não saber o que todos os outros sabiam? Decidiu arrancar respostas do marido, se é que podia chamá-lo assim. Virou-se para ir embora.

A mulher sardenta a chamou. "Na estante tem um detergente. Já que você ainda está aqui, poderia limpar as janelas? Estão realmente sujas."

Eunju olhou para ela. Lembrou-se de como Gwak tratava aquela mulher, chamando-a de "minha senhora". Quem era ela? A esposa do diretor? Com os lábios apertados foi buscar o detergente. As mulheres fofocavam, principalmente sobre a família da garota. Disseram que os restos mortais de Seryong estavam numa geladeira em casa, e que a polícia suspeitava do pai.

"Lembram quando eu disse que seria uma questão de tempo até ela ser morta pelo próprio pai? A mãe dela fez bem em fugir. Provavelmente teria morrido junto com a filha", sussurrou a mulher de cabelo liso.

A sardenta riu. "Tenha cuidado com o que diz. Nunca se sabe quem está ouvindo." Olhou para Eunju.

Eunju se afastou da janela e cruzou os braços, olhando para a mulher.

"Acabou?", perguntou a sardenta. "Pode ir, então."

Eunju foi embora, tão furiosa que as pernas tremiam e a cabeça fervia. A situação se delineou em sua mente: ela trabalhava como segurança, e era assim que as pessoas a tratavam. Isso era culpa de seu marido. Ela jamais desejara uma vida de luxo. Nunca invejara as mulheres dos outros jogadores, que viviam fazendo compras caríssimas. Porém, seu marido poderia ao menos tê-la poupado dessa humilhação. Se ele tivesse cumprido seu papel, se conseguisse ganhar um salário decente, ela não seria obrigada a se rebaixar aceitando aquele emprego.

Eunju preparou para si mesma dois pratos de lámen e comeu tudo. Quando sua raiva amainou, a ansiedade a substituiu. Ela ligou para Hyonsu.

"Sim", disse ele, em voz baixa.

"Tenho só uma pergunta para fazer a você. Naquela noite. A noite em que eu lhe disse para vir até aqui. Você veio?"

Após um longo silêncio ele respondeu: "Não".

Eunju ficou aliviada. Decidiu que ia acreditar na versão oficial dele. "Ótimo." Ela desligou e saiu. Esvaziou a lixeira e limpou toda a área. Esvaziou a caixa de compostagem, varreu a estradinha na frente, lavou as escadas. Quando não restou nada para limpar, levou o material de limpeza para a biblioteca. Seria a terceira vez naquele dia.

A equipe de engenharia veio da matriz na tarde de quinta-feira. Ao lado deles, Hyonsu pisou na terra proibida, Hansoldeung. A ilha parecia o montinho do arremessador no beisebol; estava coberta de mato, e, no meio dela, havia dois pinheiros gêmeos que cresciam juntos e enroscados; cada tronco era mais grosso que o tronco de Hyonsu. Duas novas câmeras infravermelhas foram instaladas num poste perto da árvore, cada uma supostamente abrangendo uma vista de cento e oitenta graus. À sombra da árvore, Hyonsu ligou para a sala de segurança no portão principal. "Você pode me ver?"

"Posso contar os pelos do seu nariz", veio a divertida resposta.

Eles também substituíram a câmera no cais, e um grande holofote foi instalado no topo da torre de captação de água. Hyonsu ficou olhando o novo equipamento, perturbado. Aquele aparelho revelaria seu sonambulismo ao mundo inteiro. Como iria atravessar aquela noite? Só podia contar com a sorte; ou ficar acordado a noite inteira, ou esperar que o invencível nevoeiro tornasse toda aquela tecnologia inútil.

Depois que a equipe de engenharia foi embora, Hyonsu tomou dois comprimidos de Tylenol. A cabeça martelava, os olhos estavam injetados de sangue, e ele não escutava direito. Sentia-se febril e os músculos doíam. Estaria com gripe? Passara a noite correndo na chuva, como um cão raivoso.

O nevoeiro começou a cobrir o lago quando veio o crepúsculo. Hyonsu abandonou seu posto na sala de segurança. Ficou lá o máximo que pôde. Disse a Park, que estava no turno da noite: "No caminho de casa, vou dar uma olhada na estrada à beira do lago. Fique olhando para as telas. Vamos ver o que é mais poderoso, o novo equipamento ou o nevoeiro".

"Que tal eu ligar para você quando o vir no cais?", perguntou Park.

Hyonsu atravessou o clarão ofuscante do primeiro portão. Pelo visto, o holofote estava funcionando bem. Seu facho era tão poderoso quanto o de um farol. E também se movia em trezentos e sessenta graus. Hyonsu dobrou a esquina e passou pela torre de captação de água. Chegando ao cais, recebeu uma mensagem de texto. Era Park. *As câmeras estão ganhando.* Hyonsu tomou o caminho para o rancho, onde Sowon passava depois da escola para alimentar o gato.

Ao descobrir isso, Hyonsu ficara preocupado. "Você não tem medo de ir lá sozinho?"

Sowon achou graça.

"Por que você não deixa um monte de ração? Assim não tem de ir todo dia."

"Mas Ernie vai ficar triste. Ele sempre desce para me esperar na estrada."

Hyonsu achava perigoso que uma criança frequentasse sozinha um estábulo abandonado. Como a estrutura estaria por dentro? Pensou em dar uma passada no local, já que estava perto. Enquanto subia a encosta, o facho do holofote percorreu o arvoredo diversas vezes. Sempre que a luz passava por ele, Hyonsu olhava para trás, com a sensação de que alguém o observava lá do lado escuro. E quem o olhava era ela, a menina em que ele não conseguia parar de pensar.

Agachou-se e entrou no estábulo. Estava escuro lá dentro, mas não demorou para achar a toca de Ernie. No chão havia um cobertor rosa e tigelas de plástico com comida e água. Havia também repelente de mosquitos e uma lanterna. Hyonsu pegou a lanterna e a ligou. Sua luz era surpreendentemente clara. Devolveu-a a seu lugar e saiu dali. Não viu nada inerentemente perigoso naquele lugar. Hyonsu sentou-se num banco sob um caquizeiro. A cabeça doía ainda mais. Pôs na boca mais dois comprimidos de Tylenol e os mastigou; não tinha água para engoli-los inteiros. Com cuidado, fez cada pedacinho amargo descer pela garganta. Sentiu um alívio espraiando-se em seu estômago vazio. Recostando-se no tronco da árvore, Hyonsu fechou os olhos e sorveu o ar frio da noite. Sua mente voltou a reviver o que havia acontecido de manhã.

Abrira os olhos ao soar do despertador. Descobriu que estava deitado num colchão, e que alguém pusera um cobertor sobre seu corpo úmido. Parecia coisa de Seunghwan. Aquele rapaz o assustava. Ele devia saber aonde Hyonsu ia toda noite, onde tinham ido parar seus sapatos, mas nunca disse uma palavra sobre isso. Hyonsu sentia vontade de interrogá-lo, para saber por que nunca fazia perguntas. Por outro lado, sentia-se perdido. Havia vestígios de esperança e confiança em seu coração. Por algum motivo, tinha a impressão de que Seunghwan estava do seu lado. Tinha vontade de lhe contar coisas que não dissera a mais ninguém, nem mesmo à sua própria mãe, nem a Eunju. Queria se livrar do fardo que carregara por vinte e cinco anos e compartilhá-lo com alguém. Queria pedir ajuda a Seunghwan. Mas sabia que a única pessoa que poderia ajudá-lo era ele mesmo. E não havia muito que pudesse fazer. Tudo o que lhe restava era atenuar as sequelas que se abateriam sobre Sowon. E o único modo de fazer isso era mandar sua família embora. O divórcio lhe serviria de escudo, ainda que imperfeito. Depois disso ele teria tempo para decidir se confessava, esperava para ser preso ou se matava.

Abriu uma linha de crédito, esvaziou sua conta secreta, achou uma agência de divórcios. Preencheu formulários, sentindo-se como um homem à deriva no oceano, que envia pedidos de socorro em garrafas. Sabia que não seria fácil fazer Eunju aceitar a separação. Ela só aceitaria se ele lhe explicasse tudo. E ele não conseguia lhe explicar nem mesmo onde iam parar os dez mil wons que ela lhe permitia gastar diariamente. Para que aceitasse, ele teria de confessar. Nesse caso, ela talvez concordasse com o divórcio, mesmo sem entender tudo o que acontecera. No que dizia respeito a Sowon, ela podia demonstrar uma coragem sobre-humana. Hyonsu sabia disso tudo, porém não conseguia confessar. Como ele poderia enfrentar aquela mulher que ria diante de seu pedido de divórcio? Acabou por lhe fazer uma confissão totalmente diferente. Disse-lhe coisas que queria dizer havia muito tempo. Muitas vezes, imaginara-se dizendo aquilo: Eu não posso mais viver com você.

Eunju ligou para ele na hora do almoço. "Tenho só uma pergunta para fazer a você. Naquela noite. A noite em que eu lhe disse para vir até aqui. Você veio?"

Ele deu-se conta de que ela finalmente detectara algo errado. Era sua oportunidade de esclarecer tudo. Mas sua equipe estava lá. Não era o momento certo. "Não."

"Ótimo", disse ela, sem hesitar um segundo. Quando Eunju desligou, Hyonsu compreendeu que perdera a oportunidade de lhe contar tudo. Sabia que ela não perguntaria novamente. Sua voz expressara alívio. Na realidade, ela não queria saber. A verdade assustadora era algo com que Eunju não queria lidar.

"Há muito tempo que não o vejo", disse alguém, despertando-o de seus pensamentos.

Hyonsu abriu os olhos e viu Yongje de pé à sua frente, com uma lanterna na mão.

"O que aconteceu com você?" Yongje apontava para sua mão esquerda.

"Tentei chupar meu próprio sangue", disse Hyonsu.

Yongje soltou uma gargalhada, mas nela se ocultava o cintilar de algo sinistro. "Se já está fazendo piadas, o machucado não deve ser tão grave."

"O que o traz aqui?" A voz de Hyonsu era calma, assim como estavam sua cabeça e seu coração.

"Só estou dando um passeio. Estava me sentindo inquieto. Ouvi dizer que a câmera em Hansoldeung foi substituída. Está funcionando bem?"

"Ainda não tenho certeza. Vamos saber esta noite, quando o nevoeiro chegar." Hyonsu levantou-se e seguiu em direção à estrada. "Até mais. Estou indo pra casa." Seguiu caminhando, olhos fixos à frente. Podia sentir o olhar de Yongje em sua nuca. Hyonsu já não se lembrava de como havia descido pela trilha. Estava indo para o belvedere com uma garrafa de soju na mão. Sentiu que não ficaria embriagado nem se entornasse toda a garrafa. No entanto, não podia beber. Não deveria. Se estivesse bêbado não conseguiria enfrentar o homem que lhe surgia à noite. Atirou a garrafa para longe do belvedere, no vazio. Pouco depois da meia-noite, entrou numa videolocadora que estava quase fechando. Alugou dois filmes de terror. Eunju não estava em casa, mas ele não queria se deitar naquela cama novamente. Melhor sentar na sala e ficar acordado a noite toda.

A sala estava às escuras. A luz no quarto de Sowon estava apagada. Na porta da frente havia dois pares de sapatos — os tênis de basquete de Sowon e as botas de caminhada de Seunghwan. Novamente, Hyonsu pôs os tênis do filho sobre a máquina de lavar. Pensou em fazer uma barricada de cadeiras junto à porta da frente, mas desistiu. O que Seunghwan pensaria ao ver aquilo? Em vez da barricada, resolveu programar seu despertador para tocar de trinta em trinta minutos. Pôs os fones de ouvido, para que ninguém mais escutasse o despertador, e enfiou o telefone no bolso da camisa. Agora só precisava assistir aos filmes e ficar acordado. Pôs o primeiro VHS no aparelho de vídeo. Deixou o volume baixo e se recostou no sofá. O filme estava abaixo de suas expectativas. Esperava que o medo o mantivesse acordado, mas não havia nada de muito assustador. Num dos filmes, zumbis andavam para lá e para cá, em grupos, comendo coisas nojentas. No outro, um vampiro erudito discorria sobre assuntos chatos. Hyonsu sentiu as pálpebras pesando. Começava a perder a concentração. Ao terceiro toque do despertador, ele se empertigou. Mas quando o quarto alarme parou de soar, Hyonsu estava dormitando, a cabeça pendendo sobre o peito. Apenas dois dias atrás, tinha de beber para dormir. Os bons e velhos tempos, ele pensou. Desde que o homem do sonho começou a atormentá-lo, o sono chegava sempre na mesma hora. Hyonsu ergueu a cabeça pesada e tentou se concentrar na tela. Mais duas horas e o sol ia nascer. O sol ia nascer e...

Hyonsu sentiu a escuridão crescer dentro dele. O homem do sonho segurava um tênis em cada mão, balançando levemente os braços. O homem desceu pela escada. Hyonsu o seguiu. Várias imagens sucediam-se no nevoeiro — as lâmpadas na parte da frente do anexo, um resedá com flores de um vermelho profundo, as paredes do 101, escuras na chuva, e uma janela que parecia enquadrar o rosto de Yongje em meio às sombras. O rosto desapareceu antes que sua mente chegasse a se preocupar com ele. Agora seu alter ego estava atravessando o portão. Hyonsu correu atrás dele e olhou para fora. O nevoeiro se dissipou. Uma lua cheia vermelha pairava no céu. Campos de sorgo flamejavam ao luar. O caminho através do campo brilhava como se fossem degraus em direção ao céu. No meio da trilha, seu alter ego se deteve e fez um gesto com a mão, chamando-o. Venha. Tudo o que precisa fazer é pôr seu pé do outro lado do portão. Hyonsu obedeceu. Mas, tão logo pôs o pé do outro lado, sentiu presas agudas afundando em sua carne. A dor lancinante imediatamente o trouxe de volta à realidade, fazendo-o gritar e abrir os olhos. Estava cercado pelo nevoeiro. O alarme de seu celular estava soando alto. Uma luz brilhava acima de sua cabeça, e seu pé descalço fora apanhado numa grande armadilha. Uma dor surda subia por sua perna e chegava até a cintura. Sentou-se com dificuldade, segurando o pé. Tentou abrir a armadilha, mas foi impossível. Seu braço esquerdo estava morto novamente. Tinha a nítida lembrança de estar caminhando e balançando os braços, com os tênis nas mãos, havia apenas alguns momentos. Mas agora não conseguia mover o braço esquerdo, que pendia, inerte. Não havia muito que pudesse fazer com apenas uma das mãos. Quanto mais tentava abrir a armadilha, mais profundamente ela se cravava em sua carne. Sangue começou a jorrar, cobrindo seu pé e encharcando o solo. Hyonsu largou a armadilha, gemendo entre os dentes; nada podia fazer.

"Você está bem?", perguntou uma voz cautelosa atrás dele. Era Seunghwan. "Ah, meu Deus!", ficou repetindo o jovem. Deixou cair a lanterna, abriu a armadilha, tirou a camisa e a amarrou em torno da ferida. "Tente se levantar, chefe", disse, pondo o braço de Hyonsu em torno de seu ombro.

Hyonsu não conseguia fazer nada. Estava tonto. A floresta virou de cabeça para baixo. Sua consciência se recolhia num horizonte nebuloso.

"Por favor, levante-se", ouviu o sussurro de Seunghwan. "Não vou conseguir carregá-lo."

Hyonsu não queria se levantar. Afastou as mãos de Seunghwan e estendeu o braço direito, tateando ao redor. O braço esquerdo jazia inerte sobre as coxas. Sua mão direita encontrou os tênis de Sowon. Um deles estava junto ao portão, o outro jazia junto ao tronco de uma árvore.

Assim que achou os tênis, Hyonsu fechou os olhos. Teria adormecido? Ou desmaiado? Seunghwan não conseguiria carregar seu chefe nas costas. Tinha de acordá-lo e fazê-lo caminhar.

Seunghwan correu para o 102 e pulou pela janela aberta de seu quarto.

Sowon estava sentado na cama, alerta e tenso. "Onde está meu pai?"

"No portão." Não tinha tempo para explicar. Correu para a sala, ainda usando as botas de trilha. Em busca das chaves do carro, vasculhou os bolsos do uniforme de Hyonsu, que estava no sofá. O homem guardava tudo no bolso da camisa. Achou a carteira, um caderninho de anotações, os cartões de visita, seu celular, mas não as chaves do carro. Nos bolsos das calças, apenas algumas moedas. Seunghwan começou a entrar em pânico.

"O que está procurando?", Sowon estava a seu lado.

"Sabe onde estão as chaves do carro de seu pai?"

"Na gaveta debaixo da pia. Minha mãe levou para lá. Disse que ele devia ir a pé, para economizar gasolina, já que o trabalho fica tão perto."

"Pode apanhá-las para mim?"

Num piscar de olhos, as chaves estavam na mão de Seunghwan. "Sr. Ahn, posso ir com o senhor?"

Seunghwan hesitou por um instante. Ele precisava de ajuda, com certeza. Hyonsu estava mergulhado num sono profundo. Seu estado de espírito, naquelas condições, era mais perigoso que a ferida no pé. Precisava de alguém que desse a Hyonsu alguma sensação de segurança, e Sowon era o candidato perfeito. Pelo menos assim esperava. "Se prometer que vai ficar calmo, levo você comigo."

Quando Sowon viu o pai estendido no solo, não ficou transtornado, não gritou nem chorou. Ajoelhou-se ao lado de Hyonsu e sussurrou: "Pai, acorde. Levante-se para podermos ir até a clínica".

Foi um milagre. Hyonsu abriu os olhos, pegou a mão de Seunghwan e se levantou. Apoiava-se em Seunghwan e arrastava a perna ferida, mas conseguiu caminhar até o carro.

Alguém veio abrir a porta da clínica após baterem por cinco minutos. Levou mais de duas horas para os médicos tratarem a ferida, lavando-a com solução salina, suturando a ponta e a sola do pé, tirando radiografias, engessando, fazendo exames, preparando-o para receber intravenosas e aplicando cinco injeções. Depois de tudo isso, Hyonsu ficou dormindo num quarto com Sowon a seu lado.

Seunghwan respondia às perguntas do médico num outro quarto.

"Parece que você pegou o hábito de frequentemente trazer pessoas aqui no meio da noite. Será que este aqui também é alguém que você não conhece?", perguntou o médico maliciosamente.

Seunghwan procurou uma explicação que fosse simples. "Ele é meu irmão."

"Ah, então foi com você que eu falei ao telefone. O que aconteceu depois disso?"

Seunghwan ficou olhando para o médico.

"Expliquei com todos os detalhes que ele tem de ser observado cuidadosamente."

"O que quer dizer?", perguntou Seunghwan.

"No dia em que o sr. Choi Hyonsu cortou o pulso, uma pessoa ligou, dizendo ser o irmão mais novo dele. Perguntou se havia sido uma tentativa de suicídio. Eu disse que parecia um caso típico de automutilação. Também disse que o sr. Choi deveria procurar um psiquiatra. Pelo visto, meu conselho não foi seguido."

Seunghwan aprumou a cabeça, confuso. Ouvira dizer que o irmão mais moço de Hyonsu vivia em Seul. Como soube que o irmão tinha ferido a si mesmo? Era pouco provável que o próprio Hyonsu tivesse lhe contado.

"Seja como for, ele teve muita sorte", continuou o médico. "A ferida é profunda e há pequenas rachaduras no osso. Mas não há uma fratura, e os ligamentos parecem estar bem. Quando animais pequenos são pegos nessas armadilhas, suas patas são cortadas fora.

"Lembra-se do nome do irmão que ligou?"

"Por quê, tem algum problema?"

"Sou seu único irmão."

"Então quem era o homem com quem falei? Não falo sobre um paciente sem antes confirmar a identidade do familiar. Ele me informou o número de sua própria identidade, assim como o do paciente."

"Anotou o número do telefone?"

"Não, mas provavelmente ainda está armazenado na secretária eletrônica. Foi poucos dias atrás."

"Poderia verificar?"

O médico, parecendo incomodado, começou a procurar. "Acho que é este, a julgar pela hora. Foi pouco antes do almoço."

O código de área era de Sunchon. A ligação ocorrera às 11h50 do dia 6 de setembro. Seunghwan salvou o número no celular. Eram quase sete horas. Tinha de mandar Sowon para casa e ligar para Eunju. Quando entrou no quarto, Sowon levantou-se, a preocupação estampada no rosto.

"Está tomando analgésicos e logo vai se sentir melhor", explicou Seunghwan. "É uma ferida profunda. Vai precisar de um tratamento longo."

"Vai ficar nesta clínica?"

"Vai ter de ir em um hospital grande, que tenha um médico ortopedista."

Sowon assentiu.

"Conte a sua mãe exatamente o que vou lhe dizer, está bem? Com calma, para que ela não fique assustada."

"Está bem."

"Ele saiu para passear na floresta esta manhã e pisou numa armadilha. Nós o levamos para a clínica e ele agora está descansando e se recuperando. Certo?"

Sowon assentiu, e Seunghwan o levou até a porta da frente. Depois que o menino saiu, ele entrou numa cabine telefônica e ligou para o número que tinha salvado no celular. Uma voz de mulher atendeu. "Obrigado por ligar para Odontologia Yongje."

Seunghwan desligou. Algo muito estranho estava acontecendo. Algo envolvendo Yongje e Hyonsu. Mas ele ainda não conseguia decifrar o que se passava entre os dois. Isso o assustou. Voltou para a clínica e para o quarto de Hyonsu. Seu chefe estava gemendo, choroso, como se estivesse tendo um pesadelo. Seunghwan sacudiu-o pelo ombro. "Chefe?"

Hyonsu abriu os olhos, seu corpo enrijeceu, o olhar fixo no espaço, a boca aberta. Parecia não estar respirando.

"Chefe."

O olhar de Hyonsu deslizou até encontrar os olhos de Seunghwan. Um suspiro escapou de seus lábios secos. Seu hálito era azedo e quente.

"Você está bem? Quer que eu chame o médico?"

Os olhos de Hyonsu ainda estavam grudados nos de Seunghwan. Seunghwan identificou neles raiva e medo e desesperança e desespero; tirou a mão do ombro de Hyonsu, sentindo-se sufocar.

"Pode me dar um pouco d'água?", perguntou Hyonsu após um longo silêncio.

Seunghwan encheu de água um copo de papel que estava sobe a mesa. Seu chefe sentou-se e bebeu tudo. Parecia querer dizer alguma coisa. Seunghwan pôs um travesseiro atrás das costas de Hyonsu.

"Você viu alguma vez um campo de sorgo que se estende sem parar até o horizonte?", perguntou subitamente Hyonsu.
"Não, mas já vi pequenas plantações ao pé das montanhas."
"Na planície, o sorgo fica muito alto. Amadurece em três meses, ficando com uma cor vermelha que tende ao negro. Nas noites de verão, quando a lua brilha e o vento sopra, o campo de sorgo parece um oceano sangrento, em constante ondulação. No lugar onde nasci e cresci, havia campos assim, margeados por uma montanha rochosa e negra. Na montanha, a terra era seca. As encostas e os penhascos soltavam um nevoeiro que parecia fumaça. A cerração trazia um cheiro de sal, porque, do outro lado da montanha, ficava o mar. Um dia, escalei a encosta com outros meninos do vilarejo. Lá do alto, avistamos outro vilarejo, situado no sopé. E havia um farol branco sobre um penhasco." Hyonsu recostou-se e olhou para a chuva lá fora. "Nós o chamávamos de Vilarejo do Farol. Nas noites escuras e sem lua, eu atravessava sozinho o campo de sorgo para ir ver a luz faiscando no outro lado. Eu tinha onze anos na época e jogava beisebol na escola. Queria desesperadamente ser um verdadeiro jogador de beisebol. Os adultos nos diziam que não devíamos andar pelo campo quando não havia lua, pois o sorgo era muito alto, e era difícil enxergar o caminho. Havia muitos sulcos no solo, um verdadeiro labirinto, e era fácil se perder ali. No meio do campo, havia um velho poço, muito fundo. Era impossível enxergar o fundo, ainda que você se debruçasse na borda. Tudo o que se enxergava lá embaixo era escuridão. Ninguém sabia há quanto tempo aquele poço existia. Diziam que o dono da plantação o cavara. Os meninos também diziam que não se devia deixar os sapatos caírem lá dentro, porque, se isso acontecesse, o poço chamaria você e o faria cair nas profundezas. Muito tempo antes de minha família se mudar para lá, um menino tinha morrido no poço. Os aldeões então pediram que o dono da plantação soterrasse

o poço, mas ele não fez isso. Apenas disse que as pessoas deviam parar de andar por lá. Ele morava na cidade, é claro, e não no vilarejo." Hyonsu tossiu. "Já ouviu o sorgo murmurando?"

"Não", disse Seunghwan, enchendo o copo novamente para ele.

"Às vezes, no meio do verão, tudo fica muito silencioso. O sol é inclemente, e o ar fica parado. É como se você estivesse preso numa garrafa de vidro. É então que você começa a ouvir algo estranho, mesmo quando não há vento. Um som que lembra as ondas do mar, ou árvores se balançando, ou gatos chorando. Eles dizem que é o som do poço chamando a pessoa que deixou cair nele seus sapatos, e que as pessoas ficam enfeitiçadas e pulam lá dentro. Dizem que dentro dele há dezenas de ossadas. Eu ia até lá sozinho. Durante o dia, meus irmãos estavam sempre comigo. Minha mãe trabalhava no moinho na cidade, pois meu pai era veterano da guerra do Vietnã, inválido, por ter perdido um braço. Também era amplamente conhecido como um bêbado contumaz, um viciado no jogo que não prestava para nada e um filho da puta. Em casa, estávamos sempre pisando em ovos com ele. Meu pai parecia o tipo de homem que sabe do que gosta e do que não gosta. Mas seus gostos mudavam o tempo todo. Como o beisebol, por exemplo. Naquela época o beisebol estudantil estava no auge. Quando a TV transmitia um campeonato, ele não punha os pés para fora de casa. Ficava na frente do televisor, com uma garrafa de dois litros de soju. Mas, quando seu filho resolveu virar jogador de beisebol, ele passou a detestar o esporte. Na época eu estava encarregado de todos os trabalhos domésticos. Cuidava de meus irmãos, limpava a casa, preparava as refeições de meu pai. Só tinha tempo livre quando minha mãe vinha para casa. Um dia, comecei a jogar beisebol. Passei a chegar em casa mais tarde, e isso incomodava meu pai. Sempre que chegava, eu levava uma surra. Não conseguia entender como minha mãe vivia com alguém como ele. Mesmo quando as coisas estavam difíceis, minha mãe nunca nos olhou atravessado. Já meu pai, sempre que bebia, acabava batendo em quem cruzasse seu caminho. Às vezes batia em minha mãe e, se alguém tentasse interferir, meu pai batia nele também. Não fazia diferença quem ele estivesse chutando ou socando. Os únicos momentos em que não estava bebendo eram quando escovava os dentes ou estava dormindo. Todos sabiam quando ele chegava bêbado em casa, porque arrancava o braço de borracha, o girava como se fosse a pá de um moinho e cantava a plenos pulmões 'Sargento Choi, voltou do Vietnã, finalmente voltou, boca firme...'." Hyonsu cantou baixinho, como que recitando um poema.

"Eu queria que alguém calasse aquela boca para sempre. Meus irmãos me incomodavam; três crianças eram uma carga pesada demais para um garoto de onze anos que começava a ficar obcecado pelo beisebol. Tudo o que acontecia era culpa minha. Se minha mãe quebrava o rádio do pai, se o bebê estava com diarreia por ter comido algo do chão, se nossa mãe chegava tarde em casa — eu era o culpado. Em vez de bater neles, batia em mim. Quando eu reclamava, mamãe me abraçava, dava batidinhas em minhas costas, dizendo que eu era o pilar de nossa família. Dizia que eu estava sendo o pai de meus irmãos e que ela contava comigo para tudo. Eu não queria ser uma figura paterna nem o pilar da família. Mas não podia dizer isso. Sabia que mamãe tinha de ganhar dinheiro. Por isso, eu ia até o poço no meio da noite. Tinha medo de que realmente fosse morrer, por isso não joguei nenhum sapato, mas ficava lá pensando nas pessoas que eu queria que sumissem, e jogava lá dentro sapatos imaginários. Os de meu pai, os de meus irmãos, o de minha irmã, até mesmo os sapatos de borracha coloridos do bebê. Em certas noites eu até jogava toda a nossa casa dentro do poço. Depois de ter tantos pensamentos malignos, eu me sentia culpado, e então tratava minha família com um pouco mais de gentileza.

"Um domingo, mais para o final do verão, meu professor de educação física ligou para nossa casa. Minha mãe atendeu, depois me mandou vestir as roupas de esporte e ir para a escola. Chegando lá, me deparei com um homem enorme. Era treinador de beisebol em alguma escola em Gwangju. Meu professor de educação física havia dito a ele que eu tinha potencial para ser um receptor. Foi a primeira vez que usei um equipamento de receptor, e a primeira vez que toquei numa verdadeira luva de couro. Testaram-me como receptor, arremessador e rebatedor. O treinador perguntou quantos anos eu tinha. Eu disse que tinha onze, e ele disse que não era tarde demais, e que eu devia praticar para ser totalmente ambidestro. Disse que eu podia rebater com a canhota, mas tinha de receber com a direita. Quis se encontrar com meus pais: queria que eu começasse imediatamente. A caminho de casa, eu me sentia nervoso. E se meu pai estivesse lá? Tentei me tranquilizar, dizendo a mim mesmo que minha mãe também estaria. No fim das contas, meu pai realmente estava em casa naquele dia. O treinador lhe disse que eu devia praticar beisebol oficialmente, que tinha o físico adequado e um talento natural. Disse que seria mais difícil eu me desenvolver se esperasse até ficar mais velho. Fora informado da situação de nossa família e garantiu que poderia me dar um lugar para morar, além de me alimentar e cuidar de mim. Meu pai o expulsou de casa balançando o braço de borracha. Eu acompanhei o treinador até seu carro, na esperança de que me levasse consigo assim mesmo. Ele parecia estar com pena de mim. Primeiro entrou no carro, depois saiu, tirou da mala uma luva de receptor e me deu. Era a luva que eu tinha tocado na escola. Disse que eu devia lhe telefonar se meus pais mudassem de ideia e escreveu o número de seu telefone na luva. Fiquei tão feliz que não consegui dormir naquela noite. Passei óleo na luva e a limpei até fazê-la brilhar. Ao me deitar, pus a luva perto do travesseiro e dormi com a mão em cima dela. Jurei para mim mesmo que, no dia seguinte, imploraria que minha mãe me deixasse ir. Mas, quando acordei, a luva havia desaparecido. Encontrei-a na sala, num estado quase irreconhecível. Tinha sido destroçada. Havia pedaços espalhados por toda parte. Aquele imbecil tinha chegado em casa bêbado e retalhou minha luva. Meu rosto se encheu de lágrimas."

Hyonsu fez uma pausa e engoliu em seco, os olhos vermelhos. "Na noite seguinte, meu pai não voltou para casa. Depois da meia-noite, fui para os campos com uma lanterna e os sapatos dele. Meu pai nunca usava aqueles sapatos, nem deixava outros usarem, mas me obrigava a mantê-los sempre polidos e brilhantes. Caminhei pelo campo escuro e coberto pelo nevoeiro. O cheiro de mar estava muito forte. O murmurar do sorgo era muito alto. Pensei ouvir meu pai cantando. Eu estava muito assustado, mas acho que meu ódio era mais forte do que o medo. Quando cheguei ao poço, pensei ouvir a voz de meu pai. 'Hyonsu', ouvi, 'Hyonsu'. Joguei um sapato no poço e gritei: 'Cale a boca! Nunca mais venha pra casa!'. Mas então eu realmente o ouvi: 'Hyonsu... Hyonsuuu...'. Era uma voz rouca, como se tivesse catarro preso na garganta. Aumentava e diminuía, sempre chamando por mim, sem parar. Achei que fosse a voz do poço. As crianças do vilarejo diziam que o poço falava. Joguei outro sapato e gritei: 'Morra! Apenas morra. Não volte para casa'. A voz aumentou até parecer um trovão. 'Hyonsu... Hyonsuuu.' Tapei os ouvidos com as mãos e fui embora. Corri, corri, mas não consegui escapar da voz que me chamava. Acabei me perdendo. Pensei que fosse passar a noite preso no campo de sorgo. Ou talvez ficasse lá para sempre. Então percebi que a voz havia silenciado. Estava em frente a minha casa, suado, sujo, vestindo calças rasgadas, os pés descalços e sangrando.

"Somente na manhã seguinte soube que não tinha sido o poço que falava comigo. Junto ao poço, alguém encontrou os sapatos e as roupas de meu pai. Todos correram para o campo, e o chefe do vilarejo olhou lá dentro usando uma lanterna e pensou ver um rosto na água. Minha mãe e eu ficamos tão assustados que não conseguimos chegar perto para confirmar. Um mergulhador veio do Vilarejo do Farol e entrou com uma corda amarrada na cintura. Lá do fundo, ele sacudiu a corda duas vezes e os homens começaram a puxar. Por fim, içaram o corpo de meu pai. Não consegui olhar até o fim. Seus olhos abertos pareciam estar me fitando. Depois de cair, deve ter chamado meu nome. O poço era fundo, mas acho que não havia muita água; apenas cerca de dois metros. Quando atirei os sapatos lá dentro, a voz que ouvi não era do poço, mas de meu pai. Ninguém entendeu como ele foi parar lá dentro. Não podia ter escorregado e caído por acidente, já que tinha despido suas roupas, tampouco era o tipo de pessoa que cometeria suicídio. Mais tarde chegaram à conclusão de que foi um acidente causado pela bebida. Por minha causa, minha família teve de abandonar o vilarejo. Pois, a partir daquele dia, sempre que adormecia, eu tinha o mesmo sonho: um homem sem rosto vinha me procurar e me arrastava para fora de casa. Toda noite eu atravessava a plantação de sorgo, levando sapatos e os jogando no poço. Minha família já não tinha sapatos para usar, e as pessoas insistiam que eu fosse internado antes que ficasse completamente insano. Quando deixamos o vilarejo, o homem parou de aparecer nos meus sonhos. Mas foi substituído pelo braço morto. Até eu entrar na faculdade, a paralisia ficou mais ou menos sob controle. Não acontecia com muita frequência e eu sempre dava um jeito de disfarçar. Mas quando me tornei profissional, meu braço morto fez a festa. Só desapareceu depois que eu abandonei o beisebol. E agora, parece que está de volta. Totalmente. Os últimos seis anos foram os mais pacíficos de minha vida. Dei-me conta disso agora. Mesmo não tendo realizado meus sonhos, eu tinha Sowon. Ele é tudo que me restou." Hyonsu hesitou.

Seunghwan esperou pacientemente que ele continuasse.

"Pode esperar um pouco? Meu filho... eu..."

A porta se abriu e Eunju entrou. Hyonsu parou de falar. Seunghwan se levantou. Ela devia ter vindo direto do trabalho; ainda estava de uniforme. Ficou ao lado da cama olhando para o marido, sem dizer nada.

Hyonsu olhou para baixo, brincando com seu copo de papel.

"O que aconteceu?", ela perguntou a Seunghwan, os olhos ainda fixos no marido.

"Ah..."

"Você não está atrasado para o trabalho?", perguntou-lhe Hyonsu.

"Ah, é verdade. Sim. Realmente estou atrasado." Seunghwan fingiu verificar a hora, olhando o relógio. "Volto para pegá-lo quando terminarem suas endovenosas."

"Você viu os tênis de Sowon?", perguntou Hyonsu.

Seunghwan olhou em volta. Hyonsu não tinha nada nas mãos quando chegaram à clínica. E, pensando bem, Seunghwan lembrou que não vira os tênis no momento em que voltara ao portão com Sowon, para buscar Hyonsu.

"Com certeza estão no carro. Vou lá buscar."

Não estavam lá. Tampouco no percurso entre o carro e o portão. Também não os encontrou nos arredores. Seunghwan reconstituiu os acontecimentos. Quando fora buscar as chaves do carro, Hyonsu ainda estava com os tênis nas mãos. Hyonsu, naquele momento, estava desmaiado. Seunghwan voltou, e os tênis não estavam mais com ele. Quem os teria levado? A mesma pessoa que preparou a armadilha? Por que alguém pegaria os tênis de Sowon? Seunghwan sentiu grandes nuvens tempestuosas formando-se sobre sua cabeça. Não sabia ao certo o que estava acontecendo. Para Hyonsu, deveria ser crucial proteger os tênis de Sowon do homem do sonho. Se ele jogasse os tênis no lago, isso poderia significar a morte de seu filho. Por isso, vinha escondendo os tênis na máquina de lavar. O problema era que o homem dos sonhos enxergava tudo pelos olhos de Hyonsu.

Ao amanhecer, Seunghwan e Sowon haviam escutado um estrondo em algum lugar da casa. Sowon pulou da cama, e Seunghwan saltou da cadeira onde estava dormindo. Com um gesto, Seunghwan pediu silêncio, e Sowon assentiu. Em seguida, Seunghwan se esgueirou até a sala, pé ante pé. Avistou Hyonsu no banheiro, tirando os tênis da máquina de lavar. Depois Hyonsu saiu do banheiro e passou por Seunghwan, mas parecia não enxergá-lo, como havia acontecido antes. Hyonsu saiu de casa. Seunghwan disse a Sowon que esperasse ali, depois saiu pela janela do quarto. Escondeu-se à sombra do resedá, perguntando-se se Yongje ia aparecer. Quando ouviu os gritos de Hyonsu, correu até ele.

Seunghwan ligou para Park, explicou a situação, e disse que talvez se atrasasse um pouco. Num impulso, entrou no carro e foi até Sunchon. No caminho, parou na primeira oficina que viu. "Você seria capaz de me dizer, só de olhar para ele, quando este carro foi consertado?", perguntou.

"Sim, se olharmos debaixo do capô."

Seunghwan levantou o capô.

O mecânico olhou as juntas de metal. "Provavelmente menos de um mês atrás."

"Um mês?"

"Isso, com uma grande margem de erro."

"E sem ela?"

"Talvez cerca de duas semanas? O que você quer consertar hoje?"

Seunghwan ficou constrangido por não ter nada para consertar, por isso deu ao mecânico uma nota de dez mil wons.

Cerca de duas semanas? Hoje é 10 de setembro, e 28 de agosto foi doze dias atrás. O dia 28 de agosto era o dia mais recente em que o chefe poderia ter mandado consertar o carro, pois não tinha dirigido desde que se mudaram para cá. Ou talvez tivesse consertado muito antes disso. Estacionou o carro junto ao escritório da segurança perto das comportas. Pensou que devia estacionar perto para ir buscar Hyonsu mais tarde.

Seunghwan sentou-se à sua mesa e escreveu tudo em seu caderno de notas. *Ligou para o hospital dizendo ser irmão dele. Seguiu-o. Sabia que era sonâmbulo. Preparou uma armadilha no lugar exato para deixá-lo seriamente (mas não fatalmente) ferido. Pegou os sapatos de Sowon. Hoje órfãos vêm fazer uma visita.*

Se Yongje fingira ser o irmão de Hyonsu, isso significava que havia recolhido informações pessoais sobre ele. Senão, como poderia saber o número de sua identidade? E, afinal, por que Yongje suspeitava de Hyonsu? Evidentemente, Yongje tinha certeza de que Hyonsu era o assassino; ou seja, tinha alguma evidência indiscutível. Mas, nesse caso, por que não entregara essa evidência à polícia? Isso deixava Seunghwan preocupado. Yongje também agira de forma estranha ao encontrar a linha de pesca. Será que tentaria resolver o assunto sozinho? E o que as crianças do orfanato tinham a ver com isso? A visita à represa, a festa no jardim... Seunghwan não conseguia imaginar como aquelas peças se encaixavam. O mais estranho de tudo era o desaparecimento dos tênis. Yongje devia ter descoberto, a partir do incidente com o xamã, que Sowon e Hyonsu tinham uma ligação especial de pai e filho. Pretendia usar Sowon de algum modo? Os sapatos eram indício de alguma coisa? Algo lampejou em sua cabeça, mas foi tão rápido que não conseguiu captar. Lembrou-se do que Hyonsu dissera, pouco antes de Eunju entrar: "Pode esperar um pouco?". Seunghwan esperaria. Baixou da nuvem o arquivo do lago Seryong e começou a rever tudo. As coisas estavam cada vez mais complicadas e confusas. Seunghwan percorreu as imagens, para a frente e para trás, procurando por algo que pudesse ter deixado escapar. De repente parou, sentindo um frio na espinha. Percebeu que aquilo não eram anotações; era o enredo de um romance, o esqueleto de uma história que só precisava de um revestimento. Ele estava investigando para acrescentar aquele revestimento. Sentiu uma fraqueza. Pelo que estava esperando? Pela vingança de Yongje? Que Hyonsu fosse ao encontro de sua destruição?

Na sexta-feira à tarde, quando se preparava para deixar o trabalho e ir para casa, Yongje recebeu uma ligação dos detetives particulares.
"Achei a oficina mecânica."
"Ah, é? Onde?"
"Ilsan", disse o homem dos Supporters.
"Perto do apartamento dele?"
"Sim. Quando fui procurar em Seul, me ocorreu que ele devia ter ido a uma oficina perto de casa. Descobri na primeira tentativa. É a oficina mais próxima do prédio onde ele mora. Deixou o carro lá na manhã de 28 de agosto e foi buscá-lo na mesma tarde. Pagou com cartão de crédito. Mas parece que a polícia já está seguindo essa pista."
"O quê?"
"Antes de ir a Ilsan, parei em outra oficina, e um mecânico me disse que eu não era a primeira pessoa que aparecia fazendo perguntas. Dois homens já tinham passado por lá antes de mim. Um deles tinha quarenta e tantos anos, o outro era bem mais jovem. Ainda não encontraram o mecânico certo, mas vão chegar lá, mais cedo ou mais tarde. Estou à frente deles, mas é só um passo."
O atlético e o novato, pensou Yongje. Não os tinha visto nos últimos dias. "Podemos convencer os mecânicos a fechar a boca?"

"Não sei. Tem os registros."

Yongje sentou-se, desanimado. Se os inspetores chegassem em Ilsan no dia seguinte, todo o seu trabalho teria sido em vão. Eles poderiam ligar para seus colegas aqui e Choi seria preso imediatamente. Mas ele não tinha como acionar seu plano mais cedo. Sua esperança era a de que os dois inspetores não achassem o que buscavam em Seul, pelo menos durante os próximos dois dias. "Vigie esse lugar até o dia 12. Se eles aparecerem, ligue imediatamente para mim."

"Como vou reconhecê-los?"

Yongje informou o número da placa do carro do inspetor. O Supporter teria de distraí-los de algum modo, talvez até mesmo batendo no carro deles com o seu. Pôs em sua pasta algumas seringas e uma caixa de Peridol. Tinha encomendado aquelas coisas numa farmácia na última segunda-feira. Lembrou-se de incluir o Valium.

Um ônibus de turismo e uma dúzia de carros estavam estacionados em frente à sede da companhia. Crianças desciam do ônibus e formavam uma fila. Yongje foi até a sala de segurança, onde Park e outro guarda estavam de serviço. Assinou o livro de registro de visitantes. "Onde está o chefe da segurança?", perguntou casualmente.

"Não veio hoje", disse Park.

"Ah, eu não sabia que o chefe da segurança tinha folga durante a semana."

"Não, ele faltou porque machucou o pé."

"Deve ter sido grave, para ele faltar."

"Só tirou o dia hoje. Estará de volta amanhã à noite."

Yongje devolveu o registro de visitantes. "Vai trabalhar de noite, mesmo ferido?"

Largando o registro sobre o balcão, Park lançou um olhar furtivo a Yongje, como se perguntasse: Por que nosso chefe lhe interessa tanto?

"Eu queria convidá-lo para a festa", explicou Yongje. "As crianças queriam conhecer o corajoso chefe de segurança que protege a represa."

"Não sei se isso será possível."

As decisões de Choi favoreciam o plano de Yongje. Se Choi decidisse ficar em casa por vários dias, algum guarda inocente teria de ser sacrificado. Mas Choi voltaria no dia seguinte, então tudo daria certo. Yongje fez uma cara de preocupação.

"Todos vocês estão trabalhando duro, dia e noite."

"Sim, bem, desde o trágico acidente com sua filha, a equipe de segurança tem cumprido turnos extras." Park apontou para a entrada principal da manutenção. "Entre. O vice-diretor está lá."

A visita começou com uma explicação sobre o funcionamento da represa. O vice-diretor fez uma apresentação detalhada, mostrando uma recriação digital do vilarejo submerso e uma fotografia aérea da represa. Explicou como a barragem fora construída e como os sistemas de segurança funcionavam. Mais trinta minutos foram dedicados à usina hidrelétrica. "Esta é uma usina automatizada com sistemas de controle remoto. No futuro, muitas usinas vão adotar esses sistemas. Nós os estamos testando como um projeto-piloto."

As crianças passaram pela passarela no segundo andar, que circundava a turbina, olhando curiosas para as máquinas que estavam abaixo de seus pés.

"Alguma pergunta?", perguntou o vice-diretor.

Uma criança levantou a mão. "Se não tem ninguém aqui, quem controla a usina?"

"Ah, isso é feito na sede da companhia. Tudo é controlado por computador."

"Então eles podem ver toda a represa lá da sede da companhia?", perguntou o garoto.

"Sim. Um satélite com órbita em baixa altitude manda as informações para as telas."

"O satélite pode ver dentro da represa?"

"Sim, e também prevê o clima. Você pode ficar sentado na sua mesa e ver a informação enviada pelo satélite, e saber da hidrometria, a velocidade do fluxo de descarga."

"Talvez o chefe da represa aqui possa nos mostrar isso", interveio Yongje.

O vice-diretor não corrigiu o uso errôneo e inflado de seu título, tampouco pareceu incomodado com isso. Todos o seguiram até a entrada da sala de controle. O vice-diretor falou sobre os equipamentos do escritório que ficavam fora da sala de controle, os medidores da qualidade da água, o mostrador que indicava a quantidade de chuva e os níveis da água, a vista aérea, os sistemas de alarme de inundação. "Antes de entrarmos, por favor, lembrem-se de que não podemos tocar em nenhuma das máquinas aqui. Ouçam com as orelhas, vejam com os olhos, mas mantenham as mãos ao longo do corpo!"

A equipe saiu da sala de controle quando o grupo da excursão entrou. A sala, sem janelas, não era muito grande. Uma parede estava ocupada por grandes máquinas: equipamento de transmissão de vídeo de satélite, sistema de segurança, sistema de chamadas, sistema de alarme, dispositivo de monitoramento das comportas. Na parede oposta, havia monitores das câmeras de segurança em estruturas com rodas. Cinco mesas estavam voltadas para a porta. Em cada mesa havia um monitor de computador, uma impressora, documentos, um porta-canetas. Yongje também divisou vários minicactos. Um sistema interno de câmeras de segurança e um de alarme de inundação ficavam junto à porta. Abaixo deles, duas máquinas cuja utilidade não se podia adivinhar. No meio da sala, duas poltronas e uma mesa redonda completavam o mobiliário.

O que mais interessou as crianças foi a tela que transmitia as imagens do satélite e o painel de monitoramento das comportas. Entre a tela e o painel, havia uma grande coluna. O vice-diretor postou-se na frente dela para se dirigir ao grupo.

"Quem sabia que a barragem foi construída no meio do rio Seryong? E que foi preciso desviar seu curso?"

"Eu!"

"Esta represa é um lago que está sempre recebendo um grande fluxo de água, por isso a companhia precisa monitorar a água que passa pelas comportas. Se o fluxo é maior do que o usual, o nível da água sobe, e o alarme de evacuação é acionado automaticamente. A tela na entrada da terceira ponte tem um papel na manutenção do atual nível da água. Tentamos manter um nível de quarenta e um metros durante o período de cheia, ou um nível normal durante o período de seca, e este monitor de controle de comporta aqui atrás faz o trabalho de abrir e fechar as comportas. Temos cinco comportas, que são controladas por três sistemas de segurança. O dispositivo de monitoramento é controlado remotamente por meio de satélites, e manualmente nas próprias comportas, que é como fazíamos antes de instalar esse sistema remoto. Vocês verão isso depois."

O vice-diretor passou então a falar sobre o sistema de controle das câmeras de segurança, explicando cada setor da represa. Na tela, escolhia imagens, uma a uma, aumentando-as, para explicar como funcionava cada parte da barragem. Yongje e outro médico estavam diante do dispositivo de monitoramento, que era enorme, mas simples de operar. Abaixo do botão geral, havia um botão para cada uma das cinco comportas. Mais abaixo, havia cinco teclas adicionais. Junto a cada uma delas, havia um botão assinalado com o símbolo ±.

Depois dessa excursão, o ônibus levou as crianças até a primeira ponte, junto às comportas. Seunghwan saiu para saudar o grupo. O chefe da clínica de dermatologia estava ao lado do vice-diretor, fazendo todo tipo de perguntas, e Yongje estava perto deles, ouvindo. Era a primeira vez que via as comportas de perto. Eram colossais, instaladas dezenas de metros abaixo da ponte. A cerca de um metro, havia uma comporta de emergência, chamada de *stopper*. Entre as comportas, havia várias grossas correntes operadas por roldanas. Na parede de concreto, havia uma escada e, acima das comportas, um holofote e câmeras de segurança apontando para baixo. Era onde ficavam os controles manuais. A entrada para tudo isso estava fechada a cadeado.

"Se houver uma inundação e for necessário abrir todas as comportas, quanta água vai fluir por elas?", perguntou o dermatologista.

"Cerca de duas mil e quinhentas toneladas por segundo", disse o vice-diretor.

"Uau. Então, são um milhão de toneladas em dez minutos! Isso não pode causar um transbordamento?"

"Antes que uma coisa dessas acontecesse, o alarme de evacuação soaria e nossa equipe tomaria as medidas adequadas."

"E o alarme é automático?"

"Não, ele tem de ser acionado manualmente."

"Quer dizer que se não tiver alguém no prédio da companhia, o alarme não funciona? Como fazem no meio da noite ou nos fins de semana?"

"Nesse caso, tudo é comandado pelo computador na sede da companhia. E ele faz o trabalho com mais precisão do que qualquer ser humano, pode ter certeza."

"Compreendo. Mas se o alarme disparar, vai dar tempo para evacuar todo mundo?", o dermatologista, que vivia em Sunchon, parecia preocupado.

O vice-diretor tratou de tranquilizá-lo, dizendo que a água levaria uma hora e meia para atravessar onze quilômetros. E embora Sunchon ficasse a apenas catorze quilômetros, seu nível era mais alto que o lago Seryong. Portanto, haveria tempo suficiente para evacuações.

"Mas isso quer dizer que haveria grandes problemas para o Jardim Botânico e o vilarejo", interrompeu Yongje.

"Como mencionei antes, uma coisa dessas jamais aconteceria", disse o vice-diretor com confiança. "Quando estamos esperando uma inundação, descarregamos a água antecipadamente. Se o nível da água subir apenas um metro além do normal, o modo manual de assistência de emergência é ativado." Ele apontou para o *stopper*, que estava aberto. "E mesmo que as comportas se abrissem por acidente ou por algum outro motivo, ainda não seria um problema. Em geral, o *stopper* fica aberto, como está agora. Mas numa emergência ele bloqueia as comportas e detém o fluxo de água. Temos um sistema de segurança muito preciso."

O dermatologista assentiu, satisfeito. As crianças bateram palmas, mas Yongje não sabia ao certo se estavam contentes com a excursão ou comemorando o fato de haver acabado. Ele olhou para baixo, para as comportas, com satisfação. A única coisa que o incomodava era Seunghwan. Quando estava avaliando o *stopper* e os interruptores da comporta, sentiu que alguém o observava. Virando-se, deparou-se com os olhos sonsos de Seunghwan. O homem não desviou o olhar e não parecia embaraçado. Continuou com os olhos cravados em Yongje, observando-o atentamente. Antes de entrar no carro, Yongje olhou para trás. Seunghwan continuava de pé, no mesmo lugar. E continuava observando-o.

Junto à fonte na floresta, estava tudo pronto para a festa. Na extremidade do bufê, um cozinheiro começava a preparar um assado na grelha. Eunju orientava as crianças e as fazia sentar, advertindo-as para não falarem nem se moverem até que todas estivessem instaladas. Ela estava tão pálida e soturna que a festa logo adquiriu um caráter solene. A música dançante que vinha dos alto-falantes soava mais como um lamento. Todos murmuravam, sem se atreverem a falar em voz alta. As crianças provavelmente estavam com fome, mas ninguém ousou se levantar e ir para a fila do bufê.

Yongje deu um passo à frente. "Bem-vindos todos ao Jardim Botânico Seryong", disse ao microfone.

Foi saudado com aplausos dispersos.

"Agora vamos nos divertir. Temos caraoquê, jogos e um espetáculo de luzes! Aproveitem, e espero que tenham sempre excelentes lembranças deste dia." Ele pôs algumas crianças na fila do bufê, e a companhia de eventos começou a soltar os fogos de artifício. Era meio cedo para fazer aquilo, mas os fogos tiveram o efeito de fazer as crianças se levantarem. Dez minutos depois, a festa estava animada. As crianças que viviam no condomínio não tinham vindo, como Yongje esperava. Nas sextas-feiras, o condomínio se esvaziava, pois muitas famílias iam passar o fim de semana em suas casas principais, na cidade, ou então iam viajar. Naquele dia, parecia que dois terços das casas estavam vazias. Não havia muitos carros estacionados.

Yongje escapuliu da festa e foi para casa. Era hora de se encontrar com os Supporters. Não gostava da ideia de mostrar o rosto, mas, dessa vez, não tinha como evitar; tinham de sincronizar seus relógios. Às seis em ponto, Yongje estava reunido com os detetives em sua sala de estar. Eram sujeitos grandalhões. Yongje notou que podia confiar em sua força física; faltava ainda saber se poderia confiar em seus cérebros. Entregou-lhes dois pequenos pacotes. Um deles continha três ampolas de Peridol e três seringas. O outro continha duas chaves: a do cais e a do barco *Josong*. Durante o ritual xamânico, ele pegara a chave emprestada com um funcionário da companhia de limpeza e fizera uma cópia. Estimulado por um grosso envelope de dinheiro, o funcionário compreendeu que aquele pobre pai queria enterrar os restos mortais da filha em Hansoldeung.

"Vou deixar aberto o portão dos fundos do Jardim Botânico. O sistema de câmeras está desligado, portanto vocês não terão problemas. Quando tudo estiver feito, esperem minha ligação na área de conveniência."

Eles assentiram.

"Vocês repassaram a ordem das coisas?"

Eles sorriram.

"Alguma parte precisa ser esclarecida?"

Um dos detetives da Supporters brincava com as drogas. "Podemos fazer isso do nosso jeito e não usar..."

"Façam do meu jeito", disse Yongje bruscamente. Não havia margem para erro. No 103, moravam quatro homens fortes, e ainda havia algumas pessoas nos alojamentos da companhia. Seu alvo não era fácil de lidar; ele pertencera à Unidade de Serviços de Segurança. Se levasse muito tempo ou se as pessoas percebessem o que estava acontecendo, daria tudo errado. "Se não seguirem minhas ordens, esqueçam o pagamento."

No dia seguinte, sábado, chovia novamente. Yongje passou o dia revisando o plano. Ao entardecer, a chuva parou. E o que Yongje temia não acontecera. Decerto, os inspetores de polícia ainda andavam correndo atrás de pistas nos arredores de Seul. Ele ligou para Yim e pediu que viesse vê-lo.

"Você precisa ir para Andong", disse, quando ele chegou.

Yim olhou para ele, surpreso.

"Ouvi falar de um gingko biloba com quinhentos anos de idade no Jardim Botânico de Sangsa. Parece que vai entrar em leilão. Gostaria que você fosse até lá e desse uma olhada. Se estiver em bom estado, talvez o tragamos para nosso Jardim Botânico."

"Quer que eu vá agora?", perguntou o velho, incrédulo.

"Sim. Acabei de ouvir falar dele."

"Posso ir amanhã. A árvore não irá a parte alguma. Hoje à noite eu estava pretendendo..."

"Não, quero que vá agora."

"Mas mesmo que eu vá, só chegarei lá tarde da noite. De que adiantaria olhar a árvore no escuro?"

"Passe a noite lá. Assim, poderá ver a árvore amanhã cedo. Não quero que ninguém saiba que você foi lá vê-la. Depois que tiver dado uma olhada, ligue imediatamente para mim, por favor."

Yim foi embora, com ar descontente.

Eram sete horas. Yongje pôs o Valium no bolso, pegou uma lanterna e saiu pelo portão do muro circundante. Viu pegadas no solo lamacento; pelo tamanho, pareciam ser do garoto do 102. Imaginou o menino brincando com o gato no estábulo. Yongje sorriu. Não ficariam felizes, se ele os deixasse brincar eternamente?

Foi até o estábulo. Não havia ninguém lá. Uma das tigelas tinha ração até a metade. A outra estava cheia de água limpa. Yongje jogou um pouco de água fora e despejou Valium no que restava. Saiu de lá e caminhou lentamente pela estrada à margem do lago. O verão já pairava no ar; a brisa era quente, o ar estava pegajoso, e sua pele gotejava de suor. O lago estava coberto pelo nevoeiro. A sombra dos pinheiros gêmeos em Hansoldeung parecia a marca de uma sepultura solitária, deserta. Ele parou na torre de captação de água e olhou para cima, para as câmeras. Será que Choi estava trabalhando agora? Seu celular começou a tocar, sobressaltando-o. Seria seu homem em Ilsan?

Era o Supporter encarregado de achar Hayong. "O nome da amiga dela é Myong Ina?"

Yongje fez aquele nome rolar na língua algumas vezes. Myong Ina. Myong Ina. "Talvez."

"Ela vive na França. Não consegui confirmar ainda se sua mulher está com ela."

O coração de Yongje deu um salto. Conseguiu controlar a impaciência. "Onde ela vive?"

"Em Rouen, a uns cem quilômetros de Paris."

"Você tem mais informações sobre ela?"

"Sim. Ela trabalha como arteterapeuta num hospital psiquiátrico. Quer que eu vá até lá?"

"Não, vamos falar sobre isso mais tarde. Mande os detalhes primeiro." Yongje desligou, o sangue latejando em suas veias. A cadela estava flanando pela França enquanto sua filha se transformava num punhado de cinzas.

Yongje caminhou rapidamente para casa. Na trilha que passava pelo anexo, avistou Eunju. Yongje passou reto, mas ela o chamou.

"Dr. Oh."

Yongje olhou para trás com relutância. "Você não deveria estar no trabalho?"

"Vim dar o jantar ao meu filho."

"Está bem. Nos vemos depois." Ele se virou para ir embora.

"Doutor, queria falar com o senhor."

"Sim?"

"Poderíamos instalar uma câmera de segurança no anexo?"

Yongje tinha bons motivos para não instalar uma câmera no anexo: não queria que os guardas bisbilhotassem sua vida. Por que essa mulher estava se metendo no que não lhe dizia respeito?

"Há alguma razão para não instalar?", disse Eunju, sorrindo. "Há câmeras na biblioteca, no playground, na floresta, em todas as dependências da companhia. Muitas vezes meu filho vem sozinho para casa, à noite. Dois dias atrás, meu marido se machucou na floresta e eu nem fiquei sabendo. Deveríamos ter pelo menos uma câmera aqui. Isso me ajudaria a me concentrar no trabalho, sem ficar preocupada." Eunju estava olhando para o pé da escada.

Yongje fingiu surpresa. "Ele se feriu na floresta?"

"Estava dando um passeio e pisou numa armadilha. Sabe de alguma coisa a respeito disso?"

"Vou perguntar a Yim. Mas ele está bem?"

"Teve de levar vinte e cinco pontos. E teve uma fissura no osso, por isso foi engessado, e perdeu muito sangue."

"Meu Deus."

"As coisas que estão no Jardim Botânico não são suas?"

Yongje estreitou os olhos.

"Porque, nesse caso, a armadilha também é sua. Isso significa que o senhor deveria cobrir as despesas médicas. Assim como o dono de um cão paga pelos gastos médicos quando você é mordido pelo cão."

"Está bem, vou pensar sobre isso."

"Eu apreciaria muito se o senhor instalasse câmeras no caminho que leva ao anexo, e na frente e atrás dos prédios. Elas são muito caras?"

Yongje tinha muita coisa a fazer. Tinha de verificar as informações dos detetives particulares, comprar passagens de avião, preparar a viagem e fazer planos. Aquela mulher estava desperdiçando seu tempo com sugestões ridículas, como se fosse dona do local.

"Não sei. Nunca sequer pensei nisso."

"Não? O senhor tinha uma filha também."

Yongje olhou para o céu, sentindo que sua irritação começava a transparecer no rosto. "Está dizendo que Seryong morreu porque eu não instalei uma câmera?"

Eunju fingiu estar chocada. "Ah, não, não foi isso que quis dizer. Estava sugerindo essas coisas como uma forma de proteção..."

Yongje a interrompeu. "Vou pensar sobre isso."

"Doutor. Aquele desenho."

Do que ela estava falando agora? Virou-se para encará-la.

"Aquele desenho que o senhor deu a meu filho. Não cheguei a dar para ele. Eu o rasguei acidentalmente, e ele acabou indo para o lixo. Espero que não tenha um significado especial para o senhor."

Yongje sentiu vontade de estrangular a mulher. Teve de cerrar os punhos para se controlar: "Está bem. Vejo você mais tarde". Subiu a escada de dois em dois degraus e bateu a porta atrás dele. Certamente a estrangularia se a ouvisse dizer "Doutor" mais uma vez.

"Não se esqueça de baixar a cancela da entrada principal", disse Yim, à janela da sala de segurança. Estava levando uma mochila, vestia uma jaqueta de viagem e tinha um chapéu na mão.

Eunju levantou-se. "Está indo para algum lugar?"

"Para Andong, por pouco tempo." Pôs o chapéu na cabeça. "Não se preocupe em fazer rondas esta noite. Não vai acontecer nada terrível se passarmos uma noite sem fazer rondas. Tranque a porta e não abra a janela a não ser para alguém que conheça."

Eunju ficou surpresa; Yim em geral era rabugento e calado. "Por quê?"

"Você está aqui sozinha. Uma mulher jovem." Yim saiu de lá resmungando. "É por isso que eu sempre digo que não se deve contratar uma mulher..."

Que conversa era essa? Eunju ponderou que já ficara sozinha muitas vezes — mas então percebeu que, na verdade, nunca estivera totalmente sozinha ali. O escritório de administração era adjacente à sala de segurança, e Yim estava sempre lá; bastava apertar um botão para chamá-lo. A geladeira soltou um zumbido. Eunju ergueu o rosto. A luz da rua brilhava amarela no nevoeiro, árvores farfalhavam acima das janelas escuras, nas casas do condomínio. Seu coração começou a bater mais forte. A floresta de repente a deixou receosa. Nunca se perguntara por que o doutor a havia contratado. Nunca lhe ocorrera que Yim fora contra sua contratação. Ficou aliviada por ter encontrado um emprego, mas deveria ter pensado nisso com mais cautela. Um velho e uma mulher não bastavam para cuidar daquele lugar. Um guarda de verdade tinha de saber se defender. Era preciso patrulhar a vasta propriedade durante a noite e, se necessário, expulsar estranhos embriagados. Era preciso vigiar o portão principal e abrir a cancela para residentes que entravam e saíam o tempo todo. O ideal era que o guarda tivesse menos de cinquenta anos.

Quando ela estava de serviço, Yim cuidava da patrulha noturna. Era ele também que deixava os carros entrar e sair, e monitorava as câmeras de segurança. Tudo que ela fazia era ficar sentada no escritório assistindo à TV, falando ao telefone com Yongju ou cochilando numa cama de armar. Antes, interpretara o comportamento de Yim como gentileza. Mas não conversara com o velho. Agora, presumia que Yongje não houvesse dito a Yim que pretendia contratar uma mulher. E Yim só pudera dar sua opinião quando o fato já estava consumado. O velho guarda deveria ter uma imagem muito clara do candidato ideal para preencher aquela vaga. Ela fora uma tola ao aceitar o emprego. Pensara apenas em sua própria situação e empolgara-se com o golpe de sorte. Mas, afinal de contas, por que Yongje a contratara? Será que todos os problemas de Eunju tinham origem em sua tendência à cegueira voluntária? Ela havia ignorado o comportamento estranho do marido, por exemplo. Mas ainda não estava pronta para encarar a verdade. Yongju lhe telefonara, perguntando se Eunju descobrira alguma coisa, e ela respondera:

"Sim, mas ainda não sei o que significa."

"Conte-me", disse Yongju.

Eunju hesitou. Yongju insistiu:

"Eu saberei tratar do assunto de forma mais objetiva."

Eunju temia ser levada a uma conclusão que não pudesse ignorar. Por outro lado, tinha esperança de que a irmã lhe dissesse que estava enganada. Primeiro contou o que tinha descoberto, depois, o que havia acontecido na sexta-feira.

Às sete da manhã, na sexta-feira, Sowon tinha aparecido na sala de segurança. Contou que o pai saíra de noite e pisara numa armadilha, e que o sr. Ahn o levara até a clínica. O pai recebeu muitos pontos, foi engessado, aplicaram nele duas grandes injeções e três menores, e agora estava dormindo e recebendo soro na veia. Houve um corte profundo, os ossos ficaram meio rachados, mas uma coisa chamada ligamento não foi atingida. De qualquer jeito, o médico disse que ele devia ir para um hospital maior. Sowon também disse que ela não precisava se preocupar, pois o sr. Ahn estava com Hyonsu. Claramente, estava se esforçando muito para não esquecer uma só palavra. Ela não precisou perguntar quem o tinha instruído a contar tudo isso; devia ter sido Seunghwan. Ficou atordoada, depois preocupada, depois zangada. Por que Yim teria preparado uma armadilha na floresta, onde tanta gente anda? Por que Hyonsu fora até lá no escuro? Por que Seunghwan não ligou para ela assim que aconteceu? Quis correr para a clínica na mesma hora, mas as pessoas estavam começando seu dia; ela tinha de permanecer em seu posto. Perguntou a Sowon se ele poderia ir sozinho para a escola. Sowon disse que sim, e foi para casa. Ela ligou para Yim para reclamar, mas o velho disse que há quarenta anos não montava uma armadilha.

Assim que Gwak veio rendê-la, Eunju correu para a clínica. Planejava ser gentil com Hyonsu, entender o que estava acontecendo, perguntar como tinha se ferido, por que estava agindo de forma tão estranha naqueles dias, por que queria o divórcio. Queria ter certeza de que seus pensamentos angustiantes estavam todos equivocados. Repassou o que lhe diria: Hyonsu, conte-me o que está acontecendo. Posso ajudar e estou do seu lado. Não esconda nada de mim e me conte. Eu darei um jeito. Em tudo.

Chegando à clínica, viu três homens idosos esperando em frente à sala de exames. Ela foi direto ao quarto no qual seu marido estava recebendo soro endovenoso. Decidira só falar com o médico depois que visse Hyonsu. Ele estava sentado na cama, e Seunghwan a seu lado; ergueram os olhos quando ela entrou, com uma expressão de culpa, como se estivessem reclamando dela. Seunghwan saiu, seu marido recostou-se e fechou os olhos. Eunju olhou para o pé de Hyonsu.

O gesso ia até a canela, deixando-se entrever os artelhos escuros e ensanguentados. O ferimento era mais sério do que ela tinha pensado.

"Hyonsu", ela disse o mais suavemente que pôde.

Ele não respondeu.

Ela o sacudiu pelo ombro. "Hyonsu?"

"Temos de enviar os papéis do divórcio hoje", ele respondeu.

Depois disso, houve um longo silêncio. Ele parecia ter pegado no sono. Sua respiração agora estava regular, e seu rosto, sereno. Mas Eunju sabia que ele não adormecera. Ela estava diante de uma porta que nunca se abrira para ela. Sempre que brigavam, Hyonsu se escondia atrás daquela expressão serena, e isso a enfurecia. Por mais que ela falasse, ele se mantinha calado, surdo como um rochedo.

"Hyonsu!", ela acabou gritando.

Uma enfermeira abriu a porta e pôs a cabeça para dentro. Apontou para aviso que dizia: SILÊNCIO.

Trinta minutos depois ela resolveu ir embora. Seria mais rápido fuçar por aí do que tentar abrir aquela boca. Foi à sala de espera, em frente à sala de exames, e não havia nenhum paciente aguardando. Por isso ela bateu e entrou. Atrás da mesa, o médico ergueu os olhos.

"Sim?"

"Sou a mulher de Choi Hyonsu." Sentou-se, mesmo sem ter sido convidada. "Soube que o senhor tratou dele esta manhã. O que aconteceu?"

"O irmão dele não lhe contou?"

"Quem? Meu cunhado não está aqui."

O médico largou a ficha que estava examinando e olhou longamente para ela por cima dos óculos. "A árvore genealógica de seu marido parece ser muito complicada, não? Alguns dias atrás, um homem me telefonou, dizendo ser irmão do sr. Choi, e eu o informei sobre o estado do paciente. Mas hoje outro homem o trouxe, dizendo ser seu verdadeiro irmão, e eu lhe expliquei tudo novamente. Agora você diz que é esposa do sr. Choi e que nenhum de seus irmãos mora nas redondezas. Quem me garante que não vai aparecer alguém dizendo que o paciente é solteiro?"

Quem o trouxera ao hospital hoje fora Seunghwan, isso ela sabia, mas não tinha ideia de quem ligara antes. "O homem que trouxe meu marido mora conosco, mas não sei quem ligou para o senhor. O senhor não confirma a identidade antes de repassar informações médicas delicadas e confidenciais?"

"Veja bem, minha senhora. Por que não resolve a questão de sua árvore genealógica e depois envia um representante oficial para perguntar sobre o paciente? Estou cansado de explicar a todo mundo."

Eunju permaneceu sentada, sem se mexer. Por que o médico a fitava de cima a baixo? Por que ela era mulher? Se havia revelado a condição de Hyonsu a dois estranhos, por que se recusava a informar a sua esposa? Além disso, Eunju tentava entender o que significavam as palavras "alguns dias atrás". Isso queria dizer que Hyonsu estivera naquele hospital antes? Ela lembrou-se da atadura em seu pulso esquerdo. "Esse homem que ligou alguns dias atrás. Tem o número do telefone dele?"

"O segundo irmão falso já perguntou isso", disse o médico, mal-humorado.

Eunju controlou a raiva. "Se eu provar que sou sua mulher, o senhor vai me dizer o que está acontecendo? Posso lhe dar o número de minha identidade, ou..."

"O primeiro personagem me deu seu endereço e número de identidade, e até o número de identidade do paciente."

Eunju ficou de boca aberta enquanto se perguntava se seu cunhado tinha realmente ligado. Isso não fazia nenhum sentido; ela conversava com sua irmã todo dia, mas não sabia qual era o número de identidade dela. Que tipo de pessoa memoriza números de identidade de seus irmãos? "Por que não ligamos para meu cunhado?" Ela não esperou pela permissão. Pegou o telefone do médico, digitou o número de seu cunhado e ligou o viva-voz.

"Alô?"

"Oi, Jongu, é sua cunhada", disse ela.

"Ah, oi."

"Qual é o significado dos caracteres chineses no seu nome e no do seu irmão?"

"Por que pergunta isso?"

"É para o dever de casa de Sowon", disse ela.

"Ah." Seu cunhado riu e disse o que significavam os nomes.

"Aliás, você ligou para a clínica alguns dias atrás para perguntar sobre Hyonsu?"

"Não, eu nem sabia que havia uma clínica aí."

"Ah, está bem. Ligo para você mais tarde", disse Eunju, e desligou. "Está vendo? Por favor, doutor. Conte-me por que ele veio aqui antes, o que há de errado com ele, o que contou para o homem que ligou para o senhor, qual é o número do telefone dele, e como está o meu marido."

O médico aquiesceu. "Você sabe algo a respeito do braço esquerdo de seu marido?"

"Sim, Hyonsu se refere a ele como seu braço morto."

"Seu braço morto?"

"Ele foi jogador de beisebol e costumava ter esses sintomas quando jogava. Ficou melhor quando parou de jogar. Ele veio aqui por causa disso?"

O médico explicou o que havia acontecido alguns dias antes e lhe mostrou o número do telefone do primeiro impostor. Eunju ficou tonta. Aquele número já estava registrado no celular dela como "Consultório do chefe". Verificou duas vezes para ter certeza, depois fechou o telefone e ouviu o que dizia o médico, atordoada. Levantou-se, pagou e foi para casa, ainda confusa. Os pensamentos rodopiavam em sua cabeça. Por que Yongje estava tão interessado em seu marido? Se tinha o número de sua identidade, isso significava que fizera uma investigação sobre ele. Será que a armadilha era uma coincidência? Qual sua intenção ao chamar aquele xamã e ao trazer o desenho da menina morta? E por que Seunghwan pedira o telefone do falso irmão?

Já passava das duas horas da tarde e Hyonsu não tinha voltado para casa. Ela ligou para a clínica e lhe disseram que ele ainda estava no soro. Ela ligou para Seunghwan. "Tem alguma coisa acontecendo com Hyonsu, não tem? Você sabe o que é, não sabe?"

Seunghwan ficou calado. "Eu também estou esperando."

"Pelo quê?"

"Estou esperando para descobrir o que significa tudo isso."

Ela ficou ainda mais confusa. Desde quando Hyonsu caminhava na madrugada? Quando seu braço morto reapareceu? Por que ela era a única que não sabia de nada? Fazia apenas uma semana que começara a trabalhar em seu novo emprego. Naquele curto período, de alguma forma, ficara totalmente isolada de sua família, e Seunghwan ocupara seu lugar. Eunju escutou uma voz interior, acusando a si mesma. A culpa é sua. Você viu seu marido dormindo na sala, embebedando-se todo dia e não se deu ao trabalho de descobrir o que estava acontecendo. Viu-o com a mão machucada e não deu a menor importância. Por outro lado, sua própria consciência retrucava: E o que eu poderia ter feito? Ele se embebedava todo dia, me pediu o divórcio, me insultou, dizendo que era horrível viver comigo. Como poderia dar importância a uma atadura em sua mão?

Depois de falar com Seunghwan, Eunju voltou à festa, onde ainda tinha coisas a fazer. Continuava nervosa. Em seguida, foi para casa, ver como estava Hyonsu. Ele parecia bem. Seunghwan estava lhe ensinando a jogar beisebol no computador de

Sowon, na sala de estar. Mais tarde, quando Eunju voltou novamente para casa, dessa vez para preparar o jantar, não havia ninguém lá. Ligou para o escritório da segurança na entrada principal, e seu marido atendeu.

"Onde está todo mundo?", ela perguntou.

"Seunghwan e Sowon passaram por aqui mas agora estão indo para casa."

"O que você está fazendo aí?"

"Turno da noite."

"Mas você não está bem. E você é o diretor. Por que não escala outra pessoa?"

"Não é de sua conta. Apenas assine aqueles papéis." Ele desligou.

Eunju ficou olhando para o auricular. Não é de sua conta? Agora ele só falava sobre os papéis do divórcio. Por que precisava tanto assim daquele divórcio? Ela pôs a peça no gancho bruscamente, e tornou a sair.

Deu de cara com Yongje. Ela o deteve e fez toda sorte de perguntas, tentando confirmar sua impressão de que havia algo estranho acontecendo entre seu marido e aquele homem. Mas saiu desse encontro ainda sem ter certeza.

Eunju acabou de contar sua história. Yongju disse: "Talvez...".

Eunju perguntou, apavorada: "Talvez o quê?".

"Bem. Talvez. Ele poderia estar envolvido no acidente?" Yongju estava verbalizando os temores mais profundos de Eunju.

"Do que está falando?", disparou Eunju.

"Quero dizer, por que outro motivo os inspetores iriam à oficina?"

"Não."

"Pense", insistiu Yongju. "Não foi estranho ele pedir que você ficasse com Sowon? Ele nunca faria isso. Você tem de falar com ele e fazer com que lhe conte tudo. Os homens calados são os que se metem nos maiores problemas." Yongju parecia ter certeza.

"De modo nenhum", protestou Eunju, mas até mesmo ela sabia que podia ser verdade. Tudo apontava para isso. Recordou o aspecto de Hyonsu naquela manhã, suas roupas molhadas, seus pés enlameados. A mão estava enfaixada e o rosto, abatido, a barba por fazer. Estava tão profundamente adormecido que, por mais que o sacudisse, ela não conseguiu acordá-lo. Naquele momento, Eunju deveria ter percebido que havia algo de errado. E quando o marido ordenou que ela fosse embora, Eunju deveria ter notado que alguma coisa muito estranha estava acontecendo, pois seu marido jamais seria capaz de lhe dizer aquelas coisas. A raiva, o desapontamento e a aversão a haviam cegado. A verdade estivera à sua frente o tempo todo. Se havia alguém que Hyonsu protegeria com sua própria vida, era Sowon. Em nome do filho, abdicaria de tudo, inclusive de si mesmo. Seria capaz até mesmo de se afastar do filho, para mantê-lo em segurança. Por isso dissera a Eunju que ficasse com o filho e cuidasse dele. Isso significava que, para Hyonsu, Sowon só estaria a salvo se ficasse longe do pai. O xamã. O desenho feito pela garota morta. A armadilha. O ferimento, o turno da noite, a súbita viagem de Yim. As mãos de Eunju começaram a tremer. Seu estômago se revolvia. O que Hyonsu tinha feito não importava mais. Tudo que ela queria saber era o que estava por acontecer. Queria saber o que Yongje estava tentando fazer contra sua família.

"Você está me ouvindo?", perguntou Yongju.

Eunju ouviu um carro estacionar lá fora. Era um carro da C-Com, a companhia de segurança que servia no Jardim Botânico. Saíram dois homens. "Não desligue, a companhia de segurança está aqui", disse Eunju, e destrancou a janela, mantendo o fone na orelha. Olhou para o monitor das câmeras de segurança e notou que a câmera da entrada dos fundos estava desligada. A cancela da entrada principal estava abaixada. Aquilo estava estranho. O que tinha acontecido com a câmera, e como o carro conseguiu entrar? Teria ela se esquecido de fechar a entrada dos fundos? De repente lembrou-se da advertência de Yim. Não abra a janela para ninguém que você não conheça.

Tudo estava se encaixando. Seus olhos se arregalaram. Ia acontecer naquela noite, naquele momento. Mas exatamente quando percebia isso, Eunju foi arrastada para fora pela janela; um dos homens a tinha agarrado e a puxado por cima do peitoril. Ela tentou gritar, mas não conseguiu emitir um único som; o mundo estava desmoronando.

O jogo acabou em dois assaltos. Hyonsu ergueu os olhos do monitor.

"Por mais rápido que avance, você provavelmente só vai chegar à terceira fase amanhã de noite", dissera Seunghwan na noite anterior, quando lhe ensinava o jogo. Ele tinha razão; não era fácil. E Hyonsu só dispunha de sua desajeitada mão direita para jogar. Mas, graças ao jogo, conseguira passar a noite acordado. Nem sequer cochilara. A cabeça doía, o ombro doía, mas tudo bem. O problema era que o pé esquerdo também começara a doer, e ele agora se sentia febril.

Naquela manhã, Hyonsu voltara à clínica. O médico medira sua temperatura e balançara a cabeça. Fez um exame de sangue e disse a Hyonsu que a contagem de leucócitos estava alta. Em seguida abriu um pequeno retângulo no gesso para examinar a ferida. Sinais de infecção, disse. Aconselhou-o a procurar um ortopedista. Hyonsu baixou o olhar para seu pé, que estava vermelho e inchado. Os artelhos estavam enegrecidos.

Quando jogava profissionalmente, Hyonsu ia ao ortopedista com frequência. Mesmo sem ser especialista, sabia o que significava a expressão "sinais de infecção": ele teria de ser internado. Mas não podia se internar agora. Não era o momento certo, isso era indiscutível; precisava apenas de uma única noite sem dor ou febre. "Tem alguma coisa que o senhor possa fazer?", perguntou.

Era nítido o desconforto do médico: "Sou um médico para atendimentos de emergência. Se não tratarmos esse ferimento, você poderá ter uma septicemia."

"Se o senhor der um jeito de controlar isso por hoje, prometo que vou procurar o ortopedista amanhã."

O médico lançou a Hyonsu um olhar de dúvida, mas acabou concordando. Tirou o gesso, lavou a ferida com soro fisiológico, aplicou antibióticos, derramou um desinfetante por cima e cobriu a ferida com uma grossa camada de gaze. Depois imobilizou tudo até a canela com ataduras elásticas. Retirou os pontos do pulso. A ferida tinha sarado bem. Então o médico pegou uma agulha e picou a ponta do indicador, mas Hyonsu não sentiu a picada.

"Eu não estarei aqui a partir desta tarde. Se isso piorar esta noite, você tem de ir para a emergência de um hospital grande. E quando estiver lá, precisa mostrar a eles seu braço esquerdo."

Hyonsu tornou a pôr o braço na tipoia e assentiu.

O médico lhe deu antibióticos, uma injeção de analgésicos e algumas pílulas. "Com isso, você deve aguentar. Tome duas pílulas de quatro em quatro horas."

Hyonsu tinha tomado as primeiras duas por volta das nove da noite, e agora eram 23h25. Pegou o celular e ligou para Seunghwan.

"Sim?"

Uma onda de alívio passou pelo pescoço de Hyonsu. "Ainda não está dormindo?"

"Estava assistindo a um filme."

"E Sowon?"

"Está dormindo."

Hyonsu sentiu uma pontada no coração. Queria que Sowon dormisse tranquilamente assim toda noite, e que se lembrasse do nome Choi Hyonsu não como o de um assassino, mas como o nome de seu pai. Isso seria possível? "Ótimo." Desligou. Queria ouvir a voz de Sowon, mas talvez fosse melhor assim. Tampouco ia ligar para Eunju. Se ela pronunciasse seu nome, ele talvez não conseguisse se controlar. Ela tinha lhe causado sofrimento, mas já não mais; somente agora sentia-se grato a ela por sua firmeza e energia em tudo que dizia respeito ao filho. Ela era confiável. Sentia-se mal por tê-la envolvido naquilo. Voltou a seu jogo. Estava tentando matar o tempo, mas continuava perdendo. A dor o impedia de se concentrar, e os movimentos de sua mão estavam ficando lentos. Empurrou a cadeira para trás e recostou-se, fechando os olhos. Talvez estivesse nervoso.

A voz de Eunju, chamando seu nome, soou em sua mente. "Hyonsu!", ela exclamara ao encontrá-lo na clínica, no dia em que ele se machucou. Algo na sua voz lhe dizia que, se ele contasse tudo, ela poderia perdoá-lo. Hyonsu se sentiu comovido. Quando ela tornou a pronunciar seu nome, suas resistências quase cederam. Se o chamasse com tanta suavidade mais uma vez ele seria capaz de contar tudo, por isso ficou aliviado quando ela disse "Hyonsu!" asperamente. Isso o ajudou a se recuperar daquele momento de fraqueza. Pensara que poderia ter uma oportunidade de escolher entre confissão e suicídio, mas, quando pisou na armadilha, percebeu que tudo estava acabado. Não perdera totalmente a consciência, oscilando entre o torpor e a vigília, mas, em algum momento, perdera os tênis de Sowon. Em certa altura, foi invadido pela dor e pela compreensão do que acontecera. Alguém montara aquela armadilha de propósito, para pegá-lo. Só podia ter sido Yongje. A única pessoa que desejava fazê-lo sofrer, a única pessoa que tinha motivos para fazê-lo sofrer. Quando contou a Seunghwan sobre sua infância, finalmente encontrou coragem para fazer o que precisava fazer. Tentou recuperar a concentração e imaginar o que estaria por vir com base no que Seunghwan lhe contou sobre Yongje — ele fingira ser seu irmão, seguira-o no meio da noite, esculpira um porrete no porão... Não conseguia conceber como se encaixaria a última peça do quebra-cabeça; a visita dos órfãos à represa. Esse detalhe continuava misterioso. Mesmo assim, chegava agora à mesma conclusão que lhe ocorrera diante do portão da cerca. Yongje queria que Hyonsu pagasse sua dívida. Mas o pagamento tinha de ocorrer à maneira de Yongje. O desaparecimento dos sapatos de Sowon era um aviso, um prenúncio do que aconteceria se ele se recusasse a continuar naquele jogo. Foi por isso que Hyonsu se voluntariou para o turno da noite. Queria pelo menos poder escolher onde seria punido. Queria estar o mais longe possível de Eunju e de Sowon. Sentiu como se estivesse guardando uma base no beisebol, para quando Yongje viesse deslizando, como no jogo, em sua direção. Não tinha decidido como lidar com isso, mas, quando a hora chegasse, esperava saber o que fazer.

Hyonsu estava inquieto, e deixou escapar um gemido. Toda a sua perna esquerda parecia estar em convulsão. Eram 23h55. O tempo passava lentamente. Tirou as pílulas do bolso da camisa e as pôs na boca. Levantou-se e foi em direção ao bebedouro, mas parou. Avistara algo. Virou-se lentamente para verificar. Yongje estava de pé diante da pequena janela de segurança. Hyonsu mastigou as pílulas e as engoliu antes de abrir a janela.

"Está se sentindo bem?", perguntou Yongje. "Seu rosto está pálido." Estava vestido todo de preto.

"Como posso ajudá-lo?"

"Eu estava preocupado."

"Com o quê?"

"Soube que você pisou numa armadilha na floresta." Os olhos de Yongje se demoraram no braço esquerdo de Hyonsu e na tipoia. "Sua mulher me contou hoje. Ouvi dizer que o tratamento não foi barato. Sei que sou responsável pelos custos."

Hyonsu respirou fundo para se manter calmo. "Então você veio até aqui no meio da noite para assumir essa responsabilidade?"

"Eu fui até a floresta e achei isto." Yongje tirou os tênis de basquete Nike de sua pasta. "Seriam por acaso de seu filho?"

O que tinha de acontecer estava acontecendo. Tudo era previsível. Hyonsu sentiu como que um soco no estômago. "Sim, são de Sowon", conseguiu dizer.

Yongje pôs os sapatos sobre o peitoril.

Hyonsu debruçou-se na mesa, aguardando.

"Posso usar o telefone?", perguntou Yongje. "Perdi meu celular na floresta. Preciso ligar para o escritório da administração."

Hyonsu olhou para o telefone. Antes, decidira entregar-se a qualquer trama que Yongje houvesse armado. Se Yongje o mandasse sair, sairia. Se mandasse abrir a porta, abriria e deixaria que ele entrasse. Precisava estar perto de Yongje para lhe propor uma troca: eu lhe dou o que você quer; você me dá aquilo de que preciso. Embora Hyonsu estivesse ferido, não lhe seria impossível subjugar Yongje numa briga; ele não parecia ser um lutador. Porém, Yongje pedira para usar o telefone. O que queria? Chamar reforços? Hyonsu sufocou a desconfiança e pegou o telefone. Equilibrando-se no pé direito, virou-se para pôr o telefone no peitoril, do lado de fora da janela. Nesse instante, Yongje o agarrou e o puxou. A cabeça de Hyonsu se chocou contra o batente de aço inoxidável, e os pensamentos voaram de sua cabeça. Por reflexo, jogou-se para trás, mas, sempre que tentava recuar, Yongje o puxava novamente, fazendo com que seu rosto batesse na vidraça. Os golpes esmagaram seu nariz e seus lábios, machucaram suas pálpebras e fizeram alguns dentes voarem de sua boca. Um coágulo de sangue se formou em sua garganta e tudo ficou enevoado. Hyonsu estava com o rosto colado na janela, cuspindo sangue. Yongje sacou o porrete. Quando Hyonsu o viu, era tarde demais. O porrete desceu com toda força sobre seu pulso, rompendo o músculo e quebrando ossos. Ele sentiu uma coluna de fogo subindo pelo braço e sua mente afundou num pântano. Tudo começou a desaparecer. Através de suas pálpebras entrecerradas, Hyonsu viu uma seringa enterrada em seu antebraço. Seu campo visual se dividiu em duas faixas, avermelhando-se como um pôr do sol, depois se separou em quatro seções, e finalmente se despedaçou. Pouco antes de perder a consciência, um pensamento cruzou sua mente cada vez mais escura, mas desapareceu, como uma estrela cadente.

No céu resplandecia a lua cheia, e a luz do farol faiscava à distância. O nevoeiro cobria os campos de sorgo vermelho-sangue. Hyonsu estava no meio da plantação. Ouviu a voz de Sowon: "Pai". Era como magia negra, aquela voz a trespassá-lo. Isto não é real, pensou, enquanto cambaleava em direção ao poço. Uma corda pendurada descia até o fundo. Lá dentro, era escuro. Mas Hyonsu conseguia enxergar com clareza — Sowon estava pendurado na corda, seu corpo comprido e fino rodopiando como um sino de vento. "Pai." Hyonsu começou a puxar a corda para cima. Quis gritar para Sowon: "É o papai! Estou aqui!", mas não conseguiu emitir qualquer som. Puxou a corda com facilidade, e o menino subiu até a borda do poço. Hyonsu estendeu as mãos e agarrou o filho. Sentiu, contra seu próprio rosto, a face molhada e fria de Sowon. "Pai", ele sussurrou, fazendo cócegas no lóbulo de sua orelha. Mas era a voz de outra pessoa. Hyonsu afastou-se num salto. Não era mais Sowon. Era ela. Fitava-o com buracos negros em lugar de olhos, e sorria, mostrando as gengivas sangrentas. Ela lhe envolveu a cintura com suas pernas finas. Hyonsu contorceu-se, tentando se livrar dela. Ela se agarrou a seu peito e ergueu-se para fora do poço, murmurando: "Papai".

"Choi Hyonsu", disse alguém. A criança desprendeu-se de seu peito, mas Hyonsu lutou para voltar à realidade. O sono se agarrava a ele.

"Abra os olhos, Choi."

Hyonsu não conseguia. Algo pegajoso cobria seus olhos. Podia ouvir o zumbido de uma máquina. Onde estava?

"Abra os olhos." Uma bota de caminhada pisou em seu pé esquerdo.

Num espasmo de dor, ele ergueu as pálpebras. O rosto e o nariz e o pulso ardiam.

"Acordado agora?"

Hyonsu rangeu os dentes. Piscou para limpar o sangue que lhe cobria as pálpebras. Estava sentado numa cadeira, os braços amarrados por trás do alto espaldar. O torso, as coxas e os tornozelos também estavam amarrados. Era a sua cadeira do escritório, mas era claro que não estava no escritório.

"Eu sei que você matou minha filha", disse Yongje calmamente.

Hyonsu tentou mexer a mão direita e uma dor aguda subiu pelo braço. Conseguiu sufocar um grito. Passou a língua na ponta dos dentes, até só sentir a gengiva. Seus dentes da frente tinham desaparecido.

"Você não estava consciente, mas eu prestei os primeiros socorros a seu pulso. Apliquei uma atadura de compressão para deter a hemorragia. Não quero que você sangre até morrer antes de jogarmos nosso jogo. Vamos ter um excelente programa de fim de semana, não?"

Sim, com certeza. Um excelente fim de semana. Uma boa noite para morrer. Hyonsu não estava com medo. Estava preparado. Não faria diferença se morresse pelas próprias mãos ou pelas desse homem. A forma de sua morte não lhe importava:

talvez caísse do belvedere, talvez fosse espancado até expirar. De qualquer forma, tinha de conseguir um acordo.

"Olhe para mim."

Hyonsu tentou evocar o pensamento que lhe viera à mente antes de perder a consciência. Qual era? Era alguma coisa muito importante.

"Você está me ouvindo? Precisa que eu o ajude?"

Hyonsu ergueu os olhos. Yongje recuou alguns passos para que ele desse uma boa olhada a seu redor. Estavam no centro de controle do sistema. Yongje devia ter apanhado as chaves do centro de controle no escritório da segurança. De passagem, Hyonsu conseguiu olhar para o relógio. 1h49. Quase duas horas tinham se passado. Agora ele estava junto a uma escrivaninha. Uma cadeira e uma mesa, que habitualmente ficavam no meio da sala, haviam sido empurradas para junto da parede. Agora, no centro do recinto, estava o monitor que transmitia as imagens das câmeras de segurança. Yongje estava sentado na outra cadeira, as pernas cruzadas. Tinha um controle remoto em uma das mãos, o porrete na outra.

"Você vai gostar deste espetáculo", disse Yongje, ligando o monitor.

Hyonsu sentiu um arrepio gelado. Então, ele não era o objetivo principal — era um espectador. O que estaria acontecendo?

Yongje escolheu uma das doze telas que apareciam no monitor e pôs em tela cheia. Só se via um nevoeiro cinzento. Hyonsu olhou para as máquinas que havia na sala. Todos os leds estavam verdes, tudo estava funcionando normalmente. Por que estavam ali? Agora era evidente que Yongje se utilizara da visita à represa para estudar antecipadamente a sala de controle. Mas Hyonsu ainda não entendia o que Yongje pretendia fazer naquele lugar. Sentia como se houvesse aberto uma caixa grande, apenas para encontrar, em seu interior, uma caixa menor. O que Yongje pretendia fazer? Por que estavam na sala de controle? Era ali que se controlavam todos os equipamentos da represa. As comportas, os alarmes, os sistemas de segurança. O mecanismo mais importante era o dispositivo de controle remoto das comportas. A luz verde continuava brilhando. Yongje estava planejando abrir as comportas? Se fizesse isso, quinhentas toneladas de água jorrariam a cada segundo por uma das aberturas. Se todas as comportas fossem abertas ao mesmo tempo, seriam duas mil e quinhentas toneladas por segundo. Uma montanha de água atingiria o prédio da companhia na encosta, depois engoliria o Jardim Botânico, o vilarejo, a área comercial, as fazendas e planícies nas duas margens do tributário. Isso significaria que toda a vida de Yongje e seus ativos seriam varridos. Ele não faria isso. Talvez Yongje estivesse planejando fechar as comportas. A capacidade do lago era baixa, e chovera quase todo dia nas últimas duas semanas. Não levaria muito tempo para a água atingir o nível de inundação. Então o lago romperia as comportas. Abertas ou fechadas, o resultado seria o mesmo; apenas o tempo decorrido seria diferente. Mas se esse era o plano de Yongje, como tudo isso se relacionava a Hyonsu?

Se alguma anomalia fosse detectada na represa, o sistema de controle, que funcionava na matriz da companhia, entraria em ação imediatamente. Mas agora estavam no centro de controle na própria barragem. O sistema instalado aqui se sobrepunha ao da matriz. E os acionadores manuais, situados sobre as comportas, sobrepunham-se a todos os outros sistemas. Logo, a matriz só poderia intervir se não houvesse nenhuma resistência no local. Hyonsu pensou sobre isso. Assim que as comportas fossem abertas, os níveis da água baixariam instantaneamente, e se fossem fechadas, o nível de inundação seria atingido em algumas horas. Níveis baixos e níveis de inundação planejados — lembrou-se de repente do que

Seunghwan tinha lhe dito. Em níveis normais, Hansoldeung se elevava trinta centímetros acima da água, e, quando o nível estava baixo, parecia uma montanha. E quando a água atinge níveis de inundação, tudo ficava cinco metros abaixo da superfície. O coração de Hyonsu disparou, e nuvens negras bloquearam o fluxo de seus pensamentos. Estreitou os olhos, fitando os monitores.

"Espere e verá", disse Yongje. "Os holofotes já vão se acender. Mas antes me diga o que aconteceu quando você atropelou minha filha. Ela ainda estava viva. Ela teria morrido se você a deixasse lá. Então por que se deu ao trabalho de matá-la?"

Por que ele fez isso? Hyonsu tinha feito a si mesmo a mesma pergunta centenas de vezes.

Yongje levantou-se, balançando o porrete. "Responda." E bateu como o bastão no queixo de Hyonsu.

Dessa vez, Hyonsu nem sequer conseguiu emitir um som; seus olhos se reviraram e todos os fragmentos de conjecturas, que ele coletara para tentar adivinhar os planos de Yongje, se desintegraram e se desfizeram. Alguma coisa se rompeu, talvez um pedaço de mandíbula ou dente. Hyonsu olhou para baixo, tremendo, o sangue jorrando da boca. O chão ficou instantaneamente vermelho. Só seus pés estavam brancos; um descalço e outro engessado. Onde estaria seu sapato? Yongje o teria tirado para amarrar seus pés um no outro? O que estava calçando? Seu sapato social? Sua bota? Seu tênis? Uma luz começou a lampejar em sua consciência anuviada. Ao tentar resgatá-la, esqueceu a dor por um segundo. Um horror escancarado o varreu e seu coração começou a pulsar violentamente. Por fim percebeu o que estivera lampejando em sua mente pouco antes de perder a consciência. Os tênis de basquete de Sowon. Não era uma advertência. Era um anúncio, uma revelação da forma que a vingança assumiria. Por isso Hyonsu estava na sala de controle. Yongje ia fechar as comportas e mostrar o que estava em Hansoldeung quando as águas subissem lentamente.

Na tela escura e nevoenta, uma onda de luz brilhou e fluiu a partir das margens, atravessando a muralha do nevoeiro. Hansoldeung apareceu, mas o solo e a vegetação não eram visíveis. O único indício de que estavam olhando para Hansoldeung eram os pinheiros gêmeos. A luz se movia como o ponteiro dos segundos num relógio, passando pelos galhos e pelo tronco das árvores, até clarear uma pessoa amarrada ali — olhos cheios de terror, boca coberta com uma fita adesiva, a água atingindo seu peito. Sowon.

Os olhos de Hyonsu pareciam prestes a arrebentar. Os tendões lhe saltaram no pescoço e o sangue disparou no coração. O grito sem som de Sowon lhe atravessava a traqueia. O terror de seu filho retalhava seu próprio corpo.

"Por que você a matou?", perguntou Yongje novamente, acomodando-se na cadeira.

Hyonsu procurou o mostrador que indicava o nível da água. No escritório, ficava no lado de fora; a tela na sala de controle que mostrava os níveis da água estava afastada demais para que ele pudesse vê-la. Olhou para o monitor das câmeras. Nada podia fazer quanto a Sowon. Seunghwan, onde estava Seunghwan? A luz do holofote desapareceu da tela, e o nevoeiro ocultou Sowon. Hyonsu não conseguia se mexer. A garganta ardia. "Liberte-o. Depois eu lhe conto tudo." Hyonsu tentou falar com calma, mas sua voz saiu chorosa. "Você pode me matar do jeito que quiser. Eu farei o que você quiser."

Yongje sorriu. "Sei que fará. Mas primeiro você vai ver seu filho morrer e me dizer como matou minha filha. Depois que me contar tudo, vou verificar que seu filho esteja morto e abrirei as comportas para a água escorrer lentamente. Os sistemas de controle não vão fazer nada, porque seu filho é baixo demais para acionar os alarmes. Vou trazer de volta o corpo de seu filho, e pôr em seu carro. O de sua mulher também. Seria muito cruel de minha parte separar a família para sempre."

Uma onda enorme levantou Hyonsu nos ares, depois jogou-o nas profundezas; ele tinha se esquecido completamente de Eunju.

"Você vai pôr sua família no carro e dirigir a toda velocidade para dentro do lago. Incapaz de lidar com a culpa, o assassino confessa seu crime e comete um suicídio-assassinato para acabar com tudo." Yongje tirou um gravador do bolso da jaqueta. "Gostou de meu plano?"

Hyonsu estava tremendo, furioso. Tentou respirar, lutando para recobrar a calma.

"Fale", ordenou Yongje.

No início do semestre, Sowon tinha um metro e cinquenta e oito de altura. Qual seria sua altura quando sentado: setenta e sete centímetros? Setenta e oito? Oitenta? Tentou se lembrar. Qual seria a altura da água agora? Se conseguisse enxergar o mostrador, poderia fazer alguns cálculos rudimentares.

"Você não me ouviu?" Yongje ergueu o porrete. "Precisa de um pequeno incentivo?"

Hyonsu olhou para a tela. A luz estava voltando. O nevoeiro parecia estar mais denso, e a imagem de Sowon menos nítida, mas ele notou algo diferente. Sowon estava assustado, é claro, mas seu olhar percorria o lago. Hyonsu também viu um brilho de pupilas laranja atrás da cabeça de Sowon. Havia um par de orelhas espetadas e uma cauda. Era o gato.

"Choi Hyonsu", dardejou Yongje.

Enquanto o facho de luz brilhava na tela, a raiva de Hyonsu esfriou. E quando a tela ficou escura, ele havia recuperado a capacidade de raciocinar objetivamente, que antes buscara de forma tão desesperada. Ele estava pronto. Não ganharia nada deixando aquilo se arrastar. Tinha de falar e descobrir uma oportunidade.

"Naquele dia, tudo deu errado." Disse Hyonsu, recostando-se e olhando para Yongje. Não podia olhar para a tela. Sabia que não poderia depender de Seunghwan. Provavelmente estava trancado em algum lugar ou morto. Contudo, ainda tinha alguma esperança de que o rapaz estivesse vivo. Hyonsu era a única pessoa que poderia pôr um fim nisso. E tinha de manter a cabeça fria, o que seria impossível se ficasse olhando para Sowon. "O nevoeiro era muito denso, eu estava perdido, tinha bebido, estava cansado, e a estrada estava escorregadia."

Yongje sentou-se novamente.

Hyonsu tentou flexionar o indicador direito, mas foi doloroso demais. Percebeu que sua mão esquerda estava segurando o punho direito fraturado. Ou seja, o braço morto voltara à vida. Quando acontecera? Mas isso não tinha importância. O importante é que o braço estava funcionando. E Hyonsu tinha de lidar com o monstro sentado à sua frente, antes que o outro monstro, o que vivia em seu próprio corpo, paralisasse seu braço outra vez.

"As curvas eram muito fechadas e eu acabei derrapando. Nisso, ela pareceu correndo na minha frente."

Yongje cruzou as pernas, apoiado no braço da cadeira, o queixo na mão.

"Eu freei, mas foi tarde demais." Hyonsu se agarrou à mesa a seu lado com a mão esquerda. "Já viu alguém atingido por um carro?"

Yongje não respondeu, mas ficou olhando para ele. Seus olhos ficavam vermelhos.

"Foi minha primeira vez. Os braços dela estavam abertos, como se estivesse abraçando meu carro. Ela foi atingida pelo capô numa fração de segundo. Vi seu rosto vir de encontro ao para-brisa. Ela foi jogada e caiu na estrada, fazendo um barulho. O nevoeiro rodopiou e ela ficou caída, sem se mover. A cabeça estava aberta, parecia uma melancia que caiu na calçada."

Hyonsu escolhia as descrições mais chocantes, enquanto observava a expressão de Yongje. Deslizou seu traseiro um pouco mais para o fundo da cadeira. A corda que o atava ao assento da cadeira penetrou em suas coxas. A dor rasgava sua carne.

"Pensei que estivesse morta. Fiquei aterrorizado. Acabara de matar alguém. Pensei que perderia tudo que tinha. Minha carteira de motorista estava suspensa por ter dirigido bêbado. Mas lá estava eu, bêbado e dirigindo, outra vez. Saí do carro e fui até ela, pensando em meu filho e em minha mulher e em meu emprego e nossa casa…" Hyonsu lembrou como costumava bloquear uma base no beisebol, esperando o *runner* vir deslizando até ele. Apenas dois metros o separavam de Yongje.

"Eu planejava jogá-la no lago e fugir. Fui até ela." O sangue secava em seus cílios. Hyonsu pestanejou com força, tentando se livrar dos coágulos. Precisava enxergar seu alvo com clareza; só teria uma chance, uma oportunidade única, quando Yongje, enraivecido, perdesse o controle. "De repente, ela abriu os olhos. Olhou para mim, amedrontada. E sussurrou…"

Hyonsu tinha conseguido soltar o coágulo. Viu que Yongje estava imaginando o que sua filha dissera. "Não estava se dirigindo a mim. Pensava que eu era você." Hyonsu plantou a palma da mão esquerda firmemente no canto da mesa, e empurrou seu traseiro totalmente para o espaldar. "Foi a coisa mais terrível que ouvi em toda a minha vida."

Yongje descruzou as pernas e agarrou os braços da cadeira com as duas mãos.

"Ouvi aquela palavra centenas de vezes nas últimas semanas. Ouvia quando estava dormindo e quando estava acordado. É como uma alucinação."

"O que ela disse?", finalmente perguntou Yongje.

Hyonsu não respondeu.

"O que ela disse?"

"O que acha você que ela disse?"

Os olhos de Yongje faiscaram e se arregalaram.

"Vamos, seu imbecil", murmurou Hyonsu.

"O quê?"

Yongje inclinou-se na direção de Hyonsu.

Agora. Hyonsu empurrou o balcão com toda força, tomando impulso para se lançar contra Yongje. O outro ergueu os braços para se defender, mas meio segundo tarde demais. A cabeça de Hyonsu bateu na de Yongje, entre os olhos. Graças ao peso e à velocidade de Hyonsu, Yongje caiu de costas junto com a cadeira. Hyonsu ergueu seus tornozelos atados, pisou na cadeira de Yongje e tomou impulso para voltar ao balcão. Agora, era preciso soltar as mãos. Mesmo com os punhos amarrados, tateou a gaveta atrás de seu corpo. Trancada. Arrastou-se com a cadeira até o outro balcão. A gaveta também estava trancada. Mas Hyonsu conseguiu se arrastar até a escrivaninha, na outra ponta da sala, junto ao controle das comportas. A gaveta daquela mesa estava aberta. Esticou ao máximo a mão esquerda para tatear lá dentro. Uma esferográfica, régua, calculadora, um cortador de caixas. Cortou as cordas.

Yongje estava de costas, no chão, inconsciente. Hyonsu mancou até o monitor das câmeras. O holofote cruzou a tela lentamente, até alcançar os pinheiros gêmeos. Agora só o pescoço e o rosto de Sowon estavam iluminados. O nevoeiro obscurecia seu corpo abaixo do pescoço; a julgar pelo modo como o garoto espichava o pescoço, a água devia estar acima de seus ombros. Hyonsu sentiu algo se despedaçar em seu coração. Correu para o painel de controle da comporta, mas não sabia como operá-lo. Viera aqui algumas vezes, mas nunca prestara atenção naquela máquina. Tentou se acalmar. Havia botões e manetes que operavam cada comporta. Elevar, abaixar, parar, parada de emergência, LT. Junto aos botões havia sinais de mais e de menos e números. Ele pressionou "Elevar" para a primeira comporta, o número e o +. O número foi de 1 a 2. Pressionou o botão do número novamente, mas nada aconteceu. Pressionou o botão +; o número passou de 2 para 3. Trabalhou rapidamente. Precisava apertar três botões e abrir as comportas. Não deviam ter passado mais do que um ou dois minutos, mas para Hyonsu pareceu ter levado milhões de anos.

Voltou ao monitor das câmeras. A superfície do lago, que deveria estar agitada, parecia calma. Hyonsu prendeu a respiração por um instante. Talvez não tivesse feito a coisa certa. Com o zoom da câmera, aumentou a imagem das comportas. Todas as cinco estavam se abrindo lentamente. Algo devia estar errado. O *stopper* devia estar fechado. Em pânico, Hyonsu voltou ao painel de monitoramento. Mas não encontrou a alavanca do *stopper*. Yongje devia tê-la arrancado. Isso queria dizer que Hyonsu teria de ir até as comportas. Estava correndo para a porta quando o porrete desceu atrás de sua orelha. Ele se agachou instintivamente, gemendo. Yongje brandiu o porrete mais uma vez. Hyonsu lhe deu um soco no peito e o porrete voou para o chão, com um estampido. Yongje caiu. Hyonsu ergueu o porrete, mas o outro homem não se mexeu. Hyonsu o cutucou com o porrete. Nada. Empurrou-o com a ponta do pé. Yongje rolou de costas, e duas chaves caíram de seu bolso, a chave mestra e a chave do Matiz. Hyonsu precisava da chave mestra para chegar ao *stopper* — enfiou-as no bolso e saiu da sala de controle, levando o porrete consigo.

Lá fora, viu que os pneus dianteiros do Matiz tinham sido furados. Yongje passara por lá. O que poderia fazer agora? Estava a quatrocentos metros das comportas, e teria de subir uma encosta. Conseguiria chegar a tempo? Começou a correr, mancando. Os artelhos do pé esquerdo pareciam que iam cair a qualquer momento. A cada passo, os ossos de sua mandíbula fraturada se chocavam, e seu pulso quebrado batia na coxa. Não estava enxergando muito bem; sua consciência esvaía-se novamente. O som do lago Seryong puxando Sowon para baixo o impelia para a frente.

Seunghwan mexeu os dedos. Podia senti-los novamente. Seu corpo estava acordando aos poucos, mas ainda não conseguia organizar os pensamentos. Imagens aleatórias pipocavam, misturavam-se, sumiam e tornavam a aparecer. Seu coração batia rápido, mas seus membros estavam dormentes.

Onde estava Sowon?

Quando seu chefe ligou, Seunghwan estava sentado à mesa, em casa. Dissera a Hyonsu que estava assistindo a um filme, mas na verdade estava escrevendo. Hyonsu perguntou por Sowon. Seunghwan olhou para o garoto, que estava deitado na cama, dedos entrelaçados no peito, dormindo. A voz de Hyonsu parecia triste, como se estivesse dizendo adeus. Em seguida, desligou. Seunghwan reviu o que escrevera.

Ao entardecer, Sowon veio até a cabine de segurança. Disse que vinha do estábulo.

"Ernie estava perseguindo um esquilo. Eu lhe disse que não o trouxesse para casa, mas não sei se compreendeu."

Eu sorri também, lembrando os acontecimentos da véspera. Um gato de rua tem três formas de sobreviver: caçar, cavoucar o lixo ou conquistar a simpatia dos humanos. Ernie era um especialista nesse terceiro método. Insatisfeito com a comida e a água que Sowon lhe levava, sempre aparecia debaixo da janela à noite, miando. Quando a janela estava aberta, ele saltava para cima do peitoril e ficava arranhando a tela. Sowon abria silenciosamente a janela e o deixava entrar. Começou a deixar o gato dormir em sua cama, como tinha feito Seryong. Ao amanhecer, Ernie se arrastava de debaixo da cama, ou de cima do armário ou de entre as pernas de Sowon e se esticava todo antes de desaparecer na floresta. Mas ontem

Sowon não conseguiu ir até o estábulo, em parte porque seu pai se ferira e em parte porque o vilarejo inteiro estava focado na visita dos órfãos. Quando fui para casa, Eunju estava fora, supervisionando a festa, e o chefe estava dormindo em seu quarto. Sowon estava fazendo seu dever de casa em nosso quarto. Pendurei meu uniforme e, quando me virei, Ernie estava no peitoril. Chegara um pouco mais cedo do que de costume. Abri a tela para deixá-lo entrar, e notei que segurava algo na boca, uma rolinha do tamanho de um frango pequeno. Estava viva, mas lhe faltavam algumas penas. A ave tentou voar mas não achou a janela. Num esforço para ajudá-la, Sowon se jogou na cama e foi bater no armário. O chefe abriu a porta de nosso quarto, e a ave voou para a sala, suas penas caindo como se fosse neve. Sowon correu atrás dela e eu o segui, sacudindo sua rede de apanhar borboletas. Ernie olhava tudo calmamente, no alto da mesa de jantar.

Hyonsu começou a rir. Encostado à porta de nosso quarto, gargalhava sem parar. De repente, aquele homem enorme se parecia com Sowon. Como alguém que ria com tanta alegria e inocência poderia ter matado uma criança? Ele me pedira que esperasse — talvez isso significasse que ele precisava de tempo para provar que era vítima de uma falsa acusação.

Na cabine de segurança, Sowon perguntou: "Papai está trabalhando hoje?".

Olhei o relógio. Eram 17h40. "A esta hora, já deve estar no escritório principal."

"Posso esperar aqui? Quero saber se ele ainda está com febre. Ele estava jogando um joguinho em casa. Estou preocupado com ele."

"Por que não fica em casa com ele?"

"Ele disse que não consegue se concentrar quando estou por perto", disse Sowon com ar triste.

"Ele vai ficar bem", eu disse. "Se sentir muita dor, sua mãe vai levá-lo até a clínica." Eu queria tranquilizar o menino, mas não tinha certeza do que estava dizendo. Eunju mal olhava para o

marido. No café da manhã, cada um permanecera mergulhado em seus próprios pensamentos e evitaram conversar.

"Sr. Ahn, posso comer um pouco de macarrão instantâneo?", perguntou Sowon.

"Você está com fome?"

Sowon assentiu.

"Não tenho nenhum aqui. Vamos perguntar a seu pai se lhe restou algum. Talvez ele tenha até mais de um."

No escritório principal, o chefe estava sentado diante do computador, com aspecto abatido. Os olhos estavam injetados de sangue e parecia febril. Sowon explicou por que estava lá e perguntou se a febre tinha baixado. O chefe fez que sim. E de novo Sowon perguntou se tinha jantado. "Posso comer um pouco de macarrão instantâneo?", perguntou Sowon, e o chefe, sem responder, abriu um copo de isopor e o encheu de água quente. Deu ao menino um par de hashi, sentou-se e ficou vendo-o comer. "Obrigado", disse Sowon, e o chefe sorriu. Quando o filho se virou para ir embora, o chefe deu várias batidinhas em seu ombro. Foi como se ele já não soubesse falar.

Quando saímos do escritório principal da segurança, olhei para trás e surpreendi o chefe olhando pela janela para Sowon. Em seus olhos, vi arrependimento e tristeza.

Fui embora sentindo, instintivamente, que ele estava a ponto de entrar em ação.

Por isso Seunghwan sentira que seu chefe estava dizendo adeus ao telefone. Mas o que Hyonsu poderia fazer? Confessar? Fugir? Não parecia provável que se suicidasse. Quem estivesse a ponto de se suicidar não pediria a alguém que esperasse; será que isso significava que ele precisava de tempo para imaginar um plano? A confissão era o mais provável. Após pedir que Seunghwan esperasse, Hyonsu nunca mais tocou no assunto. E Seunghwan também não insistiu, pois não queria pressioná-lo.

Hyonsu se voluntariou para o turno da noite, embora todos o tivessem aconselhado a descansar. Seunghwan imaginou que estivesse com medo de adormecer em casa; mas não poderia ficar jogando video game para sempre. Se estivesse de serviço, poderia alegar que estava fazendo patrulha, mesmo que fosse descoberto na floresta, seguindo o homem do sonho. Seunghwan não tinha como ajudá-lo. O máximo que podia fazer era vigiar Yongje. Porém, sentia-se angustiado por sua própria incapacidade de decifrar as intenções de Yongje. Será que estava planejando encontrar uma prova definitiva e entregar Hyonsu à polícia? Ou estava planejando algum tipo de represália direta?

Alguma coisa estalou. Seunghwan olhou para a janela, pensando que fosse Ernie. A cortina se agitava na brisa; o ímã preso no canto da cortina devia ter batido contra o peitoril. Tornou a voltar sua atenção para o laptop, mas então a campainha tocou. Quem seria àquela hora? Foi à sala e olhou para o monitor da câmera. Viu dois guardas de segurança da C-Com no lado de fora. O carro da companhia estava estacionado atrás deles, as luzes piscando.

"O que está acontecendo?", perguntou Seunghwan pelo intercomunicador.

"A senhora que trabalha na cabine de segurança nos disse que o alarme fica disparando em sua casa. Viemos verificar."

Seunghwan olhou para o botão de chamada do intercomunicador. Por que será que ela não telefonou para avisar, ele se perguntou enquanto abria a porta, mas então já era tarde demais. Os dois homens entraram correndo e o prensaram no armário de sapatos. Seunghwan sentiu uma coisa aguda espetar seu braço. Suas pernas cederam, a língua endureceu e ele perdeu a consciência.

Agora, desperto, deu-se conta de que os braços estavam atados atrás das costas, os tornozelos cruzados e amarrados um no outro. Estava deitado sob a escada do porão. Viu sua antiga máquina de lavar, o vaso que usava como cinzeiro na varanda, uma mangueira de borracha, um balde de plástico e alguns armários. Quando a família do chefe se mudara para a casa, Eunju ordenara que ele levasse aquelas coisas para baixo.

Os homens que o atacaram deviam ser profissionais. E se haviam deixado Seunghwan no porão, isso significava que o alvo deles era Sowon. Com certeza fora Yongje quem os enviara. Tudo se encaixava. Devem ter vestido os uniformes da C-Com para poderem se aproximar sem despertar suspeitas. Seunghwan engoliu em seco. Yongje devia estar atrás de toda a família de Hyonsu. Será que seu chefe sabia disso? Essa possibilidade não lhe havia ocorrido. Onde estava Sowon? E Eunju? Estariam juntos?

Seunghwan tentou se acalmar. Estava desperto e sozinho. Por que não o tinham matado? Tinha de se levantar. As costas estavam rígidas. Olhou em volta. Havia muitos objetos ao seu redor, mas nada com que pudesse cortar a corda. A janela era alta demais. Porém, não havia outra opção. Teria de subir em alguma coisa para alcançá-la. A melhor opção eram os armários encostados à parede. Eunju os trouxera de Seul, mas a sala era pequena demais; Seunghwan lembrou que fora bem difícil descer com eles até o porão. Estavam longe da janela. Seria preciso empurrá-los. Sentando no chão, arrastou-se até um dos armários. Como ele bem recordava, eram muito pesados. E os músculos de Seunghwan ainda estavam enfraquecidos pela droga. Enfiou o pé atrás de um armário e, com muito esforço, afastou-o da parede. Espremeu-se até se enfiar na fresta, atrás do móvel. Levou vinte minutos para fazer isso, e ficou coberto de suor. Depois, apoiou as costas na parede e empurrou o armário com os dois pés. Por mais forte que empurrasse, só conseguia movê-lo um pouco por vez. Quando conseguiu deixá-lo debaixo da janela, estava todo dolorido.

Sentou-se em cima do armário e depois ficou de pé, com as costas contra a parede. Seu ombro agora chegava até o peitoril e sua nuca tocava a vidraça bem no meio. Um, dois, três. Bateu com a cabeça no vidro e se abaixou enquanto choviam cacos em cima dele. Agachou-se e tateou. Achou um pedaço de vidro, com o qual cortou a corda. A porta estava trancada do lado de fora, mas ele retirou a moldura da janela, removeu os cacos de vidro que o cobriam e saiu. Agora estava no canteiro de flores, bem diante da varanda. As luzes da sala estavam apagadas, mas a porta do quarto dele e de Sowon estava aberta, e ele via o clarão azulado da lâmpada acesa sobre a mesa. Parecia não haver ninguém em casa. Tudo estava estranhamente silencioso. Pelo visto, não havia ninguém no anexo naquele fim de semana; todos os moradores do 103 tinham ido para as casas de suas famílias, e Hyonsu estava no turno da noite. Se Yongje estivesse em casa, teria escutado o barulho da vidraça quebrada e viria correndo ver o que estava acontecendo.

Seunghwan entrou em casa. Nada parecia fora do lugar. Não havia sequer uma pegada na sala; no quarto, a janela estava aberta, mas a tela protetora de insetos estava fechada. A cama estava feita, o colchão jazia no piso, o laptop ainda aberto na página que estivera escrevendo. Seu celular estava ao lado do laptop. Abriu-o para chamar a polícia, mas deteve-se; tudo estava anormalmente tranquilo. Ficou parado, prestando atenção. Ouviu o ruído de insetos, de galhos farfalhando ao vento. Ouviu um cão latir à distância. Aquilo, na verdade, não era silêncio. Era a ausência de alguma coisa. O rumor da água, que sempre se sobrepunha a tudo o mais, o som da água fluindo pelas comportas. Isso significava que a água tinha parado de fluir. As comportas estavam fechadas.

Pelo que Seunghwan ouvira dizer, a última vez que as comportas estiveram fechadas fora dois anos antes, em agosto, durante uma grave seca. No entanto, chovera copiosamente durante as duas últimas semanas. Por isso, a represa vinha eliminando uma quantidade de água maior que o habitual. Quando Seunghwan saíra do trabalho, as comportas estavam mais abertas do que ontem. Isso queria dizer que alguém as tinha fechado, alguém que podia entrar no centro de controle. De repente, Seunghwan compreendeu tudo. A visita das crianças à represa. O sumiço dos tênis de Sowon. Como Seunghwan não vira antes? As pistas estavam espalhadas por todos os lados.

Yongje não queria apenas matar a família de Hyonsu; isso seria somente o primeiro passo. Ele planejava fazer com Sowon o que Hyonsu fizera com sua filha. Queria que Hyonsu visse o filho ser morto e engolido pelo lago. O coração de Seunghwan começou a bater mais forte enquanto seus pensamentos disparavam em várias direções. Sowon devia estar num lugar em que seu pai não pudesse alcançá-lo, mas onde pudesse vê-lo. Onde todas as câmeras e holofotes o alcançassem. O lugar que submergiria em primeiro lugar quando as comportas se fechassem. Hansoldeung.

Era uma e meia da madrugada. Duas horas tinham se passado. Que altura a água já teria atingido? Seunghwan percebeu que a água não precisaria chegar ao nível de inundação; Yongje só precisava que a água subisse um metro além do nível normal. Hansoldeung provavelmente já estaria debaixo d'água. Seunghwan pegou a lanterna frontal, que estava na mesa, e pulou a janela. Voou em direção ao portão. Lamentou ter perdido tanto tempo no quarto. Tinha de chegar lá antes que o lago engolisse o garoto. Correu o mais rápido que pôde, mas o caminho estava enlameado, suas pernas pesavam como chumbo e seu coração batia como se fosse explodir. Sowon devia estar aterrorizado. Tinha apenas onze anos. Tudo o que Seunghwan podia desejar, no momento, era que Sowon estivesse drogado e inconsciente.

Seunghwan levou exatamente cinco minutos para chegar ao cais. Abriu o telefone apenas uma vez, para ver que horas eram; poderia chamar a polícia depois. Pulou a cerca. O holofote varria o lago lentamente. Dava para ver a que altura a água tinha se elevado; a ponte flutuante já estava submersa. No nevoeiro, o *Josong* entrevia-se vagamente. Um monstruoso silêncio dominava o lago.

A luz passou pelos portões do cais e se estendeu até a estrada. Seunghwan deixou seu celular sob o portão e desceu correndo a encosta. Sentiu a água bater nas coxas e começou a nadar na direção onde pensava estar o barco. Felizmente, não demorou a achá-lo. Içou-se para o convés, quebrou a janela da cabine e abriu o trinco por dentro. Acendeu a luz e olhou em torno. Havia uma caixa de vidro numa das paredes e, dentro, um bote inflável. Ele quebrou o vidro com o machado destinado a isso e pegou o bote. Amarrou-lhe uma corda de reboque e o atirou na água. Ao bater na superfície do lago, o bote inflou. Em seguida, Seunghwan jogou dentro dele um cobertor e um machado. Amarrou a corda de reboque na cintura e pulou na água, começando a nadar em direção a Hansoldeung.

Neblina e escuridão cobriam o lago. Não havia uma só estrela no céu. O nevoeiro era tão denso que a lâmpada frontal só clareava um metro à sua frente. Sempre que o holofote varria as águas, Seunghwan parava e olhava ao seu redor. Não conseguia enxergar Hansoldeung. Tudo que via era uma muralha impenetrável de nevoeiro. Será que a ilha já estava totalmente submersa? Estava a ponto de sucumbir ao desespero quando ouviu um som inesperado.

Um gato berrando alto e impetuosamente.

Nadou em direção ao som. O berro do gato ficava cada vez mais alto e mais insistente. Agora estava tão perto que Seunghwan sentiu que bastava estender a mão. Seu pé tocou no fundo do lago. O facho do holofote se aproximava. Viu um vulto escuro e redondo no nevoeiro; era dali que vinha o som.

"Sowon!", ele gritou, puxando o bote pela terra. A luz revelou os pinheiros gêmeos. Sowon estava à frente das árvores, a água em seu pescoço, a boca tapada com uma fita. Devia estar amarrado ao tronco. Mas parecia calmo. Ao ver Seunghwan emergir da água, Sowon espichara o pescoço. *Bom trabalho, garoto*, ele pensou.

Ernie estava encolhido atrás da cabeça de Sowon, em cima de um galho, como uma coruja. Como tinha vindo parar ali? "Não se mova", ele disse. "Fique parado até eu pôr você no bote."

Sowon assentiu. Seunghwan puxou o bote até pô-lo em frente ao menino. Colocou a lanterna frontal no bote, com o facho virado para Sowon. Inclinou-se e apalpou o tronco. Achou a corda com a ponta dos dedos e usou o machado para libertar o garoto. Debruçou-se para erguer Sowon, que estava rígido. Levantou-o e o pôs no bote, enrolando-o no cobertor. Delicadamente, retirou a fita de sua boca. Sowon estava tremendo de frio. Olhava para Seunghwan com intensidade, como se temesse que o amigo fosse desaparecer, caso ele desviasse o olhar. Ernie pulou para o bote.

"Fique abaixado até chegarmos no cais, está bem?"

Sowon fez que sim. Seunghwan pôs a lanterna na cabeça do menino e começou a nadar, indo em direção à luz piscante do barco. Já estava sem fôlego antes de chegarem à metade do percurso. Quando alcançaram o cais, tinha dificuldade para mexer os ombros. Puxou o bote pela barranca. Ernie pulou para a terra firme. Sowon não conseguia se mexer, e Seunghwan o carregou até o portão. Pôs o menino sentado ali e o abraçou, dando tapinhas em suas costas. "Você se saiu bem, Sowon. Saiu-se muito bem."

Sowon assentiu. Não chorava nem gritava; estava calado. Seunghwan ficou preocupado — Sowon tinha de descarregar suas emoções, ou poderia ficar preso naquele terror para sempre. O lago Seryong poderia tornar-se o seu poço, mais profundo, escuro e poderoso do que o de seu pai. "Pode chorar, se quiser", ele disse, batendo em suas costas novamente.

"A estrela vermelha no pico de Seryong é Júpiter, certo?"

"Sim", disse Seunghwan. O menino olhava-o calmamente. Seunghwan teve um arrepio. Como conseguia ficar tão imperturbável?

"Quando abri os olhos, eu vi Júpiter", disse Sowon, e soluçou. O que disse em seguida foi incompreensível. "No início, pensei que estava na floresta. Os ponteiros do relógio giravam com ela. E eu sempre perdia, como acontece quando a gente erra o movimento na brincadeira de vivo ou morto."

Seunghwan olhou para cima. Não conseguia ver uma única estrela. Só havia uma escuridão pegajosa, turva. Do que ele estava falando? O que tinha acontecido em Hansoldeung? Teriam oportunidade para falar sobre aquilo mais tarde. Agora precisava enviar policiais para o centro de controle. Pegou seu telefone debaixo do portão e ligou para a polícia.

"Qual é sua emergência?"

Seunghwan olhou para Sowon, que olhava para seus pés e o ouvia atentamente. Não soube como dizer o que precisava dizer para que só a polícia entendesse. "O chefe da segurança da represa está sendo mantido como refém no centro de controle."

"E quem o está mantendo como refém?"

Seunghwan não teve tempo de responder, pois, de repente, um grande ronco se ergueu de uma das pontes. A terra tremeu. A luz do barco, antes voltada para o cais, virou-se para a ponte. Sob o facho do holofote, a água rodopiava. O lago, despertando de sua sonolência, transformava-se num imenso redemoinho que puxava tudo para seu centro. O coração de Seunghwan disparou. Ele soltou um grito. Enfiou o celular na mão de Sowon. Fez com que o menino rolasse por baixo do portão, depois pulou a cerca. Não tinham como escapar ao avanço do lago. Mais tarde, Seunghwan não conseguiria recordar como pudera subir o morro, com Sowon nas costas, até alcançar o rancho. A única coisa de que se lembrava era o estrondo das águas que sacudiam a floresta, a luz branca percorrendo as árvores e o peso do garoto em seus ombros.

No estábulo, abriu a porta e sentiu um horrível fedor de mofo. Ernie, que devia tê-los seguido, correu para se aninhar em sua caixa. Seunghwan empurrou Sowon para aquele canto e o envolveu, bem apertado, no cobertor. "Já volto."

Sowon assentiu.

"Fique aqui com Ernie. Eu queria ficar com você, mas..."

"Você tem de ir salvar meu pai", Sowon completou a frase.

Seunghwan não respondeu, pois estava perdido em pensamentos. Se Yongje fechara as comportas, então quem as abrira? Tinha de ser Hyonsu. Se a abertura fora feita à distância, a partir da sala de controle, já nada restava a fazer, exceto baixar o *stopper*. Mesmo assim, seria tarde demais. Mas se as comportas foram acionadas manualmente, talvez ainda houvesse tempo para reverter a situação.

"Assim como salvou a mim e a Ernie", os olhos de Sowon buscaram os de Seunghwan, ansiosamente.

Seunghwan assentiu. "Você tem de me prometer que vai ficar aqui até eu voltar para buscá-lo."

"Eu prometo."

Seunghwan levantou-se e saiu, sem olhar para trás. Temia não conseguir se afastar se olhasse para o menino. Era terrível ter de abandonar uma criança que acabava de escapar à morte. Se não fosse por Ernie e pela incrível bravura de Sowon, não teria conseguido partir.

Ao chegar à estrada, Seunghwan viu o facho do holofote percorrendo a superfície do lago e correntes de água turbulenta precipitando-se contra a barragem. As margens já estavam submersas e a água arremetia como um tsunami. Seunghwan chegou à primeira ponte e não acreditou no que viu. Sob os muros da barragem, tudo havia desaparecido. Não se viam os prédios da companhia, nem o vilarejo, nem um único poste de iluminação ao longo da área comercial. Tudo estava submerso. E imensas colunas de água erguiam-se entre as sombras. Mais adiante, a espuma branca se erguia como uma nuvem em forma de cogumelo. Seus respingos caíam na ponte feito chuva. As pernas de Seunghwan fraquejaram. O estrondo o ensurdecera, e sentia-se fraco. De que adiantava tentar fazer alguma coisa, se tudo já estava perdido — Hyonsu, Yongje, os prédios da companhia, o vilarejo, os habitantes, os funcionários, tudo? Não tinha como fazer o tempo retroceder. Mas a luz do holofote girando acima das comportas lembrou-lhe o motivo de ter vindo. Tinha de baixar o *stopper*.

Começou a correr. Na metade da ponte, olhou para trás; sentira que algo corria atrás dele. Não conseguia enxergar nada em meio ao nevoeiro e ao borrifo. Mas era uma pessoa. O alarme não soara. Para chamar a polícia, teria de ir à cabine de segurança na portaria. Em vez disso, pulou no topo das comportas e apertou o botão para baixar o *stopper*. Deveria ter ouvido o zumbido da roldana engatando e a fricção das correntes em movimento, mas não escutava nada. Inclinou-se e olhou para baixo. Não percebera que alguém se aproximava por trás. Algo esbranquiçado brilhou junto a sua orelha, e ele se agachou num reflexo e rolou. Alguma coisa zuniu e passou raspando pelo topo de sua cabeça. Seunghwan ergueu o rosto. Hyonsu, um ombro caído e arrastando uma perna, estava indo para os computadores. O rosto estava coberto de sangue e inchado. A mão direita pendia ao longo da coxa, a esquerda segurava um bastão ensanguentado.

"Sowon está vivo!", gritou Seunghwan. Sua voz foi abafada pelo som das águas que jorravam ao redor e varriam a floresta; "Sowon está vivo!"

Ele se jogou sobre Hyonsu. Tinha de lhe contar que Sowon estava em segurança, e para fazer isso, teria de derrubá-lo no chão. Mas Hyonsu o atingiu nas costelas com o porrete, e Seunghwan desabou. Tudo escureceu. Não conseguia respirar. Tentou pôr-se de pé e o porrete veio em direção a sua cabeça. Seunghwan jogou-se no chão, mas não conseguiu escapar totalmente ao golpe. O porrete bateu de lado em seu rosto, antes de se chocar contra a parede, atrás. Esta deve ser a sensação de uma granada explodindo dentro da boca, pensou. Ia ser espancado até morrer. Ouviu Hyonsu soluçar. Viu-o se abaixar e pegar o porrete. Seunghwan levantou-se novamente e se atirou em Hyonsu, mirando sua perna boa e fazendo-o cair. Seunghwan torceu o braço dele para trás e sentou-se em suas costas. Pôs a boca na orelha de Hyonsu e gritou: "Sowon está vivo!".

Hyonsu vacilou e parou de lutar.

"Ele está vivo. Você pode ligar para ele. Confie em mim. Ele está com meu telefone."

Hyonsu já não resistia. Rendeu-se. Seunghwan o largou. "Vou provar para você. Vamos à cabine de segurança." Ajudou Hyonsu a se levantar. Ele oscilou, mas não caiu.

O *stopper* estava totalmente abaixado; tudo ficara assustadoramente tranquilo. Seunghwan ouviu o som abafado de sirenes distantes. Chegando à cabine, pegou o telefone. Hyonsu bloqueava a porta. Sua expressão transmitia sua determinação de matar Seunghwan se aquilo fosse um truque. Seunghwan começou a entrar em pânico. O telefone estava sem sinal. Pensou no celular de Hyonsu. "Me dá", disse, apontando para o bolso da camisa de Hyonsu, enquanto seu chefe olhava para ele com ar atordoado.

"Me dê seu celular."

Hyonsu pôs a mão na camisa, parecendo surpreso.

"Rápido."

O telefone de Hyonsu escapara ileso da batalha. Seunghwan abriu-o.

Sowon atendeu ao primeiro toque. "Pai?"

Hyonsu arrebatou o telefone da mão de Seunghwan.

"Sr. Ahn?"

"Sowon", disse Hyonsu, hesitante.

A voz de Sowon animou-se. "Pai!"

Hyonsu desfaleceu, como se lhe tivessem aplicado um tranquilizante.

"Pai?"

Vivo ou morto

Naquela noite, amarrado no tronco dos pinheiros gêmeos em Hansoldeung, experimentei uma superposição de realidade e fantasia e sonhos. Tudo mudava a todo momento — o cenário, as circunstâncias, até mesmo o fluir do tempo.
    Algumas horas antes, eu estava dormindo, em casa, quando escutei um barulho. Abri os olhos e vi homens uniformizados. Um deles pôs a mão em minha boca. Deram-me algum tipo de injeção e eu adormeci. Passou-se um tempo, e uma voz me acordou: "Vivo!".
    Pernas brancas e finas passaram correndo. A imagem dos pés descalços correndo ficou gravada em minhas retinas. Altos ciprestes cercavam um terreno redondo e vazio, e, bem em frente, havia uma torre com um holofote. O facho longo e branco girava no sentido do relógio. Graças à luz, consegui ver o lugar onde me encontrava. Enxerguei uma estrela vermelha no céu. O sr. Ahn tinha me dito que era Júpiter. Também percebi que aquela paisagem era o mostrador de um relógio. A torre era o eixo. O facho de luz era o ponteiro que marcava os segundos. A estrela vermelha, a torre e eu estávamos alinhados. A estrela vermelha estava nas doze horas; eu estava nas seis horas; a estrela do norte, nas nove horas. Estrelas não identificadas brilhavam friamente na marca das três horas. O amplo céu era azul-escuro. O facho de luz chegou ao doze. Alguma coisa raspou em minha nuca, leve como o vento. Pensei que fosse minha imaginação. Estava mais preocupado

com a voz que ouvia além da torre, a voz clara e alta da menina que eu ouvia em meus sonhos.

"Morto."

Onde eu estava? Era um sonho. A garota me chamava. Estávamos na floresta. Mas eu sabia que os homens de uniforme me trouxeram aqui. Eu estava amarrado aos grandes pinheiros gêmeos, preso à base do tronco. Havia agulhas de pinheiro por todos os lados. Estava muito escuro e úmido. Eu estava em Hansoldeung. Uma fita tapava minha boca. Algo quente esfregava-se em minhas pernas. Ernie.

Mas se aquilo era a realidade, se eu estava realmente amarrado na árvore, isso significava que estava no meio do lago, não da floresta.

"Vivo."

Eu a vi na marca das três horas. Estava de pé e imóvel, sob um galho baixo. Eu a via claramente. Seus longos cabelos negros lhe cobriam os ombros. Estava olhando para mim, os braços junto ao corpo, vestindo apenas uma calcinha branca. Sempre aparecia assim nos meus sonhos. Fiquei aliviado — estava apenas sonhando.

A luz passou por ela, foi até o quatro, e ela desapareceu. "Morto."

Ernie se contorceu, depois se esticou todo, e bocejou. Acorde, eu disse a mim mesmo. Acorde. O facho parou bem na minha frente. A luz substituiu a escuridão. De repente era como se estivesse sob um sol ardente. Ofuscado, ouvi passos leves, deslizantes. Ernie ficou tenso e pôs-se de pé.

"Vivo."

Ernie saltou para meu ombro e de lá para a árvore, miando para a voz, que agora vinha das cinco horas.

"Morto."

A luz deslocou-se até as nove horas. Ao meu redor, tudo ficou escuro de novo. Ouvi passos diretamente a minha frente.

Abri os olhos o mais que pude mas não vi nada. Ernie berrava, agitado.

A luz estava novamente nas doze horas. Outra sensação estranha em minha nuca. Água. Era real. Quis acreditar que estava pingando da árvore, mas sabia o que era; era a mão molhada dela. Como que me mostrando que eu tinha perdido o jogo.

"Vivo."

O vento sacudiu os galhos acima de minha cabeça. A angústia crescia dentro de mim. A água, o vento noturno, a brisa, o uivo de Ernie. Tudo parecia tão real, embora eu soubesse que era um sonho. Onde estava? Em Hansoldeung ou na floresta? Quem eram os homens de uniforme? Será que tinham levado o sr. Ahn também? Será que meu pai sabia? Mamãe estava no trabalho? Como é que Ernie tinha chegado lá?

"Morto."

Ela estava nas três horas, agachada, presa na luz. De algum modo parecia estar mais perto de mim do que antes. Vi uma coisa nova. O solo estava coberto de água, e a água rodopiava debaixo de seus pés descalços. Era como se a luz a houvesse paralisado enquanto ela corria sobre a água. O facho seguiu adiante, e ela se levantou e veio em minha direção. A torre estava à minha frente. A estrela vermelha havia desaparecido; só o pico Seryong estava lá, envolto na escuridão.

"Vivo."

A mão dela tocou em minha nuca outra vez. Eu tinha perdido, de novo. Eu estava amarrado, como podia me mexer para acompanhar? Toda vez que a luz chegava no doze, ela vinha e tocava minha nuca para dizer que eu tinha perdido novamente. As regras da brincadeira eram distorcidas e estavam todas contra mim. O que era real e o que eu estava imaginando?

"Morto."

Os ciprestes ao meu redor de repente se aproximaram, apertando o cerco. A montanha e a torre também pareciam mais próximas. O ponteiro dos segundos avançava mais rápido. Agora eu tinha menos tempo para achar a menina. Não a avistava em lugar algum. Escutava-a quando mudava de lugar, mas não sabia de onde vinha o som. Ernie pulava de galho em galho. Os sons ficavam mais altos e ásperos. Tive um arrepio. De algum modo água tinha chegado acima de minha cintura.

"Vivo."

Escutei sua voz reverberante, mas não podia obedecer a suas ordens de vivo ou morto. O som de seus passos confundia meus sentidos. Os ciprestes cresciam, aproximando-se ainda mais. Olhei em volta e vi algo na posição das quatro horas, algo negro, rodopiando debaixo d'água. Ernie pulou para um galho. Subitamente, minha respiração travou. Eu avistara grandes olhos negros me fitando, lá da água.

"Morto."

Mais uma vez, o cenário se transformou. As árvores recuaram; estavam mais baixas. Água jorrava sob mim. Ernie jogou-se num galho que apontava para as nove horas, senti algo se movendo pela água. Vi uma testa pálida emergir, como uma barbatana de tubarão surgindo das ondas, e depois um par de olhos.

A luz agora chegara ao doze. Eu estava de volta à floresta. As árvores estavam em seu tamanho normal. Atrás da torre, brilhava Júpiter, vermelho. Finalmente percebi as regras do jogo; decididamente elas a favoreciam. Ela podia levantar ou agachar livremente na brincadeira de vivo ou morto. Ficava imóvel quando apanhada na luz, fosse agachada, se fingindo de morta, ou em pé, se fazendo de viva, mas não perdia nem quando eu a via se confundir e errar os movimentos do jogo. Eu tinha de usar todos os meus sentidos para descobrir onde ela estava na escuridão, antes que o ponteiro dos segundos completasse o círculo inteiro. Assim que a achava, tinha de manter meus olhos nela até que o ponteiro chegasse a mim.

O toque dela em minha nuca não queria só dizer que eu tinha perdido, significava que eu poderia ser punido.

A cada vez que eu perdia, Hansoldeung submergia. A água subia, o campo se tornava um lago, o solo afundava, os ciprestes cresciam, a voz ficava mais rápida, e o ponteiro dos segundos ganhava velocidade. Mas quando eu a via errando o movimento, a água recuava e nós voltávamos à floresta, o ponteiro dos segundos e a voz dela ficavam mais lentos.

"Vivo", ela enunciou claramente, como me instigando a prestar atenção.

Ganhei três vezes e perdi três. Ernie me ajudava, indo em direção à voz quando eu tentava achá-la para observar seu jogo.

"Morto."

Em breve, já se tornara impossível voltar à floresta. A água estava em minha cintura. A garota saltava como uma baleia, rasgando o ar e afundando de novo na água. Ernie ficou cansado, e perdi quatro rodadas seguidas. Ela mudava de lugar tão rápido que eu não conseguia mais vê-la. A água tinha subido até meus ombros. Eu estava congelando. O lago afundava. As árvores cresciam e cresciam e cresciam e cobriam o céu. A torre de captação de água erguia-se à minha frente como um monstro. Os pinheiros gêmeos me arrastavam para baixo, numa queda vertiginosa. Eu estava a ponto de perder a consciência quando ouvi a voz do sr. Ahn. "Sowon!"

Despertei com um sobressalto, em pânico, e olhei em volta procurando a garota. Não conseguia enxergar nada; nem ela, nem os ciprestes, nem a torre, nem a luz.

"Sowon!" Definitivamente, era o sr. Ahn. Eu não sabia se ele também era uma alucinação. Abri os olhos o quanto pude e vi o sr. Ahn nadar até mim com um bote inflável.

Desse ponto até eu chegar ao estábulo, minhas lembranças coincidem com o que relata o romance do sr. Ahn. Nunca imaginei que as comportas tivessem sido abertas. Só percebi a situação quando o sr. Ahn chamou a polícia. Imaginei que meu pai tivesse sido capturado por aqueles mesmos homens de uniforme. E mamãe — eu esperava que ela estivesse escondida em algum lugar seguro; o sr. Ahn não a havia mencionado, por isso me agarrei a essa esperança. Abri e fechei o telefone do sr. Ahn um número incontável de vezes. Queria enviar uma mensagem de texto para minha mãe, mas não tinha certeza se deveria; pois, se ela estivesse com os homens de uniforme, isso revelaria minha localização. Abracei Ernie, que ronronou, e logo adormeceu. Ele foi o motivo de eu não ter ficado com hipotermia e de conseguir esperar sem sucumbir ao pânico. Eu sabia que o sr. Ahn salvaria meu pai. A garota não voltou. Não creio que eu fosse capaz de aguentar se tivéssemos de jogar aquele jogo outra vez.

Eu estava cochilando quando o telefone do sr. Ahn tocou. Ao ouvir meu pai dizer meu nome, tive de me controlar para não sair correndo do estábulo. E quando o sr. Ahn apareceu sozinho, quase irrompi em lágrimas. Só podia significar que alguma coisa estava errada.

"Você está bem?", disse o sr. Ahn, enquanto me ajudava a levantar.

"O que há com meu pai?"

"Ele vai ficar bem."

"Ele está ferido, não está? É por isso que não está aqui?"

Eu não tinha percebido que o sr. Ahn também estava sangrando.

"Sim. Está a caminho do hospital."

"O senhor vai me levar até ele? Agora?"

"Não agora."

"Por que não?"

Eu não conseguia respirar direito.

"Agora temos de ir para outro lugar."

"Para ver minha mãe?"

O sr. Ahn sacudiu a cabeça. "Mais tarde."

Devolvi seu telefone, com raiva.

Ele tropeçava nas próprias palavras. "Você logo verá seu pai. Eu prometo."

Mas o sr. Ahn nunca cumpriu essa promessa. Passei de parente a parente, e ninguém me levou para ver meu pai. Ele se recusava a receber visitas, e quando sua execução foi confirmada, era eu quem não queria vê-lo.

"Vamos. Talvez ele concorde em ver você, se nós formos", disse o sr. Ahn, mas eu o ignorei.

Aquela noite, no redil, foi a última vez que ouvi a voz de meu pai. Tampouco cheguei a me despedir de Ernie. Ele estava no caquizeiro e nos observava quando entramos no carro da polícia. Eu podia sentir seu olhar em nós. Nunca retornei ao lago Seryong. Todos os moradores morreram enquanto dormiam. Os policiais que estavam a caminho pereceram também. E eu era o filho do homem que causara essa tragédia. Por mais que quisesse, não conseguia esquecer esse fato. Agora, o romance do sr. Ahn me obrigava a enfrentar a verdade: a de que tantas vidas inocentes tinham sido sacrificadas para que a minha fosse salva.

Mas por que será que o sr. Ahn escrevera esse relato? O que ganhava, contando-me essa verdade cruel? E o relato estava incompleto; interrompia-se no capítulo de Seunghwan. Onde estava a história de minha mãe? Ocorreu-me que o sr. Ahn talvez não houvesse imprimido o relato inteiro. Abri o laptop para procurar o resto da história. Mas não: tudo fora impresso. Cliquei na pasta chamada "Rascunho" e achei um documento de cento e setenta páginas. Mas terminava exatamente no mesmo capítulo. A única diferença era que o rascunho tinha uma página em branco com o título "Kang Eunju". Por que ele não escrevera este último capítulo? Como foi que

Yongje escapou? Quem matou minha mãe e a atirou no rio? Em seu caderno de pesquisa, o sr. Ahn fizera uma lista de fontes. Sublinhara alguns nomes com tinta vermelha e fizera pequenas anotações sob outros. Nada sugeria o paradeiro de minha mãe ou de Yongje. Os únicos documentos que me restava consultar eram duas cartas de Mun Hayong e diversos arquivos de áudio com gravações de voz. Hesitei antes de abrir as gravações, ainda com medo de deparar com meu pai.

Cliquei na segunda gravação. Pensei que talvez fosse meu pai novamente, mas era uma voz de mulher, que reconheci como sendo da tia Yongju. "Acho que não eram felizes no casamento. Especialmente depois de se mudarem para o lago Seryong. Toda noite ela me enviava uma mensagem de texto, pedindo que ligasse para ela. Não queria gastar dinheiro com uma ligação, nem mesmo para falar de sua infelicidade. Por isso, nunca me ligava. Era sempre eu quem tinha de telefonar. Minha irmã era assim." Em três gravações, tia Yongju recontava histórias que ele tinha narrado no romance.

A quinta gravação era de Yim, o zelador. "Naquele dia, quando fui para Andong, passei pela cabine de segurança. Pode parecer estranho, mas eu estava preocupado com ela. Não nos falávamos muito. Mas, naquele dia, eu lhe aconselhei a baixar a cancela, não fazer patrulha e não abrir a porta a desconhecidos. No dia seguinte, lendo as notícias, soube do que tinha acontecido. Voltei correndo e não encontrei nada. Agora é um lugar morto. Estão operando a represa do lago Paryong. Os sobreviventes receberam uma pequena indenização e foram embora. Não podem viver aqui mesmo que queiram, porque não se permitem novas construções. O Jardim Botânico está destruído. Plantas, ervas e inço cobrem toda a área. Para caminhar por aí você tem de abrir caminho por elas o tempo todo."

A sexta gravação parecia ser uma entrevista com um inspetor — aparentemente o mais velho, que aparecia no romance do sr. Ahn. "Só descobrimos a oficina mecânica na noite de 11 de setembro. Por acaso, tivemos a ideia de procurar um mecânico em Ilsan, e logo descobrimos que havia uma oficina perto do apartamento deles. Já era uma hora da manhã quando chegamos a Ilsan, por isso fomos procurar um lugar para comer e tomar soju. Por muito tempo, me senti culpado por fazer aquela parada. Se tivéssemos descoberto a oficina um pouco antes, acho que poderíamos ter evitado a catástrofe. Todos os meus colegas de equipe morreram lá. Quando a investigação prosseguiu, achei estranho que no porrete houvesse o sangue de várias pessoas, mas não o da mulher dele. Tampouco havia sangue dela em suas roupas. E nunca encontramos o corpo de Oh Yongje. O caso foi para o escritório do promotor do distrito de Seul, e eles quiseram uma sentença rápida, por causa da comoção popular. Eu me opus, mas fui obrigado a me calar. Choi Hyonsu estava lutando pela vida no hospital. E suas declarações e as do menino... não se encaixavam no caso, não faziam sentido. Quem ia acreditar que um menino que estava amarrado numa árvore no meio do lago numa noite avançada seria capaz de se manter calmo por tanto tempo? Seja como for, agora tudo está terminado."

As gravações de 7 a 25 eram de várias pessoas, desde o diretor de operações da companhia, que foi demitido após o incidente, até sobreviventes do vilarejo, e os médicos que conheciam Yongje. Outras pessoas entrevistadas eram a diretora do orfanato, uma professora que estivera presente na festa, um membro da equipe da empresa de eventos, um higienista odontológico que havia trabalhado com Yongje, um empregado de uma farmácia, parentes de Yongje e o pai de Mun Hayong. Alguns cooperaram com entusiasmo, outros estavam cheios de raiva, alguns se recusaram a dar informações, e outros ameaçaram o sr. Ahn, dizendo que parasse de investigar o assunto. Todas as pessoas entrevistadas estavam na lista no caderno de notas. Apenas dois itens da lista não correspondiam a entrevistas gravadas: os Supporters e o gerente do consultório de Yongje. Talvez o sr. Ahn nunca os tivesse encontrado. Não havia menção de minha mãe ou qualquer evidência que ligasse sua morte a Yongje.

Meus pensamentos retornaram àquela noite. Após sair da sala de controle, pensando que Oh Yongje estava morto, meu pai vai até as comportas. Mas Yongje volta a si e se dá conta de que meu pai foi para a ponte. Ele corre à segunda ponte de operação para tomar o atalho que corta o Jardim Botânico e leva à área de conveniência, onde os detetives da Supporters esperavam por ele. Àquela altura, meu pai devia estar escalando a represa para alcançar as comportas, enquanto o sr. Ahn me resgatava em Hansoldeung, e minha mãe... Talvez tivesse sido amarrada em algum lugar como fora o sr. Ahn, e escapado.

Na gravação 26, era novamente meu pai. Contava as histórias relatadas no romance, numa voz baixa, hesitante, às vezes trêmula. Tentei ouvir o mais objetivamente possível.

"Quando acordei no hospital, percebi o que havia feito. Nada tinha a dizer. O que poderia dizer? Que abri as comportas para salvar meu filho? Que nem sequer pensei no que poderia acontecer aos moradores do vilarejo? Eu acreditava que Oh Yongje estava morto e que a morte de minha mulher era culpa minha. Por isso fiquei calado. Durante os últimos sete anos, repassei aquela noite em minha mente, perguntando a mim mesmo se poderia ter feito algo diferente. Porém, mesmo que eu pudesse voltar no tempo, o mais provável é que fizesse exatamente a mesma coisa. Todos os dias pensava em me matar. E o poço... Ainda vou até ele, todo dia e toda noite. E o sargento Choi ainda chama por mim, e a garota me sussurra coisas. Às vezes os aldeões cantam meu nome em coro. Outras vezes sigo por um caminho lateral, mais além do poço, e fico olhando para o farol até o sol nascer. Quando isso acontece, é como uma dádiva. De manhã, depois do sonho, meu coração bate loucamente, e eu me pergunto, é hoje que vou morrer? Alguns dias atrás, todos nós, que estamos no corredor da morte, passamos por um exame médico. Parece que logo será a vez de alguém, talvez dentro de poucos meses. Penso que vai ser a minha. De certo modo, espero que seja. E Sowon... Isto é o que gostaria de dizer a ele se tivesse uma oportunidade para me despedir. Senão, poderia gravar isso e mostrar a ele depois? Não sei se vou conseguir fazer direito, sem meus dentes da frente." Meu pai começou a assobiar fracamente a "Marcha do coronel Bogey".

Pousei minha testa na mesa, enterrando as orelhas entre os braços, os olhos bem fechados, afastando de mim todas as coisas que aquela melodia evocava.

Uma hora depois, finalmente abri as duas últimas cartas de Mun Hayong. Na oitava carta, ela voltava a falar em primeira pessoa e explicava como tinha se preparado para o divórcio e como fugira. No fim escreveu: "Não creio que tenha restado qualquer outra coisa para lhe contar". Contudo, seis meses após essa carta, ela enviara outra. Chegara no dia 1º de novembro deste ano.

Li seu manuscrito. Vi que está faltando o último capítulo; provavelmente é onde se conta a história da mãe? Você não deve ter sabido o que aconteceu com ela. Tem uma coisa que eu não contei.

Dois meses após a tragédia, descobri que meu marido ainda estava vivo. Eu estava fora de mim de tanta dor e tristeza, e tinha entrado em colapso por exaustão. Ina estava trabalhando como arteterapeuta no departamento psiquiátrico de um hospital em Rouen. Fui internada no hospital. Era minha segunda manhã lá, e eu estava dormindo, recebendo soro na veia, quando ouvi alguém dizer meu nome. Dei-me conta de que alguém estava apertando minha garganta. Fiquei gelada. Porque só existe uma pessoa no mundo inteiro que faria isso comigo. Meu marido me despertava assim quando estava com raiva. Esperei que fosse um sonho; não consegui abrir os olhos.

Eu o ouvi dizer: "Mun Hayong, abra os olhos". Lá estava ele, um sorriso gentil nos lábios. Eu só pensava em como escapar dele. Isso era um tanto irônico, porque, no dia anterior, recusara alimento e água: não queria mais viver. Yongje agarrou meus cabelos e os puxou: "Você não quer ver Seryong?".

Pôs uma fotografia em minhas mãos; era uma foto dela no caixão. Estava deitada, numa mortalha. Dei um pulo, puxei o cordão da chamada de emergência e comecei a gritar. Ele me agarrou e me deu um soco no rosto. Arranquei o soro da veia e quebrei a ampola em sua cabeça. Continuei a gritar e a gemer. Como ousava trazer uma foto de minha filha morta?

Uma enfermeira e um servente entraram correndo e eu gritei em meu francês capenga que aquele homem estava querendo me estuprar. Levaram-no embora, e Ina entrou correndo em meu quarto. Deixamos Rouen imediatamente e viemos para Amiens. Depois disso não consegui levar uma vida normal. Não conseguia sair sozinha, nunca. Quando eu precisava ir à África do Norte, para prolongar meu visto, Ina sempre me acompanhava. Desde então, passo o tempo todo escondida em casa, com medo de que meu marido me encontre. Mas desde que comecei a lhe escrever, tenho pensado no garoto.

Para meu marido, a família é a coisa mais preciosa no mundo. Eu pensava que era amor, mas é na verdade uma obsessão mórbida por posse. Nós pertencíamos a ele. Tudo tinha de acontecer segundo os seus termos. Éramos objetos e devíamos obedecer à sua vontade. Contrariar essa crença era atacar sua visão de mundo. Você não precisa ter muita imaginação para saber o que ele faria se isso acontecesse; você já experimentou algo disso, e ainda não acabou.

Você disse que em breve haveria uma execução, e que isso geralmente acontece em dezembro. Disse estar preocupado, pois seu chefe tinha passado recentemente por um exame médico. Isso significa que o garoto está em perigo, assim como você. Posso lhe dizer que ele está planejando pegar o garoto e o pai ao mesmo tempo. Por que outro motivo estaria vivendo como um fantasma nos últimos sete anos, mantendo o garoto em sua mira e o empurrando lentamente até a beira do mundo? Ele está esperando pela execução. Não sei como ele vai descobrir a data. Mas descobrirá. E vai se livrar de qualquer obstáculo em seu caminho.

Por favor, previna o menino e diga-lhe que vire a mesa a seu favor, e que use a mim se for necessário. Isso pode funcionar pelo menos uma vez. O número de meu telefone é 0033.6.34.67.72.32.

Ontem foi um dia maravilhoso. Ina se casou à sombra desta macieira, sob a qual venho me sentar toda noite. Fiz para ela um buquê de rosas. Ela trocou alianças com Philippe, que mora conosco desde que viemos para Amiens. É um produtor de filmes que trabalha com animações, e me arranjou trabalhos que posso realizar sem sair de casa.

Estou planejando deixar a França amanhã. Para mim, é terrível ir embora sozinha, mas preciso descobrir o que me resta nesta vida. Ainda não decidi para onde ir. Tudo que sei é que não vou voltar para cá.

O dia hoje está ensolarado. Vou descer para o pátio e me despedir da macieira. Foi com suas maçãs que fiz as tortas para a festa do casamento.

1º de novembro
Mun Hayong

Yongje queria pôr as mãos em mim e em meu pai. Isso estava claro. Afinal, foi isso que ele tentou fazer sete anos atrás. Olhei para o telegrama em minha mesa. *A execução de Choi Hyonsu foi realizada em 27 de dezembro, às 9h da manhã.*

Pede-se à família que recolha os despojos a partir das 9h da manhã do dia 28…

Não conseguia respirar. O sr. Ahn desaparecera ontem. O telegrama havia chegado esta manhã. Eu deveria recolher o corpo de meu pai amanhã de manhã. Li novamente a carta de Mun Hayong. *Ele vai se livrar de qualquer obstáculo em seu caminho.*

Virar a mesa. Usá-la. O número de seu telefone. Eu não conseguia captar o que deveria fazer com tudo aquilo. O que estava claro era o seguinte: ontem à tarde, o maior obstáculo que se interpunha a Oh Yongje havia desaparecido.

***

Reli as cartas de Mun Hayong várias vezes. Já passava das dez horas da noite e o sr. Ahn não havia voltado. À medida que o tempo corria, meu palpite se confirmava. Ainda assim, eu mantinha a esperança. Talvez ele aparecesse amanhã de manhã, ileso. Talvez estivesse ocupado, preparando sozinho o funeral de meu pai. Já havia desaparecido por duas noites antes. Mas meus instintos apontavam para a mesma resposta. As perguntas voavam em torno de minha cabeça como uma colônia de morcegos. Quem enviara seu romance e todos aqueles materiais? Por quê? Onde estava Oh Yongje? Teria matado minha mãe? Teria realmente se livrado do sr. Ahn? Por que me deixou ficar aqui, no Vilarejo do Farol, durante tanto tempo? Como conseguiu descobrir, antecipadamente, a data da execução?

O vento sacudia a janela. Suspendi a barra da cortina e olhei para fora, mas nada vi. Havia neve amontoada nos quatro cantos da janela. O meio da vidraça estava coberto de gelo. Voltei para a mesa. Oh Yongje havia esperado por sete anos, me obrigando a viver como um nômade. Assim, ninguém se incomodaria se eu desaparecesse para sempre. Porém, decerto seria muito desagradável permitir que eu, filho do assassino de sua filha, vivesse em paz. Por isso, de tempos em tempos, me atormentava. Eu jamais escapara à sua órbita. O sr. Ahn deve ter percebido isso há muito tempo, e Yongje devia saber que o sr. Ahn estava ciente. Mas saberia ele que o sr. Ahn estava escrevendo um romance sobre o assunto?

Fiz um café, pondo de lado minha preocupação com o sr. Ahn. Aceitei o conselho de Mun Hayong. *Por favor, previna o menino e diga-lhe que vire a mesa a seu favor, e que use a mim se for necessário. Isso pode funcionar pelo menos uma vez. Eis o número de meu telefone.* Ao raiar do dia, ele virá atrás de mim. Ao contrário do que acontecera sete anos antes, eu não queria esperar dormindo. Mas também me recusava a fugir.

Peguei uma folha de papel em branco e minha caneta. Já escrevera aquilo mentalmente incontáveis vezes, por isso só levei dez minutos. As pessoas geralmente chamam isso de testamento, mas eu tinha um resultado específico em mente — atrair Oh Yongje para terreno aberto. Pus as cartas, o romance, os materiais e o pendrive numa caixa. Escondi tudo em cima do ventilador de teto, no banheiro. Deixei o sapato de basquete e o laptop do sr. Ahn em cima da mesa. Tirei uma lâmina de um aparelho de barba descartável, abri um lugar para ela no forro traseiro da cintura de meus jeans e a costurei lá frouxamente, de modo que pudesse puxá-la num átimo. Deixei a linha comprida e a enfiei para dentro. Pus no pulso o relógio do sr. Ahn, aquele com a função de gravação de voz. Vesti meu casaco forrado, e pus o chapéu, enfiei o testamento no bolso e amarrei a lanterna em meu chapéu. Peguei minha faca de mergulho, mas acabei decidindo não levá-la.

Saí de casa por volta da meia-noite. Pendurei no ombro a corda de mergulho e fui em direção ao farol. Sua luz brilhava acima do oceano. O vento estava forte. Entre os lampejos de luz, avistava-se o horizonte. Pensei no garoto de onze anos de idade, de pé na beira de um campo de sorgo, olhando para o farol além da montanha. Com que estava sonhando? No que pensava enquanto sentia o cheiro do oceano no nevoeiro? Fora o pai dele ou ele mesmo quem aprisionara sua alma naquele poço? Será que meu pai estava livre agora?

O farol ficava próximo de uma densa floresta de pinheiros. Vi marcas de pneu perto do caminho e não consegui me lembrar se já estavam lá ontem, quando voltei da ilha. Lembrei-me de ter visto um homem de pé nas vizinhanças do farol, olhando para baixo, para mim. Pensei se não haveria um carro escondido na floresta, mas não fui olhar; tinha de me comportar como se estivesse desnorteado. Só deveria agir após localizar a posição daquele homem que me observava.

A porta do farol não estava trancada, e se abriu suavemente, como se as dobradiças tivessem sido lubrificadas recentemente. Estava escuro lá dentro. Acendi a luz e vi a escada em espiral subindo pelas paredes curadas. Fui ao segundo andar. A porta estava trancada. Subi ao terceiro. Já viera aqui uma vez, num dia em que estava entediado e decidi explorar o lugar. Lembrei que havia um quarto com uma varanda no terceiro piso. Era onde o faroleiro havia morado, muito tempo atrás. Empurrei a porta com a ponta dos dedos para abri-la, entrei e a fechei atrás de mim. Apertei o interruptor e fiquei surpreso quando a luz se acendeu. Havia três portas: aquela pela qual eu entrara, a porta para a torre e uma porta de aço para a varanda. Também havia uma pequena janela com persianas. O quarto ainda continha os pertences do faroleiro: um gerador, uma maca dobrável com um cobertor militar, uma cadeira e uma mesa de madeira. Na parede oposta à da entrada, havia uma longa fornalha de aço em forma de caixa e uma pequena quantidade de lenha. A tampa estava aberta e eu vi lenha chamuscada lá dentro. Havia algumas coisas novas também. Um aquecedor elétrico, sabão na pia, uma toalha pendurada na parede, uma lata de lixo cheia de embalagens de almoço vazias de uma loja de conveniência.

Fui para a varanda com a coragem renovada. Abri a porta e o vento me fustigou. A ponta da corta que eu trazia no ombro bateu em meu rosto. Fechei a porta atrás de mim. Agachei-me. A viga de aço parecia forte. Enrolei uma extremidade da corda na viga e fiz um laço na outra extremidade. Pus o laço em volta do pescoço. Fiquei de pé e o vento me deu um soco. Abracei a amurada e olhei para baixo. Meu plano falso era pular, mas o vento não me deixava ficar de pé na amurada. Eu teria de escalar a grade e pular do peitoril.

Senti um olhar em minhas costas. Tinha chegado a hora. Ergui uma perna e a passei por cima da amurada. Inclinei-me para a frente e escorreguei. Com a respiração presa na garganta, minha outra perna voou sobre a amurada e, naquele momento, antes que o vento me arremessasse, alguém me agarrou por trás, sua pegada firme e forte praticamente me estrangulando. Comecei a resistir, gritando todo tipo de palavrões vulgares, contorcendo-me, chutando, debatendo-me, tomando cuidado ao mesmo tempo para que o homem não me largasse de fato. Meu captor deixava escapar ele mesmo tudo quanto é maldição enquanto me puxava de volta para a varanda. Não precisei escolher o momento exato para deixar de resistir, porque desmaiei — ele devia ser um profissional.

Ao acordar, acreditei que estivesse num carro, de volta ao lago Seryong. Mas não; ainda estava no farol, meus braços amarrados às costas, os tornozelos atados. Oh Yongje estava sentado na cadeira junto à mesa, as pernas cruzadas. O profissional estava de pé na entrada do quarto, as mãos atrás das costas.

"Está acordado?"

Yongje tinha cabelos curtos, olhos negros, uma mandíbula fina e uma compleição alta e magra. Era exatamente como eu me lembrava dele, como se não tivesse envelhecido um único ano. Senti minhas veias pulsando. Aqui estávamos nós. Finalmente.

"Já faz muito tempo. Sete anos?"

Sua voz era mais suave do que eu lembrava. Se não estivesse respirando tão rápido, eu não teria notado a excitação. Sobre a mesa, a seu lado, havia uma sacola. Eles trouxeram tudo que havia em minha mesa, mas parecia não terem achado o material que eu escondera no teto do banheiro.

"Então, você ia pular."

Apalpei meu pulso direito. O relógio ainda estava lá. Enfiei um dedo por dentro do cós da calça e toquei na extremidade da linha. A lâmina parecia intacta.

"Ficou chocado, hã?" Yongje mostrou o telegrama. "Você não pode ser tão impulsivo. Tem coisas a fazer amanhã de manhã."

"Não tenho nada a fazer." Fixei meu olhar na beira da mesa, para manter uma expressão plácida.

"Como pode dizer isso? Ele era seu pai."

"Não tenho pai."

Yongje sorriu de modo estranho. "É mesmo? Você amava seu pai."

"Não me importo mais com ele."

"Você não pode ser tão mesquinho. Isso pode custar uma vida inocente, você sabe."

Estaria se referindo ao sr. Ahn? Olhei para ele.

Yongje sorriu. "Ele é um idiota, mas o acolheu e cuidou de você quando ninguém mais o queria. Ele o salvou. Você tem de retribuir o favor. Você irá a Uiwang amanhã de manhã pegar o corpo de seu pai para a cremação, depois irá para o lago Seryong."

"Não vou a lugar nenhum."

"Você irá. Porque o seu sr. Ahn virá conosco." Yongje dirigiu-se ao profissional que guardava a porta. "Traga-o aqui."

O homem saiu e voltou pouco depois, com um fardo ao ombro. Jogou-o junto à fornalha, à minha frente. Lá estava o sr.

Ahn, no chão, braços atados às costas, tornozelos presos com uma corda. Estava inconsciente, como eu esperava. Porém, a verdade é que vê-lo daquela maneira me deixou aterrorizado.

"Não se preocupe, não está morto. Está tirando uma bela e longa soneca. Faça o que estou lhe ordenando e tenho certeza de que ele vai acordar."

Yongje era dentista, lembrei. Um dentista que gostava de usar drogas. Por que drogara Ernie e o largara em Hansoldeung, sete anos atrás? Por que se dera ao trabalho de fazer algo tão complicado? Pensei no romance do sr. Ahn. O plano de Yongje era que eu, com onze anos de idade, morresse lentamente diante de meu pai. Se eu ficasse tão aterrorizado a ponto de desfalecer, o espetáculo seria muito decepcionante. Foi por isso que ele levou Ernie para lá? No romance do sr. Ahn, há uma cena em que Yongje vai até o estábulo e põe remédio na água de Ernie. Isso permitia diversas conjecturas. Para um dentista, seria fácil ter acesso a essas drogas. Eu me perguntei se ele ainda estaria trabalhando.

O profissional ainda estava junto à porta, aguardando ordens. Seria um dos homens de uniforme que me raptaram sete anos atrás?

"Espere lá fora", ordenou Yongje.

O homem curvou-se, num cumprimento, e saiu. Yongje pegou meu testamento e o leu, parecendo deliciar-se. Dei uma olhada no sr. Ahn, que ainda jazia imóvel.

Antes de sair de casa, eu planejara o seguinte. Eu era a única pessoa que poderia retirar o corpo de meu pai. Se eu tentasse me matar, a pessoa que estivesse me observando iria me deter e me levar até Yongje. Com isso, eu tinha a esperança de rever o sr. Ahn. Faria Yongje admitir que matara minha mãe. Gravaria sua confissão. Pela manhã iria com ele pegar o corpo de meu pai. Na prisão, mesmo com ele a meu lado, teria a oportunidade de alertar as autoridades. Talvez estivesse expondo o sr. Ahn a um grave perigo, mas não pude imaginar uma opção melhor. Pensei que esta seria a melhor maneira de agir, mesmo não sendo um plano perfeito. Mas agora que estava vendo efetivamente o sr. Ahn desmaiado, fiquei hesitante. Seria esse realmente o melhor plano possível?

"Quero lhe perguntar uma coisa", eu disse, pressionando o botão de gravação no relógio, a minhas costas.

Yongje olhou para mim.

"Como planejava se livrar de mim naquela noite? Se nos matasse, ficaria claro que tínhamos sido assassinados. E você seria o suspeito número um. O sr. Ahn ainda estaria vivo e ele sabia o que estava acontecendo."

"Que gentileza a sua, se preocupando comigo", disse Yongje, sorrindo. "Eu não precisava me preocupar com você e com o sr. Ahn. Se tudo acontecesse segundo o plano, ninguém teria visto nada, além dos empregados na companhia de segurança. Tudo teria sido culpa de seu pai."

"Mas por que teve de fazer isso com minha mãe?"

"Sua mãe! Mas você viu o noticiário na TV, como eu vi. Seu pai a matou."

"Estou perguntando por que você a assediava."

"Eu? Assediava sua mãe?"

Yongje riu.

"Sempre que minha mãe estava trabalhando de noite, você ia até lá e dava em cima dela."

"Quem lhe contou isso, sua mãe?"

"Eu ouvi ela contar para minha tia pelo telefone. Que você ia ao escritório toda noite e a incomodava. Ela pensava que teria de largar o emprego. Era por isso que o sr. Yim fazia as patrulhas e todo tipo de coisas para ela. Ele até pediu que ela mantivesse a janela trancada e que não abrisse nem mesmo para você."

"Foi isso que ele disse? Que eu, Oh Yongje, assediava alguém como ela?"

Yongje parecia se sentir insultado.

"Ela estava realmente enojada", continuei. "Eu me lembro dela dizendo: 'Quem ele pensa que eu sou?'"

"Sabe qual era o problema daquela cadela?" Yongje largou meu testamento. "A boca falastrona. Eu ficava com vontade de rasgá-la até as orelhas."

Eu sorri. "Compreendo. Minha mãe era mais recatada do que parecia. Você provavelmente ficou constrangido quando ela o rejeitou."

O rosto de Yongje se endureceu e as narinas estremeceram. "Ouça, garoto, eu nunca quis a sua mãe. Eu quis foi matá-la, algumas vezes. Naquela noite, saí do prédio da companhia e me deparei com ela no meio da ponte. Vai saber por que não estava na biblioteca, para onde tinha sido escalada. Mas tinha saído de lá com um bastão de beisebol. Assim que me viu, abriu aquela bocarra dela, me repreendendo. Eu não tinha tempo a perder. E aquela cadela ainda me bateu com o bastão. Não tive escolha a não ser fazer o que eu precisava fazer."

"Então você a matou."

"Eu chamaria isso de um corretivo para a eternidade."

Olhei para Yongje em silêncio.

"Deixe-me perguntar algo a você também", disse Yongje, pegando o tênis de basquete. "Onde achou isso? Achei que tivessem desaparecido na água, como tudo mais, naquela noite."

Então não foi ele que os enviou? Quem poderia ter sido... Olhei para o sr. Ahn e não acreditei no que meus olhos viam. Ele girava um polegar atrás das costas, fazendo movimentos circulares. Era um de nossos sinais de mergulho: solte a boia de SOS. O que estava querendo dizer? Subitamente, compreendi o que podia fazer.

"Liberte o sr. Ahn e terá o corpo de meu pai."

Eu sabia que ele nunca aceitaria isso.

"Garoto, você não está em posição de barganhar."

"Então que tal Mun Hayong?"

Yongje ficou paralisado.

"Vamos trocá-lo por ela."

Yongje começou a rir.

"Sabia que ela está vivendo o melhor momento da vida dela?", eu disse, e Yongje parou de rir.

"Casou-se com um francês no mês passado. Philippe. Debaixo da macieira, em seu quintal."

Para Yongje, a esposa era certamente seu ponto fraco. Num instante, se enfureceu. Sacou algo da roupa, aproximou-se num salto e bateu em minha têmpora. Um som agudo estourou em meus ouvidos e tudo girou. Algo quente escorreu em minha face. Levei um tempo para conseguir enxergar o que ele tinha na mão. Uma arma. Com um silenciador.

"O que você disse?", ele grunhiu.

Lembrei-me da carta de Mun Hayong. "Você foi até Rouen para achá-la, mas foi detido no hospital. Philippe é o homem que a ajudou a fugir. Você procurou por um intérprete e um advogado, depois foi deportado. Enquanto isso, ela se apaixonou."

Ele apontou a arma para mim novamente. Eu me sentia tonto.

"Continue", sibilou.

O sr. Ahn ainda estava estendido no chão, mas agora dobrava a perna para trás, como se estivesse fazendo ioga. Tentava aproximar os pés das mãos, para desatá-los. Olhei para a arma. "Como posso continuar falando com essa arma apontada para mim? Fico assustado demais para pensar direito."

Dessa vez ele me bateu na garganta com a mão que segurava a arma. Minha cabeça zuniu. Senti o corpo gelar. Agora estava genuinamente com medo desse lunático. Estava tão concentrado em me bater que parecia não temer a possibilidade de disparar a arma por acidente. Como é que Hayong tinha vivido com esse maluco durante doze anos?

O sr. Ahn se contorcia para desfazer os nós, mas parecia não estar fazendo progresso.

"Fale, se não quiser acabar com seus membros quebrados. Como você ouviu falar dela?"

"Está difícil falar. Você me bateu na garganta", murmurei.

Yongje inclinou a cabeça. "O quê?"

"Eu disse que escrevi para ela."

"Você escreveu para ela?"

"Disse que queria saber coisas a seu respeito. Ela então me escreveu como se fosse você. *Você quer saber a origem de meu apelido, Ator? Imagino que falou com meu primo. Ninguém ousaria me chamar por esse nome a não ser aquele idiota. Como vai ele atualmente, está conseguindo vender alguns carros? Espero que não tenha obrigado você a comprar um carro novo só para ouvir falar desse meu apelido.*"

Yongje recostou-se na cadeira, apontando a arma para meu rosto, e cruzou as pernas.

O sr. Ahn estava de volta a sua posição original, fingindo estar ainda inconsciente.

Yongje sinalizou com a arma. "Continue."

"Foi isso que ela disse. *Não foi a primeira vez que fugi de meu marido. Já fizera isso duas vezes, com minha filha. Mas os Supporters me encontraram e acabei tendo de voltar. Eles me localizaram muito rápido, mas Yongje esperou uma semana antes de mandar que nos buscassem. Queria nos fazer experimentar a angústia e o medo. Só mandava alguém me buscar quando eu já estava começando a me arrepender, temendo ficar sem dinheiro e me perguntando como iria sobreviver. Então ele nos recebia com benevolência e carinho. Por algum tempo, não tocava em mim. Era tão gentil que eu me arrependia de ter ido embora. Mas, depois, ele ficava ainda mais terrível. Esse era seu método para me domar. Não era difícil adivinhar para onde eu ia; morávamos numa cidade pequena, e embora ele me comprasse uma porção de coisas, nunca me deu um carro e nunca deixou que eu tirasse a carteira de motorista. Eu tinha de me deslocar de ônibus ou táxi. Nunca tive meu próprio dinheiro. Ele não permitia que eu trabalhasse. Não me deixava ir a lugar algum sem falar com ele. Após doze anos vivendo desse jeito, me transformei em um gato doméstico. No mundo lá fora, era incapaz sequer de apanhar um rato."*

O rosto de Yongje estava enrijecido, e suas pupilas, dilatadas.

"Ina, que sabia de tudo, falou com meu pai sobre minha situação, e ele começou a procurar um meio de garantir nossa segurança e obter nossa custódia. A partir da noite em que abortei, comecei a seguir o conselho de meu advogado."

O sr. Ahn finalmente tinha conseguido curvar-se para trás e agarrar os tornozelos. Deslizei um dedo para dentro do cós da calça e puxei a linha; a costura se abriu, e agora eu estava com a lâmina na mão.

"Reuni gravações, depoimentos e fotos", continuei, como se fosse Hayong. *"Tirei um passaporte e uma carteira de motorista. Abri uma conta bancária e comecei a economizar para os honorários do advogado. Tirava o dinheiro de nossas despesas domésticas. Sob pretexto de fazer um curso de culinária ou acompanhar minha filha às aulas de desenho, eu ia a Sunchon para vender minhas joias, até meu relógio. Comprei imitações para pôr no lugar. Fiz isso durante dois anos. Tinha medo dele, mas tinha mais ainda de mim mesma. Tinha medo de não conseguir superar as dificuldades e acabar voltando para ele."*

Enquanto isso, eu ia cortando a corda bem devagar, para que meus ombros não se mexessem. O sr. Ahn estava desatando a corda em seus tornozelos. As emoções de Yongje estavam disparando, e ele se esquecera completamente do homem estendido diante da fornalha.

"Nosso aniversário de casamento me deu a oportunidade de fugir", eu disse, parafraseando as cartas de Hayong. *"Depois de ter sido espancada naquela noite, procurei um telefone de emergência*

na estrada. A escuridão em minha vida era mais escura do que a noite. Eu estava preparada — depois do estupro, o segundo método predileto de meu marido para me corrigir era tirar meu celular e todo o dinheiro que estivesse comigo e me abandonar em algum lugar remoto. Por isso eu sempre tinha um dinheiro de emergência debaixo da sola do sapato. Naquele dia, tinha alguns cheques de cem mil wons. E um cartão de crédito em minha caixa postal secreta. Fui para Seul e comprei uma passagem para a França. Antes que pudesse mudar de ideia, já estava no avião."

Os tornozelos do sr. Ahn estavam livres.

"Vou parar por hoje. Philippe está me chamando lá embaixo. Ah, quase esqueci. Na semana que vem estou planejando me mudar para Amiens. Meu novo endereço é..." Parei. A corda atrás de mim estava quase completamente cortada.

Yongje apertou os lábios, segurando a respiração.

"Não sei francês", parei, vendo Yongje tirar uma caneta do bolso.

"Soletre."

"24, R-u-e d-e l-a L-i-b-é-r-a-t-i-o-n 80000 A-m-i-e-n-s F-r-a-n-c-e."

O sr. Ahn pôs-se de pé silenciosamente. As mãos ainda estavam amarradas, mas seus pés pareciam firmemente plantados no chão.

"Ah, e ela me deu o número do celular."

Yongje largou a caneta.

"Quer que eu lhe diga?"

"Agora", disse ele, a voz trêmula. Pegou seu celular.

Eu tomei fôlego e repassei duas vezes o número em minha memória.

"0033.6.34.67.72.32."

Yongje digitou, as pupilas dilatadas. A arma ainda estava apontada para minha testa, como se estivesse prestes a me mandar para a tumba se descobrisse que eu estava mentindo.

Ouvi o telefone tocar. Ouvi uma mulher atender. Não consegui ouvir o que ela disse; apenas vi o rosto de Yongje se transformar numa excitação raivosa. Ele se levantou. "Mun Hayong."

Minhas mãos estavam livres. O sr. Ahn chutou a arma da mão de Yongje e lhe acertou um pontapé no queixo. A cabeça de Yongje foi jogada para trás e ele caiu. A arma foi parar no chão e deslizou até a porta. Eu me atirei, os tornozelos ainda atados, e agarrei a arma. Sentei-me encostado na porta e cortei a corda que amarrava os tornozelos. O homem lá fora começou a jogar o ombro de encontro à porta de aço. E eu a empurrava com as costas, com todas as forças, os pés bem ancorados no chão. Era o melhor que podia fazer. Não era preciso ter imaginação para adivinhar o que aconteceria se eu cedesse. Eu tinha uma arma na mão, mas nunca havia atirado na vida, nem mesmo num estande de tiro. Teria sorte se não acabasse atirando em mim mesmo. O sr. Ahn era bom atirador, mas ainda tinha as mãos amarradas. Agora havia pelo menos dois profissionais lá fora. Enquanto eu lutava com a porta, o sr. Ahn pisoteava Yongje, que tinha batido com a nuca na fornalha. O sr. Ahn chutou-o até Yongje ficar inerte. Usando os pés, o sr. Ahn fez com que ele rolasse para dentro da fornalha, depois bateu na tampa com o cotovelo, fazendo-a cair e se fechar. Conseguiu fechar a tranca também. Yongje estava em silêncio dentro da fornalha. Os homens atrás da porta tentavam arrombá-la, gritando: "Abram a porta!". O sr. Ahn apoiou-se nela, empurrando, a meu lado.

"Muito bem. Quando eu contar até três, você pula para o lado e aponta a arma para eles", disse o sr. Ahn.

Assenti.

"Um, dois", disse o sr. Ahn. No *três*, soltamos a porta e pulamos, cada um para um lado. A porta se abriu num safanão e dois homens se precipitaram para dentro. Apontei minha arma para eles. Nenhum deles era o homem que tinha estado lá antes. Minha vacilante memória me disse que eram os inspetores do lago Seryong.

"Ah", disse o sr. Ahn. "Finalmente vocês nos acharam."

O sr. Ahn e eu saímos de ambulância, com os inspetores. Quinze minutos depois, chegamos a um hospital em Haenam. Eu tinha um talho na cabeça, mas não precisei de pontos. Os médicos disseram que o sr. Ahn apresentava um quadro grave de intoxicação por drogas. Precisava ser internado. Não compreendi como ele conseguira subjugar Oh Yongje a pontapés naquelas condições. Ele passou pela unidade de emergência, depois o puseram num quarto isolado, com dois soros intravenosos. Os inspetores ficaram ao lado de sua cama. Eu me sentei no radiador da calefação e lhes contei tudo que havia acontecido desde que abri os pacotes enviados pelo sr. Ahn até o momento em que eles entraram naquele quarto. Tirei o relógio do pulso e o entreguei a eles. Contei onde tinha escondido as coisas do sr. Ahn. "Ainda não imagino quem as possa ter enviado para mim", concluí. "Não parece que tenha sido o sr. Ahn."

O detetive mais velho olhou para o sr. Ahn.

"Fui eu", disse o sr. Ahn, olhando para os pés.

"O senhor?" Fui o único a ficar chocado com essa revelação.

"Pedi ao presidente do clube juvenil que as entregasse como se tivessem chegado pelas mãos dum mensageiro."

"Por quê?"

O sr. Ahn olhou para mim e depois para os inspetores. Eu captei. Queria falar sobre isso mais tarde. "Assim que saí de casa, o pneu do meu carro furou", disse o sr. Ahn aos inspetores. "Perto do farol. Saí do carro para dar uma olhada. Havia um buraco num dos pneus traseiros. Na noite anterior, estava em perfeito estado. Eu ia pegar o estepe no porta-malas, quando um jipe se aproximou em alta velocidade e parou muito perto do meu carro. Dois caras pularam do jipe, e entendi o que estava acontecendo. Eles me agarraram pelos ombros e não tive tempo de reagir. Senti uma picada na parte de trás do pescoço, minhas pernas fraquejaram e perdi a consciência. Não me lembro do que aconteceu depois disso. Acho que eles me despertaram no farol. Achei que acordaria no Jardim Botânico, ou no estábulo; nunca pensei que seria no farol."

"É, nós também não", disse o detetive mais velho. "Depois que recebi sua ligação, ficamos à espreita perto da farmácia, mas o sensor de rastreamento em você mostrava que não tinha saído do vilarejo. Depois da meia-noite, o mostrador não indicou mais nenhum movimento. Fiquei olhando para ele por mais de uma hora, e foi então que me deu um estalo. Eles estavam bem diante de nós o tempo todo. E nossos homens estavam esperando perto de Sunchon. Pedi reforços da delegacia de Haneam e corremos para o farol. Pegamos um cara debaixo de um pinheiro e descobrimos sua van e a deles na floresta. Sabe o que havia na van deles?"

O sr. Ahn ficou calado.

"A estrutura que Oh Yongje construiu com varetas, sobre a qual você escreveu em seu livro. Mas ela mudou com o passar dos anos. Não é mais uma fortaleza, é um caixão. Estava em cima de um pedaço de mármore negro, e ele fez até mesmo a uma tampa de caixão com uma placa com o nome 'Choi Sowon'. Já que você não podia ser cremado, como seu pai, estavam planejando afogá-lo", o inspetor disse, olhando para mim. "Você, por outro lado, não teria nenhum caixão", completou, olhando para o sr. Ahn. "Provavelmente, Yongje planejava atirá-lo no mar apenas com umas pedras amarradas no tornozelo. Os inocentes habitantes de Sunchon iam beber água de cadáveres." Ele enfiou seu livro de anotações no bolso. "Precisamos voltar para a delegacia. Há alguma coisa que eu possa fazer por vocês?"

"Minha van… podem trazê-la até aqui?"

"Aqui? Está planejando ir para Uiwang?"

"Temos de ir."

"Não seria melhor levar o corpo num carro fúnebre? Vocês com certeza ainda têm de preparar muita coisa."

"Eu já tenho uma foto e uma mortalha. Ainda devem estar em minha van. Será que pode nos arranjar umas roupas de luto?"

O detetive mais velho assentiu. Em seguida, no entanto, aproximou-se de mim, pegou a gola de meu casaco e abriu o zíper. Em seguida, tirou do capuz um objeto do tamanho de um isqueiro. Fiquei olhando de boca aberta, mas os inspetores saíram do quarto sem dizer mais nada. Olhei para o sr. Ahn, esperando alguma explicação. Mas ele se limitava a olhar para a parede.

"O senhor acha que Mun Hayong está bem? Deve ter ficado chocada quando ele ligou", eu disse, só para obrigá-lo a falar.

"Você precisa decidir", ele disse, sem responder a minha pergunta. "Quer cremá-lo ou sepultá-lo?"

Fiquei sem saber o que dizer.

"Tem um pedaço de terra nas colinas atrás do hospital, se você quiser enterrá-lo. Já falei com o dono. Se negociarmos bem, talvez ele nos venda um pedaço."

"Se fosse eu, não gostaria de ficar preso debaixo da terra."

O sr. Ahn concordou. Em seguida ligou para Crematório de Byokje. Marcou a cerimônia para as cinco da tarde. Parecia determinado a não dizer nada, a menos que eu fizesse perguntas específicas.

"Por que escreveu o romance?"

"Porque me pediram." O sr. Ahn continuou a olhar para a parede.

"Quem lhe pediria para fazer isso?"

"O chefe."

Por um momento não consegui falar. Pus as mãos nos joelhos. "Meu pai?"

"Muitas vezes me perguntei o que teria acontecido se eu tivesse obrigado seu pai a confessar. Ou se eu mesmo o houvesse denunciado à polícia. A catástrofe não teria acontecido. Em vez disso, esperei, como o chefe havia pedido. Eu dizia a mim mesmo que ele precisava de tempo para organizar as coisas e que acabaria se confessando. Mas, no fundo, sabia que ele não faria isso. Então, por que esperei tanto? Só compreendi minhas próprias ações ao dar meu depoimento na delegacia, naquela noite. Foi o próprio inspetor quem me deu a resposta: 'Você queria descobrir o que acontece no final de seu romance'. Devo admitir que era verdade. Você já ouviu falar da Síndrome do Orbe Azul? A agorafobia que um mergulhador tem no oceano quando se dá conta de que está sozinho na profundeza do mar? Você fica tão aterrorizado que se esquece de soltar o ar dos pulmões. Foi o que essa tragédia fez comigo. Toda vez que eu abria meu laptop para escrever, só enxergava o orbe azul. Quanto mais eu lutava para sair de lá, mais vasto e profundo ficava o espaço. Foi por isso que comecei a trabalhar como ghost-writer. Você não precisa achar sua própria maneira de escrever, pode dar sentido ao que alguém lhe conta. Fiquei aliviado por ainda estar escrevendo e ganhando dinheiro com a escrita, mas era duro aceitar que isso era tudo o que a vida me reservava. Será que minha carreira se resumia a um único livro? Sempre que esse assunto me deixava deprimido, eu escrevia sobre você. Quando fazia isso, já não me sentia perdido. Escrevia sobre o que você estava lendo, quais eram suas opiniões, o que comia, do que gostava e do que não gostava, como se comportava quando estava emburrado, ou com raiva, ou se sentindo perdido, como sua técnica de mergulho evoluía, quanto tempo tinha ficado na última escola que frequentou. Ao fim de cada mês, eu enviava esses escritos ao seu pai. Mas ele nunca respondia."

Eu nunca tive medo do oceano. Nunca vira o orbe azul e nunca escrevera um romance. Não compreendia o sofrimento de um autor perdido na página em branco. Mas sabia que o sentimento de culpa por sua própria omissão não era o suficiente para fazer com que Seunghwan se dedicasse de tal forma a um pai e a um filho que haviam partilhado sua vida por um período tão breve. Especialmente, sem ganhar nada em troca. Eu pensava que conhecia o sr. Ahn, mas na verdade não conhecia a essência de seu ser.

"Eu me perguntava se Yongje ainda estaria vivo. Achava que devia ser ele quem estava perseguindo você. Não conseguia pensar em mais ninguém capaz de fazer aquelas coisas. E o corpo dele nunca fora encontrado. Não era o tipo de pessoa que deixaria você viver em paz. Mas durante anos ele não fez nada. Só ficava empurrando você para fora da sociedade. Era algo muito estranho, e muito ameaçador. Eu procurei por ele, mas ninguém o tinha visto. Ninguém, nem seus parentes, nem seus colegas, nem o zelador, nem os vizinhos. No último mês de julho, quando estávamos morando em Taean, de repente me ocorreu que eu deveria verificar as informações oficiais sobre as propriedades de Yongje. No meio da noite, consultei os registros on-line, e vi que o centro médico tinha sido vendido. Talvez tivesse sido ele, exercendo seu direito de propriedade, o que significaria que estava vivo. E foi então que seu pai me escreveu pela primeira vez. Foi apenas uma frase: *Tenho algumas coisas a lhe dizer*."

O sr. Ahn interpretara aquela mensagem como um convite para uma visita. Quando foi até a cadeia, na hora da visitação, viu um homem idoso, sem dentes, de cabelo branco, as costas encurvadas. Os braços estavam presos por correntes no cinto, e ele arrastava uma perna. A figura de um avô, aos quarenta e dois anos. O sr. Ahn disse que ficou chocado.

"Oh Yongje ainda está vivo", meu pai lhe disse. "Ele vem uma vez por semana tratar dos meus dentes."

Fazia sentido: na prisão ninguém ia dar a mínima para quem era Oh Yongje, era apenas mais um voluntário. O interior da boca de meu pai estava destruído, com dentes faltando ou apodrecidos. Só tinha seis dentes intactos. Devido ao hábito de trincar os dentes quando punha a máscara de beisebol, meu pai ficara com a dentição enfraquecida. E na noite da tragédia, tinha perdido um terço dos dentes na luta com Yongje. A vida na prisão deve ter acabado com o resto.

Em junho passado, meu pai ouviu falar de um dentista voluntário na prisão, e o procurou para saber se poderia receber alguns analgésicos. "Ele me pareceu familiar, mesmo usando um gorro e uma máscara", meu pai contou para o sr. Ahn. "Ele fez um sinal para que me recostasse, e eu me perguntei onde tinha visto aqueles dedos esguios. Ele puxou uma cadeira para junto de minha cabeça e nossos olhos se encontraram. Eu o reconheci imediatamente."

O sr. Ahn me disse que soube exatamente ao que meu pai se referiu; ele mesmo lembrava-se vividamente daqueles olhos pretos como breu.

"Toda vez que eu lia suas cartas eu ficava pensando", disse meu pai ao sr. Ahn. "Será que ele ainda estava vivo? Tinha escapado? Quem mais poderia estar perseguindo Sowon daquela maneira? E agora eu sabia com certeza. Fiquei com medo. Ele estava sorrindo atrás da máscara. Disse que, assim que terminasse o tratamento, conseguiria uma dentadura para mim. Mas eu não queria continuar o tratamento. Nunca mais queria vê-lo. E se ele queria me ver mais uma vez, podia fazer isso no corredor da morte. Voltei à minha cela e fiquei olhando para a parede. Havia fotos de Sowon grudadas ali. Em outras ocasiões aquilo me acalmava. Era o que eu fazia sempre que me sentia culpado ou arrependido ou quando sonhava com o campo de sorgo. Mas naquele dia não tive como escapar. Então percebi algo terrível. Tinha de ser o receptor, como no beisebol, uma última vez, considerando a situação e analisando e prevendo comportamentos, para proteger a equipe. Eu não estava com a cabeça no lugar quando estávamos no lago Seryong. Eu não enxergava o que ia acontecer. Mas aqui, tenho pensado nisso durante duas semanas, todo dia.

"Após a visita de Yongje, fiquei uma semana pensando no motivo de ter vindo", disse meu pai ao sr. Ahn. "Todas as semanas eu ia me consultar com ele, para tentar entender suas razões. E descobri uma coisa. Quem trabalha como voluntário numa prisão fica sabendo de tudo o que acontece ali. Quando uma execução está para acontecer, eles ligam para o padre e para os coveiros na véspera. Por isso, quando a prisão telefona, pedindo que alguém compareça no dia seguinte, bem cedo, todos sabem o que isso significa: o dia chegou. Pensei que foi por isso que ele se apresentou como voluntário e construiu relacionamentos aqui."

"Por que ele iria querer saber isso?", perguntou o sr. Ahn.

"Porque ainda não terminou."

"O que não terminou?"

"Aquela noite sete anos atrás nunca terminou para ele. Está planejando pôr as mãos em mim e em Sowon ao mesmo tempo, provavelmente no dia de minha execução. Acho que foi por isso que ele fez com que você e Sowon ficassem perambulando de lugar em lugar. Assim, ninguém notaria sua falta. Foi isso que pensei, mas não sei exatamente o que ele está planejando. Espero que você possa me ajudar a descobrir isso."

Foi assim que terminou a primeira visita. Na vez seguinte, meu pai começou a contar sua história. O sr. Ahn a gravou e começou a reconstruir o incidente, inserindo a história de meu pai no antigo rascunho. O sr. Ahn começou a circular, buscando pessoas que pudessem preencher as lacunas. A maior parte da história completou-se no inverno passado, e o sr. Ahn enviou a Mun Hayong o manuscrito inacabado, sem a parte referente a Yongje. Com a ajuda de Hayong, o sr. Ahn escreveu o que faltava da história. E quando o verão se aproximava, o sr. Ahn conseguiu escapar do orbe azul. No outono, meu pai leu o manuscrito encadernado. Acabava de receber uma visita médica presencial, para um exame. Sentiu que a data da execução se aproximava. O sr. Ahn disse a ele que não tinha conseguido descobrir nada sobre o que acontecera com a minha mãe.

"Oh Yongje será a sua fonte."

"Ele nunca me contaria nada."

"Não, mas ele vai contar para Sowon." Meu pai apresentou o seguinte plano. Primeiro, enviar para mim o romance e os materiais obtidos na investigação. O palpite de meu pai era que o sr. Ahn seria raptado primeiro, e que, se eu lesse o romance, assumiria a missão de enfrentar Oh Yongje pessoalmente. "Fale com o inspetor que trabalhou no caso. Acho que ele vai ajudar. Ele veio me ver logo depois que recebi a sentença de morte. Perguntou o que tinha acontecido naquela noite, e se eu tinha realmente matado minha mulher. Disse que eu seria executado se não dissesse nada. Mas mantive a boca fechada. Não tinha nada a dizer naquele momento e não queria continuar vivo."

O sr. Ahn balançou a cabeça. "Mesmo que ele ajude, não podemos colocar Sowon em perigo dessa maneira. Ele ainda é muito jovem, e mal consegue lidar com a situação. Tudo isso é demais para ele."

"Sete anos atrás, eu estava tentando salvar Sowon. Agora, ele é o único que pode salvar a si mesmo. Você compreende? Vou lhe enviar um sinal e ele vai acabar com isso. Será opção dele aceitar ou rejeitar. Dê-lhe essa oportunidade."

"Está bem", disse o sr. Ahn a meu pai. "Mas não temos certeza de que Yongje vá me pegar primeiro. Talvez ele rapte a nós dois ao mesmo tempo. Tudo pode ir por água abaixo num instante."

"Não, acho que ele vai deixar Sowon receber o anúncio de minha execução. Vai aparecer quando for o momento de recolher meu corpo. Acho que vai ficar observando alegremente o tormento de Sowon, até a hora escolhida. Pense nisso. Ele me mostrou as imagens de Sowon no lago em transmissão ao vivo. Adorou me ver sofrendo. Duvido que tenha ficado mais humano nos últimos sete anos."

"Mas existem outras complicações", protestou o sr. Ahn. "Não temos como saber quando será a execução."

"Ele de algum modo vai fazer com que vocês saibam."

"Mas se você estiver errado..."

"É possível. Mas, façamos o que façamos, o final será o mesmo. Ele vence se não fizermos nada. Ele vence se avaliarmos mal. Mas podemos acabar com esse pesadelo se estivermos certos."

No início de novembro, embora estivesse indeciso, o sr. Ahn foi à delegacia de Sunchon. Disse que a última carta de Mun Hayong o fizera agir. O inspetor mais velho, que atuara no caso, havia se tornado o chefe da divisão, e não foi preciso muito tempo para convencê-lo. O inspetor examinou os materiais do sr. Ahn e concordou em cooperar, dizendo que este era o único caso não resolvido em sua carreira. Teríamos de ser raptados por Oh Yongje, caso contrário ele não teria motivo para prendê-lo. O plano era pegar Yongje em flagrante na cena do rapto e investigar a morte de minha mãe. O inspetor deu ao sr. Ahn dois aparelhos de rastreamento. O sr. Ahn enfiou um deles em minha jaqueta, sem que eu percebesse.

Na tarde de 26 de dezembro, o sr. Ahn recebeu um telefonema de alguém que dizia estar planejando um livro de memórias e precisava de seus serviços como ghost-writer. Foi uma ligação estranha; usualmente essas encomendas vinham de conhecidos ou de editoras. Então, o sr. Ahn compreendeu. Suas dúvidas se esvaneceram. Aquele telefonema era o sinal de que Oh Yongje estava pondo seu plano em ação.

Disseram-lhe aonde ir para se encontrar com o novo cliente. Ligou para o inspetor e o informou, depois pôs o romance, os documentos, a revista e o Nike dentro de caixas. Em seguida, pediu que o presidente do clube juvenil me entregasse todas aquelas coisas. O tênis na verdade não era meu; ele o tinha encontrado havia algum tempo na rua, escrevera nele o meu nome, esfregara com álcool para fazer as marcas ficarem esmaecidas, e o deixara na van. Meu pai lhe pedira que fizesse isso; ele achava que eu não leria o romance. O tênis era um pedido de meu pai para que eu o lesse.

O inspetor e seu parceiro planejavam estar em Hwawon, monitorando os dispositivos de rastreamento, quando o sr. Ahn saísse de casa. Membros da equipe ficariam à espera em Sunchon. Mas dois dias se passaram e os rastreadores não haviam saído do Vilarejo do Farol. O inspetor ficou confuso, achando que talvez houvessem entendido tudo errado. Achava que o plano de Yongje era nos levar para o lago Seryong, ou para o Jardim Botânico.

Quando o sr. Ahn terminou de me contar tudo isso, tornei a me sentar na cadeira. Estava furioso. Não sabia de quem estava com raiva, ou por quê.

Por volta das nove horas, o detetive ligou para nos dizer que estacionara a van atrás do hospital. Disse que havia repórteres a caminho e que devíamos dar uma olhada no noticiário antes de partir. Liguei a TV. Primeiro, anunciaram que Cho Hyonsu fora executado. Depois, o chefe de polícia de Sunchon começou uma entrevista coletiva anunciando que Oh Yongje, que estivera desaparecido por muito tempo, estava vivo e tinha drogado e raptado o filho de Choi Hyonsu e o seu guardião, e estava a ponto de matá-los quando foi preso em flagrante. Mencionou brevemente o caixão e a placa encontrados na van de Yongje. Ele foi preso sob a acusação de tentativa de assassinato, agressão, rapto, aprisionamento e violação de leis para o exercício da medicina. Os Supporters foram acusados de quase todos esses itens. Minha mãe não foi mencionada em momento algum. Desliguei a TV. Choi Hyonsu ainda era um assassino, e agora estava morto. Nada havia mudado. Oh Yongje estava preso, mas eu ainda era o filho de Choi Hyonsu.

O sr. Ahn arrancou os tubos do soro endovenoso e começou a mudar de roupa.

"Você está realmente indo para Uiwang?", perguntei subitamente.

O sr. Ahn vestiu um suéter.

"Não ouviu o que o médico disse?"

Ele olhou para mim com olhos obstinados. "Eles disseram que eu estava bem."

Não foi isso que eles tinham dito. Disseram que não haviam descoberto nada, além de intoxicação severa, depressão do sistema nervoso central, arritmia e leve distúrbio respiratório.

O sr. Ahn calçou os sapatos. Conseguiria dirigir nesse estado? Porém, só me restavam duas outras opções: eu teria de buscar o corpo de meu pai na companhia de um motorista desconhecido, designado pelo inspetor, ou esperar que o sr. Ahn melhorasse. A primeira alternativa não me agradava. A segunda era impossível. Levaria mais de cinco horas para chegar lá, e tínhamos de estar no crematório às cinco da tarde.

Na parte traseira da van, encontrei uma grande caixa de papelão e dois ternos pretos. Abri a caixa. Dentro havia uma mortalha e uma fotografia. Quando o sr. Ahn tinha preparado isso? O retrato era aquele descrito no romance. Meu pai olhando para um lado, sorrindo, segurando sua máscara. Senti um nó na garganta. Para o que ou para quem estava sorrindo, para que ou quem estava olhando?

"Troque de roupa", disse-me o sr. Ahn.

Fitei-o com olhar vazio. Naquele terno preto, ele me parecia um desconhecido. Larguei a fotografia.

Só abri a boca quando já tínhamos passado por Namwon. "Então, meu pai achou que tudo ficaria bem assim que Oh Yongje fosse eliminado."

"Não. Ele apenas queria que você fizesse algo por si mesmo."

"Por quê?"

"Tinha medo da mágoa e da raiva que havia dentro de você. Que isso...", o sr. Ahn manteve os olhos fixos na estrada por um momento, em silêncio. "... que isso matasse você, ou alguma outra pessoa. Tinha medo de que isso o transformasse num monstro."

"E de quem é a culpa? Ele passou exatamente pela mesma coisa. Foi ele quem matou pessoas. Ele se transformou num monstro."

"Exatamente por isso."

Fiquei em silêncio. Sentia um frio no coração.

"Essa é a razão. Ele não queria que o mesmo acontecesse com você."

Epílogo

"Ele não quis fazer nenhuma declaração final", disse-nos o guarda da prisão. "Também recusou rituais religiosos."

Abri a caixa que continha os pertences de meu pai. Um velho livro. Seis retratos meus. Isso era tudo.

"Ele não disse nada?", perguntou o sr. Ahn.

"Disse alguma coisa, mas tão baixo que não consegui ouvir. Pedi que repetisse, mas ele não repetiu. O agente que pôs o capuz em sua cabeça acha que ele disse obrigado." O guarda baixou os olhos.

Li o número escrito na tampa do caixão. Seu número de prisioneiro.

"Gostaria de ver o corpo?", perguntou o guarda.

Eu estava com medo de encará-lo, medo de confirmar que aquele cadáver era meu pai.

"Podemos envolvê-lo nesta mortalha?", perguntou o sr. Ahn.

Um coveiro voluntário estava esperando lá fora. O sr. Ahn lhe entregou a mortalha. O caixão foi aberto. Havia um capuz em sua cabeça. Senti como se fosse desmaiar. O número vermelho em seu peito foi um soco em minha barriga. Como dissera o sr. Ahn, meu pai parecia ter encolhido e afinado. Ainda assim, parecia corpulento demais para aquele caixão. Era como se as tábuas houvessem sido grudadas em seu corpo. Eu me lembrei de meu pai sentado no Matiz, o jeito como se dobrava para caber no assento do motorista, e eu sempre temia que sua cabeça furasse o teto. Como é que o mundo de um homem tão grande pudera ser tão estreito? Ele tinha ficado preso num campo de sorgo, atrás das grades e agora nesse caixão.

Estendi a mão e toquei em seu número de prisioneiro. Sua pele estava fria, mas sua expressão era serena. O funcionário da funerária trocou suas roupas, e a tampa do caixão foi fechada mais uma vez. Apaguei o número da tampa. O guarda me emprestou um marcador e escrevi o epitáfio de meu pai.

I believe in the church of baseball.

Apoiado nos cotovelos, o sr. Ahn olhou para fora, inquieto. A cerimônia de cremação estava marcada e tínhamos apenas uma hora para chegar ao crematório.

"Vou sair", eu disse.

Quando saí da van, o vento arrancou meu chapéu. Câmeras começaram a espocar contra o céu cinzento. Não me esquivei a elas. Essa escuridão tinha começado sete anos atrás e chegara a hora de acabar com ela. Com o retrato de meu pai na mão, fui ao encontro da multidão. Eu tinha de atravessar esse oceano de luz para que o mundo libertasse a nós dois: a mim e a meu pai. Avancei, um passo de cada vez, enquanto as pessoas gritavam e se acotovelavam. Senti como se milhares de mãos invisíveis estivessem esbofeteando meu rosto. Flashes ofuscavam meus olhos. Meus ouvidos zumbiam e meu rosto estava entorpecido. Vacilei, os joelhos fraquejando. A estrada parecia não ter fim. Parei de caminhar. Parei de respirar. Fechei os olhos e tentei me controlar. Estava tremendo. Logo iria terminar, disse a mim mesmo. Só tinha de pôr um pé à frente do outro.

Os gritos esmoreceram, assim como o ruído das câmeras e o gemido do vento. Abri os olhos. Estava escuro. Estrelas tinham surgido no céu negro. Ouvi um eco vindo de algum lugar.

"Vivo."

Dessa vez não havia um ponteiro de luz. Dessa vez, eu não pressentia os movimentos da menina. Não senti sua mão fria na minha nuca. Apenas ouvia sua voz. Ela vinha de algum ponto à minha frente, como que mostrando a direção. Compreendi que, dessa vez, não era um jogo. Eu deveria seguir sua voz.

"Morto."

Fui em frente.

"Vivo."

Mais um passo.

"Morto."

Eu avançava enquanto a voz recuava e a escuridão se dissipava. Já não a ouvia. Enquanto eu caminhava pelo ar, vi suas pernas pálidas atravessando o céu. A tarde cinzenta se alçava acima de seus débeis passos.

A van do sr. Ahn encostou a meu lado. Olhei para trás. A noite interminável estava afundando num oceano de luzes.

Às cinco, o corpo de meu pai entrou nas chamas. A fornalha foi fechada. Eu estava de pé, imóvel, diante da porta. Por que ele disse obrigado pouco antes de morrer? Estava agradecendo pelo quê? A quem? Estaria agradecido por estar sendo libertado da vida? Pela oportunidade de me dar uma última ajuda? Eu não conseguia entender. Cerca de uma hora depois, entregaram-me seus restos mortais. Peguei a caixa; era leve, estava quente e cheirava a fogo. Lá fora, nevava.

Voltamos para o Vilarejo do Farol por volta da meia-noite. O barco do presidente do clube juvenil nos esperava ao pé do farol. O oceano estava escuro, e as ondas, tranquilas. O presidente do clube pilotou o barco para longe da margem. Eu vesti minha roupa de mergulho no convés.

O sr. Ahn observava, calmamente. "Posso ao menos ir com você até o penhasco?"

Tive vontade de lhe dizer que ele próprio parecia um cadáver. E eu não queria dar adeus a dois homens num único dia.

"Em cerca de vinte minutos a maré vai começar a baixar", disse o sr. Ahn.

Assenti.
"Você tem de subir antes disso."
Assenti novamente.
O barco parou no ponto mais ocidental da ilha rochosa. Pus o compensador de flutuabilidade, regulei a luz para o máximo e coloquei os restos de meu pai numa sacola trançada. Ajustei o bocal e olhei o relógio: 23h55. Pulei na água. Estava fria, mas a correnteza era suave. Mergulhei com a corrente descendente, passei pela beira do penhasco e fui mais para baixo, passando por peixes noturnos que emitiam uma luz vermelha, uma grande pinha, um peixe com barbatanas vermelhas cintilando entre algas marinhas, um halibute dormindo numa rocha. E eu mergulhava cada vez mais fundo.

Meia-noite. Eu estava no abismo. Estava escuro e tudo era incolor. Peixes cinzentos circulavam lá em cima, como nuvens de tempestade. Peguei a caixa com os restos mortais de meu pai e cortei a cinta de borracha que a mantinha fechada. Abri a tampa. As cinzas projetaram-se para cima, atravessando o cardume de peixes, antes de se espalharem com a corrente. Foi como uma tempestade de neve submarina.

Quarenta e três anos antes, havia nevado nessa mesma data, o dia em que ele nasceu. Na mesma data, havia treze anos, estava chovendo. Naquele ano, ele machucara o ombro e seu mundo começara a desabar. Ao completar seu trigésimo aniversário, estava internado num hospital. Naquela tarde, ele vestiu um casaco forrado por cima da camisola hospitalar, saiu e foi a um parque de diversões com seu filho de cinco anos. O céu tinha uma cor cinza-amarelada e a neve caía de nuvens de chumbo. Seu filho o presenteou com uma caveira sorridente. Ele a pegou e marchou com seu filho na praça deserta, assobiando a "Marcha do coronel Bogey".

E ali, no abismo, eu lhe disse a mesma coisa que dissera quando eu tinha cinco anos: Feliz aniversário.

Nota da autora

Às vezes o destino nos envia uma doce brisa e a cálida luz do sol, outras vezes lança um sopro de infortúnio sobre nossas vidas. Às vezes escolhemos a pior opção. Mas existe uma área cinzenta entre fato e verdade, da qual não se fala com frequência. Por mais desconfortável e confuso que seja, nenhum de nós pode escapar ao cinzento da vida.

Este romance é sobre essa área cinzenta, sobre um homem que teve sua vida arruinada por um único erro. É sobre a escuridão que existe dentro de nós e sobre o ato de se sacrificar por outra pessoa. Espero que possamos dizer sim à vida, apesar de tudo.

Não se pode escrever um romance sozinha. Gostaria de agradecer a todos que me ajudaram com este livro. Agradeço ao investigador da polícia Park Juhwan, que compartilhou sua expertise e suas vívidas experiências, e até mesmo revisou o manuscrito; a Kim Myonggon, instrutor de mergulho de uma equipe de salvamento de emergência; a Jong Ungi, engenheiro civil. Sou grata à equipe de operações de uma certa represa. Toda a minha afeição e meus agradecimentos à minha família; à minha amiga Jyiong, que sempre torceu por mim; ao escritor Ahn Seunghwan, que analisou meus desordenados rascunhos e diagnosticou problemas de objetividade. Curvo-me, agradecida, a Cho Yongho, que foi meu mentor, e a Park Bomsin. Prometo que vou seguir em frente, pondo alternadamente um pé à frente do outro.

O lago Seryong e a Vilarejo do Farol são frutos de minha imaginação, e qualquer semelhança com locais existentes será mera coincidência.

Nos últimos dois anos, fui prefeita de duas cidades sombrias e inquietantes, e eu as amo de todo coração. Agora não consigo deixá-las. Passeio por essas redondezas em minha mente, toda noite. Fiquei alegre quando o editor me disse que o livro iria incluir um mapa do vilarejo. Foi empolgante saber que o lago Seryong seria revelado ao mundo dessa maneira. Um agradecimento tardio à equipe editorial que criou esse mapa e o acrescentou a um livro que já era volumoso.

Bênçãos a todos.

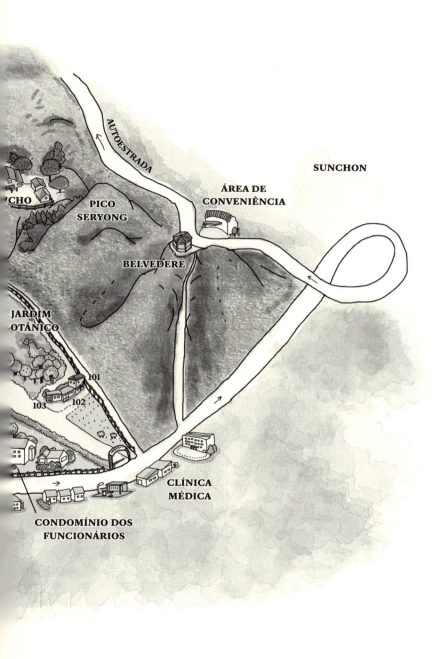

7년의 밤 © You-jeong Jeong, 2011.
Publicado mediante acordo com Barbara J Zitwer Agency, KL Management e SalmaiaLit.

Todos os direitos desta edição reservados à Todavia.

Grafia atualizada segundo o Acordo Ortográfico da Língua Portuguesa de 1990, que entrou em vigor no Brasil em 2009.

capa
Pedro Inoue
mapa pp. 410-1
Hyoin Min
edição de texto
José Francisco Botelho
revisão
Jane Pessoa
Fernanda Alvares

Dados Internacionais de Catalogação na Publicação (CIP)

Jeong, You-jeong (1966-)
Sete anos de escuridão / You-jeong Jeong ; tradução Paulo Geiger. — 1. ed. — São Paulo : Todavia, 2022.

Título original: 7년의 밤
ISBN 978-65-5692-258-4

1. Literatura coreana. 2. Romance. 3. Thriller psicológico. 4. Suspense. I. Geiger, Paulo. II. Título.

CDD 895.7

Índice para catálogo sistemático:
1. Literatura coreana : Romance 895.7

Bruna Heller — Bibliotecária — CRB 10/2348

todavia
Rua Luís Anhaia, 44
05433.020 São Paulo SP
T. 55 11. 3094 0500
www.todavialivros.com.br

fonte
Register*
papel
Pólen soft 80 g/m²
impressão
Geográfica